[全新修订版]
中小学生阅读文库

希腊神话

[德]斯威布◎著　许乐言◎译

图书在版编目（CIP）数据

希腊神话 /（德）斯威布著；许乐言译. — 北京：北京联合出版公司，2014.12（2018.9重印）
（中小学生必读丛书）
ISBN 978-7-5502-4030-8

Ⅰ. ①希… Ⅱ. ①斯… ②许… Ⅲ. ①神话—作品集—古希腊 Ⅳ. ①I545.73

中国版本图书馆CIP数据核字(2014)第258829号

希腊神话

出版统筹：新华先锋
责任编辑：丰雪飞
封面设计：王　鑫
版式设计：先锋设计

北京联合出版公司出版
（北京市西城区德外大街83号楼9层 100088）
三河市龙大印装有限公司印刷　新华书店经销
字数268千字　787毫米×1092毫米　1/16　20印张
2018年9月第2版　2018年9月第2次印刷
ISBN 978-7-5502-4030-8
定价：36.00元

未经许可，不得以任何方式复制或抄袭本书部分或全部内容
版权所有，侵权必究
本书若有质量问题，请与本社图书销售中心联系调换
电话：010-88876681 010-88876682

目录

第一篇　众神的传说
- 创世之初 /2
- 宙斯 /4
  - 宙斯的诞生 /4
  - 宙斯推翻克洛诺斯 /5
  - 宙斯与堤丰的战争 /6
- 神创的世界 /8
  - 奥林匹斯山 /8
  - 波塞冬与诸海神 /11
  - 哈德斯的冥国 /13
- 赫拉 /17
  - 赫拉 /17
  - 赫拉和伊娥 /18
- 得墨忒耳 /20
  - 得墨忒耳和佩尔赛福涅 /20
  - 哈德斯掳走佩尔赛福涅 /20
  - 特里普托勒摩斯 /26
  - 厄律西克同 /26
- 阿波罗 /29
  - 阿波罗的诞生 /29
  - 阿波罗与巨蟒皮同的决战 /30
  - 达芙妮 /31

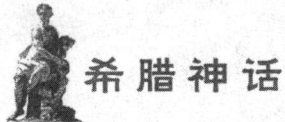

希腊神话

阿波罗为阿德托效力 /32
阿波罗与缪斯 /33
阿罗欧斯的儿子 /35
玛耳绪阿斯 /36
阿斯克勒庇俄斯 /37

阿耳忒弥斯 /38
　　阿耳忒弥斯 /38
　　阿克泰翁 /39

雅典娜 /42
　　雅典娜的诞生 /42
　　阿拉克涅 /43

赫耳墨斯 /46
　　赫耳墨斯 /46
　　赫耳墨斯偷走阿波罗的牛群 /47

阿佛洛狄忒 /50
　　阿佛洛狄忒 /50
　　阿瑞斯 /51
　　厄洛斯 /52
　　皮格玛利翁 /53
　　那耳喀索斯 /53
　　阿多尼斯 /56
　　许墨奈俄斯 /57

狄俄尼索斯 /58
　　狄俄尼索斯的诞生与成长 /58
　　狄俄尼索斯及其随从 /59
　　吕枯耳戈斯 /60
　　弥倪阿斯的女儿们 /60
　　第勒尼安海的海盗 /61
　　伊卡里俄斯 /62
　　弥达斯 /63

潘 /65
> 潘 /65
> 潘和绪任克斯 /66
> 潘和阿波罗比赛 /66

其他众神 /68
> 赫菲斯托斯 /68
> 夜神、月神、晨光女神和太阳神 /70

第二篇　人类英雄

黄金时代、白银时代、青铜时代和黑铁时代（各代人生）/74

宙斯与普罗米修斯的恩怨 /76
> 普罗米修斯 /76
> 潘多拉 /81
> 丢卡利翁和皮拉 /82

珀耳修斯 /84
> 珀耳修斯的诞生 /84
> 珀耳修斯杀死蛇发女妖美杜莎 /85
> 珀耳修斯和阿杜拉斯 /86
> 珀耳修斯的婚姻 /87
> 珀耳修斯在阿耳戈斯 /89

赫拉克勒斯 /91
> 赫拉克勒斯的诞生和成长 /91
> 赫拉克勒斯在忒拜 /93
> 赫拉克勒斯的十二件功绩 /93
> 赫拉克勒斯与欧律托斯 /104
> 赫拉克勒斯与达埃阿尼拉 /106
> 赫拉克勒斯与翁法勒女王 /107
> 赫拉克勒斯之死与登上奥林匹斯山 /108

雅典故事 /112
> 刻克洛普斯 /112

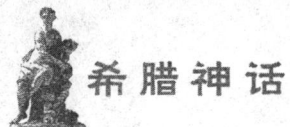

　　厄里克托尼俄斯 /113

　　厄瑞克透斯 /114

　　玻瑞阿斯和俄瑞堤伊亚 /114

　　代达罗斯和伊卡洛斯 /115

忒修斯 /118

　　忒修斯的诞生和培养 /118

　　忒修斯在去雅典途中的功绩 /119

　　忒修斯在雅典 /121

　　忒修斯远航克里特岛 /122

　　忒修斯与珀里托俄斯 /124

　　忒修斯之死 /125

俄耳普斯 /127

　　俄耳普斯在冥国 /127

　　俄耳普斯之死 /129

俄狄浦斯的故事 /131

　　俄狄浦斯的童年、青年时代,俄狄浦斯返回忒拜 /131

　　俄狄浦斯在忒拜 /134

　　俄狄浦斯之死 /135

第三篇　史诗故事

阿耳戈船英雄 /140

　　金羊毛的传说 /140

　　伊阿宋和珀利阿斯 /141

　　阿耳戈船英雄踏上征程 /142

　　阿耳戈船英雄在雷姆诺斯岛 /143

　　阿耳戈船英雄在基奇科斯岛 /144

　　阿耳戈船英雄在密西亚 /145

　　阿耳戈船英雄在比堤尼亚(阿密科斯) /146

　　阿耳戈船英雄与菲纽斯 /147

　　撞岩 /148

阿瑞堤亚岛,抵达科尔喀斯 /148

赫拉和雅典娜求助阿佛洛狄忒 /150

伊阿宋在埃厄忒斯宫中 /150

阿耳戈船英雄求助美狄亚 /152

伊阿宋完成埃厄忒斯交给的任务 /155

美狄亚帮助伊阿宋觅取金羊毛 /156

阿耳戈船英雄返航 /157

珀里阿斯之死 /160

伊阿宋之死 /161

特洛伊战争 /165

宙斯和勒达的女儿海伦 /165

珀琉斯和忒提斯 /166

帕里斯的裁决 /168

帕里斯诱拐海伦 /169

墨涅拉俄斯准备对特洛伊发动战争 /171

阿喀琉斯 /172

特洛伊 /173

希腊英雄在密西亚 /175

希腊人在奥利斯 /176

希腊人远航特洛伊 /179

九年攻特洛伊 /180

阿喀琉斯和阿伽门农不和 /185

公民大会 /190

墨涅拉俄斯与帕里斯决斗 /193

狄俄墨得斯的胜利 /196

赫克托耳与埃阿克斯决战 /200

特洛伊人的胜利 /204

阿伽门农与阿喀琉斯和解 /206

阿喀琉斯与特洛伊人交战 /221

阿喀琉斯与赫克托耳决斗 /227

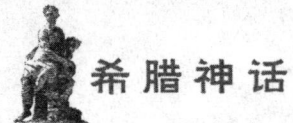

  普里阿摩斯在阿喀琉斯的营帐里 /230
  与亚马孙人和埃塞俄比亚人作战 /234
  阿喀琉斯之死 /237
  大埃阿斯之死 /239
  菲罗克忒忒斯——特洛伊的末日 /240
  木马屠城 /244
  希腊人返回故乡 /248

奥德修斯的故事 /251
  奥德修斯与神女卡吕普索 /251
  求婚者胡作非为，侵吞奥德修斯的财产 /251
  忒勒玛科斯拜访涅斯托耳和墨涅拉俄斯 /254
  奥德修斯离开神女卡吕普索 /255
  奥德修斯和瑙西卡 /257
  奥德修斯在国王阿尔喀诺俄斯宫中 /260
  奥德修斯述说自己离开特洛伊后的遭遇 /265
  奥德修斯回到伊塔刻 /283
  奥德修斯和牧猪人欧迈俄斯 /286
  忒勒玛科斯回到伊塔刻 /288
  奥德修斯对忒勒玛科斯表明身份 /290
  奥德修斯扮成老乞丐回到王宫 /293
  奥德修斯与珀涅罗珀 /297
  奥德修斯诛戮求婚者 /299
  奥德修斯与珀涅罗珀相认 /305
  奥德修斯在拉厄耳忒斯家 /307
  市民的骚乱以及他们与奥德修斯的和解 /310

众神的传说

第一篇

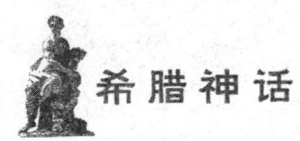

希腊神话

创世之初

  创世之初，天地浑然一片，世界只是一片漆黑且无边际的混沌。世界上的一切生命都在这片混沌中悄悄地孕育着，包括永生的神祇。在这片混沌中最先诞生的是地母盖亚。她广袤无边，拥有无穷的威力，她赋予那些在她身上生长的事物以生命。而在深不可测的大地底下，在光明与温暖永远不会问津的地方，诞生了阴森恐怖的塔尔塔罗斯——他意味着永远黑暗的可怕深渊。在这片混沌中诞生的，还有力量强大，让世间的一切都充满活力的爱神厄洛斯。这时的世界也渐渐地有了它该有的样子。

  后来黑暗之神埃瑞波斯和夜神尼克斯也自这片茫茫的混沌中诞生了。他们生下了光明神埃忒耳，和带来快乐的白昼神赫墨拉。从此世界上充满光明和快乐，并且出现了昼与夜的往复交替。

  地母又生了天空之神乌拉诺斯，这位神祇通体蔚蓝，有着无边无际的广袤身体，他笼罩在大地之上，没有任何事物可以触碰到。只有那些从地母身上生出的一座座高山能够轻轻地亲吻他的身体。此外，地母又为这个世界增添了广阔的大海，这是她最活泼的孩子，总是一刻不停地奔腾着，喧闹着。

  这个初生的世界由天神乌拉诺斯统治。他迎娶了美丽的地母盖亚作他的妻子。他们共生养了六儿六女，也就是力大无穷，性格却十分暴躁的提坦神。其中之一是大洋神俄刻阿诺斯，他娶了女神忒提斯，生育了很多儿女，包括世界上所有的大江大河,以及一群大洋神女。他们总是依偎在自己的父母身边,不论他们在使命的召唤下奔腾多远,最终仍旧敌不过思念,推着波浪注入大海。

提坦神中的许珀里翁和忒亚也为世界生了几个儿女,也就是太阳之神赫里阿斯、月亮之神塞勒涅和晨光女神厄俄斯。后来太阳之神与晨光女神结合,又生下了许多的子女。他们有掌管世界四个方位的风神——即暴躁的北风之神玻瑞阿斯,温暖湿润的南风之神诺托斯,温和善感的、时不时就会痛哭流涕的西风之神仄费洛斯,以及东风之神欧洛斯。那些在黑暗的夜空中闪烁光辉的星辰也是他们的儿女。

除了十二个提坦神,地母盖亚还给世界生了三个只有额上长着一只眼睛的巨人,和三个身量如山、各长着五十个脑袋和一百只手臂的巨人。他们六人各个都拥有无穷的力量,世上没有人可以与之匹敌。

但是,天空之神乌拉诺斯却十分讨厌、甚至仇视这六个巨人儿子。他不愿意看到他们,就把他们关在地母腹内的黑暗中,不肯施舍一丝光明给他们。地母不堪忍受腹中的重量,因此感到十分的痛苦。于是,她将六个儿子唤到跟前,希望他们能起来反对乌拉诺斯。可是巨人们都十分惧怕自己的父亲,不敢与他争斗。只有最小,也是最狡猾的克洛诺斯,用计谋打败了自己的父亲,夺取了统治世界的权力。

可是克洛诺斯的这种行为,惹怒了夜神。为了惩罚克洛诺斯,夜神生下了一大群可怕的神祇。他们有给人们带来死亡和不幸的死神塔那托斯,引起人们之间仇恨的纷争女神厄里斯,满口谎言的欺骗之神阿帕忒,性情暴虐的毁灭神刻瑞斯,让世界都陷入停顿的睡神许普诺斯和噩梦神,还有冷酷无情的报复女神涅墨西斯,以及其他许多给世界带来了灾难、祸患、欺骗、争斗、厮杀和不幸的神。

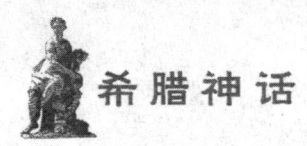

宙斯的诞生

克洛诺斯从自己父亲的手中夺取了世界的统治权，但是他却没有一天不觉得恐惧的，他总是担心同样的事情会在自己的身上重演。为了防止儿子们会起来造反，他吩咐妻子瑞亚必须将生下的子女带到他面前，他会毫不犹豫地将自己的孩子吞噬掉。每当看到自己的亲生子女刚刚出生就必须遭受这样悲惨的命运，瑞亚就感到十分伤心、害怕。

在克洛诺斯吞噬了赫斯提亚、得墨忒耳、赫拉、哈德斯和波塞冬这五个子女后。瑞亚又迎来了自己第六个孩子。瑞亚十分爱他，她不愿意再失去这个即将出世的儿子。她听从父母乌拉诺斯和盖亚的建议，连夜逃到了克里特岛，并在岛上一个幽深的山洞里生下了这个最小的儿子——宙斯。

为了不让不幸降临在这个儿子身上，瑞亚把宙斯藏在了山洞深处，并用布随便包裹了一块形状、大小有如婴儿的石头，来充当儿子。当克洛诺斯看到瑞亚怀中的包裹，并未察觉妻子在欺骗他，毫不迟疑地将它吞噬了。

而被母亲藏在山洞深处的宙斯，在克里特岛上慢慢地成长为一位拥有无穷力量的神祇。在他幼年时，他的母亲瑞亚不能时常呆在他的身边照顾他，可是宙斯并不会因此而缺乏母亲般温柔的关爱。神女阿德拉斯忒亚和伊得经常偷偷地潜进山洞里，爱抚年幼的宙斯。为了养育他，她们找来了奶水丰富的母山羊阿玛尔忒亚来喂养这位年幼的神祇。蜜蜂们也常常从高耸入云的狄克塔山的悬崖上采来新鲜甜美的花蜜送给小宙斯。每当年幼的宙斯放声啼哭的时候,那些常年在洞口守卫着的年轻祭司库勒忒斯们就会用剑不停地敲击盾牌,扰乱克洛诺斯的听觉,不让他听见宙斯的哭声。正因为众神和这些忠诚的祭祀们的守护,宙斯才没有再遭到同兄姐们一样的命运。

宙斯推翻克洛诺斯

光明神埃忒耳和白昼神赫墨拉在天空中往复地跳着回旋的舞蹈,无数个日夜悄悄地流逝,年幼的宙斯渐渐长大,成为一位强健而英俊的神。当他知道自己的身世后,觉得十分愤怒,更为自己哥哥姐姐的命运而感到惋惜,他决定反抗自己的父亲,推翻世界的主宰——克洛诺斯的统治。他强迫克洛诺斯吐出了五个曾被吞噬的子女,让他们得以重见天日。这些被克洛诺斯吞入腹中的子女,都是象征美好、光明和幸福的神祇。他们一回到世上,就与宙斯合作,展开了与克洛诺斯所代表的提坦神族的战争。

这场神祇之间的战争既残酷又持久。宙斯和他的兄姐们盘踞在高高的奥林匹斯山上。提坦神中并不是所有人都与他们为敌,有好几个提坦神与他们结盟,反抗克洛诺斯的统治。最先与他们合作的提坦神,有大洋神俄刻阿诺斯和他的女儿斯堤克斯,以及他女儿的儿女"勤勉""威力"和"胜利"。对于奥林匹斯众神来说,这场战争艰险异常,他们的对手提坦神族十分强大并且凶猛异常。不过宙斯也并非处于完全的劣势,因为独目巨人们已经赶过来帮助宙斯,他们为他制造出了霹雳和闪电,让他将这些霹雳投向强大的提坦神族。

当战争持续到了第十个年头的时候,双方仍然胶着着,处于势均力敌的状态,很难分出胜负。最后,宙斯放出了在地下沉睡的百臂巨人,让他们来帮助自己作战。这些高大如山、凶猛恐怖的百臂巨人咆哮着冲出地面,奔向战场。他们一伸手就能从山上掰下整块整块的岩石。即使和提坦神族之

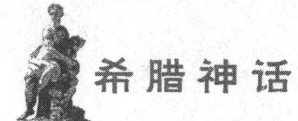

间有很远的距离，也可以轻松地掷过去。每当提坦神族冲向奥林匹斯山，就会有成百上千的巨岩飞滚下来，朝他们迎面砸过去。大地在呻吟，天空在轰鸣，世间的一切事物都禁不住颤抖，就连地狱中残忍冷酷的塔尔塔罗斯也不禁为之震动。宙斯又投出一道道火光四射的闪电、一个个震耳欲聋的霹雳。地面上燃起了熊熊大火，无边无际的大海也随之沸腾了，到处都弥漫着浓重的烟雾和焦臭味。

在这样的攻势下，即便是强大的提坦神族，也感到精疲力竭，最后他们的意志终于动摇了，承认了失败。奥林匹斯众神给他们带上沉重的镣铐，将他们推入地狱的最深处，也就是塔尔塔罗斯栖息的地方。这些战败的提坦神就这样被关押在永恒的黑暗中，并且由百臂巨人把守着关押他们的塔尔塔罗斯的铜门。在他们的严密监视下，没有一个提坦神族的俘虏可以逃出塔尔塔罗斯的牢笼。至此，那个由提坦神统治世界的时代就真正的一去不复返了。

宙斯与堤丰的战争

然而战争并未以提坦神族的失败而告终，世界也没有因为奥林匹斯众神的胜利而恢复本来的宁静。地神盖亚对奥林匹斯众神的所作所为十分不满，她觉得宙斯对她的儿子们——那些战败了的提坦神族的处罚过于严厉。于是，她与塔尔塔罗斯结合，生下了一个可怕的百首怪物——堤丰。堤丰是一个长着一百个龙头的庞然大物，当他从地底下爬上来的时候发出的撕心裂肺的咆哮，使空气都为之颤动。他的吼声像战场上人们声嘶力竭的喊叫，像狼犬遇到入侵者时竭力的吠声，像愤怒的公牛发动攻击时的怒叫，更像失去伴侣的雄狮的仰天长吼。熊熊的火焰也伴随着堤丰沉重的脚步，燃烧着大地上的一切生命。众神们见此情景惊惧得发抖。但是手持闪电的宙斯却并不畏惧这个强大的敌人，他勇猛地冲向他，与他激烈地缠斗起来。宙斯手中闪闪发光的雷电向堤丰射去。天地间响起了隆隆的雷声，连大地和天空都禁不住震颤。遍地燃起烈焰，冲天的火光将天空烧得通红，世界又变得和奥林匹斯众神与提坦神族大战时一样,遍地焦黑,找不到一块完整的土地。

每当堤丰接近大海时,烈焰都会让海水沸腾。宙斯手中那成百上千的闪电,像火箭一样四下飞射,连空气和发出隆隆声响的乌云,也仿佛被它燃烧起来。这些闪电都准确地打到堤丰的一百个脑袋上,将他们统统都烧成灰烬。失去头颅的堤丰轰然倒地,他燃着烈焰的躯体引将四周的一切生灵都烧化了。

宙斯将堤丰的尸体高高地举过头顶,将它扔回了他的出生之地——永无止境的黑暗之地,塔尔塔罗斯栖身的地方。堤丰的身体虽然再也不能对宙斯造成威胁,可是他的怨恨使他即便堕入地狱的最底层,也无法忘记复仇。他引来风暴,唤醒火山,仍然继续威胁众神和一切生灵。他与女首蛇身的厄喀德那结合,生下了一只有两个头的狗,它就趴伏在地狱大门之前,守护着这个生灵的炼狱,它就是刻耳柏洛斯。堤丰和厄喀德那还生了水蛇勒耳那和精灵喀迈拉。此外,地狱中的堤丰总是试图冲出黑暗的樊笼,这时他会猛力地撞击大地,使它剧烈的颤抖。

堤丰失败后,奥林匹斯众神终于迎来了和平与安宁,赢来了属于他们自己的时代。他们终于不用担心会有什么人来反抗他们的统治,安安稳稳地规划世界的未来。战争的主导者,也是众神中最强大的雷神宙斯掌管天空,成为了众神之首。他将波塞冬送入海洋,命令他掌管这片无边无际的水域;又将主宰死人灵魂的权利赋予哈德斯,让他安乐地生活在地下王国;而这片富饶的大地,一切生命的源泉则由他们三个兄弟共同掌管。

尽管克洛诺斯的三个儿子将世界平分,各自统治这自己的领地,一切看起来仿佛都很公平。可是事实上天空居于其他二者之上,宙斯永远高高地睥睨着他的两个兄弟,他才是真正统治一切生命的永生神祇,世界上的一切管辖权仍然归他所有。

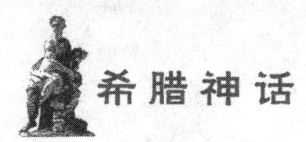

希腊神话

神创的世界

奥林匹斯山

在高耸入云的奥林匹斯山,众神拥护宙斯做他们的君王,统治世间的一切生灵。他迎娶了赫拉做他的妻子。并且与女神勒托生下了美丽的双生姐弟——金发的阿波罗和她美丽娴静的姐姐阿耳忒弥斯。他们陪同宙斯住在这座永生、安乐的山上。此外,美丽妖娆的女神阿佛洛狄忒,强悍忠诚的女神雅典娜,以及其他众神也都住在这里。

奥林匹斯山入口的守卫是三位时序女神,每当众神下山到人类的世界去,或者从人类的世界去宙斯宫殿的时候,她们就会有礼地撩开云彩做的门帘。在奥林匹斯山的上方,是一片无边无际的天空,无数的金光透过乌拉诺斯蔚蓝的身体流泻下来,给这座迷人的城池披上一层神秘的面纱。这就是宙斯统治的王国,这里既不会下雨,也不会下雪。这里没有万物衰败的秋天,更没有寒冷萧瑟的冬季,只有阳光明媚,气候宜人的夏天。奥林匹斯山的下方,飘动着层层浮云,有时这些洁白的云会突然变得乌黑,并急速地聚集起来。它们就像奔腾的千军万马,咆哮着压向广阔无边的大地,这时在人类生活的下界,万物凋零的秋天和冬天将取代生机勃勃的春天和夏天,曾经洋溢在空气中的喜悦和快乐,会被痛苦与哀愁所替代。

当然,这并不是说众神能永远喜悦欢欣。事实上,他们也有悲愁的时候，只不过于人类的悲愁相比，他们的苦痛就像浮在奥林匹斯山上的薄云一样，转瞬即逝。因此不论从哪个角落看去，奥林匹斯山都会显出一派喜气洋洋的气象。

宙斯的儿子赫菲斯托斯为众神建造了金碧辉煌的宫殿，在美轮美奂的装饰中间，可以看到众神们欢宴时的情景。

万物的主宰、众神的王者宙斯就高高地端坐在纯金打造的宝座上。他英俊的脸上流露出与生俱来的威严，高挑的眉峰透出自信的神采，他深知自己权力的强大和统治的稳固。在他宝座的两边分别立着两位女神，一位是象征和平的女神厄瑞涅，另一位是宙斯最忠实的朋友，长着翅膀的胜利女神——尼刻。这时，宙斯美丽端庄的妻子，女神赫拉缓缓地走了进来。这是一位深获宙斯尊重的女神，是奥林匹斯山众神十分敬仰的对象——婚姻的庇护者赫拉。每当这位举止端庄、容貌艳丽、衣着华贵的女神走进宴会厅的时候，在场的所有神祇都不禁肃然起敬，向她鞠躬行礼。而赫拉也是一位极骄傲的神，她总是踩着众神敬畏的目光，径直走向自己的宝座，在神与人的至尊——宙斯身旁，缓缓坐下。在赫拉的旁边站着她的使者，长着美丽的翅膀的彩虹女神伊里斯，她随时听候赫拉的差遣，挥动闪着虹光的翅膀，飞到天涯海角。

席间，宙斯青春年少的女儿赫柏，和备受宙斯宠爱、并被赐予永生的特洛伊的王子伽倪墨得斯为众神斟酒，端来神食。美惠女神和缪斯女神们带来了宴会的高潮，她们载歌载舞，向众神们展现艺术的美妙。当她们手挽手跳起环舞时，众神会被她们轻盈优美的舞姿所迷惑，会被她们永葆青春的面容上那抹神秘的微笑所倾倒。就在这样的宴会上，众神决定了关系世界前途和人类命运的一切事情。

高居在奥林匹斯山上的宙斯也会向人们分送礼物，为人类确立地面上的一切秩序，并帮助他们制定永恒的法律。同时宙斯还掌握着人类的一切命运，人们的善与恶、生与死、幸与不幸都掌握在这位神祇的手中。

宙斯神殿大门的两侧分别摆着两口大缸，一口盛满了善，一口盛满了

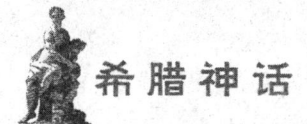
希腊神话

恶。他将这两口缸中的善恶舀出来，分送给人类。如果谁收到了雷神宙斯从盛满恶的缸里舀出来的礼物，那么他就要遭殃了。当然，哪个人要是胆敢破坏他为人类建立的秩序，不去遵守他制定的法律，那也是要倒大霉的。克洛诺斯这位强大的儿子，看到人类违反他定的秩序，就会皱起浓密的眉毛。这时乌云会遮盖晴朗的天空。这位伟大的神一发怒，他的头发就会竖起来，双目会射出令人无法忍受的光芒。如果他再挥一挥右手，届时整个天空将会电闪雷鸣，即便是巍峨的奥林匹斯山也会害怕得为之颤抖。

捍卫神赐之法的不光宙斯一个，在他旁边协助他的，还有象征法律与正义的女神忒弥斯。她常常奉宙斯的命令，在奥林匹斯山上召集众神举行会议，又在地面上召开公民大会，监督人类对秩序的保持和对法律的执行情况。还有宙斯的女儿，女神狄刻也帮助宙斯掌管世界的秩序。她负责监督裁判是否公正。一旦这位女神向宙斯报告说，法官的执法有偏私，宙斯就会严厉地惩罚这位不公正的法官。女神狄刻的眼中只容得下正义，是这种品格忠诚的捍卫者，因此她是欺诈不共戴天的仇敌。

宙斯守护着世间的一切秩序和正义，并给人们送去幸福与苦难。尽管如此，宙斯并不能掌握人们的全部命运，事实上连他自己的命运也掌握在命运三女神手中。她们住在奥林匹斯山上，是世界上心肠最硬的神。她们掌握着一切凡人和神祇的祸福。任何生命都无法逃避这三位女神的操纵。她们坚定异常，在这个世界上没有任何力量，没有任何权力去撼动她们所作出的，关于生灵命运的决定。人也好，神也罢，在她们面前都只能俯首帖耳，显得苍白无力。也没有任何生灵知道自己与别人的命运，只除了这三位冷酷的女神。

命运女神克罗托可以织出人们的生命线，她决定着人们寿命的长短。当这根克罗托之线断裂时，这根线所拴系的人的生命也就终止了。女神拉刻西斯决定人命运方法是抽签，她会闭着眼睛抽出某人一生的祸福。也许有些宵小之徒想要借机改变自己或者别人的命运，但这种做法是徒劳无功的，没有人可以改变命运女神已经决定的命运，因为她们中最小的一位，女神阿特洛波斯会将她两个姐姐选定的,关于某人一生的际遇,写成一卷长长的卷宗,而这卷卷宗一旦写定就是人们无论如何都无法逃避的。有的人也曾为了自己的命运向女神们恸哭哀求,可是这样的哀求根本无法打动女神们铁石般的心肠,只能得到她们的嘲笑和蔑视。

除了命运三女神外,奥林匹斯山上还有一位掌管人类命运的女神,她是宙斯的女儿堤刻。她掌管着世间的幸福和好运。若是谁在自己的人生之路上遇见这位女神,她就会用神羊阿玛尔忒亚的那能带来丰裕的角,赐予这个人礼物,为他带来幸福。但是这样的机会是十分难得的,即便真被某人遇到了,当堤刻女神在给了他礼物后,转瞬离去的时候,这个人又该是多么的不幸呢?

世间一切生命的主宰,雷神宙斯就是这样端坐在奥林匹斯上,在众神的簇拥中,审视着、保护着、统治着这个世界的一切秩序和正义。

波塞冬与诸海神

大海温柔而深邃,虽然有时它也会暴怒的嚎叫,但大多的时候,他都是平静而温和地亲吻着大地。在大海的最深处,矗立着一座华丽的宫殿,里面住着众生的主宰宙斯的兄弟——波塞冬。波塞冬是一位拥有强大力量的神,他不但可以操纵海浪,还能使大地为之震撼。他在自己统治的海域内,手持三叉神戟,哪怕他的手只是微微的抖动一下,海面也会一改平静的面貌,厚密的乌云会遮盖明媚的阳光,海浪会在狂风的呼啸中向天空冲去。

大海虽然汹涌,但在它的深处,波塞冬却和她美丽的妻子安菲特里忒生活在一起。波塞冬的这位妻子,原本是能预兆凶吉的老海神涅柔斯最疼爱的女儿。有一次,当安菲特里忒和她美丽的姐姐们在那克索斯岛的岸边跳舞时,被路过的波塞冬看见了。这位年轻英俊的海中王者,在看到安菲特里忒的第一眼,就被她的美貌所倾倒,疯狂地爱上了这位美丽的神女,当即就想把她拉到车上,带回自己居住的宫殿之中。但是美丽的安菲特里忒却被波塞冬的热情吓跑了,她躲到支撑天地的提坦神阿特拉斯身后,偷

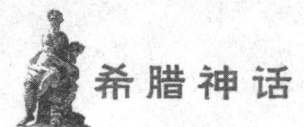

偷地觑着这位英俊的神祇。波塞冬因为失去了安菲特里忒的踪迹而闷闷不乐，后来海豚发现了她的行踪，并透露给了波塞冬。波塞冬听后兴奋不已，他乘着自己的座驾，从阿特拉斯身边抢回了安菲特里忒。为了纪念自己和安菲特里忒的婚姻，波塞冬将海豚送上了天际，让它变成天上的星座，获得永生。

在波塞冬与安菲特里忒居住的水下宫殿中，安菲特里忒的姐妹，海中神女涅瑞伊得斯和成群的海神围绕在波塞冬的周围，听从他的命令，服从他的意志。宫殿的上方像天一样高的地方，有海浪在欢快地歌唱。在风和日丽的时候，他们就像孩子一样，活泼且没有危害。可是一旦波塞冬的儿子——海神特里同吹响他的螺号，这些前一刻还温情脉脉的海浪，下一刻就会狰狞着脸孔，奔腾着咆哮。

波塞冬是海中绝对的权威，当他乘坐着海马拉的车，在海上自由奔驰的时候，海浪就像见到严父的孩子般，乖乖的纷纷退让，给他让路。这位宙斯的同胞兄弟，像伟大的雷神一样英伟的海神，疾驰在海面上时，成群的海豚围绕在他周围，讨好似的戏嬉；一群又一群的鱼儿会不顾危险，从安全的海底深处浮上海面，在他的座驾周围，偷偷瞻仰这位神祇的容颜。波塞冬最可怕的武器是他手中的三叉神戟，每当他挥起它，海面上就会腾起如山般高大的、卷着泡沫的浪，这是风暴出现前的征兆。随后巨浪排空，疯狂撞击着海岸的礁岩，撼动着整个大地，并发出阵阵轰鸣的声音。可是，无论海浪卷得多高，风吹得多大，只要波塞冬的三叉神戟向海浪上方一指，刚刚还在愤怒哭号的波涛就会平息下来。大海又呈现出它平静安详的一面，仿佛刚刚发生的一切都只是一场梦。任你再仔细的搜寻，也找不到一丁点的痕迹，只能隐隐听见蔚蓝浩瀚的大海，推着洁白的泡沫轻轻拍击海岸的声音。

波塞冬力量无边，但他并不孤僻、武断，他的身边从不缺乏游伴和智者。其中能预知凶吉的老海神涅柔斯是他忠诚的朋友，他智慧的双眼能够看透过去、现在和未来，他知道关于未来的一切珍贵的秘密。涅柔斯是诚实的朋友，他从不撒谎，不屑去欺骗别人，他向神祇和人类轻轻吐露智慧的箴言，揭示藏在尘土中的真理。他的建议总是英明又智慧的。

涅柔斯除了安菲特里忒之外，还生有五十个美丽无双的女儿。她们年轻貌美，风情各异，她们常在海浪间快乐地嬉戏，她们美丽的脸庞时不时地闪现在浪涛间，她们被人们亲切地统称为涅瑞伊得斯。她们常常手拉着手，一个接一个地自深海浮出，并随着波浪来到岸边，在海浪轻柔的拍击声中，跳起欢快的环舞。每到这时，海边的山岩就会回响起她们柔美的歌声，这歌声就像大海隐约可闻的隆隆声一样。这些海中的神女是航海者的守护神，她们会追随在她们喜爱的船只后面，保证水手们一帆风顺。

在海中还住着一位叫普罗透斯的老海神，没有人看到过他真正的模样，因为他的相貌如同大海般千变万化，他可以随心所欲地变成任何动物或怪物。除了变幻这一本领外，他还拥有预知未来福祸的能力。如果你想知道任何关于未来的秘密，只要能突然出现在他面前，抓住他，制服他，他就会告诉你。海中的王者波塞冬的随从中还有一位可以预见未来的神祇，他就是专司保护水手和渔民的格劳科斯。他是一位非常热心的神，他时常从大海的深处浮到海面上，向凡人们预告即将发生的事情，有时他也会为迷惑的人们指明前进的方向。

大海虽然博大，但是它和所有陆地都要被大洋神俄刻阿诺斯所环绕。这是位与宙斯齐名的提坦神，是位十分受众神和人类尊敬的神。他住在遥远的世界边缘，不问世事，亦不受世事的影响。他子女众多，有儿女各三千人。他的儿女分布在世界各地。他的女儿们就是大洋、山溪和泉水中那些美丽迷人的女神。伟大的俄刻阿诺斯的子女们是这样的慷慨、善良，他们终年流淌着，让凡人们能够饮到甘洌的活水，浇灌着大地，传递着幸福与欢乐。

哈德斯的冥国

宙斯的另一个兄弟住在深深的地下，他是一个带着忧郁气息的，心肠如铁的神祇，他就是地狱冥君——哈德斯。哈德斯居住的地方和他的兄弟们——宙斯和波塞冬居住的宫殿有很大的差别。他的宫殿座落在地底的最

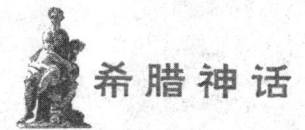

深处,这里是连阳光都遗弃的地方。虽然哈德斯的冥国同他的兄弟们一样,也有广阔的疆域,可是哈德斯却不能欣赏他领土上美丽的风光,更感受不到他疆土的宽广,对他来说,他的全部领土只有火把照到的那一点地方。即便如此,哈德斯依旧拥有至高无上的权利。他也统治着这世上最不可或缺的一部分——死者的灵魂。

哈德斯的冥国与地面上的世界,是由一个个无底深渊联通的。在无尽的黑暗中,一条条冥河缓缓地流动着,最著名的是那条常常被众神用来做发誓内容的斯堤克斯河。在冥国中还有许许多多这样冰冷、汹涌的河流,就像科库托斯河和阿刻戎河。在这两条波涛滚滚的河流两岸,总是回响着不甘赴死者的呻吟,和死灵们哀怨的叹息。但是这些叹息并不能维持多久,因为在冥国里有一条勒忒河,那是一条忘川之水,只要死者喝了这里的水就会忘记自己在世上曾经历的一切,包括生前的荣誉、欢乐和悲哀。

这些涓涓流淌着的河水滋润着两岸的土地,使哈德斯冥国虽然漆黑,却不荒凉。这里也开满鲜花,只不过都是些苍白的野郁金香。它们忠诚的抚慰着死者的灵魂,虽然这些来到冥国的死者既无形体,也无重量,只是幽灵般的游荡。忘却了前尘的死者仍然记得住这世上的阳光,因此他们有时会对这没有光明的,绝望的生活抱怨。他们的声音是那样的低微,就像秋风拂过落叶后发出的低哑的沙沙声。也曾有不安分的灵魂想要逃离这种绝望,试图重温昔日温暖的阳光,只不过这种冒险的想法从来没有一次能成功的实现。因为哈德斯的冥国的大门,由一条长着三个头的恶犬刻耳柏洛斯把守着。这只狗的脖子上缠满了呲着毒牙的毒蛇,它们咝咝作响,威胁着任何一个企图靠近的灵魂。也有的死灵不甘心就这样放弃生前的荣光,或者无法抚平生前刻骨的仇恨,想要在渡过阿刻戎河之前逃回地面上。可是这也不过是空想而已,摆渡的艄公卡戎是一位严厉而谨慎的随从,他不会让任何灵魂从他的眼皮下溜走,返回那个洋溢着无限生命力的世界。因此死者的灵魂注定要在哈德斯的冥国里,苍白地生活,毫无乐趣地徘徊。

在这个没有阳光,没有欢欣的世界里,冥王哈德斯也有一座属于自己

第一篇 众神的传说

的宫殿。他携着美丽的妻子佩耳塞福涅,高高地端坐在纯金的宝座之上。他忠心的部下是一群心肠如铁的复仇女神。这些令人谈之色变的女神们各个手执长鞭、带着毒蛇追捕那些曾犯下罪行的人。她们从不让罪犯有安宁的一刻,不断地用良知的谴责折磨他们。从没有一个有罪的人能侥幸逃过复仇女神的追捕,她们目光是那样敏锐,无论罪犯躲藏的多么隐秘,也能准确无误地找到他们。

在哈德斯的旁边坐着两位负责审判死灵的法官,他们就是弥诺斯和拉达曼堤斯。还有一位手持宝剑,披着黑袍,长着一双巨大的黑色翅膀神祇也静静地立在哈德斯的身旁,他就是死神塔那托斯。这位全身透露着恐怖气息的神祇,专司为冥国寻找居民,他会飞到那些濒死者的床头,用泛着寒光的宝剑割下他的一绺头发,等到带走死者的灵魂的时候,他就会挥动着黑色的巨大双翼,扇着阵阵冰冷的阴风来宣布死亡的到来。塔那托斯的身旁围绕着一群阴森的精灵,他们被称为刻瑞斯。这些恐怖的精灵最爱鲜血纷飞的战场,他们会鼓动翅膀飞翔在战场上空。看到一批批英雄横在红色的血泊中,等待死亡的降临,他们就会兴奋不已。他们血红的嘴唇会紧贴在这些死者的伤口上,贪婪地吮吸英雄们尚未凉透的热血,并替代塔那托斯勾走这些灵魂。

还有一位面容英俊的少年也站在哈德斯的旁边,他就是睡神许普诺斯。他也拥有一对翅膀,但是和塔那托斯巨大的黑翼不同,他挥动翅膀时是没有声音的。每到夜幕降临,他就会手持一束罂粟花和一只角,在大地上空飞翔,向世界泼洒盛装在角里的安眠药水。然后他会在家家户户、男女老少之间愉快地穿行,用他那根神奇的魔杖去轻轻触碰他们的眼皮,这时无论多么明亮锐利的眼睛也会轻轻地合上,甜甜地进入梦乡。睡神许普诺斯虽然看起来年轻纤细,但是他的力量是不可小觑的,这力量不仅发生在凡人身上,就连神祇也是无法抵挡的。即便是众神之首、世界的主宰——宙斯也对他无可奈何。不论这位英伟的神祇是否愿意,许普诺斯只要挥一挥他那根神奇的权杖,宙斯就只能合上那双透露无限威仪的眼。

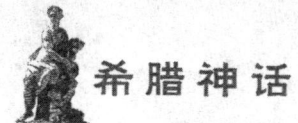
希腊神话

　　与这位睡眠之神合作的还有一群梦神，他们中的一些可以给人们带来预示和愉快的好梦，而另一些则是顽皮恶劣的，他们给人备感折磨的噩梦，然后躲在梦中看笑话，看到人们自熟睡中惊醒，就会捧腹大笑。还有一些睡神，善用花言巧语诱人步入迷途，常常能成功地为死神塔那托斯招揽来生意。

　　精灵恩浦萨也在冥国永无止尽的黑暗中游荡着。这些面目狰狞的精灵长着驴一样的腿，她在晚上常常使用伎俩把人们骗到偏僻的地方，吸光他们的血，再吃掉那些抖动的尸体。还有专偷孩子的女妖拉弥亚，也是冥国的居民。她最喜爱在晚上潜入母亲们的房里，带走她们心爱的孩子，吸孩子们的血。这些幽灵和妖魔虽然常在人间和冥国游荡，但是他们都受女神赫卡忒的管制。可是这位女神并不是一位宽厚而温和的神祇，她长着三个头颅，拥有三个身躯。每到月黑无光的时候，她就会带着那帮有恶狗跟着的侍从，在坟间、路上游荡。她给世界上的生灵带来恐惧和恶梦，并常常危害到人类的安全。赫卡忒具有促使魔法灵验的能力，同时又是唯一一个可以使人摆脱魔法的神。只要人们打从心里敬畏她，并在有事相求时在三岔路口上，摆放一只狗作为她的祭品，她就会考虑实现你的要求。

　　世间的人们都厌恶、害怕哈德斯的冥国，因为那里黑暗无边，处处弥漫着绝望。也因为那里游荡着这么多令人生惧的神祇、妖怪和魔鬼。

第一篇 众神的传说

赫拉

赫拉

宙斯的妻子赫拉是专司守护婚姻的神,她拥有无尽的力量,保护着男人与女人间神圣的婚姻关系。她给年轻的夫妇们送来子女,并在母亲们分娩时,向他们送去祝福。

赫拉是宙斯的姐姐,是由被这位伟大的神祇所打败的提坦神——克洛诺斯吐出来的。赫拉的母亲瑞亚害怕女儿再遭遇到不幸,于是把她送到遥远的大地边缘,大洋河的岸边。并让海中的神女忒提斯来教养她。她在远离奥林匹斯山的地方宁静地生活了很久,直到她与宙斯相遇。

当宙斯第一次看见这位美丽的女性时,就被她的端庄、高贵与娴雅所倾倒,他疯狂地爱上了她。宙斯从忒提斯身边抢走了赫拉,并在众神的祝福下,为她举行了一场豪华的婚礼。伊里斯和美惠女神们给新娘穿上华丽的嫁衣,使赫拉容光焕发地走到宙斯面前,并由他牵着手坐到了这位众神与人类的主宰,伟大的雷神身边。看着这对沉浸在幸福中的新人,众神纷纷献上自己的礼物。地母盖亚将自己栽培出的一棵缀满了金苹果的苹果树,送给了赫拉,作为她的新婚礼物。大自然中的一切都为他们的女主人欢呼,为赫拉和宙斯献上衷心的祝贺。

就这样美丽宁静的奥林匹斯山迎来了它的另一个统治者。赫拉与丈夫

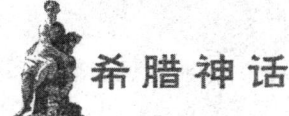
希腊神话

宙斯一样,也可以操纵威力强大的霹雳和闪电,也能够聚散乌云、控制风雨。

女神赫拉美丽异常,她长着一双散发出宁静气息的大眼睛,皮肤洁白得就像刚刚盛开的百合花,一头美丽的鬈发就像波塞冬手中顽皮的浪花。她双目时刻流露出平静而威严的神情。众神们都敬重她,就连他的丈夫宙斯也十分尊敬她,常与她一起商讨问题。但是两个智慧的人在一起,争吵就再所难免了。耿直的赫拉经常在众神的会议上反驳宙斯,与他发生争执。这时宙斯就会怒发冲冠,咆哮着要惩罚他的妻子。赫拉只能选择沉默,努力平息心头的怒火。因为她耿直的言辞,她曾经被宙斯鞭打,被金链捆住,还曾双脚拴着沉重的铁砧,被悬挂在天地之间。这一切无不刺伤了她的骄傲。

赫拉是地位仅次于宙斯的神祇,是奥林匹斯山上最尊贵的女性。她的举止永远是那么雍容华贵。她最爱穿雅典娜为她裁制的衣裳。当她心情好的时候,她会乘坐由两匹神马拉着的马车从奥林匹斯山飞奔下来。赫拉所到之处,都会留下一片芳香,世界上所有的生灵都弯下身躯,向这位伟大的王后行礼。

赫拉和伊娥

赫拉嫁给宙斯以后,成了世界上一切生灵的女主人,就连宙斯都对她敬重有加。可是这位最尊贵的女神也有和普通人类女性一样的烦恼,他的丈夫,伟大的雷神宙斯也会欺负、侮辱她。

一次,宙斯遇见了一位美人,她的名字叫做伊娥,他疯狂地迷恋上了她。可是他不能让赫拉知道自己的新恋情,为了瞒住妻子,他将伊娥变成了一头牛。赫拉在看到这头雪白的母牛后,马上识破了宙斯的诡计。于是,她就要求宙斯将这头美丽的母牛送给她。宙斯很想拒绝赫拉的要求,可是他搜肠刮肚也找不到一个拒绝的借口。

得到这头母牛后,赫拉把它交给了巨人阿耳戈斯看管,他有一百只眼睛,可以不睡觉地看管着囚徒。不幸的伊娥在变成母牛之后,丧失了语言能

第一篇　众神的传说

力。任她受了再大的委屈和苦难,也无法向人诉说。伊娥曾试图寻找机会逃回宙斯那里,可是阿耳戈斯从不睡觉,上百只的眼睛随着伊娥的移动而转动。宙斯眼看着伊娥经受的苦难,心中十分难过,于是他找来儿子赫耳墨斯,让他想办法把伊娥带回来。

赫耳墨斯转动着他聪明的脑筋,一会儿就有了主意。他飞快地来到阿尔戈斯看守伊娥的那座山的山顶,念起了咒语。不一会阿耳戈斯那一百只眼睛就渐渐合了起来。赫耳墨斯一看机不可失,立刻抽出自己那把弯曲的佩剑,砍下了巨人的头颅。伊娥就这样获救了。

赫拉知道后变得更加愤怒,她决心要严惩可怜的伊娥。于是派出一只大得可怕的牛虻,命令它伸出自己令人心颤的尖刺,追赶伊娥。牛虻的尖刺炽热得像烤得通红的铁,每刺伊娥一下,都让她感到烧灼般的疼痛。可怜的受难者不停地从一个城市跑到另一个城市,从一个国家逃到另一个国家,仍然无法摆脱这只牛虻的追捕。最后,伊娥再也无法忍受了,她被折磨得精疲力竭,发了疯似的越跑越快,越逃越远。她几乎跑遍了世界上的各个角落,经过长期颠沛流离之后,她跑到世界的最北端——斯库提亚人的国家。见到了被锁在山岩上的普罗米修斯,他告诉不幸的伊娥,要想摆脱这永无止境的苦难与折磨,她只能逃到埃及。话音刚落,那只巨大的牛虻就震动着翅膀追了过来,伊娥甚至没来得及向普罗米修斯表示感谢,就疯狂地逃命去了。

在接下来的旅途中,伊娥受尽了千难万险,经历了各种痛苦的磨难,终于来到了埃及。她徘徊在美丽富饶的尼罗河边,看着自己在河中倒影,伤心地落下眼泪。这时众神之王,世间一切生灵的主宰,宙斯出现了。他让她恢复了原来的形态,并与她生下了儿子厄帕福斯。

这位神与人的儿子,就是埃及的第一任国王,他是一位英明的统治者,在他的统治下,这片土地始终洋溢着英雄的气息。他的后代中有一代人深受这种气息的影响,成为了举世著名的英雄,希腊人眼中最伟大的英雄,赫拉克勒斯就属于这一代人。

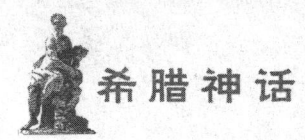

得墨忒耳和佩耳塞福涅

得墨忒耳是掌管大地和丰收的女神,他拥有十分强大的法力。她能使大地上遍布金黄,让麦子结满沉甸甸的谷穗,能让葡萄架上结满一串串晶莹的葡萄。一旦失去了这位女神的创造力,世界上就不会再有丰盛的收获。无论是茂密的森林,还是无边的草地,亦或是肥沃的良田,都不会再有所产出。

这位女神也是一位气质温和的美人,是瑞亚六个儿女中的一位,也是雷神宙斯的姐姐和爱人。她与宙斯生下了美丽活泼的佩耳塞福涅。她很爱自己的女儿,视她为明珠,为心肝。谁知道此后有了哈德斯和佩耳塞福涅的一段波折。

哈德斯掳走佩耳塞福涅

美丽的佩耳塞福涅是一位无忧无虑的女性,她最喜欢和大洋神女们一起出行,一起游玩,尤其钟爱开满鲜花的倪萨山谷。一天,佩耳塞福涅正和自己的女伴们在这里游玩,她如同轻盈的蝴蝶般,欢快地在花间穿梭,手上捧满了各色的鲜花,有妖艳华丽的玫瑰、散发阵阵芳香的紫罗兰、纤尘不染

第一篇　众神的传说

的百合花，还有红的似火焰般的风信子。在美丽的花丛中，她尽情地跑啊跳啊，毫不吝啬地为这世界奉献欢声笑语，丝毫没有意识到父亲宙斯早已为自己安排好的命运，正在向她悄悄地靠近。佩耳塞福涅怎样也没有想到，慷慨大方的阳光将会离她远去，绽放着缤纷色彩的鲜花也将淡出她的视线，曾经最爱的芬芳将会渐渐地沉淀在记忆的长河里。这一切的改变都只因为一件事——宙斯将她嫁给了自己的兄弟，统治黑暗冥国的冥王哈德斯。作为这位地狱君主的妻子，她必须与他一起生活在暗无天日的地下王国里。

当哈德斯看到正在倪萨山谷中嬉戏的佩耳塞福涅时，他决定不等婚期的到来，立即就要带走这美丽的新娘。他请求地母盖亚开出一朵神奇美丽的花，盖亚欣然答应了，她运用神力让山谷中开出了哈德斯要求的花。这朵花盛放的时候散发出醉人的芳香，弥漫在空气中，随风飘向四面八方。佩耳塞福涅一看见这朵花，就从内心中产生一种欢喜之情，情不自禁地揪住花茎，想要把它自地母的身上采撷下来。就在佩耳塞福涅的手碰上花茎的时候，大地突然迸裂，冥王哈德斯乘着黑马拉的金车自地底飞奔而出。他抓住佩耳塞福涅来不及收回的手，将她掠到了车上，顷刻间又驶回了地下。佩耳塞福涅被这发生的一切弄得措手不及，她只来得及大喊一声，就被黑暗吞没了。那一声凄惨的呼喊声传得极远，它传到了海底的最深处，传到了永远被光明眷顾的奥林匹斯山上。可是除了太阳神赫里阿斯之外，谁都不知道哈德斯掳走了佩耳塞福涅，谁都不知道她去了哪里。

得墨忒耳一听见女儿的呼喊声，马上赶到倪萨山谷。她找遍了山谷里各个角落，都没有发现女儿的踪影，又向女儿的玩伴大洋神女们打听，但是谁也不知道佩耳塞福涅去了哪里。

得墨忒耳失去了唯一的女儿的踪迹，心中充满悲伤。只觉得万念俱灰，脱下了自己华丽的衣裳，换上了一件黑色的衣服，泪流满面地在大地上寻找了九天。她到处奔波，逢人便问自己女儿的去处，然而没有人可以回答她的问题。到了第十天，她找到了太阳神赫里阿斯，哭着对他说：

"啊，光辉的赫里阿斯，善良的赫里阿斯，你每天都乘着金车穿过高高

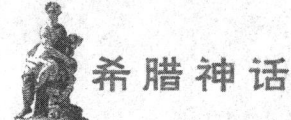
希腊神话

的天空,跨过大地和海洋的各个角落,你能看见地面上发生的一切,任何事情都瞒骗不了你的眼睛。如果你可以施舍给我这个可怜的母亲一点同情,就请告诉我,我的女儿佩耳塞福涅究竟在什么地方,请告诉我在什么地方才能找到她!我分明听见了她恐惧的喊声,我知道她是被人掳走的。请你告诉我到底是谁掳走了她。我找遍了世上的各个角落,却再没有看到她可爱的脸。"

赫里阿斯听罢回答到:"伟大的女神啊,你是我所尊敬的人。你的不幸令我十分难过。告诉你吧,是宙斯把你亲爱的女儿嫁给了他的兄弟冥王哈德斯,哈德斯掳走了你的女儿佩耳塞福涅。他把她带回了阴冷的地下王国。亲爱的女神,请你克制这沉重的悲伤,你的女婿也是一位伟大的神祇,你的女儿嫁给了主宰世界的宙斯的强大兄弟。"

听了这番话,得墨忒耳陷入了更深的悲伤。她痛恨宙斯没有经她同意就私自决定了佩耳塞福涅的婚姻。她撇下了众神,离开被光明眷顾的奥林匹斯山,变成凡人女子的容貌,穿着黑衣,在人间久久地流浪,边走边痛苦地流泪。

她的哀伤让地面上的万物都停止了生长。树上的叶子不再洋溢生命的绿色,变得枯黄,哪怕最轻微的风都能使它们飘落下来。树木顿时失去了生气,光秃秃地矗立着。青草干枯泛黄,花朵也跟着凋零。果园里再见不到多汁甜美的果实,就连绿色的葡萄藤也干枯了,藤上再没有沉甸甸的葡萄。就连曾经肥沃的土地也变得空旷而荒凉,不要说金色的麦子,就是一棵草也长不出来。大地就像得墨忒耳的心一样,被冻结了,变得了无生趣。世界上各个角落都在闹饥荒,到处是孩子们饿哭的声音和老人们痛苦的呻吟。死亡向人类渐渐逼近。但是这一切都无法打动这位失去女儿的母亲,她听不见那些悲伤的啜泣和凄苦的祷告,也看不见世间一切悲苦的景象,完全沉浸在自己的悲痛之中。

最后,得墨忒耳来到了厄琉西斯城。她来到城墙根,坐在橄榄树下一口名叫"贞女井"的井旁那块"悲伤石"上。她在那里一动也不动,仿佛雕像一般。黑色的衣衫一直垂到地面上，低垂着头，眼泪就像断了线的珠子，一颗接着一颗的从眼眶滚落到她的胸襟上。她就这样独自沉浸在悲伤中坐了很久。

厄琉西斯的国王刻勒俄斯有几个年轻貌美的女儿，她们看见了悲伤中的得墨忒耳。但是她们并不知道，这位穿着黑衣满面神伤的女人就是奥林匹斯上伟大的神祇。她们只是对这个坐在泉水边哭了很久的女人感到奇怪，于是就走到她的跟前，亲切地问她是什么人。得墨忒耳并没有说出自己的真实身份。她告诉她们，自己叫做得俄，在克里特岛上出生，不幸被强盗掳走。她是好不容易才从强盗手中逃脱出来的，又经过了很长时间的流浪才来到了厄琉西斯。得墨忒耳愿意做她们母亲的女仆，只请求刻勒俄斯的女儿们将她带回家去，她可以帮助她们的母亲教养子女，也愿在刻勒俄斯的宫殿中帮忙干活。刻勒俄斯的女儿们就这样将得墨忒耳带回了家，并衷心地希望母亲墨塔涅拉可以留下这位可怜的妇人。

她们将得墨忒耳领进家门的时候，门框上端与得墨忒耳的头顶蹭了一下，屋内立时充满了神奇的光辉。墨塔涅拉知道女儿们带回来的并不是一位凡人，她对得墨忒耳起身相迎，并向这位陌生的女人鞠躬行礼，还把她请到王后的位置上。但得墨忒耳拒绝了，只是默默地坐到女仆的凳子上，漠然地对待周遭的一切。墨塔涅拉有位开朗、快活的女仆，叫做伊阿巴。她看到这位陌生的女人满面愁色，就想尽各种办法为她排遣忧愁。她脸上堆满笑容服侍得墨忒耳和自己的主人墨塔涅拉，经常高声地为她们说笑逗乐。自从女儿佩耳塞福涅被掳走后，得墨忒耳展露出第一个笑容，也是托这些盛情人们的福，她第一次进食了。

得墨忒耳就这样住在了刻勒俄斯的宫殿中。她负责教育国王刻勒俄斯的儿子，这个宫殿里的王子——得摩福翁。这个尚栖息在人怀中的孩子为得墨忒耳的心带来些许安慰，她将自己投注在佩耳塞福涅身上的无限的爱，分了一些放在了这个人类男婴的身上。她想让得摩福翁得到永生。为此，她总是抱着还是婴孩的得摩福翁，让他坐在自己的膝头，以便吸入女神

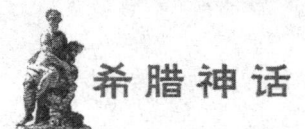

永生的气息。她还将神食搽在了婴孩的身上,到了夜晚,当刻勒俄斯一家人都睡熟以后,她把裹在襁褓里的得摩福翁,放到燃着熊熊火焰的火炉里。可是即便得墨忒耳尽了这些努力,得摩福翁仍没有得到永生。因为墨塔涅拉看见了躺在火炉里的儿子,她吓得要命,不断地恳求得墨忒耳饶了自己的儿子。得墨忒耳感到很生气,就把得摩福翁从炉中抱出来,说:"啊,你真愚蠢!我只是想让你的儿子得到永生,在今后的岁月中不受到任何伤害。事实上,我是可以赋予神和人类以喜悦和力量的得墨忒耳。"

得墨忒耳对刻勒俄斯和墨塔涅拉说出了自己的身份,在下一瞬就恢复了自己原本的面貌。国王刻勒俄斯的王宫中立刻充满了奇异的光辉。得墨忒耳的金发像卷着无数鲜花的瀑布,从头顶缓缓地飞落,她明媚的大眼中绽放出理性与智慧的光芒。那件被她披在身上的粗布衣裳也顷刻间散发出阵阵的香气。国王夫妇见此情景,赶忙跪在她面前,不住行礼。

得墨忒耳告诉他俩,让他们在厄琉西斯城的卡利科拉泉边为她建造一座神庙,她将会留在神庙中。在这座主掌丰收和力量的神庙中,她亲自创建了祭祀的仪式。

虽然在厄琉西斯城的际遇稍稍地减轻了得墨忒耳的痛苦,但是失去爱女的悲伤仍缠绕在她的心头上。她对宙斯的愤恨也丝毫没有消除。大地上仍然一片萧条,什么也长不出来。农民们的土地上只有干枯的沙粒,没有半棵瘦弱的禾苗,饥荒愈演愈烈。犁地的公牛徒然地拉着沉重的耕犁,但它们辛勤的劳作换不来丝毫收获。人们一个村落接着一个村落地死亡。饥饿的哀号声直冲青天,震颤着奥林匹斯山上的众神,但是对于这些凄惨的景象,得墨忒耳仍然不予理会。终于大地上再难见到祭神时的袅袅香烟。死亡展开巨大的黑翼,笼罩在一切生灵头上。宙斯并不希望凡人被统统饿死,他派出众神的女使者伊里斯寻找得墨忒耳。伊里斯挥舞着闪着虹光的翅膀,赶到位于厄琉西斯城的得墨忒耳神庙,恳求这位女神回到奥林匹斯山,重新融入到众神中间。但是得墨忒耳并没有被她诚挚的言语和真切的恳求所打动。宙斯只得再派其他神去请得墨忒耳,可是她对宙斯的愤怒仍然没有平息,无论如何都不肯回到奥林匹斯山,除非哈德斯愿意把她的掌上明珠佩耳塞福涅送还给她。

宙斯没有办法,只能派赫耳墨斯去找哈德斯。赫耳墨斯来到阴暗无光的地下王国,来到端坐于宝座之上的哈德斯面前,向他转述了宙斯的请求。

哈德斯同意了,他允诺让佩耳塞福涅回到她母亲的身边,不过佩耳塞福涅在离开之前,必须先吃一种象征婚姻的石榴。然后才让佩耳塞福涅乘坐自己的金马车,和赫耳墨斯一起返回了地面上。转眼间,哈德斯不受任何阻挡的神马就来到了厄琉西斯城。

得墨忒耳看见佩耳塞福涅,高兴得忘记了一切,她迎向亲爱的女儿,一把将她搂进怀里。她终于带着女儿回到了奥林匹斯山。宙斯决定,让佩耳塞福涅一年中三分之二的时间,用来和母亲一起生活,剩下三分之一的时间待在自己丈夫的身边。

得墨忒耳恢复了大地的肥力,让一切植物都重新发了芽、美丽的花朵纷纷绽开。于是,森林又披挂上嫩绿的树叶,旷野又穿上了嫩草织成的新装。农田里很快很快又长满了庄稼,稻谷忧愁满了谷穗,果园里又是一片香花扑鼻,阳光下的葡萄园又泛着美丽的翠色光泽。整个自然界像刚刚从沉睡中苏醒过来,显现出前所未有的生命力。所有生灵都仰望着得墨忒耳欢呼,颂赞着伟大的女神和她的女儿佩耳塞福涅。

但是得墨忒耳终究无法与佩耳塞福涅终年生活在一起,作为哈德斯的妻子,她必须每年在丈夫身边待上一段时间。所以她每年都不得不告别母亲,回到幽暗的冥国。每当佩耳塞福涅离开,得墨忒耳都陷入极大的悲痛。她重新穿上了那套黑色的衣裙。自然界也会随着得墨忒耳的悲伤而陷入死寂。树上的叶子渐渐萎黄,当秋风吹起,它们就纷纷掉落;美丽的花朵也跟着落叶一起凋谢,大地又变成了空荡荡的一片,这时人们就知道冬天降临了,大自然又将陷入深深的沉睡中。等待来年春天的时候再苏醒,那时候佩耳塞福涅将会从哈德斯的冥国被送回来,来到母亲身边,这时伟大的丰产女神就会慷慨地向人们赐予丰收和力量,祝福农民们的劳动获得丰硕的回报。

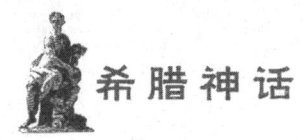
希腊神话

特里普托勒摩斯

得墨忒耳是司掌大地肥力的女神,她性情温和善良,常亲自教导人们耕种土地的技术。她把麦子的种子送给了特里普托勒摩斯,他是厄琉西斯国王年轻的儿子,也是第一个在厄琉西斯翻耕三遍土、再将种子播进去的人。这片被得墨忒耳亲自祝福过的土地长出了累累的果实。特里普托勒摩斯还按照这位丰产女神的嘱咐,乘上长着翅膀的巨蟒所拉的车子走遍世界所有国家,向人们传授农业生产技术。

特里普托勒摩斯乘车来到了斯库提亚,见到了国王林科斯,并向他传授很多先进的农业生产技术。但是这位骄傲的国王企图夺走特里普托勒摩斯的荣誉,试图占据农耕祖师的称号。林科斯想在特里普托勒摩斯陷入熟睡时将他杀死。可是伟大的得墨忒耳女神决不允许这种罪恶的企图得逞,决定惩罚这位傲慢且阴毒的国王,不能原谅他违反宙斯定下的热情待客的风俗,更不能原谅他对她所选中的人痛下杀手。

这夜,当国王悄悄溜进了特里普托勒摩斯的睡房,就在他举起手中的短剑企图刺进这位善良人的胸口时,得墨忒耳运用的神力,将他变成一只大山猫。

变成大山猫的林科斯不能再继续生活在他的宫殿中,也不能在生活在人类的任何一座城池里,只得逃进黑沉沉的森林。特里普托勒摩斯在完成了自己使命后,离开了斯库提亚人的国家,继续坐在华丽的车子上,在各个国家之间奔波,向人们传授得墨忒耳恩赐的技术。

厄律西克同

得墨忒耳不仅惩罚过斯库提亚人的国王林科斯,也惩罚过厄律西克同——忒萨利亚国王。厄律西克同和科林斯一样也是一位目空一切的君主。他从未把神灵放到心上,更没有祭祀过万能的神祇。他目空神灵到胆敢公然冒犯得墨忒耳的地步。

第一篇 众神的传说

为了嘲弄这位能够赐予人们丰收的女神,他决定要砍倒得墨忒耳圣林中的那棵有着百年树龄的老橡树。这棵橡树是一位护林神女的托身树,这位神女是得墨忒耳十分宠爱的神女。人们听说后,纷纷劝阻厄律西克同,可是这位骄傲的君主根本听不进去,坚持要砍倒这棵树。还扬言道:"这不过是得墨忒耳的宠神,就算是她本人的脱身树,我也照样砍倒它!"

厄律西克同夺过仆人手中的斧子,对着这棵茂盛的大树猛地挥下一斧子。橡树随继发出一声痛苦的呻吟,鲜血自树皮下源源不断地涌出。站在橡树边的众仆从都惊呆了,其中一个人勉强壮着胆子劝阻厄律西克同结束暴行。厄律西克同听后陷入了一种被违逆的愤怒,他砍死了这个仆人,并大吼道:"这是给你敬神的赏赐!"

当厄律西克同终于残忍地砍倒了这棵百年老橡树时,它发出了一阵这宛若人类呻吟的呼声就倒了下来,而那位托身其中的护林神女也随之殒命。

见此情景,圣林中的其他神女都穿上了黑衣,找到得墨忒耳,请求她惩罚那个杀害她们朋友的凶手——厄律西克同,并向她讲述了这个暴君的种种恶行。得墨忒耳听闻后勃然大怒,当即派出一位充当使者的神女去找饥饿女神帮忙。使者坐上得墨忒耳那辆由长着翅膀的巨蟒所拉的车,飞速驶向斯库提亚的高加索山。她在一片寸草不生的荒山中,找到了传播饥饿的女神。这位女神没有丰腴的面颊和体态,她就像终年忍受饥饿的人,两眼深深的凹陷,脸色一片苍白,披散着头发,粗糙的皮肤紧紧地包着骨头。神女将得墨忒耳的意愿传达给了饥饿女神,饥饿女神欣然听从了吩咐。

她来到厄律西克同的家里,先向他的身体里灌输了让人难以忍受的饥饿感,使他感到五脏六腑都被饥饿灼烧。厄律西克同找来各种食物想要填饱肚子,可是吃得越多,饥饿感就越强烈。他把自己所有的家产都用来换取各种山珍海味,但是这些食物不但无法消除那种饥饿感,反而使他更难以忍受。

最后厄律西克同买了最后一件家当,并用自己最后一枚铜板换了一块

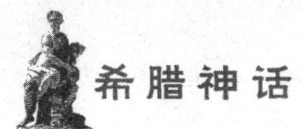

干面包。现在他真的一无所有,只剩下一个不得不与他一起挨饿的女儿。为了填饱肚子,他又把女儿送到买卖奴隶的地方。这位曾经生活富足的公主,在很早以前就向海神波塞冬学会了变化的本领,她要么变成飞禽,要么变成牛马,每次都成功的从买主手中逃脱出来。厄律西克同将女儿多次卖出,但是一个女奴根本换不来几个钱。饥饿感越来越强烈地折磨着他,让他终于难以忍受,最后他只能啃食自己的身体来缓解饥饿。就这样厄律西克同在极其痛苦中死去了。

第一篇 众神的传说

阿波罗

阿波罗的诞生

宙斯拥有很多的情人,这些情人都被赫拉视为仇敌,并遭到她的报复。光明之神阿波罗的母亲勒托就曾是赫拉报复对象之一。为了报复勒托,赫拉命令巨蟒皮同去追赶勒托,这位可怜的女神只得四处奔逃,最后躲到了得罗斯岛上。

那时得罗斯岛还在波涛汹涌、瞬息万变的大海上漂浮不定。岛上到处都是漂浮不定的光秃岩石,没有任何可以给生活添加生气的东西。只有山岩间海鸥凄凉的叫声和在岛上栖息时留下的羽毛,稍稍的慰藉孤寂的岩石。

但是当勒托踏上这片土地的时候,一切都发生了改变。海底突然升起了许多巨大的石柱,它们将这座岛稳稳地固定在了海中,使它屹立不摇。随后光明之神阿波罗出生了,于是岛上又在瞬息间光芒四射。阳光像金子一样洒在了得罗斯岛的各个角落,那些雪白的岩石、铿托斯山还有大海都随之散发出了生气和光彩。女神们见此情形纷纷来到得罗斯岛,为新生的神唱起赞歌,并送来了神食和仙酒。岛上的山谷、溪流、以及那些矗立的岩石都开心的与女神一起庆祝。

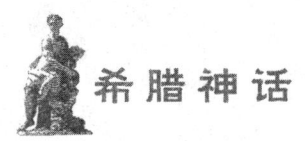

希腊神话

阿波罗与巨蟒皮同的决战

光明之神阿波罗相貌英俊,风流潇洒。他英勇无比,又浪漫体贴。他精通音律,无论走到哪里都不会忘记自己手中的竖琴,他还总肩背一副银弓去周游世界。他最爱在蔚蓝的天空飞速奔驰,听着金箭在箭筒中叮当作响的声音。他是那样骄傲而欢乐。他对一切属于黑暗的恶势力都十分憎恶,他是所有邪恶最大的威胁。

这会儿,他正急急地在天空中奔驰,要去巨蟒皮同的栖息之所,他要向那只可恶的,深深折磨过他母亲的巨蛇复仇,他要为母亲所遭受过的苦难讨回公道。

他很快就来到了巨蟒皮同栖息的山谷,那里山壁陡峭,直插天空,巨大的阴影遮挡住了金灿灿的阳光,使得谷中一片黑暗。谷底有一条山溪,溪流湍急、浪花飞溅,上方浮满了团团浓雾。皮同正从山谷的地穴之中缓缓地爬了出来。它遍身长有坚硬的鳞甲,身躯无比巨大,在岩石之间盘成无数圈。整个山体都因为它的重压而不住颤抖。

皮同叫嚣着要毁灭世间一切,它的身上向四周辐射出阵阵死亡的气息。山谷中的所有生灵都被吓得四处奔逃,甚至包括这山谷的守护神——森林、水泽的神女。力大无边的皮同咆哮着直起他巨大的身体,张开骇人的大嘴,吐着长长的信子,要把阿波罗一口吞入腹中。这时,就听银弓的弓弦嘣嘣作响,从未虚发过的金箭像滑落天际的流星一样,在空中一闪,紧接着像夏天的一阵急雨飞向了皮同。一切仿佛都只发生在一瞬间,这个刚刚还叫嚣着毁灭世界的庞大怪物顷刻间瘫倒在地上,没了呼吸。阿波罗就这样英勇无比地战胜了巨蟒皮同。他放声歌唱着胜利的凯歌,金竖琴的袅袅琴音欢快地为他伴奏。阿波罗将皮同的尸体埋在了圣地得尔福的地底,又在这里修建起神庙和神示所,向人们预示他的父亲,也就是宙斯的旨意。

接着,阿波罗又站在高高的岸边的礁石上,远远地就看见了海中有一艘克里特航海家的船只。于是他跃入蔚蓝宽广的大海,变成一只海豚追逐着航行的船只。当他追赶上的时候,就像一颗向四周散发出光芒的星星,在波涛中跃上船尾。他坐在甲板上,弹起了心爱的金竖琴,指引这艘船来到克里斯码头。又带领他们经过大片丰饶的谷地,来到得尔福。这群英勇无畏的海上勇士后来成为他神庙的首批祭司。

达芙妮

即使再无畏的勇士也会有被痛苦打倒的时候,开朗活泼的阿波罗也会遇到被悲愁缠绕的时候。

那是在他刚刚战胜皮同不久之后,他那颗骄傲而欢快的心,就经历了一次痛苦的滋味。那时阿波罗还满怀胜利的喜悦,心中盈满英雄的豪情,站在被他射死的怪物身旁,对恰巧在附近,正忙着弯弓搭箭的爱神厄洛斯说:"哦,可爱的孩子,你手中的武器即使再可怕又有什么用呢?还是看看我的金箭吧,它射出去的时候威力无穷。瞧,我刚刚就用这种箭射死了可怕的怪物——皮同。你难道还想和我这百发百中的神箭手来一比高下吗?难道你心中还在妄想超过我吗?"

听了阿波罗的话后,厄洛斯的脸涨得通红,他无法原谅阿波罗所给的侮辱。他高傲地回答道:"阿波罗,你的确很了不起,你的箭可以百发百中,能杀伤每一个被你瞄准的人,而我的箭却只能射中你一个。"

话音刚落,厄洛斯拍打着翅膀向巍峨的帕耳那索斯山飞去。他自身后的箭筒中抽出两支箭,一支是能唤起一切生灵的爱情的箭,另一支是能毁灭以一切纯真美好的爱情的箭。他用那支唤醒爱情的箭射中了阿波罗的心脏,而将另一支射向河神珀纽斯美丽的女儿,达芙妮的心脏。

于是,阿波罗在刹那间爱上了这位美丽的神女。但是,当达芙妮看见金发鬈曲,英俊无比的阿波罗时,却大惊失色地跑开了。阿波罗一边慌忙追赶心爱的达芙妮,一边大声呼唤:"美丽的神女啊,请你停一停。你为什么要像遇到恶狼的羔羊一样,逃避我呢?你为什么要像躲避鹞鹰的鸽子一样,头也不回地急急飞奔?我可不是你的敌人啊!哦,美丽的姑娘,请小心地上带刺

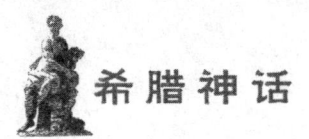

希腊神话

的花会扎伤你的脚。喂,等一下,快停下来!我不是凡间那些普通的牧人,我足以与你相配,我是雷神宙斯的儿子啊,我是阿波罗。"

然而听到了阿波罗的呼声,达芙妮反而越跑越快,阿波罗也像长了翅膀一样在她后面飞奔。就在他终于要追上的达芙妮时,达芙妮再也没有逃跑的力气了,只得向父亲珀纽斯呼救:

"我亲爱的父亲,珀纽斯啊,请您救救我吧!哦!大地啊,请裂开一道缝吧,请带我逃离这儿吧!啊,众神中最伟大的宙斯啊,请消除我的这副罪恶的容貌吧,它只给我带来了沉重的灾难!"

话音刚落,她的四肢突然变得麻木起来,那娇柔皮肤变得坚硬而干燥,最终变成了树皮,一头柔美秀丽的发变成了树叶,她那伸向天际,渴望获得救济的手变成了树枝。就这样,美丽的河神的女儿成了一棵月桂树。阿波罗久久矗立在这棵自己爱人变成的树旁,抑制不住失去爱人后的悲伤,他悄声说道:"啊,亲爱的达芙妮,我以后就用你的枝条来编桂冠装饰我的头颅,用你嫩绿的叶子来装饰我的竖琴和箭筒。啊,美丽的月桂树啊,我祝福你的枝叶永不枯萎!祝愿你永远茂盛苍翠!"

阿波罗的话音一落,月桂树茂密的枝叶就发出了轻轻的沙沙声,好像在回应着阿波罗诚挚的话语,美丽的绿色树冠也微微低垂下来,似乎答应了阿波罗的请求。

阿波罗为阿德托效力

皮同被阿波罗杀死后,虽然世人都赞颂这位青年神祇的勇敢,但是他也必须为此而付出代价。伟大全能的宙斯要求阿波罗为他的行为赎罪,同时还要为杀人的罪犯赎罪。宙斯让他去遥远的忒萨利亚,找国王阿德墨托斯。阿德墨托斯是一位高尚而贤明的君主,他在忒萨利亚通过为国王放牧来赎自己的罪。

阿波罗来到阿德墨托斯放牧的那个牧场,一边放牧一边吹奏芦笛,有时也会弹奏他的金竖琴。每当这时,无论多么凶猛残暴的野兽也会为他弹奏出来的美妙的音乐所迷醉,纷纷从茂密的丛林中走出来。世间呈现出一片欢乐与祥和的景象,凶猛的豹子和狮子也会在畜群中慵懒闲适地踱来踱去,鹿和羚羊在听见笛声后,一改往日的胆怯,纷纷跑过来与那些猛兽一起享受这美妙的乐声。

被这音乐洗礼的还有阿德墨托斯的王国,这里变得安宁且幸福,领地上五谷丰登,牛羊肥壮,因为阿波罗的功劳,阿德墨托斯在忒萨利亚首屈一指。他还帮阿德墨托斯娶来了阿尔刻斯提斯,这位美丽的公主是伊俄尔科斯国王——珀利阿斯的掌上明珠。为了给女儿找到一位勇敢坚强的丈夫,珀利阿斯曾经许诺过,谁能让狮子和熊甘愿充当拉车的黄牛,并且乘坐这样的车子来迎娶自己的女儿,他就会把自己最心爱的女儿嫁给这个人。阿波罗知道后,赋予他所庇护的人——阿德墨托斯,以强大的力量,让他得以满足珀利阿斯所有择婿的条件,他赢得了这位美人的青睐。

为阿德墨托斯效力八年之后,阿波罗赎罪期满,回到了得尔福。每年的春夏两季他都会居住在这里。直到秋风悄悄吹起,直到艳丽的花儿慢慢凋谢,直到那些在春天和夏天一直陪伴着大树的叶子,萎黄地在空中漫舞,阿波罗才会开始整理行装,等到大雪覆盖了帕耳那索斯山的时候,他就会坐上像雪一样洁白的天鹅驾的车,飞向那个没有严冬,四季如春的世界——极北族人的乐土。在那里他会呆上整整一个冬天。直到得尔福的田野和山丘再度转绿,百花被春天的呼吸唤醒,五彩缤纷地覆盖在克里斯山谷的时候,阿波罗才会再次乘坐离开时的那辆车返回得尔福,向人们宣读伟大的神祇宙斯的旨意。这时候,那些居住在得尔福的人们就会聚集在一起,欢快地庆祝光明之神阿波罗的归来。从这开始的春夏两季,阿波罗都会住在得尔福。他也常去探望自己的故乡——得罗斯岛,那里也有他豪华的神庙。

阿波罗与缪斯

每当春天和夏天来临的时候,阿波罗和九位缪斯女神就会到位于马泉的赫利孔山的山坡上,那里是一处流淌着淙淙泉水的茂密森林。他们会在

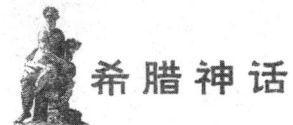

帕耳那索斯山上，在卡斯塔里亚圣泉边跳舞。这九位年轻貌美的缪斯女神是光明神忠诚的随从，她们是宙斯和谟涅摩辛涅女神结合所生下的女儿。

每当她们来到心爱的聚会所，阿波罗就会为她们弹起心爱的竖琴，并为她们领唱。他的头上戴着月桂枝编成的桂冠，神情庄严地走在前面，而九位美丽的缪斯女神则跟在他的后面。她们的和声庄严而洪亮，仿佛自然界中的一切都会被吸引进去，都不由地驻足倾听女神们震颤灵魂的歌声。

这九位缪斯女神分别是，掌管史诗的卡利俄珀，擅长抒情诗的欧忒耳珀，总是为情人们普出爱情之歌的埃拉托，四处向人们讲述赚人热泪的悲剧的墨尔波墨涅，经常逗人发笑的喜剧之庇护神塔利亚，身材婀娜、舞姿曼妙的忒耳西科瑞，专司记录世界上发生的事的克利俄，和掌管天文的乌拉尼亚，还有为奥林匹斯山唱赞歌的波吕许尼亚。

当九位缪斯女神陪同阿波罗来到被光明眷顾的奥林匹斯山，来到众神中间，众神都为之欢呼。当这位为世界带来光明的神拨动他金色的琴弦，琴声就会袅袅地在奥林匹斯山上空回旋，这时缪斯女神们就会情不自禁地放声歌唱。刹那间，原本响动着欢歌笑语的奥林匹斯山就会变得悄无声息。就是暴躁嗜血的战神阿瑞斯也会忘记战场上的金戈铁马。伟大如雷神宙斯，也会暂时忘记自己的权利，于是那威力无穷的霹雳也会泛出柔和的光芒，显出一丝温情。

奥林匹斯山上变得和平而宁静。宙斯心爱的神鹰在听到阿波罗和缪斯们演奏的天籁时，总是垂下它强而有力的双翼，合上敏锐的双眼，神态安详地在宙斯的权杖上打着盹，再也不愿发出一声可怕嘶叫。世界仿佛都陶醉其中，变得宁静、安详。

寂静之中只有阿波罗金色的琴弦在悠悠地颤动着，发出阵阵鸣响。但是当阿波罗的琴声从温柔低婉的吟唱变得欢快跃动着的音符时，众神就会情难自禁地在欢聚的宴会厅中跳起环舞。缪斯女神们、美惠女神们、婀娜的阿佛洛狄忒，还有阿瑞斯和赫耳墨斯都会随着这音乐翩然起舞。而跳在最前面就是阿波罗美丽端庄的姐姐——阿耳忒弥斯。这些洋溢着青春年少的生命力的神祇都沐浴在金色的阳光下，和着阿波罗美妙勾魂的琴声，踩着愉快的节拍尽情地舞动着一切生命绚烂的光彩。

阿罗欧斯的儿子

阿波罗虽然拥有万种柔情，可是一旦他发怒了，也是一件十分可怕的事情，因为这位象征着光明的神祇同时也是一位英勇无比的神射手，他的金箭是这世界上最残酷无情的武器。他的箭曾经射死过许多人。阿罗欧斯的两个儿子就死在了阿波罗残酷的金箭之下。

阿罗欧斯的两个儿子分别叫俄托斯和厄菲阿尔忒斯，他们身材高大、力大无穷，他们英勇无畏，并因此名闻遐迩。但是他们也十分的傲慢无礼，从不不肯服从任何人。还在少年时期，他们就对奥林匹斯山上的众神威胁道："嘿！我们正快快长大，我们正以超越自然的力量快速成长。等到我们长大的时候，我们要把高大巍峨的奥林匹斯山、珀利翁山和俄萨山统统摞起来，再沿着被摞起来的山登上苍穹。呵呵，奥林匹斯山上的众神啊，你们等着，我们会从你们手中抢走端庄的赫拉和美丽的阿耳忒弥斯。"

阿罗欧斯的两个桀骜不驯的儿子就这样口吐狂言，向奥林匹斯山上的众神示威。并且他们真的这么做了。以前他俩曾用世上最牢固的锁链锁住威猛无比的战神阿瑞斯，让这位在战场上所向披靡的神祇在铜栅栏的监牢里蹲了足足三十个月之久。要不是聪慧机敏的赫耳墨斯动用他聪明的头脑搭救了这位好战成性、却被困囚笼又无力反抗的战神，那么目前这位英勇的神祇大概还蹲在那里而无法脱身呢。

俄托斯和厄菲阿尔忒斯虽然拥有强大的力量，他们的英勇也十分受到雷神宙斯的欣赏，可是他们的娇纵最终惹恼了天上威仪的神祇，他们派出从不受任何威胁、英勇无比的神箭手——阿波罗。这位远射之神瞄准了两个狂妄的凡人，将银弓拉满，就见两支流星般的金箭，嗖地在空中一闪，刹那间，山一样的高大的俄托斯和厄菲阿尔忒斯，就轰然倒地，和被他们溅起的尘埃一起消失在空气中了。

希腊神话

玛耳绪阿斯

阿波罗的威严是不容触碰的,他的骄傲是不能被折损的。对于那些折损他的人,他都会给予严厉的惩罚。佛律癸亚那个半人半神玛耳绪阿斯就是活生生的教训。

玛耳绪阿斯听说阿波罗在音乐上的造诣很高,是被众神公认的音乐天才,他很不服气,于是想与这位光明之神比赛奏乐。当擅长弹奏竖琴的阿波罗听到这位狂徒的要求时,感到十分的愤怒,他不能容忍玛耳绪阿斯的胆大妄为。

玛耳绪阿斯有一次在佛律癸亚的原野上游荡时,捡到了一支芦笛。这支芦笛是被雅典娜所丢弃的,因为她发现吹奏这支芦笛折损了自己美丽端庄的形象,于是将它丢弃,并愤然地诅咒道:"谁要是捡到这支芦笛,谁就要受到最严厉的惩罚。"

玛耳绪阿斯并没有听到雅典娜的诅咒声,他捡起了这只受过诅咒的芦笛,并很快学会了吹奏的方法。他吹奏的技艺很出色,就算是单独演奏也会使听闻乐音的人入神。因此玛耳绪阿斯变得更加骄傲了,竟然要与音乐的守护神阿波罗一较技艺的高低。

这天阿波罗穿着豪华的长衣,带着心爱的月桂枝编成的桂冠,捧着金竖琴,应约来到了比赛的场地。

身居林间乡野的玛耳绪阿斯拿着他那不起眼的芦笛,站在了这位气宇轩昂的神祇面前,或许他并没有意识到他显得是多么渺小!他的芦笛怎么可能奏出与阿波罗的竖琴相提并论的美妙音乐呢!这个带着桂冠、一脸轻松惬意的神祇,可是缪斯女神们的领袖啊!结果阿波罗轻而易举地获得了胜利。

但是阿波罗的愤怒并未因此而有丝毫减少,玛耳绪阿斯的挑战令他怀恨在心。于是他命令手下捆住了玛耳绪阿斯的双手,将他高高吊起来,活生生地剥下了他的皮。玛耳绪阿斯终于为自己轻率的行为付出了沉重的代价。直到现在他的皮还挂在位于佛律癸亚的刻莱奈的某个山洞中。传说,每当佛律癸亚的芦笛声传到了山洞里,那张人皮就会像跳舞一样飘动起来,可是一旦它听见了竖琴庄严的声音,就会害怕似的一动也不动。

阿斯克勒庇俄斯

除了是音乐的守护神、残酷的复仇者、远射之神外,阿波罗还是一个为人们医治疾病的神祇。专司保护医生和医术的神祇就是他的儿子阿斯克勒庇俄斯。聪明无比的马人喀戎就曾在珀利翁山麓教养过这位光明神的儿子。在喀戎的教导下,阿斯克勒庇俄斯成了一位医术高超的医生,在医术的造诣上甚至超过了自己的老师。

阿斯克勒庇俄斯不仅能医治凡人的各种疑难杂症,他还有让人们起死回生的能力。但是他这种仁慈的做法最终激怒了冥王哈德斯和伟大的雷神宙斯。因为他的所作所为破坏了宙斯为人间制定的法律和秩序。

于是盛怒中的宙斯向世界投下了霹雳闪电,杀死了阿斯克勒庇俄斯。然而这位仁慈的神祇的死亡,并没有影响到人们对他的尊重,他们仍将这个聪明的、光明之神的儿子敬奉为医神。并且为他修建了许多神庙,其中最著名的就是在厄庇道洛斯建造的阿斯克勒庇俄斯神庙。

全希腊人都敬奉光明之神阿波罗。他们将他视为可以洗去人们身上血污与罪恶的阳光之神。认为他能宣读出他父亲,伟大雷神宙斯的旨意,能对人们失敬和违反宙斯所制定的法则的行为实施惩罚,还是一位向人们传播疾病,并能帮人们祛除病痛的神。

希腊的青少年们更是认为他是可以保护自己的神。阿波罗还是英勇无畏的航海家们的庇护者,他帮助人们开拓土地,建立起一个又一个新的移民区和城市。缪斯女神们的领袖阿波罗还对画家、诗人、歌唱家和乐师等艺术家十分偏爱,他给予这些艺术的创造者以特殊保护。在希腊,阿波罗和他的父亲雷神宙斯一样,受到人们普遍尊崇和爱戴。

希腊神话

阿耳忒弥斯

伟大的光明之神阿波罗有一个年轻美丽的姐姐，保佑人们狩猎的女神阿尔忒弥斯。她和阿波罗是一对孪生姐弟，他们几乎同时诞生在得罗斯岛上。姐弟俩的感情非常和睦，他们都深爱着母亲勒托。

阿耳忒弥斯也是一位可以赋予万物以生命的女神。她关心人世间的一切生存状态，关心那些栖息于森林中和原野上的一切生命。她不仅关怀人类，她还关心供人类食用的家畜和野兽。她保护花草树木顺利生长，她为人们的婚姻生育送上最衷心的祝福。希腊妇女非常尊崇这位美丽女神，当她们与心爱的人步入婚姻的殿堂时，都会想向宙斯这位光荣的女儿祈求祝福。阿耳忒弥斯和她的兄弟阿波罗一样都有使人生病和给人治病的能力，希腊人在结婚、生育等重大的事情上，都会来到阿耳忒弥斯的神庙，向她献上丰盛的祭品。

作为女性的庇护者，阿耳忒弥斯也是一位能永葆青春的女神，她像明媚的阳光一样明艳照人。作为狩猎女神，她和她的兄弟阿波罗一样，有百步穿杨的能力，她英姿飒爽，常常背着弓和箭筒，拿着狩猎用的标枪，在茂密的森林中穿行，有时她也会在被阳光亲吻的田野上奔跑，将满弓的箭射向被她瞄准的猎物。

阿耳忒弥斯总是在一群喧嚷的神女的伴随下出游。这时,这位美丽动人的女神,身穿短及膝盖的猎装,像最矫捷的豹子一样在山林中飞奔。在她的箭下,无论是胆小机警的麋鹿、扁角鹿,还是狡猾凶猛的野猪,都躲不过她的追捕。她那些女伴们就跟在她后边匆匆地奔跑着。一时间,快乐的笑声、喊声、猎犬的吠叫声徘徊在山林的上空,像被惊扰的湖面上的涟漪,在山谷中回荡。

当她双手提满了猎物,并且感觉到万分疲惫的时候,她就会带上这些快乐的神女们,来到她弟弟阿波罗的神庙。在那里她会受到光明神的款待,使她能一边歇息,一边享受阿波罗的竖琴奏出的美妙动听的音乐。有时候阿耳忒弥斯这个勇敢又浪漫的弟弟也会充当姐姐的乐师,让她在自己的琴声中和缪斯女神们,还有那些伴游的神女们一起跳着环舞,宣泄心中的喜悦。每到这时,姿容艳丽、身材匀称、娇艳多姿、婀娜的阿耳忒弥斯都会舞在这伙欢乐的人的最前面,她的个子比所有的神女和缪斯女神都要高出一头,她的容貌也是她们中最美的。

阿耳忒弥斯也有喜欢宁静的时候,她会在远离凡尘俗世山洞中休息,这里被从地底生出的藤蔓遮掩着,既隐蔽又阴凉。如果这时哪个鲁莽的人打扰了她的安宁,那就会有可怕的灾祸降临到这个人的头上。少年阿克泰翁就因此丧命。这位英俊的青年死去时,他的母亲奥托诺厄和她的外祖父忒拜国王卡德摩斯都深深地陷入了哀伤之中。

阿克泰翁

阿克泰翁是忒拜国王的外孙,他的母亲奥托诺厄是忒拜国王卡德摩斯心爱的女儿。阿克泰翁是一位十分勇敢又英俊的青年,他本可以成为一位为世人称颂的英雄,可是在他年纪尚轻的时候,一次错误的行为早早地结束了他年轻的生命。

有一天,阿克泰翁早早的和年轻的伙伴们去喀泰戎山的森林里狩猎。那天的阳光因为见到这群年轻人快乐的笑脸而分外明媚,这群年轻的猎手

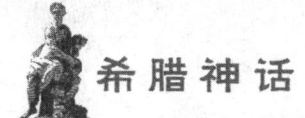

在茂密的丛林间尽情地奔跑着追逐着猎物。当太阳高高地挂在天上时,他们都感到十分疲乏,于是就找到一处浓密的林荫休息。年轻的阿克泰翁有使不完的精力,用不尽的力气,当众人在林荫下昏昏欲睡时,只有他到喀泰戎山谷里探险,想要寻找一处更凉爽的地方。他在树丛间穿梭了很久,才来到绿草如茵、开满鲜花的哈耳伽菲亚谷地,女神阿耳忒弥斯的圣地就在这里。谷地里的景色十分精美,到处都生长着悬铃木、香桃木和冷杉,那些林边的柏树挺拔得就像一支支乌黑的箭,高高的耸立着。一片又一片绿油油的草地就如同一块巨大的绿色地毯,上面缀满了五颜六色的艳丽花朵。一条条清澈的小溪蜿蜒地穿过山谷,淙淙地流淌着,那里真是一个既幽静又安宁,还很清凉的好地方。阿克泰翁的双眼梭巡着美丽的景色,赞叹着地母盖亚的神奇,突然他看见了一处藤遮蔓掩的山洞,它就位于陡峭的山坡上。他并不知道这个山洞属于宙斯伟大的女儿,如果他知道的话,他是一定不敢进犯的。可是浑然不觉厄运已经降临的阿克泰翁,还是朝着阿耳忒弥斯休息的地方走去了。

阿克泰翁来到洞口前方的时候,阿耳忒弥斯才刚进这处山洞不久。她把自己的弓箭交给了一位伴游的神女,正汲着清澈的泉水准备沐浴。神女们脱下她的鞋子,挽起她如云般的秀发,刚要离开山洞去取冰凉的溪水时,正巧撞见了走进山洞的阿克泰翁。

见到这位突然出现的青年,神女们不禁高声尖叫。她们将阿耳忒弥斯围在身后,不让凡人的目光有机会落到她的身上。这位骄傲的、圣洁的女神在看到这个年轻的人类后,愤怒的红晕就像被朝阳烧红了的云彩一样,布满了女神的脸。她的双目再不见对众生的慈悲和宽容,锐利的目光就像一道道射出的火箭,要将这个冒失的闯入者撕得粉碎。可即使在盛怒的时候,女神仍然显得十分美丽,甚至相较于她平和温柔的时候,变得更加美丽了。阿克泰翁就这样呆呆地看着美丽的女神,丝毫没有注意到女神的愤怒。

对于阿克泰翁的打扰和不知收敛的目光,阿耳忒弥斯十分恼怒,一怒之下她运用与生俱来的能力把这个可怜的青年变成了一只鹿。阿克泰翁的头上突然长出了树枝一样的角,原本强壮的手和脚变得纤细起来,成了四条鹿腿，脖子也变长了，还长出尖尖的耳朵，身上的衣服突然变成了有梅花斑点的鹿皮。这时候阿克泰翁才意识到自己亵渎了女神，胆怯地撒腿逃跑了。

不知道究竟跑了多久，阿克泰翁来到一条清澈如镜的溪水旁，他看着自己映在水中的倒影，想要呼喊："啊，糟啦！"可这声音却仅仅在他的思想里徘徊，一点也喊不出来，这时他才知道自己除了拥有人类的头脑外，已经彻底变成了一只鹿，甚至连最基本的说话能力都丧失了。泪水不禁从他的眼眶中滚落下来，在迟缓而平静的溪水中溅起丝丝涟漪。可他只能在心中思考怎么办呢？往哪儿跑呢？

正在阿克泰翁思索自救的策略时，他饲养的猎犬嗅出了鹿所留下的味道，它们狂叫着向他扑去，并不知道这头可怜的鹿就是自己的主人。听到犬吠声，美丽的雄鹿仰起头，像一阵旋风一样在喀泰戎山的陡坡上、在峭壁丛生的山谷里奔跑。它穿过丛森，在田野上狂奔，躲避着身后一群猎犬的追赶。然而阿克泰翁的猎犬是那样勇猛，任这头可怜的鹿怎样逃命，它们都越追越近，在最后终于追上了这个可怜的生灵。这些恶犬的犬牙像尖利的刀子般深深地陷进了阿克泰翁变成的鹿的身体。阿克泰翁在心中不断地呐喊着："啊，谁都可以，请可怜可怜我吧，我不是森林中的鹿啊，我是阿克泰翁，是你们这群恶犬的主人呀！"但是他的话语却只化作一声声呜呜的哀叫声，从这只可怜的鹿的胸中发出来，就像人们重病或受伤时的呻吟。鹿跪倒在了地上，它再也跑不动了，眼里流露出一阵阵的忧伤、恐惧和哀求。可是触犯了女神的禁忌，死亡是无法避免的事情，这群凶狠的猎犬狂吠着将这头可怜的鹿撕成了碎片。

听到犬吠声后，匆匆赶过来的伙伴们觉得十分遗憾，因为他们这么幸运地屠杀了这头漂亮强壮的雄鹿，在这样激动人心的时刻阿克泰翁却不在场。他们围绕在这头雄鹿的尸体旁，商量着怎样分配这令人满意的猎物，谁也没有意识到，那头已经没了呼吸的鹿就是他们亲爱的伙伴阿克泰翁。

阿克泰翁最终由于打扰了女神安宁而凄惨的死去。可是另一方面他也是世界上唯一一个，亲眼看见了宙斯和勒托伟大的女儿阿耳忒弥斯那绰约风采的凡人。

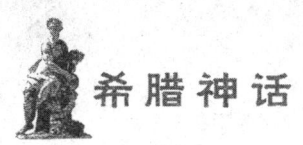

雅典娜的诞生

象征勇敢和智慧的女神雅典娜，是从宙斯的身体中诞生的。伟大的雷神从命运女神摩伊赖那里得知，智慧女神墨提斯将有两个孩子，姐姐就是美丽的雅典娜，而另一个则是拥有超群的智慧、膂力过人的儿子。这个尚未诞生的男婴在出生前就被赋予了推翻宙斯王位的命运。为此，宙斯感到很害怕，即使是他这样强大的神祇也是无法违逆命运的安排的。但是让他坐以待毙却是万万不可能的。

为了躲避这注定的命运，他用各种甜言蜜语来麻痹智慧女神墨提斯，在她还没来得及产下女儿雅典娜时，便将她吞入腹中。本以为这样就可以高枕无忧了，谁知过了一段时间，这位奸诈的雷神突然感到头痛欲裂。他把儿子赫菲斯托斯叫来，让他用斧子劈开自己的头颅，希望可以摆脱这让人难以忍受的疼痛和将人活生生逼疯的耳鸣。

赫菲斯托斯听从了父亲的吩咐，挥起斧子猛力地一砍，就将宙斯的颅骨劈开了。赫菲斯托斯的这一斧并没有伤到宙斯的要害。却让被困在雷神的头颅里的女勇士雅典娜诞生了。她全身穿着铠甲，头戴闪着金的头盔，手握长枪和盾牌，英姿勃发地出现在奥林匹斯众神面前。众神们都因这样的景象而目瞪口呆。她抖了抖手中威严的长枪，气势汹汹地大喝一声，这一声在天空中震荡，久久回响，就连奥林匹斯山也不禁被震得颤动起来。雅典娜站在众神的面前，她的容颜是那样娇美艳丽，一双浅蓝色的眼睛闪着智慧的光芒，全身展现令人窒息的美丽。众神在惊叹过后，都赞美这位从宙斯头颅里诞生的女神。雅典娜是赐予人类智慧和知识的女神，是城市的保护者，是战无不胜的女战神。

希腊人民都热爱雅典娜，她庇护希腊的英雄，她常给予那些陷入危难的希腊英雄一些充满智慧的建议，并且当真正的危难时刻来临时，这位伟大的智慧女神也会帮助他们摆脱困境。她会站在高高的奥林匹斯山上，俯瞰脚下的城市、要塞和城墙，并守护他们，使居住在里面的人们获得安宁。她也向这些人们传授知识，教给他们各种赖以为生的手艺和技能。希腊的姑娘们十分虔诚的敬奉雅典娜，因为她教给她们手工艺的技术。事实上，无论是凡世中的巧妇，还是奥林匹斯山上那些美丽的女神，谁也无法超过她的编织技巧。并且大家都知道，和骄傲的雅典娜比编织技艺是一件多么危险的事情。伊德蒙的女儿就曾经因为与雅典娜比赛编织而付出了沉重的代价，可怜的阿拉克涅即使到了现在也仍然为自己的不幸哀叹着。

阿拉克涅

吕狄亚的阿拉克涅是一个心灵手巧的姑娘，她的编织技术享誉全国。就连那些高傲的神女们也经常禁不住诱惑，从特摩罗斯山麓和盛产黄金的帕克托罗斯河的河边赶过来欣赏她手下的艺术品。阿拉克涅可以用像薄雾一样的细纱线编织出一匹匹轻如空气的透明布匹。她很为自己的手艺骄傲，认为世界上再也找不到一个人可以与她比赛编织技术。有一天她再难压抑自己在心中膨胀起来的骄傲，她大声地说："啊，就算是让雅典娜亲自来和我比赛，也一样赢不了我，这一点我十分有信心。"

雅典娜听到了这不驯的言辞后，变成了一个满头白发、弯腰驼背的老妇人，她拄着一根破旧的拐杖来到阿拉克涅的面前说："美丽的阿拉克涅，衰老带给人类的并不只有灾难，随着岁月的流逝它也给人们带来经验。请

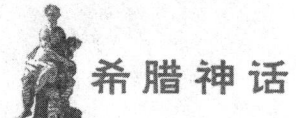
希腊神话

听听我的忠告吧,继续努力增进自己的编织技术,使自己可以超过世上的凡人,但是不要挑战女神的权威。并且恭敬地恳求奥林匹斯山上的女神宽恕你狂妄的言语,她会饶恕一切向她恳求的人的罪过。"

听完这番话,阿拉克涅的眼中闪出愤怒的火光,她放下自己手中的细线,大胆地说道:"老太婆,你太愚蠢了。看来衰老已经夺走了你的智慧。你还是去对你的女儿和儿媳说教吧,别再来打搅到我。我会自己拿主意的。我既然敢说出去,就让它顺其自然吧。雅典娜为什么不来迎战呢?是什么让她不愿与我比赛呢?"

"阿拉克涅,我已经来了就在你面前!"女神说着恢复了原有的形貌。

所有在场的神女和吕狄亚的妇女们都深深地向她鞠躬致敬,赞颂这位宙斯的爱女。只有阿拉克涅自己仍然默不作声,无动于衷地站在一旁。为此,雅典娜的脸上泛起了绯红的怒色。可是阿拉克涅并不为此感到任何的紧张和害怕,她仍然没有改变主意,渴望与雅典娜在编织技术上一决高下。她丝毫没有预感到死亡的临近。

比赛开始了。女神雅典娜把雄伟的雅典卫城图织在了布的中央,图案中详细地描绘了她与波塞冬争夺阿提刻的统治权的场景:十二位奥林匹斯山上的主神,包括她的伟大的父亲雷神宙斯,就高高地端坐在那里,为这场争论裁判。波塞冬用三叉戟刺了一下山岩,顿时连一棵草也不能生长的山岩上涌出了一股咸泉。而头上戴着战盔、手里拿着盾牌的雅典娜,轻轻地抖了抖她的长枪,再往地里深深地扎了进去,这时,从地里缓缓地长出一棵橄榄树。于是众神判定雅典娜取得了胜利,认为她送给阿提刻的礼物更珍贵些。在这块布的四个角上还织有众神惩罚那些对神不恭的人类下场的场景,还在四边织上了用橄榄树叶组成的花环图案。而阿拉克涅在布上织出了许多众神生活时的场景,其中的一些神祇被她织得软弱无力,被人类所特有的各种情感所困扰着。她还在布的四周织上了由被常春藤缠绕的花朵组成的花边。她的织品也非常的精美,甚至不亚于雅典娜的作品,但是她织品上的内容反映了对神的极度不恭敬,甚至有一些蔑视。看到这些图案雅典娜狂怒了,她把阿拉克涅的织品扯得粉碎,并把梭子扔到了她的脸上。可怜的阿拉克涅无法忍受这种耻辱,用手中的细丝搓了一根绳子,打了个绳套,就上吊了。

雅典娜从绳套中救出了阿拉克涅,对她说:"活着吧,你这个不恭敬神的女人。但是你必须受到惩罚,你将永远悬在半空中,永远不停地编织,而且你的惩罚将延续到你后代的身上。"

说罢,雅典娜洒了些神奇的草汁在阿拉克涅的全身身上,她立刻全身蜷缩起来,原本浓密的头发也跟着脱落了,她变成了一只蜘蛛的模样。从此以后,阿拉克涅变成的蜘蛛,和这只蜘蛛的子孙们都不得不悬在半空,永不停歇地编织蛛网,就像原来她还是人类模样时织布的样子。

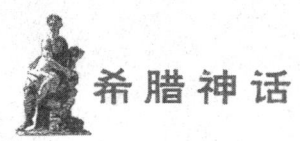

希腊神话

赫耳墨斯

赫耳墨斯是伟大的雷神宙斯和迈亚的儿子，他诞生在阿耳卡狄亚境内的库勒涅山的某个山洞里。他是奥林匹斯山上众神的使者，他的脚下是一双插着翅膀的靴子，手里拿着铁制的盘蛇杖，他的速度飞快，可以像思维那样敏捷地从奥林匹斯山驰往世界的各个角落。

赫耳墨斯是保护道路的神祇，在希腊的道边、十字路口，还有住宅门口都可以看见为他竖立的石柱。他还是旅行者的庇护神，他能保护旅人们旅途的平安，他还会陪伴死者的灵魂，将它送到哈德斯的冥国。他的权杖拥有神奇力量，它可以合上人们的眼睛，让他们陷入深深的睡眠之中。

赫耳墨斯还是商业和商人的保护者。他保佑商人们在买卖中获得利润，赚取财富。赫耳墨斯还发明了数字、文字和度量衡，并把这些都教给了人们。赫耳墨斯还是口才优秀的雄辩之神，也是狡猾和欺骗之神。他机敏、狡诈是神与人类都无法比拟的；他还是一个灵巧的窃贼，他的盗窃技术举世闻名，没有任何高明的贼可以与之相比。他曾开玩笑似的偷走了宙斯的权杖，拿走过波塞冬的三叉戟，盗走了阿波罗的弓和阿瑞斯的剑。

第一篇　众神的传说

赫耳墨斯偷走阿波罗的牛群

在库勒涅山阴凉的山洞里,赫耳墨斯出生了。他刚刚出生不久,就立刻转动灵活的脑筋,想要干出一件让众神惊叹的事情来。他想到阿波罗就呆在马其顿的庇厄里亚谷地,奉伟大雷神宙斯的命令为众神放牧,于是他决定用偷走阿波罗的牛群的行为向众神打招呼。

赫耳墨斯违背了母亲的吩咐,悄悄地挣脱了襁褓,从摇篮里跳出来,溜到山洞的洞口。他看见洞口趴着一只乌龟,就捉住了它,并用龟板和三根树枝作了一把竖琴,绷上了音质优美的琴弦。接着,赫耳墨斯又偷偷潜回山洞,将这把竖琴藏在了自己的摇篮中,然后又风一样地溜了出来,他像一阵旋风一样朝着庇厄里亚的方向跑了过去。在那里,他轻而易举地从阿波罗奉命看守的牛群中偷走十五头牛,并在牛的后腿上捆上了芦苇和树枝,这样在牛走起来的时候就可以扫去留下的所有脚印。他开心地赶着牛群向伯罗奔尼撒方向奔去。那是时值黄昏,他赶着牛群在路过玻俄提亚的时候,被一个在葡萄园里干活的老头儿看见了。

"我送你一头牛,"赫耳墨斯告诉这个老头儿,"可你不能对任何人说,曾经看见我赶着牛群经过。"

老头儿得到这样一份慷慨的赠送,心中高兴不已,便答应赫耳墨斯,绝不告诉别人他赶着牛群经过这里,也不会说他去了哪里。赫耳墨斯接着赶路,但刚走了没多远,就想回去试试那老头儿能不能遵守诺言。于是他先将牛群赶进树林,又让自己变成另一种样子,走回去对老头儿说:

"你告诉我,有没有见过一个赶着牛群的男孩儿经过?要是你告诉我他赶着牛群去了哪里,你就能从我这儿得到一头公牛和一头母牛。"

老头儿非常想再拥有一头公牛和一头母牛,所以没怎么犹豫,就告诉赫耳墨斯那个赶牛孩子往哪里去了。赫耳墨斯非常生气老头儿没能遵守承诺,一怒之下,他就把老头儿变成了一块岩石,岩石不能说话,老头儿便永远沉默,也将永远牢记务必遵守自己的诺言。

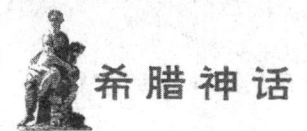

希腊神话

然后赫耳墨斯再回到树林，急急地赶着牛群向前走。最后将牛群赶到了皮罗斯。赫耳墨斯拿出两头牛来献祭众神，随后及时清除了献祭留下的痕迹，再把剩下的牛赶进一个山洞。进洞时，他让牛倒退着走，这样，别人看到牛的足迹就不会认为是进洞，而是出洞了。

把所有事情都干完后，赫耳墨斯悄悄溜回母亲迈亚居住的洞穴，将襁褓重新裹好，躺进摇篮。

迈亚早发现儿子从山洞中溜出去过，她责备赫耳墨斯说：

"你做的事有多么坏啊！为什么要偷那属于阿波罗的牛群？他一定会生气的。你明知道，阿波罗一旦发怒会造成多么可怕的后果。他的箭百发百中，难道你就不害怕吗？"

"阿波罗没什么可怕的，'赫耳墨斯对他的母亲说，"随他怎么发怒吧。要是他敢来欺侮我们，我就去洗劫他位于得尔福的神庙，还要偷光他所有的三脚供桌、金银和衣服作为报复。"

不久，阿波罗发现自己的牛群丢失了，立刻到处寻找，但是遍寻不着。后来阿波罗跟随报信鸟来到皮罗斯，但是仍然没有牛群的踪迹。在赫耳墨斯藏牛的山洞前，阿波罗看见了出洞的牛蹄印，而不是进洞的蹄印，因此没有进去。

经过长时间的搜寻无果，阿波罗最后来到迈亚的山洞。在洞中的赫耳墨斯早已听见阿波罗的脚步，赶快紧紧裹着襁褓，躲进摇篮的深处。阿波罗满怀怒气，冲进迈亚的山洞，赫耳墨斯正悠闲地躺在摇篮里，满脸都是天真无邪的笑容。阿波罗非常生气，指责赫耳墨斯偷了他的牛，并且要赫耳墨斯把牛还给他。赫耳墨斯矢口否认，他告诉阿波罗自己从来没想过偷他的牛，而且压根儿不知道他的牛在什么地方。

"听好了，你这小子！"阿波罗愤怒地咆哮，"你要是不还我的牛，我就把你打入地狱，到时候你的父母都无法拯救你。"

"哦，勒托之子，"赫耳墨斯说，"我不知道也没听别人说过你有牛，更没见过你的牛。我怎么会干这种事呢？我现在要操心的有许多别的事儿。我只关心睡觉、吃奶,以及襁褓。我发誓,我从来没见过偷你牛的贼。"

阿波罗虽然非常生气,但是机灵狡猾的赫耳墨斯什么也没告诉阿波罗。最终,阿波罗将裹着襁褓的赫耳墨斯从摇篮里拖了出来,强迫他和自己一起去见父亲宙斯,让他来裁决这场争执的结果。他俩来到奥林匹斯山。尽管赫耳墨斯用尽了方法狡辩,宙斯最后仍然命令他必须把牛还给阿波罗。

赫耳墨斯随身带着龟板做成的竖琴,领着阿波罗下了奥林匹斯山,一路向皮罗斯而去。等到达皮罗斯,他就告诉阿波罗那个藏牛的山洞的位置。阿波罗走进山洞,将自己的牛往外赶,这个时候,赫耳墨斯坐到洞口旁的一块石头上,将龟板竖琴轻轻弹奏起来。琴声美妙,悠扬地在山谷中环绕,又飘荡到海边的沙滩。阿波罗沉醉在琴声中,被赫耳墨斯的弹奏迷住了。他太爱听这种琴声,于是决定用这群牛换下那架竖琴。失去竖琴的赫耳墨斯为了能在以后放牛时能寻找到乐趣,又发明了后来令希腊牧人特别喜爱的芦笛。

赫耳墨斯是迈亚和宙斯的儿子,他能言善辩、巧舌如簧,思想如同闪电般在世界的每个角落飞驰,即使尚在童年时代,他就已显示出非同寻常的机智灵巧,象征着世间一切青春活力。在希腊各地的学校里,都可以见到他的雕像巍然树立在操场上。在那些年轻的竞技家心中,赫耳墨斯是他们的保护神。每当要进行摔跤和跑步比赛,参赛者都要先向他祈求保佑。

赫耳墨斯在古希腊受到普遍的崇拜,不论是旅行家、演说家,还是商人、竞技家,即便是窃贼,也没有人不敬奉他啊!

希腊神话

阿佛洛狄忒

阿佛洛狄忒这位体态轻盈、气质娇弱的女神对血腥的厮杀从不干预，她所关心的只是如何激起神祇和凡人心中的情爱。她凭借着这种特殊的权力，成为了统治整个世界的神之一。

即便是最伟大的神祇，也不可能从她的权力中逃离。但是雅典娜、赫斯提亚和阿耳忒弥斯这三位神不用服从她的管束。阿佛洛狄忒拥有高挑匀称的体型和温柔秀美的面部线条，还有一头飘逸卷曲的金色长发，仿佛在她美丽的头顶戴上了王冠。阿佛洛狄忒象征着世间最绝伦的美色以及永不凋谢的青春。每当她焕发着夺目光辉，身着华丽且散发香气的衣着款步走来之时，阳光都变得更明亮，花朵也变得更鲜艳。若是她在森林中行走，所有的野兽都会聚拢到她身边，小鸟成群地在她头上盘旋，就连一向凶猛的狮子、豹和熊也在她身边异常温顺地撒娇。慑人的美貌令阿佛洛狄忒骄傲不已，她怡然自得地穿行在它们中间。陪伴在她身旁的，是优雅的时序女神和美惠女神，她们不但陪伴着她，也服侍她，每天找出最华丽的衣服将她装扮起来，为她梳理金色的长发，再用金光闪闪的头饰将她装饰得更加夺目。

阿佛洛狄忒是乌拉诺斯的女儿，她从库忒瑞岛附近海上浪花中的白色泡沫里生出。她出生后，就乘着温和轻柔的海风来到塞浦路斯岛。一上这座岛，这位女爱神就被时序女神们围住。在时序女神的服侍下，阿佛洛狄忒身穿金丝织成的衣服，头戴鲜花编成的芬芳花冠。她所经之处百花盛开，浓郁的香气阵阵扑鼻而来。这位绝美的女神由厄洛斯和希墨洛斯护送，来到奥林匹斯山。当她到来时，众神齐声欢迎。这位青春不老的、美丽无双的女神阿佛洛狄忒从此便与奥林匹斯众神生活在一起。

阿瑞斯

阿瑞斯是一位狂暴的战神，是宙斯和赫拉的儿子，也是爱神阿佛洛狄忒的丈夫。但他太凶残，宙斯不喜欢他，总是对他说，在奥林匹斯众神中，最可恨的那个就是他。如果不是因为他是自己的儿子，宙斯早就让他和提坦神一起，被打入无尽黑暗的地狱中受苦去了。在阿瑞斯凶悍的心中，唯有残酷的战斗能引起欢乐。阿瑞斯常常全副武装，将巨大的盾牌紧握在手中，奔跑在交战双方兵器互击而响起的叮当声中，享受战士的呐喊与呻吟。他有两个儿子，得摩斯和福波斯，总是紧紧跟随在他身后；纷争女神厄里斯以及女战神厄倪俄也跟随他们战斗。每一场战斗都十分激烈，战场上的呼喊震彻天际，无数的战士不断呻吟着倒下，阿瑞斯却愈加兴奋。他用可怕的利剑将战士砍到在地，热血不住流淌，汇聚成河，此情此景令他得意洋洋。他残酷地挥舞着利剑，不加辨别地四处劈砍，尸体在他周围堆积如山。

即使阿瑞斯这样凶残、狂暴、勇猛，也并不能永远取得胜利。在战场上，英勇的宙斯之女雅典娜正是他的克星。拥有智慧和冷静的雅典娜量力而行，以此战胜阿瑞斯。在另一些时候，凡人中的英雄也能在与阿瑞斯的交战中占据上风，特别是当他们得到雅典娜的帮助时。人类英雄狄俄墨得斯就曾受到过雅典娜的帮助。他在特洛伊城下，用铜长枪刺中阿瑞斯。身披铜盔甲而受伤战神因疼痛发出了可怕的喊声，巨大的呼喊飘荡在特洛伊与希腊双方军队的上空。那呼喊声无比巨大，仿如千军万马投入激战那一刻发出的齐声呐喊。不论是希腊人还是特洛伊人都被这呼喊震颤得浑身发抖。阿瑞斯全身被鲜血浸透，慌忙裹上浓云，赶往父亲宙斯那里去告雅典娜一状。

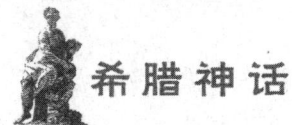
希 腊 神 话

但是宙斯不喜欢这个只会挑起内讧和战争、只好杀戮的儿子,对阿瑞斯的诉说毫不理睬。

最美丽的女神、阿瑞斯的妻子阿佛洛狄忒在丈夫与雅典娜间战斗正酣时,赶来支援。即使如此,雅典娜仍旧获得胜利。绝美女神阿佛洛狄忒根本敌不过骁勇善战的雅典娜的轻轻一击。拥有绝伦美艳和永恒青春的阿佛洛狄忒被雅典娜轻易打倒,只得满面泪痕地向奥林匹斯山逃去,而在她身后,响起的是雅典娜得意的大笑和轻视的讥讽。

厄洛斯

曾经,阿佛洛狄忒也参与过对世界的统治。她和宙斯一样也有自己的使者,实现自己的意志时,就通过使者实现。这位使者就是阿佛洛狄忒的儿子厄洛斯。他是个快乐、顽皮又狡猾,在某些时候还相当残酷的小男孩儿。他在陆地和大海上空飞驰,不断拍击那双闪闪放光的金翅膀,如同微风那般迅捷轻盈。他的手中总持有一把小小的金弓,肩上的筒箭中,装满了无人可抵挡的金箭。厄洛斯的箭术毫不逊色于箭神阿波罗,他箭发如神、百发百中。他的双眼总在射中目标后,闪耀出喜悦的光辉,高扬起那长着一头美丽卷发的头,得意洋洋地纵声大笑。

厄洛斯的金箭能为人带去幸福快乐,然而也带去因爱而生的痛苦与折磨,甚至使人死亡。即便是阿波罗和宙斯也曾因这些箭而生出不少痛苦。

在厄洛斯出生前,宙斯就知道,世界会因阿佛洛狄忒的儿子而产生许多痛苦和灾难,所以他就打算厄洛斯一出生就杀死他。但阿佛洛狄忒不会让他得逞!这位爱之女神将自己的儿子藏入一座无法通行的密林,将他喂养长大的是两头凶猛的母狮子,她们对待厄洛斯异常温柔,用自己的乳汁抚育他。厄洛斯长大后,成为一个英俊少年,在世界各地用金箭散布幸福与痛苦,也散布善与恶。

皮格玛利翁

忠诚服务于阿佛洛狄忒这位爱之女神的人，会得到幸福。皮格玛利翁，这位伟大的塞浦路斯雕刻家，就曾得到她的赐福。皮格玛利翁对女性抱有仇视心理，为了逃避婚娶，他离群索居专心于艺术创作。有一天，他雕刻了一尊女性雕像，这雕像用洁白光亮的象牙雕刻而成，栩栩如生，美丽非凡。皮格玛利翁一刻不停地盯着它，它似乎正在呼吸，似乎立刻就会动起来，要走，要说话。雕刻家专注地看着，不禁爱上了自己的作品。他把雕像当做一个真正的女人，为她戴上精巧昂贵的项链、手镯和耳环，又找出最华丽的衣服和最美丽的花冠为她穿戴上。皮格玛利翁常对着雕像自言自语：

"啊，假如你是活的，假如你能向我开口讲话，那我将是最幸福的人！"

但雕像无法开口，只是静静地站在雕刻家的工作室中。

阿佛洛狄忒的献祭日来临时，皮格玛利翁为女爱神献上的祭品是一头牛角包金的白色小母牛。他在女神像前伸出双手祈祷：

"啊，善良的阿佛洛狄忒！永生的神祇！假如你当真能使祈祷者的愿望实现，就请赐予我一个美丽的妻子，要像我雕刻的塑像一般美。"

其实皮格玛利翁心中盼望众神赐予他的雕像生命，但他不敢恳求，他怕这样的请求会惹怒奥林匹斯众神。但当他祈祷之时，阿佛洛狄忒塑像前的圣火陡然闪亮，仿佛女神为他传递这样一个信息：众神已接受他的祈求。

当雕刻家回到家，走到雕像前的时候，啊，他心中那么幸福！那么快乐！雕像活生生地站在他面前！她火热的心脏在跳动，她的双眼闪烁着生命的光辉。皮格玛利翁终于得到了女神阿佛洛狄忒所赐予的美丽妻子。

那耳喀索斯

而那些对阿佛洛狄忒不敬，胆敢拒绝她的恩赐、违抗她的旨意的人，就会受到毫不留情的惩罚。那耳喀索斯异常英俊，却也异常冷漠自负，他是河神刻菲索斯与水泽女神利里俄珀养育的儿子。那耳喀索斯唯一爱的只有自

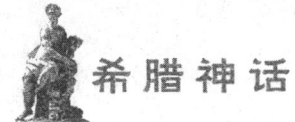

己,他认为世上值得爱的人只有自己。

有一天,他在密林中狩猎,但迷了路。回声女神厄科看见了他,但是她不能说话。因为厄科曾被女神赫拉惩罚必须保持缄默,即便回答问题也只能对问题的末尾那个词做重复。厄科悄悄躲在林中,看着身材健美的英俊少年,内心满怀喜悦。那耳喀索斯四面环顾,找不到正确的路,只好高声呼喊:

"喂,有没有人在?"

"在!"厄科女神也高声回应。

"请这边来!"那耳喀索斯再次呼喊。

"来!"厄科再次回应。

那耳喀索斯英俊的脸困惑地四外张望,却始终看不见任何人。他惊奇不已,又高声呼喊:

"请来到我面前!"

厄科立即欢快地高声回答:

"来到我面前!"

厄科女神张开双臂,急匆匆由密林而出,来到那耳喀索斯面前。但英俊的那耳喀索斯嫌恶地将她狠狠推开,慌忙离开女神,冲入黑压压的密林中一去不复返。

被拒绝的神女只好躲进无法通行的密林。在那耳喀索斯走后饱尝相思之苦,再也没有在人前出现过。只有人们在林中大声呼喊时,可怜的厄科才以忧伤的回声作答。

那耳喀索斯一如既往的骄傲自负、目中无人。对女性的求爱他一律拒绝。这样的自负使很多女神都感到伤心。一次,一位被他拒绝的女神对他高声叫:

"那耳喀索斯,你也会爱!但你将来所爱的人却要用不爱相报!"

这位女神的愿望得以实现。因为那耳喀索斯拒绝了阿佛洛狄忒的赠礼,女爱神很生气,于是惩罚了他。一年春天,那耳喀索斯到山中狩猎,当他来到一条溪边时，他打算喝几口清凉的溪水。溪水清澈见底，这片溪水从未被牧人和羊群喝过，也从未有枯枝掉进溪中，就连在风中飞舞的花瓣也不曾落到溪中。水面如同镜子，映照出周边景物，岸边灌木丛生、柏树笔直挺拔伴着蔚蓝的天空。那耳喀索斯在一块露出水面的石头上支起双臂，对溪水俯下身。水中顿时映出他英俊的面容。阿佛洛狄忒就在这时对他实施了惩罚：那耳喀索斯看着自己在水中的倒影，一股强烈的爱在心中升腾。他双眼满怀深情的凝视倒影，朝着倒影招手、呼叫，伸出双手试图触摸他，俯下身去试图亲吻他。可是他只能碰触到清澈冰冷的溪水。那耳喀索斯对一切都不在乎，只停留在小溪前一动不动，一味盯着水面顾影自怜。不吃不喝也不睡，只求能与这倒影在一起，然而他最终彻底绝望，向倒影伸出双手，大声呼喊道：

"啊，世上还有谁经受过这般残酷的折磨！我们之间相隔的并非高山大海，不过是一泓清泉而已，但却令我们无法相聚。请你脱离溪水走出来吧！"

凝视着水中倒影，那耳喀索斯突然出现一个可怕的念头，于是他贴在水面上悄声对影子说：

"啊，真是不幸啊！我担心爱上的是不是我自己？要知道，你和我是如此相像！我爱上的确实是我自己。如今，我感到自己将不久于人世。我如同一朵花，刚刚盛开就要枯萎，死亡的冥国将成为我的归宿。但我不惧怕死亡，死亡可终结我相思之苦。"

那耳喀索斯浑身绵软，面色苍白，死神正在逼近，可他仍然直勾勾地盯着那水中的倒影，终于禁不住哭了，泪珠滚落进澄澈如镜的溪水中，在平静的水面激荡出圈圈波纹，驱散了美丽的倒影。那耳喀索斯充满恐惧，忍不住大喊：

"喂，你要去哪儿？回来吧！不要走！别把我扔下！别那么残忍！唉，就让我再见你一面吧！"

水面恢复平静后，倒影再次出现，那耳喀索斯凝视着自己的倒影。如同被灼热的阳光炙烤的花朵上的露珠般，日益消瘦。女神厄科看见那耳喀索斯

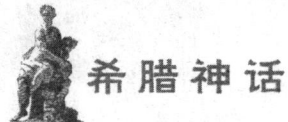

饱尝苦难,她一如既往地爱着那耳喀索斯,她的心因他的痛苦而疼得揪紧。

"啊,痛苦!"那耳喀索斯高喊。

"痛苦!"厄科回应。

那耳喀索斯痛苦至极,终于在一天凝视水中的倒影时有气无力地说道:

"别了!"

女神厄科用更微弱的、勉强可以听见的声音重复:

"别了!"

那耳喀索斯扑倒在溪边的绿草地上,死亡的暗影将他的双眼合拢,他死了。林中年少的女神都为之哭泣,厄科也不禁落泪。女神们修筑起那耳喀索斯的坟墓,然而就在她们去搬他尸体的时候,尸体消失了。在他倒下的地上有一朵芬芳的小白花长了出来,这正是死亡之花,人们称它为那耳喀索斯,也就是水仙花。

阿多尼斯

女爱神阿佛洛狄忒对那耳喀索斯的惩罚如此严酷,但她自己也饱尝爱情之苦,她心爱的阿多尼斯之死令她痛苦的哀哭。她深爱着塞浦路斯国王之子阿多尼斯。阿多尼斯在凡间最为英俊,甚至比奥林匹斯山的众神更俊美。为了阿多尼斯,阿佛洛狄忒将帕特摩斯岛以及繁花盛开的库忒瑞岛抛诸脑后。阿多尼斯在阿佛洛狄忒眼里,比光明的奥林匹斯山更可爱,她常伴在英俊青年阿多尼斯身旁。她在塞浦路斯岛上的高山密林中,和阿耳忒弥斯一起伴随阿多尼斯狩猎。阿佛洛狄忒不再理会金首饰,不再关心如何修饰自己。无论阳光多么强烈,风雨如何急骤,她都会去狩猎。但是她猎捕的只是野兔、胆怯的鹿和羚羊,从不招惹凶猛的狮子和野猪。并且请求阿多尼斯也不要去捕捉狮子、黑熊和野猪,以避免危险。她极少与王子阿多尼斯分离,即便一定有别离不可,也一定在临走时叮嘱他别忘记自己的告诫。

一天,阿佛洛狄忒离开了,阿多尼斯的猎犬发现一个脚印,是一头巨大的野猪。它们轰起野猪,狂叫着追赶。阿多尼斯很想猎捕这样庞大的野猪,但没料到这却是他一生中最后一次狩猎。猎犬嗥叫着逼近,巨大的野猪闪现在灌木丛中。阿多尼斯就要趁这时用长枪刺穿狂怒的野猪,但野猪向阿多尼斯扑去,阿佛洛狄忒的心上人被长长的獠牙狠咬致命。阿多尼斯最终不治身亡。

阿多尼斯身亡的噩耗传到阿佛洛狄忒耳中,她承受着深切的悲痛,回到塞浦路斯岛上,在群山之中便寻爱人尸首。她寻遍陡峭的山坡、幽暗的峡谷,和无底的深渊。娇嫩的双脚被尖利的石块和荆棘刺得鲜血淋漓。血在她走过的地方留下片片痕迹。她终于找到了阿多尼斯的尸体,不禁为这早夭的英俊青年痛哭不已。女神令阿多尼斯的血迹化作柔嫩的银莲花,以此作为永远的纪念。而由神女脚上伤口滴下的鲜血化作朵朵血红的玫瑰花。女爱神阿佛洛狄忒的痴情感动了宙斯。于是他吩咐自己的兄弟哈德斯和他的妻子佩耳塞福涅让阿多尼斯每年都能从凄凉的冥国回地面一次。此后,阿多尼斯就半年待在哈德斯的冥国,另外半年得以与女神阿佛洛狄忒在地面一起生活。自然界每逢阿多尼斯——阿佛洛狄忒这位年轻英俊的爱人回到阳光普照的大地上,都为之欢腾不息。

许墨奈俄斯

年少的许墨奈俄斯是婚姻之神,更是阿佛洛狄忒的助手和旅伴。在迎亲队伍中,他总是挥舞着雪白的翅膀在前头飞翔。婚礼的火炬在他手中通亮地燃烧着。姑娘们在婚礼进行时载歌载舞地邀请许墨奈俄斯,请他为新人的婚姻赐福,使他们今后欢乐的生活。

希腊神话

狄俄尼索斯的诞生与成长

宙斯曾迷恋美丽的塞墨勒,她是忒拜国王卡德摩斯的女儿。他以斯堤克斯河神圣的河水为名义,对塞墨勒发誓,他将满足她提出的任何要求,决不食言。但这却引来了女神赫拉对塞墨勒的仇视,她想把她害死。赫拉告诉塞墨勒:

"你要求奥林匹斯众神之王宙斯来见你时拿出雷神的全副威严仪仗。要是他真心爱你,就一定不会拒绝这个要求。"

塞墨勒听信了赫拉的主意,向宙斯提出这个要求。宙斯曾以斯堤克斯河的河水的名义发誓,因此无法拒绝这个要求,便只有展示出他众神和人类之王的全部仪仗,显现出全部荣光来到塞墨勒面前。宙斯手握着雷电闪烁夺目光芒,霹雳将卡德摩斯王宫全部震撼。雷电将周围的一切都点燃了。熊熊火光把王宫团团围住,王宫摇晃着倒下。塞墨勒被吓得瘫倒在地,火焰吞噬了她。她明白自己无法得救,明白赫拉害了自己。

临死前,塞墨勒生下儿子狄俄尼索斯。这个婴儿身体孱弱,似乎难以存活,并且也将葬身火海。但宙斯的儿子怎会轻易死去?就在这时,有如受到了魔法的驱使,绿色的常春藤立即从地上冒了出来,紧紧围绕着狄俄尼索斯。常春藤浓密的枝条将大火阻挡住,使这不幸的婴儿免遭死亡。

宙斯将自己得救的儿子抱起，但他实在过于瘦弱，恐怕难以存活，宙斯便将他由髀肉缝进自己体内。在父亲躯体内长结实后，狄俄尼索斯从宙斯髀肉中再次降生。于是，这位众神和人类之王便让自己另一个儿子——众神快捷之使赫耳墨斯，把这幼儿送给塞墨勒的姐姐伊诺和姐夫阿塔玛斯抚养。

女神赫拉却因此大怒，决心惩罚他们。便使阿塔玛斯发了疯。疯狂令阿塔玛斯杀死了亲生子勒阿耳科斯。伊诺带着墨利刻耳忒斯——另一个儿子，赶忙逃跑，得以保住性命。阿塔玛斯紧紧追赶。伊诺跑到一处悬崖峭壁之前，大海咆哮着拍打岩壁，丈夫疯狂地在身后追赶，似乎已被逼上绝路。她只好与儿子从悬崖上一跃而下，坠入大海。幸运的是他们被海中神女们救起，抚养狄俄尼索斯的伊诺带着儿子墨利刻耳忒斯从此生活在海底深渊，成为海神。

而狄俄尼索斯被赫耳墨斯从发疯的阿塔玛斯那里救出。又被飞快地送到倪萨山谷的女神们手里抚养。长大后的狄俄尼索斯英俊强健，成了酒神，为人类带去力量和喜悦，也带去丰收。诸位女神因抚养狄俄尼索斯受到宙斯的奖赏，升上天空。与其他星座一同在黑暗的夜晚闪烁，人们称之为许阿得斯姐妹。

狄俄尼索斯及其随从

狄俄尼索斯头戴的冠冕由葡萄藤结成，手持的酒神杖被常春藤缠绕，一群头戴荆冠的迈那德斯狂女与萨堤洛斯醉汉在他的带领下快乐地游逛，从一个国家到另一个国家。年少的狂女们围在他身旁，飞快地旋转跳跃，大唱大喊，那些醉汉长着羊尾巴和羊腿，也同样笨拙地蹦跳。老头儿西勒诺斯骑在驴背上，跟在这支喧闹的队伍后面，他很聪明，是狄俄尼索斯的老师。但他醉得厉害，总把皮酒囊扶在胸前，勉强骑在毛驴上。在他的秃头上，歪戴着由常春藤编的藤冠。他骑在驴背上摇摇晃晃，满脸温和地微笑。在驴子旁边，萨堤洛斯醉汉们非常小心地跟随着，悉心扶持着老头儿，以防他跌下

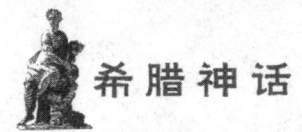

来。这一行人在笛声和铙钹声的伴奏下,喧闹而欢喜地在山间的密林和翠绿的青草上前行。狄俄尼索斯就这样喜盈盈地行走在大地上,一切人都要为他的权力臣服。人们在他的教导下学会种植葡萄,学会用成熟的沉甸甸的葡萄串酿成美酒。

吕枯耳戈斯

并非所有地方都承认狄俄尼索斯的权力。也会有一些国家和城市反抗他,因此他不得不动用武力。他身为宙斯之子、更是伟大的酒神,谁能与之抗衡?胆敢反抗他,蔑视他的权力,忽视他神的身份,必将受到严厉的惩罚。在色雷西亚,他第一次受到这样的怠慢。那时迈那得斯狂女们陪伴着他,他们在乐声和歌声的伴奏下喝得酩酊大醉,大吃大喝,又快活地蹦跳,吕枯耳戈斯是埃多涅人残暴的国王,他在这时突袭了狄俄尼索斯。狂女们惊恐地扔下狄俄尼索斯的器皿四下逃散,就连狄俄尼索斯自己也不得不逃跑。他纵身跃入大海,得到海中神女忒提斯的保护,得以摆脱吕枯耳戈斯的追击。为惩罚胆敢欺侮酒神的吕枯耳戈斯,狄俄尼索斯的父亲宙斯将吕枯耳戈斯的双眼弄瞎,同时将他的寿命缩短。

弥倪阿斯的女儿们

俄耳科墨诺斯与玻俄提亚的人也不愿对酒神狄俄尼索斯立即臣服。狄俄尼索斯的祭司曾到俄耳科墨诺斯城,要在山林里举行敬奉酒神的快乐祭典,召唤所有女性前去参加。但弥倪阿斯国王的三个女儿不愿承认狄俄尼索斯是神,不去参加典礼。那天全城女性都从城中离去,来到密林,载歌载舞为酒神祝福。她们将身体缠满常春藤,举起酒神杖,如同迈那得斯狂女般满山奔跑着高喊,为狄俄尼索斯大唱赞歌。而弥倪阿斯国王的三个女儿无动于衷的在家中纺纱织布,压根儿不关心祭典的事。等到太阳落山,夜晚降临,三位公主依旧忙着要赶出这些活儿。就在这时,奇迹出现了。铙钹声伴着芦笛声响彻宫殿,纱线化作葡萄藤,沉甸甸地挂满了一串串葡萄。常春藤缠满了织布机,织布机变成了绿色。香桃木和鲜花的香味四处弥散。这一切令三位公主无比惊奇。夜色苍茫下,有不祥的火光将整座宫殿照得通亮。猛兽的嘶吼响彻云霄。狮子、猎豹、大山猫及黑熊纷纷出现在内室。它们肆无忌惮地在宫中乱闯,用威严的声音咆哮着,双眼射出的光芒格外凶恶。三位公主吓坏了,慌忙躲进一间最里边、最黑暗的房间,以免被火光照到,也免得听到野兽的咆哮。但她们所做的一切都是徒然,野兽无处躲避。狄俄尼索斯的惩罚并没有终结。将三位公主的身体缩小,身体上长满黑乎乎的鼠毛,双手生出薄膜,化作两翼,终于成为了蝙蝠。此后,她们避开白天的日光,躲进黑暗潮湿的废墟中或山洞里生活。国王的三个女儿受到了狄俄尼索斯的惩罚。

第勒尼安海的海盗

第勒尼安海的海盗也被狄俄尼索斯惩罚过,不只因为他们蔑视他神的地位,更重要的原因是他们把他看做普通凡人,并且打算冒犯他。

狄俄尼索斯年轻时曾站在湛蓝的海边,任海风在他深色鬈发上轻抚,将他披在匀称的双肩上的紫红色斗篷轻轻撩拨。海面上有艘船由远方飞快驶来,近海岸后,船上的第勒尼安海的海盗看见了这位站在空旷海岸上的英俊小伙子。于是他们停船靠岸,慌忙跳到岸上,将狄俄尼索斯抓住押上船。这些海盗想不到他们抓住的是一位神。他们深信,这样英俊的小伙子如果被卖做奴隶,一定能得到非常多的金子。上船后,他们试图用沉重的铁链将狄俄尼索斯锁住,但铁链从他的手脚上自动脱落。狄俄尼索斯坐在甲板上平静地微笑,望着海盗们。舵手看到无法在他手上锁上铁链,十分惊惧,便对同伙说:

"我们实在是不幸的人啊,看看我们干了些什么!我们想绑架的难道不正是神吗?看看,我们的船根本无法承受他!这不是宙斯,也不会是银弓之神阿波罗,该不会是大地的震撼者波塞冬吧?没错,他与凡人完全不同!这定是一位来自奥林匹斯山的神。快还他自由,送他上岸。只希望他不要唤来

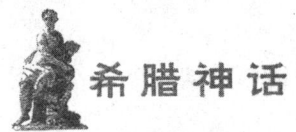
希腊神话

狂风,掀起巨浪滔天啊!"

船长却对聪明的舵手恶狠狠地说:

"你这蠢货!看看,现在正是顺风!在这无边的大海上,我们的船正乘风破浪一路疾驶。这小伙子的事儿以后再说。等船一到了埃及、塞浦路斯或极北地方的遥远国家,我们就把他卖掉,让他去那种地方找朋友和兄弟吧。不用理会他,我们得到他是神的旨意!"

海盗船的风帆缓缓升起,驶入外海。这时,一种不可思议的景象闪现:喷香的葡萄酒在船上飘洒,空气中弥漫着浓郁的酒香。海盗们呆呆看着。紧接着,绿色的葡萄藤从船帆上长出来,挂满了沉甸甸的葡萄串;桅杆缠绕着深绿色的常春藤;悦目的果实四处皆是;连桨柄上也被花瓣缠满。这群海盗被眼前的一切吓坏了,求舵手快把船开回岸边。但已经晚了!原本平静微笑的小伙子猛地变成了一头雄狮,在甲板上发出可怕的咆哮,眼中凶光毕露。还出现一头毛茸茸的母熊,也龇着牙,张着血盆大口出现在甲板上。众海盗吓得魂飞魄散,纷纷跑到船尾的舵手身边围拢。突然,雄狮纵身一跃,将船长扑倒在地,几下就撕成了碎块。海盗们绝望地跳入大海,被狄俄尼索斯变成了海豚,只有舵手获得赦免。最后,狄俄尼索斯恢复自己的原貌,对舵手亲切地微笑着说:

"不要怕!我喜欢你。我是雷神宙斯与卡德摩斯之女塞墨勒的儿子,狄俄尼索斯。"

伊卡里俄斯

对于敬奉他的人,狄俄尼索斯必会给予奖赏。阿提刻的伊卡里俄斯曾热情招待过他,为此,狄俄尼索斯赠给他一根葡萄藤,他于是成为栽培葡萄的第一人。但是,他往后的命运也因此十分悲惨。

一次,他将酿好的葡萄酒送给牧人们品尝,牧人们喝醉了,认为伊卡里俄斯给他们的是毒药。于是把伊卡里俄斯杀死,将尸体埋在山中。很久以后,伊卡里俄斯的女儿厄里戈涅在她的猎犬迈拉的带领下找到了父亲的坟墓。厄里戈涅悲伤过度，绝望之中在父亲坟边的树上吊死。后来，伊卡里俄斯、厄里戈涅以及猎犬迈拉被狄俄尼索斯接到天上。在晴朗的夜空中永远闪烁，那便是牧夫座、室女座与大犬座。

弥达斯

在佛律癸亚，迈那得斯狂女与萨堤洛斯醉汉在狄俄尼索斯带领下，吵吵闹闹地游逛于特摩罗斯山上那林木繁茂的山崖边。但此时西勒诺斯却喝得烂醉，在佛律癸亚的田野上一步三摇跌跌撞撞地行走。农夫见他这般模样，便将他用花瓣捆起来，一同去见弥达斯。弥达斯一看，便认出这正是狄俄尼索斯的老师，赶忙将他请到自己宫中，连设九天盛宴款待。到了第十天，弥达斯亲自将他送回狄俄尼索斯身边。看见自己老师西勒诺斯被安全地送回来，狄俄尼索斯无比高兴。因为弥达斯对自己的老师十分恭敬，狄俄尼索斯要奖励他，便让弥达斯挑选一种本领学习。弥达斯当即高声回答：

"啊，伟大的狄俄尼索斯，请你令我所碰触的一切都变为闪闪发光的金子吧！"

狄俄尼索斯因他未能挑选到更理想的本领而惋惜，但仍然满足了弥达斯的愿望。

弥达斯离开时心中充满喜悦。能获得这种本领他感到心花怒放。他折下橡树的一根绿树枝，枝条在他碰触的瞬间变为纯金；他揪下生长在地面的几株麦穗，麦穗也闪起金光，每一颗麦粒都化作纯金。他摘下一个苹果，苹果当即变得与赫斯珀里得斯姐妹果园中的金苹果别无二致。凡弥达斯接触过的，都成为了金子。洗手时的水珠也变成金珠子滴下来。弥达斯异常开心地回到王宫，仆人们早已为他准备好了丰盛的饭菜，他兴冲冲地在桌边坐下。然而此时他意识到向狄俄尼索斯要来的本领是多么可怕。任何东西经弥达斯的碰触都成了黄金。食物和葡萄酒一进入口中也成了金块。弥达斯明白，这样下去他只得饿死。只好举起双手，朝向天空大声恳求：

"啊，狄俄尼索斯，请你开恩吧！请你饶恕我吧！请你对我发发慈悲，把

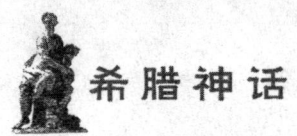
希腊神话

这项本领收回去吧!"

狄俄尼索斯来到弥达斯面前,对他说:

"快用帕克托罗斯河之水洗去你身上的本领及罪过吧。"

听了狄俄尼索斯吩咐,弥达斯便浸入帕克托罗斯河,用清澈的河水中洗去了自己要来的本领。从此以后,帕克托罗斯河的河水闪耀起金光,成了一条含金的河。

第一篇 众神的传说

潘

潘是狄俄尼索斯的伴神。他的母亲德律俄珀女神在生下他后,被他的样子吓得仓皇逃跑。潘天生便有羊腿、羊角,下巴上还长着长长的胡须。他的父亲是赫耳墨斯,赫耳墨斯看见这个儿子极其高兴。他抱起潘,去到光明的奥林匹斯山的众神面前。潘的诞生令众神为之欣喜,脸上不禁浮现出微笑。

潘没有与众神同住在奥林匹斯山。他在远离奥林匹斯山的高山密林中居住,吹奏着芦笛放牧畜群。潘美妙的笛声吸引女神们成群结队地聚拢到他身边。伴着潘的芦笛声,女神们和潘一同在幽静苍翠山谷中跳着欢快的环舞。潘高兴的情绪会使得山谷两边的树林中,腾起快活的喧闹。好热闹的潘腾起羊脚,带领众女神们、萨堤洛斯醉汉们一起又蹦又跳。但潘生性易怒,特别是在被人打搅的时候。他喜欢在炎热的正午躲进茂密的树丛中或阴凉的山洞里休息,如果这时受到打扰,他就会发怒,让打扰他的人做恶梦,再把这个人突然惊醒,会把人吓得魂魄俱丧,慌不择路地在林中、山上、崖边奔逃,但这样盲目奔逃随时都可能丧生。曾有一整支军队被潘神用这种恐惧惩罚,溃逃得一发不可收拾。因为潘发怒时非常恐怖,所以不能激怒他。不过他多数时间都是宽厚、善良的,为牧人带去了很多利益。这位酒神

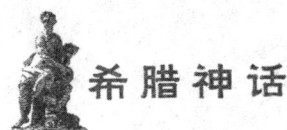
希腊神话

狄俄尼索斯常随的伴神、与迈那得斯狂女一同跳起环舞的潘神,为希腊人的畜群守护。

潘和绪任克斯

金翅膀的厄洛斯将他的箭射到了伟大的潘头上。潘对美丽的女神绪任克斯一见钟情。绪任克斯是一位非常骄傲的神女,别人的求爱她一律拒绝。绪任克斯同勒托的女儿阿耳忒弥斯同样喜爱狩猎活动。这位年轻的女神穿着短衫,箭筒挎在肩上,手中握着角弓,显得美丽非常,甚至会被错认为是阿耳忒弥斯。她和阿耳忒弥斯如此相像,如同两滴水一般,只是她的弓与阿耳忒弥斯使用的金弓不同,是用角做成的。

一次,潘径直朝绪任克斯走去。这位女神一看到潘,就吓得慌忙逃跑了。潘拼命追赶,而就在即将追上时,绪任克斯前方出现一条河,她再也无路可走。女神向河流伸出双手,恳求河神救助。河神向她伸出援手,将她变成芦苇。潘急忙前去试图拥抱绪任克斯,但抱住的只是一株柔软的芦苇,发出细小的沙沙声。潘忧伤地站着,禁不住叹息,芦苇轻轻晃动发出的沙沙声,在他耳中仿若美丽的绪任克斯所说的告别语。潘从这株芦苇上割下长短不一的几节,用蜡把它们粘在一起,成了一把芦笛。为纪念绪任克斯,潘将这把音质优美的芦笛以她的名字命名。绪任克斯芦笛变成了伟大的潘最喜爱吹奏得乐器,在僻静的山林中,总荡漾着那悠扬动听的声音。

潘和阿波罗比赛

吹奏芦笛的卓越技巧是潘神的骄傲。为此,他曾提出与阿波罗在特摩罗斯山的山坡上比赛,这座山的山神就是裁判。比赛时,阿波罗披着紫色斗篷,头戴桂冠,金竖琴捧在手中。先演奏的是潘,他的乐器是牧人吹的芦笛,只能发出普通的笛声,笛声缓缓回荡在山间。笛声逐渐消失后,阿波罗的金琴弦顿时响起一阵悦耳动听的仙乐。世间的一切都寂然无声,如痴如醉地静静倾听着阿波罗的琴声。金琴弦激越的声音在寂静中激越地响起,绝妙之美的旋律如同宽广的波浪在自然之海中滚滚流淌。一曲弹罢,飘渺的余音缓缓消逝。特摩罗斯山的山神判阿波罗获胜。众神为伟大的竖琴手阿波罗齐声欢呼,唯独弥达斯没有为阿波罗的弹奏感动,只欣赏潘平凡的笛声。阿波罗因此大怒,将弥达斯的两只耳朵拉成了驴耳。为了隐藏这双驴耳朵,弥达斯带起了硕大的头饰。潘输给阿波罗之后,感觉非常忧伤,进入更偏僻的山中躲了起来,充满忧愁地吹奏起芦笛,轻柔的笛声在密林深处回荡,令年轻的女神们非常喜爱。

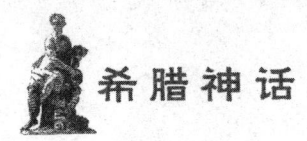希腊神话

其他众神

赫菲斯托斯

　　火神和锻冶之神赫菲斯托斯是宙斯和赫拉的儿子,他拥有无人可及的锻冶技术。赫菲斯托斯在奥林匹斯山出生,天生跛足、身体羸弱。当赫拉看到这个瘦小又丑陋的儿子出现在面前时,怒火万丈。她把婴儿从奥林匹斯山朝扔向遥远的地面。

　　在空中飞落许久后,这可怜的婴儿落入无边无际的大海涌起的波涛中。欧律诺墨——大洋之神俄刻阿诺斯的女儿以及未卜先知的老海神涅柔斯之女忒提斯救下这个婴儿,将他带入灰蒙蒙的大洋深处一座蓝莹莹的山洞中抚养。赫菲斯托斯长大后,仍然跛足,仍然不漂亮,但他脖子上的肌肉发达、胸膛宽阔,更重要的是那双手异常强劲有力。凭借这样过人的天赋,他成为了锻冶领域中最卓绝的艺术家。为感谢欧律诺墨和忒提斯对自己的抚育,他用金银打造出许多精致华美的饰品献给他们。

　　因为母亲赫拉的抛弃,赫菲斯托斯心底一直怀有对她的愤恨,于是决心报复。他将自己铸造的一把金椅子送到奥林匹斯山,声称是献给母亲的礼物。这把椅子华丽无比,令宙斯的妻子欣喜若狂。是呀,这样华丽奇特的椅子唯有众神和人类的王后才有资格坐。然而可怕的事发生了!赫拉才一落座,椅子上立即出现许多挣不断的绳索将她缚在椅子上,赫拉起不来了。

众神纷纷上前帮忙,却没有人能把王后解救出来,唯有这把金椅子的铸造者赫菲斯托斯,才能使自己的母亲获得解放。

赫耳墨斯被派去寻找赫菲斯托斯。他朝世界的边缘飞速前进,到了大洋河。眨眼间越过陆地与海洋,在赫菲斯托斯干活的山洞中停下。赫耳墨斯恳求赫菲斯托斯与他一起回到奥林匹斯山,使王后赫拉得到解脱。可锻冶之神无法忘记母亲对他的虐待,断然拒绝赫耳墨斯的请求。就在赫耳墨斯劝说无效时,狄俄尼索斯这个快乐的酒神赶来帮忙。他为赫菲斯托斯端上一杯又一杯美酒,将赫菲斯托斯灌醉,这样一来,不管带他去哪儿都没有问题。赫菲斯托斯醉醺醺的任酒神狄俄尼索斯摆布,酒神与赫耳墨斯将赫菲斯托斯扶上往奥林匹斯山驴背。赫菲斯托斯在驴背上摇摇晃晃,迈那得斯狂女头缠常春藤、手执酒神杖和醉醺醺的萨堤洛斯们一同围绕着他欢快却也笨拙地跳跃。火把熊熊燃烧,在铙钹与铃鼓的铿锵鸣响中,夹杂着欢乐的笑声。而酒神狄俄尼索斯将常春藤结成的冠冕戴在头上,紧握酒神杖,领着欢乐的队伍行至奥林匹斯山。赫菲斯托斯将昔日的仇恨抛诸脑后,顷刻间解开了束缚母亲的绳索。

后来,赫菲斯托斯住在了奥林匹斯山上。他为众神建造出无数金碧辉煌的宫殿,还为自己建造了一座金银和青铜的宫殿,供自己与妻子——美丽热情的美惠女神卡里斯生活。他还在宫殿中设置一座充满神奇色彩的铁匠铺,把大部分时间都花在那里。一个大铁砧竖在铁匠铺的中央,一个熊熊燃烧的火炉和风箱摆在角落里。这是个奇妙的风箱,它不需要拉动,会根据赫菲斯托斯的命令自动送风。当风箱听从赫菲斯托斯的命令送风时,炉中的火就被煽得烈焰腾腾。赫菲斯托斯——锻冶之神顶着一身黑灰,在铁匠铺里挥汗如雨。打造出无法言喻的精美物件,包括锐利的兵器、金银首饰、酒碗与高脚杯,以及三脚供桌。这三脚供桌安着金轮子,可以自由行动,仿佛具有生命。

完工后,赫菲斯托斯浸入香气四溢的浴室,洗去满身汗水和烟灰,又摇摇晃晃地拖着无力的瘸脚,来到众神的宴会上,走到父亲宙斯身边。赫菲斯

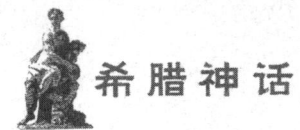
希腊神话

托斯心地善良、彬彬有礼，总能将宙斯与赫拉间行将激化的争吵平息。赫菲斯托斯在餐桌周围一瘸一拐地走动，为众神的杯中斟满香气扑鼻的仙酒，众神无不大笑，在笑声中忘却了争吵。

但是赫菲斯托斯也有严厉的时候。许多人都被他那火和巨大的铁锤威力吓倒。就连在特洛伊城外奔涌咆哮的克珊托斯河以及西摩伊斯河也被他的火制服。铁锤也曾帮凶悍的赫菲斯托斯击败过强大的巨灵们。

赫菲斯托斯这位伟大的火神、手艺高超的锻造之神给人们带去温暖和快乐，他热情、彬彬有礼，却也会给予别人严厉的惩罚。

夜神、月神、晨光女神和太阳神

尼克斯是夜神，她坐在黑马拉的车上在天空缓慢前行，深色的外衣遮盖大地，四周的一切随之浸入夜色。在车子周围有一群群的星星聚集，它们是晨光女神厄俄斯和阿斯特赖俄斯的幼子，这些星星布满整个黑暗的夜空，向大地闪烁，洒下隐约的光芒。很快，东方的天际露出一抹淡淡的光，随着这光逐渐明亮，月神塞勒涅乘着车，缓慢地升到天空。为她拉车的是犄角陡直的公牛，月神戴着饰有月镰的帽子，穿着白色长衫，安详端庄。她静静地将一切都洒上银光，将熟睡的大地照亮。在将整个天宇巡视完之后，月神便进入一个位于卡里亚的拉特穆斯山的山洞。塞勒涅所爱的英俊的恩底弥翁在这个山洞中永远地酣睡。塞勒涅俯身抚摸他，在他耳边悄声说着情话。然而恩底弥翁永远沉睡，听不到她说的话，这令月神十分忧伤，也将这忧伤的光洒向大地。

待到黎明临近，月神早已离开了天空。东方现出曙光。启明星作为晨光女神厄俄斯的先驱，发出夺目的光辉。随着一阵微风，东方更加明亮。于是，肌肤呈现玫瑰光泽的晨光女神厄俄斯，打开大门，等待迎接光芒夺目的太阳神赫里阿斯。晨光女神身穿鲜艳的番红花色衣裙，扇动着玫瑰色的双翼，飞上玫瑰色霞光映照的天空。她又为大地洒下装在金钵中的露水，花草上顿时缀满钻石般闪闪发亮的露珠。大地上的一切都散发出芳香，满溢着一

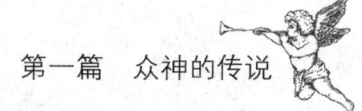

第一篇 众神的传说

股股馨香。大地苏醒了,精神抖擞地迎接太阳神赫里阿斯。

赫菲斯托斯为太阳神制造了光辉灿烂的金车,由四匹长翼的马拉着,从大洋河边腾上天空。太阳初升,将群峰照亮,山巅如燃起烈火般高高地耸立。太阳神一出现,群星匆匆逃离天宇,一颗一颗紧紧簇拥,躲入黑夜的怀中。赫里阿斯驾着金车盘桓而上。他头上的冠冕金光四射,身着的长衣熠熠闪亮。金车在空中前行,阳光生气勃勃地洒向地面,为大地带去光明、温暖与活力。

漫长的一天之后,太阳神会降落到神圣的大洋河边的一条金船上。金船带他返回东方,回到太阳国的华丽宫殿中去。夜晚,太阳神歇息在宫殿中,第二天再一次光彩夺目地踏上旅程。

第二篇 人类英雄

希腊神话

黄金时代、白银时代、青铜时代和黑铁时代（各代人生）

第一代人是幸福的一代，他们居住在光明的奥林匹斯山上，由永生的神祇创造。这个时代被称作人类的黄金时代。那个时代，克洛诺斯在天上统治着世界，人们的生活和安闲的神一样无忧无虑，从不需要劳动。黄金时代的人不会衰老，也没有疾病，手脚永远强壮有力。他们在悠然的吃喝中度过幸福的一生。他们在世上生活许多年后，死亡才降临，死亡如同安然平静的睡眠。他们活着时，一切都非常富足。大地提供给他们丰富的果实，人类不必付出辛劳去耕种田地或侍弄果园。他们拥有多不胜数的牲畜，牧场上牧草繁茂，畜群安静地吃草。这个时代，人类生活安逸，没有纷争。神祇也常常亲自与他们商量事情。但黄金时代终有结束的一日，黄金时代的人全都死去了，他们死后成为幽灵，以人类后代保护神的身份存在。他们腾云驾雾，在大地上游逛，伸张正义，惩治邪恶。因此，死后受到宙斯的奖励。

生活在第二个时代的第二代人已不能像第一代那般幸福。第二个时代被称作白银时代，人类的力量和智慧与黄金时代都无法相比。即使在奥林匹斯山待一百年也不明事理，成年之后，便立即离开母亲。这时，他们只剩下很短的寿命，因为他们愚笨，会在生活中遇到许多不幸和痛苦。这个时代的人类桀骜不驯，既不服从居住在奥林匹斯山上的神祇，也不愿在祭坛上为众神焚烧献祭。克洛诺斯之子，伟大的宙斯因此很生他们的气，把地面上的这一代人消灭了，并且将他们驱逐到黑暗的地下王国中。让他们从此没有欢乐,也感不到悲伤的在那里生活,但后人仍敬重他们。

然后,天父宙斯创造出第三代人,也建立了第三个时代——青铜时代。这个时代的人与前面的时代不同。他们是宙斯用矛杆创造出来的,拥有令人惧怕的强大力量。他们骄横,不以大地——也就是果园和农田中产出的粮食生活,享受战争中的痛苦呻吟声。宙斯将强健的身躯及无可抵挡的力量赋予他们,也给了他们跳动强劲有力的心脏,和无法制服的双手。当时没有黑铁,他们用青铜铸造了武器、房屋和劳动工具。这个时代,人类相互残杀,很快就都沉入了哈德斯可怕的冥国。黑色的死神超越了他们的强大力量,将他们劫走,与明亮的阳光永别了。

青铜时代的人刚到鬼魂的住所——冥国,众神之王宙斯又创造了新的时代,这个时代的人靠农业生活,比较高尚,也比较公正,都是些接近神祇的半神英雄。而最终都死于残酷的战争与血腥的厮杀中。其中一些死在卡德摩斯的国家,在有七座城门的忒拜城下,他们为俄狄浦斯的继承权争斗,却纷纷倒下。另一些发誓要夺回绝美的海伦,乘船横渡大海前往特洛伊,却死在特洛伊城下。半神英雄统统命丧死神的银镰刀,宙斯将他们送往远离活人世界的大地尽头——座落在汹涌的大洋河上的极乐岛。从此,他们过起了无忧无虑的幸福生活。那里大地富饶,每年为他们提供三次甘甜如蜜的果实。

第五个时代是最后一代人生活的黑铁时代。这个时代一直在大地上延续至今。无论白天还是黑夜,都不断地被忧愁和沉重的劳作所折磨。众神将痛苦的烦恼带到人间,虽然他们在作恶中搀杂了些善行,但主要还是恶行,人们承受无尽的痛苦。在这个时代,子女对父母不孝敬,朋友间缺乏忠诚,主人待客缺乏热情,就连兄弟间也不再相亲相爱。他们无视承诺,不以正义和善良为追求。他们崇尚暴力,看重荣誉和力量,不断侵占、毁灭对方的城市。良心和正义女神身披白袍,与人类作别,飞回巍峨的奥林匹斯山,回到永生的众神中间,只为人类留下无力抵御的深重灾难。

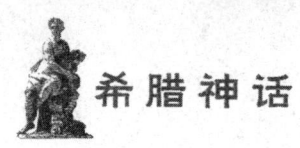

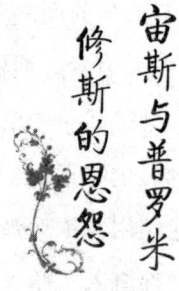

宙斯与普罗米修斯的恩怨

普罗米修斯

大地最边缘是斯库提亚人的国家,那里有一片不毛的荒漠,没有林木,寸草不生,唯有光秃秃、阴森森的峻峭岩峰竖起尖削的顶峰直入云霄,黑黝黝的巨石突兀的四处耸立。大海咆哮着腾起巨浪,隆隆的轰响着拍击山脚的岩石,飞溅起咸涩的浪花,激荡的泡沫将近岸的礁石遮掩。高加索山脉裹着薄雾,隐隐约约的在峭壁后的远方显现出白雪覆盖的山峰。乌云从远方泛起,将山峰遮蔽。乌云在空中越升越高,终于遮没了太阳。于是周围一切显得更加阴森。这里人迹罕至,毫无快乐,是一片严酷的大地。普罗米修斯被宙斯的两个不可制服的仆人——"力量"和"权力"捆绑着,带到这片大地的边缘,准备用牢固的铁链将他锁在悬崖顶上。这两个仆人身躯巨大,如同花岗岩雕成,脸也与身边的岩石一样森严,他们缺乏怜悯之心,眼中从未流露同情的光芒。锻冶之神赫菲斯托斯满脸悲愁地走在他们后边,手里握着沉重的铁锤,低垂着头。他正在犯难,因为将要面临的是一件可怕的事情:要亲手将普罗米修斯——自己的朋友,钉在悬崖上。普罗米修斯的命运令赫菲斯托斯深感悲伤,然而父亲宙斯的命令又不能违抗。他清楚,敢于违抗宙斯命令的人,必将受到严厉的惩罚。

"力量"和"权力"押着普罗米修斯来到悬崖顶,残酷无情地催促赫菲斯

托斯赶快动手。这让赫菲斯托斯更加难过。但他只有拿起巨大的铁锤,无可奈何地服从。"力量"在他身边催逼:

"快!快把镣铐给他戴上!快用力挥起你的铁锤敲打,将普罗米修斯钉在悬崖上。用不着为他悲伤,他是宙斯的敌人。"

"力量"用宙斯的愤怒威逼赫菲斯托斯,让他用牢固的铁链将普罗米修斯的手脚牢牢锁在山岩上,使他无法挣脱。这个时刻,赫菲斯托斯对自己的技艺无比痛恨,若没有这技艺,他也不会将朋友钉在这里经受折磨。那两个心肠铁石的宙斯的仆人一直在旁边监视他。

"用力砸!镣铐要钉得更紧!你别把它钉得太松!普罗米修斯善耍诡计,谙熟摆脱绝境的方法。""力量"说,"锁得要再牢靠些,看他如何欺骗宙斯。"

"这些恶毒的语言与你严厉的面貌实在相称!"赫菲斯托斯感叹着,无奈地干起来。

他沉重的铁锤敲击着山岩,山岩颤抖着,将铁锤强有力的敲击声从大地这端传到另一端。普罗米修斯最终被锁住。然而事情并未曾完结,还要用一根尖利坚硬的钢钎将普罗米修斯的胸膛刺透,再将他钉到岩石上。赫菲斯托斯感到迟疑。

"普罗米修斯!看你经受这样的折磨,我心中非常痛苦!"赫菲斯托斯高声感叹。

"你别拖延了!""力量"对着赫菲斯托斯怒吼。"不要为宙斯的敌人悲伤!只小心将来轮到为你自己悲伤!"

一切都按照宙斯的吩咐完成了,提坦神普罗米修斯被锁到岩石上,一根钢钎洞穿他的胸膛。"力量"对普罗米修斯发出嘲笑:

"嗯,你在这里可以随便骄傲,还像从前那般骄傲吧!再偷神的东西送给凡人吧!我们真想看看那些受你恩惠的凡人能不能帮助你。不然你就得自己想法解脱这枷锁。"

普罗米修斯保守着自尊,一直沉默,被赫菲斯托斯往山岩上钉的时候,

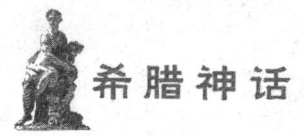

希腊神话

他始终没有说一个字,哼都没哼一声,丝毫不曾流露自己的痛苦。

"力量"和"权力"——宙斯的两个仆人走了,赫菲斯托斯也怀着悲伤离去。普罗米修斯孤零零地留下,他的声音只有大海与乌云能听到。这时,提坦神那被扎透的强大胸腔中迸发出痛苦的呻吟,开始对自己不幸的命运抱怨。

普罗米修斯充满痛苦和悲伤高声呼喊:

"啊,神圣的苍穹,以及你们这些迅疾的风!啊,河流之源以及大海永无宁静的波涛!啊,大地,神与人的祖先!啊,环绕世界奔跑、可见一切的太阳!请你们为我作证!你们看清我的遭受!你们是否看到?在未来数不清的岁月中,我将背负怎样的耻辱!唉,痛苦啊,痛苦!此时我痛苦地呻吟,这呻吟还将继续许多世纪!痛苦的尽头如何到达?现在我还能说什么?一开始我便知道将会发生什么。我的苦难并非骤然降临。这可怕的命运我无法逃避!苦难是我必须忍受的!为什么?只为我将神圣的火种送到凡间,所以难以忍受的折磨必将加诸在我身上,我的苦难无法逃避。痛苦啊,痛苦!"

远处传来翅膀扇动般的轻微声音,似乎是某种小物体振翅引起的空气波动。原来是大洋女神们。她们自遥远的大洋河边而来,离开阴凉的山洞,乘坐的马车带着一股轻风到了悬崖前。赫菲斯托斯巨锤的敲击声与普罗米修斯的呻吟声接连传到她们耳中。强大的提坦神锁在悬崖上的情景,模糊了她们美丽的双眼,泪水如同厚幕遮住视线。普罗米修斯与大洋女神们是亲戚。她们的父亲——大洋神俄刻阿诺斯与普罗米修斯之父——伊阿珀托斯是兄弟,她们的姐妹赫西俄涅是普罗米修斯的妻子。大洋女神们在悬崖边围拢,深深地为普罗米修斯的痛苦感到悲伤。而普罗米修斯对宙斯和奥林匹斯众神的咒骂,又令她们恐惧。她们满怀同情,担心这话会加重宙斯对提坦神的惩罚。但大洋神女们并不知道他遭受这种惩罚的原因。她们向普罗米修斯请求,告诉她们,宙斯惩罚他的原因,以及他如何将宙斯惹怒。

普罗米修斯便说,自己在宙斯与提坦神作战时帮助过他,并且劝说母亲忒弥斯与伟大的地神盖亚共同帮助宙斯。在宙斯打败提坦神后,普罗米修斯又建议,把他们打入恐怖的地狱。于是宙斯统治了世界,将这权利与奥林匹斯众神分享,但曾为宙斯提供过帮助的提坦神没有半点权力。宙斯惧怕提坦神强大的力量,对他们抱着仇视。对于普罗米修斯,他也无法信任,心中充满仇恨。特别是宙斯想消灭那些早在克洛诺斯统治时期存在的无辜凡人之时,普罗米修斯又伸出援手,宙斯的仇恨便愈加强烈了。

创世之初,大地朝气蓬勃,但缺少一个拥有灵魂的躯壳主宰。于是普罗米修斯应运而生,用河水调和泥土创造了人类,而他的朋友雅典娜,给予泥人灵性。普罗米修斯教泥人劳动和创造,使他们生活得舒适。又从太阳车上偷来神圣的火焰,帮助人类维持生命。人间顿时变得热气腾腾。

这样便惹怒了宙斯,对普罗米修斯施以惩罚。

普罗米修斯的讲述令大洋女神们恐惧。而一辆有翼的快车拉着大洋神俄刻阿诺斯,来到悬崖上。他看到普罗米修斯受苦,心中难过。希望普罗米修斯明白,宙斯能够战胜过强大的皮同,与他抗衡只会令自己遭殃。他准备前往奥林匹斯山,向宙斯求情,希望免除提坦神的苦难。他,认为即使宙斯会对自己产生愤恨,睿智的辩护也能化干戈为玉帛。但是,普罗米修斯认为这是浪费,高傲地对他说:

"用不着,你只需要顾及你自己。我真担心,同情我会伤害你。我甘愿饮尽命运的苦酒。俄刻阿诺斯,你要当心!同情我会招致宙斯的愤怒。"

俄刻阿诺斯痛苦地乘上有翼的快车,离开了普罗米修斯。

但普罗米修斯知道自己不会永远被折磨。宙斯也有无法逃避的厄运:他不能永恒地统治世界,总有一天会被推翻。普罗米修斯能预见未来,掌握着令宙斯摆脱恶运的重大秘密,但无论宙斯用怎样的力量威胁和折磨他,都无法令骄傲的普罗米修斯揭示这个秘密。

普罗米修斯的经历令大洋女神们惊异无比。提坦神敢于反抗宙斯的精神以及伟大智慧令他们惊讶。同时也为普罗米修斯以命运威胁宙斯充满不安。因为她们清楚,宙斯面对这样的威胁,绝对不会善罢甘休,如果不将那不祥的秘密说清,惩罚会更加严酷。这些大洋女神深受震动,眼中满含泪水

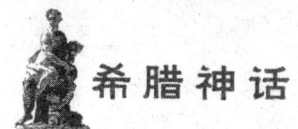
希腊神话

望向普罗米修斯。四周寂静无声,唯有大海的波涛永不停息地喧嚣。

正在这时,大地突然颤动起来,一切都不停地摇晃,滚滚雷霆震耳欲聋,闪电一道道令人目眩。黑色的旋风狂暴地嚎叫。山一般高大的排空巨浪在海上掀起,泡沫飞溅,悬崖被震撼。狂风呼啸,霹雳闪动,大地在隆隆抖动,普罗米修斯发出了可怕的怒吼:

"只为引起我的恐惧,宙斯给我施加了什么样的打击啊!啊,忒弥斯,我最敬爱的母亲!啊,光芒四射的太空!你们要见证,宙斯对我不公的惩罚!"

一阵可怕的轰响,普罗米修斯与悬崖一同崩塌,跌入无底深渊,坠入永恒黑暗。

漫长的时间过去,宙斯把普罗米修斯从黑暗中提出来。但他的苦难不但没有终结,反而更加深重。他仍然戴着镣铐,直挺挺地被钉在高高的悬崖壁上,无法入眠,也无法休息。他任凭阳光炙烤和狂风吹打,早已消瘦不堪的身体任凭暴雨与冰雹抽打。冬日,雪花成团地落在他身上,严寒将他的肢体冻住。但折磨远不只这些!宙斯还派去一只巨鹰,每天扇动强劲的翅膀飞到悬崖上,伸出钢刀般锋利的巨爪,将他胸膛撕开,啄食他的肝脏。鲜血不住流淌,染红岩壁,在悬崖下凝结成黑色的血块,经过阳光暴晒,腐败发臭。但是伤口在一夜之间愈合,肝脏长好了,一到第二天,却又成了鹰的食物。一年接一年、一个世纪又一个世纪,普罗米修斯持续地经受这样悲惨的折磨。尽管被折磨得奄奄一息,但坚强的提坦神那崇高的精神并未被摧垮。

其余提坦神早已妥协,承认宙斯的权力,服从宙斯的统治,从黑暗的地狱解放出来了。他们也来劝普罗米修斯向宙斯屈服,就连普罗米修斯的母亲忒弥斯看到儿子受苦,痛不欲生,也请求儿子放下骄傲,服从宙斯。如今,宙斯的王国很强大,没有力量能撼动它,没有任何事情令他恐惧。他也不再是暴君,他用法律维护国家,他为人类主持正义。但普罗米修斯保守的秘密仍然使雷神不安。宙斯准备当普罗米修斯透露出秘密后,立刻饶恕他。但普罗米修斯知道苦难的日子即将结束。命中注定将他解救的英雄已诞生,正

在逐渐长大。因此，尽管普罗米修斯已被折磨得心力交瘁，力量也在逐渐消失，但仍死死地守着秘密。

赫拉克勒斯就是注定解救普罗米修斯的伟大英雄，他拥有人间最强大的力量、威力无穷，如神一般。他在寻找夜神赫斯帕罗斯的四个女儿的途中，经过这里。当看到普罗米修斯的惨状，他惊讶而愤慨，心中充满了同情。当他听完提坦神的悲惨遭遇，又听到普罗米修斯预言他即将建立的伟大功绩时，一阵翅膀的拍击声从远处传来，巨鹰又将开始血腥地啄食。赫拉克勒斯举起弓箭，将巨鹰一箭射落，坠入悬崖脚下大海那汹涌的波涛中。赫耳墨斯从奥林匹斯山飞驰而来，向普罗米修斯保证：只要说出那个秘密，就立即释放他。强大的提坦神最终将秘密吐露，他说：

"雷神宙斯一定不能和海中神女忒提斯结合，命运女神的姐妹给忒提斯抽的签指明：忒提斯的儿子一定会比父亲强大。让忒提斯与英雄珀琉斯，他们的儿子会成为全希腊最伟大的英雄。"

这个秘密终于公开。赫拉克勒斯挥舞起大槌将镣铐砸碎，又拔出将普罗米修斯钉在山岩上的坚硬钢钎。提坦神终于可以自由地站起身子。他的苦难结束了，终将被凡人解救的预言已经应验。普罗米修斯获得解放，其他提坦神为他而齐声欢呼。

但普罗米修斯从此戴上镶嵌着这里岩石的铁戒指，这样宙斯就可以仍然宣称他的敌人被锁在高加索山上。

为代替普罗米修斯，半人半马的喀戎放弃永生，到死人灵魂所居的冥国去。

潘多拉

因为普罗米修斯将神火盗来送给凡人，又教给人们各种生活技能，传授给他们许多知识，使得大地上人们的生活幸福起来。于是宙斯发怒了，不但给普罗米修斯严酷的惩罚，还想出新的磨难惩罚大地上的人类。

他命令锻冶之神赫菲斯托斯用泥土铸造一尊美貌少女的雕像，她要具

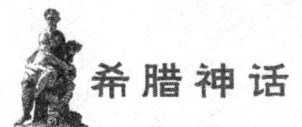

有人的力量,女神那甜润的嗓音和目光。女爱神阿佛洛狄忒赋予她无法用语言描绘的美貌和魅力,赫耳墨斯传授她狡猾的头脑和随机应变的本领,而雅典娜这时对普罗米修斯已有妒意,于是为她织了一件太阳般闪耀的华美衣衫,又戴上一顶由芬芳的春花编成的花冠和金项链,并在她脸上罩上一层面纱。

于是众神将她起名为潘多拉,意思是具备人间各种礼物的女子。她美的形象是众神所赐,却是恶毒的祸端,注定给人类带来不幸。

宙斯派赫耳墨斯把潘多拉送到普罗米修斯的兄弟——厄庇墨透斯面前。能够预言未来的普罗米修斯曾警告过弟弟,决不能接受宙斯任何礼物,否则会给人类带去灾难。可厄庇墨透斯没想起普罗米修斯的劝告,潘多拉的美貌将他迷惑,他娶潘多拉为妻。但不久,当他发现潘多拉给人类带去一连串灾难时,才后悔不已。

潘多拉送给厄庇墨透斯的礼物中有个紧锁的匣子,没人知道匣内放着什么,也没人敢打开。好奇的潘多拉将匣盖打开,突然一股黑烟升腾而出,从此世上布满疾病、癫狂、罪恶、嫉妒、奸淫、偷盗、贪婪种种灾难。潘多拉赶忙合上匣盖,但却将希望锁了起来。

于是,人们原先幸福的生活没有了,世界满是痛苦,陆地上和大海中充满了灾难。无论白天黑夜,世上随时会降临灾难和疾病,它们步履轻盈,悄然降临,宙斯将它们说话的能力剥夺了,他们是不会说话的哑巴。

丢卡利翁和皮拉

在青铜时代,人类目空一切,亵渎神明,不服从奥林匹斯众神,曾犯下许多罪孽。宙斯不断听闻这些罪孽,于是变成凡人,到吕科苏拉国去。他为该城居民显示神迹,令国民知道他是神,全国人民都在他面前跪下叩拜,敬奉他,但吕卡翁却不敬奉宙斯,还把那些敬奉宙斯的人挖苦一便。他把一个押在宫中的人质杀死,用人肉的一部分煮了,又把另一半肉烤了,最后把这些端给宙斯做食物。宙斯因此大怒,抛出闪电将吕卡翁的王宫击毁,还把吕

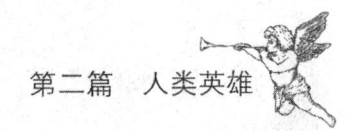

第二篇 人类英雄

卡翁变做一只嗜血的狼。

因为人对神越来越不敬，宙斯决定把所有人类都毁掉。他降下一场特大暴雨，把大地上的一切都淹没。他命令南风神诺托斯吹起湿润的风，但其他风都禁止刮，以便将黑乎乎的雨云把天空覆盖。倾盆大雨向大地倾泻，海河江湖的水位逐渐涨高，周围的一切渐渐被淹没，城墙、房舍、庙宇一切都被水浸没，就连城墙上高耸的塔楼也消失了。往日森林茂密的冈丘与巍峨的群山也被洪水覆盖。大海波涛汹涌，将整个希腊吞没。唯有帕耳那索斯山的双峰在波浪中露出顶端。森林和田地已成为鱼群游动、海豚戏水的场所。

在这场全人类的大灾难中，青铜时代的人灭亡了，只有普罗米修斯之子丢卡利翁及其妻子皮拉幸免于难。照普罗米修斯的叮嘱，丢卡利翁造出一个巨大的木箱，盛放着足够的食物，就和妻子一同进入了箱子。经过九天九夜的漂荡，箱子被波浪冲到帕耳那索斯山顶旁。丢卡利翁和皮拉等暴雨一停，就走出箱子，为感谢宙斯的保护，献上了祭品。洪水终于消退，大地露出一片空荡荡的荒漠。

赫耳墨斯被宙斯派去找丢卡利翁。赫耳墨斯飞速掠过空荡荡的大地，来到丢卡利翁面前说：

"为了你的虔诚，众神和人类的主宰宙斯愿意满足你的愿望。"

丢卡利翁答道：

"啊，伟大的赫耳墨斯，我只希望宙斯答应一件事：让大地上再次住满人。"

赫耳墨斯飞回光明的奥林匹斯山，将丢卡利翁的请求转达给宙斯。于是宙斯让丢卡利翁和皮拉将石头从头顶抛到身后，不要在抛时转身。照宙斯的吩咐，被抛到丢卡利翁身后的石头成了男人，而抛到皮拉身后的石头成了女人。于是，洪水退去，新一代人——由石头变成的人遍布大地。

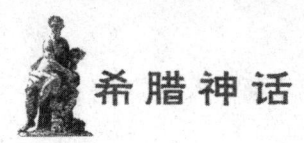
希腊神话

珀耳修斯的诞生

曾有祭祀预言,阿耳戈斯的国王阿克里西俄斯将死于女儿达那厄的儿子之手。阿克里西俄斯为逃避厄运,把达那厄关在由青铜和石块砌成的地下室中,不让她见任何人。

但宙斯变成金雨潜入地下室,与达那厄结合。过了没多久,达那厄生下珀耳修斯。

珀耳修斯出生后,阿克里西俄斯就发现了,因为那个预言,他吓坏了。马上吩咐将达那厄和珀耳修斯装进一只木箱,钉上箱盖,投入大海。

宙斯保佑着达那厄母子,使得木箱在咸涩的大海的波涛中漂浮,被安全冲到塞里福斯岛。正好被正在海边捕鱼的渔夫狄克堤斯的鱼网捞起。狄克堤斯母子二人从箱子中解救出来,带他们去见自己的兄弟、塞里福斯国王波吕得克忒斯。

国王波吕得克忒斯十分同情母子二人,便将他们留在宫中。珀耳修斯就在宫中长大,成为了一个身强力壮、体格匀称的小伙子。在塞里福斯青年中间,他显示出独特的俊美,像颗星星发出夺目光彩,无论相貌、力量、机灵还是胆识,都无人可与之相比。

珀耳修斯杀死蛇发女妖美杜莎

波吕得克忒斯娶美丽的达那厄为妻,珀耳修斯也逐渐长大。波吕得克忒斯劝说珀耳修斯出去闯荡一番,经历冒险,建功立业。珀耳修斯雄心勃勃,准备取三个蛇发戈耳工女妖中美杜莎的头。

珀耳修斯修整行装,在诸神的引导下踏上遥远的征途。一开始,他来到福耳库斯的居住地,遇见了福耳库斯的三个女儿格赖埃,她们生就满头白发,共用一只眼睛和一颗牙齿,轮流使用眼睛和牙齿。当其中一个格赖埃使用这只眼睛的时候,另外两个就成了瞎子,无眼的两个姐妹被有眼的领着行走。而当一个格赖埃摘下眼珠交给下一个人的时候,三个人就都成了瞎子。她们是通向戈耳工女妖住地之路的守护者,那条路只有她们三人知道。珀耳修斯按找赫耳墨斯预先的嘱咐,趁着黑暗悄悄走到她们跟前,在她们传接眼睛的一瞬间,将她们的眼睛抢来。三姐妹只好哀求珀耳修斯看在众神面上,把眼睛还给她们。珀耳修斯就提出要她们指出去找戈耳工女妖的路。三姐妹虽然犹豫,但为了恢复视力,还是为珀耳修斯指出了那条路。就这样,珀耳修斯又急急上路。

接着,珀耳修斯遇见了三位神女。从神女手中,他又得到三样礼物:冥王哈德斯的一顶隐身头盔;一双穿上便可以在空中疾速飞行的有翼的鞋子,另外还有一个可大可小,随囊内东西的大小变化的神奇革囊。珀耳修斯戴上隐身头盔,穿上有翼鞋,又将神奇的革囊搭在肩上。又带上雅典娜送给他一面光洁可鉴,能像镜子一样照出一切的铜盾牌;和赫耳墨斯送给他的一把锋利无比,削铁如泥的剑,便腾空而起,向戈耳工女妖所居的岛屿飞去。

在夜与死神塔那托斯管辖的国家,住着三个可怕的戈耳工女妖。她们遍身长满坚硬闪亮的鳞甲,除了赫耳墨斯的弯剑,没有任何剑能砍碎这种鳞甲。戈耳工女妖长得像公猪一般,有粗壮的铜手、尖利的钢爪,以及慑人的獠牙。她们的头发是一条条咝咝作响的毒蛇。只要看到她们,人就会立即

变成石头。

珀耳修斯背过身，用雅典娜送的盾牌做镜子，将三个女妖映照出来。但他无法分辨哪一个是美杜莎，三个女妖如同三滴水珠般相似，而他们三个中只有美杜莎是肉身，唯有她能被杀死。就在珀耳修斯犹豫之时，赫耳墨斯将美杜莎指给珀耳修斯看，并让他趁女妖还没醒，赶快杀死他。

珀耳修斯望着光洁的盾牌，对准目标，如鹰一般扑向熟睡的美杜莎。美杜莎满头的毒蛇嗅到敌人的气味，咝咝叫着昂起头。美杜莎在梦中动弹了一下，稍稍睁开眼。就在这千钧一发之际，珀耳修斯举起锋利的剑，如一道闪电猛力一击，砍下了美杜莎的头。从她的尸体中喷出一股黑血，洒在岩石上，又飞出海神波塞冬的后代——带血的飞马珀伽索斯以及巨人克律萨俄耳。珀耳修斯捡起美杜莎的头，小心地装进革囊就离开了。这时，美杜莎的两个姐妹——斯忒诺和欧律阿勒惊醒了。她俩看到美杜莎的尸体，鼓起翅膀飞到空中，凶光毕露的四处寻找杀人凶手。珀耳修斯戴着哈德斯的隐身头盔，早已无影无踪。他越过大海，转眼到了利比亚沙滩上空，美杜莎头上的血渗出革囊，大滴大滴地落在地上，变成了各种毒蛇。从此很多地方都有了毒蛇，毒蛇使利比亚成了沙漠。

珀耳修斯和阿杜拉斯

当珀耳修斯远远离开离戈耳工女妖居住的岛屿，最后飞到阿特拉斯的王国，希望休息一会儿。阿特拉斯是提坦神伊阿珀托斯的儿子、还是普罗米修斯的兄弟。阿特拉斯的土地上有一片富饶美丽的花园，园中的一棵苹果树长满金枝金叶，结着金苹果，这是阿特拉斯最珍爱的宝贝。但女神忒弥斯曾预言说，总有一天，金苹果会被宙斯的儿子偷去。这让阿特拉斯非常担心。他便给那花园筑起高高的围墙，又让一条喷火巨龙守卫。而珀耳修斯一到，就向他说明自己是宙斯的儿子，请求在这里休息。阿特拉斯一听，于是掏出美杜莎的头，背过身，把女妖的首级朝阿特拉斯递过去。阿特拉斯顿时变成了一座大山，胡子和头发成了枝条蔓延的树林，肩膀、手臂和大腿都成

了高耸的山岩，脑袋成了直插云天的山峰。阿特拉斯山从此成为整个天宇和星座的支撑者。

珀耳修斯的婚姻

珀耳修斯穿好飞鞋、戴上隐身头盔再次出发，不一会儿来到位于埃塞俄比亚的海岸，那里被刻甫斯国王统治。他看见一位美丽的姑娘被捆绑在悬崖上，她的大眼睛不停地流泪。珀耳修斯望着她，心中涌起了强烈的爱情。便降落在她身旁，亲切地问是怎么回事儿。原来这姑娘是刻甫斯国王的女儿安德洛墨达。因为她的母亲卡西俄珀亚以自己的美丽而骄傲，认为自己是最漂亮的人。但这话使得海中女神们很生气，便请求海神波塞冬惩罚国王与王后。波塞冬派出一头状如大鱼的海怪从大海深处浮上来，将刻甫斯土地上的一切都吃掉。而祭司告诉刻甫斯，要想拯救国家，必须把女儿安德洛墨达送给海怪撕食。

因此百姓逼迫国王将安德洛墨达锁到海边的悬崖。尽管安德洛墨达满怀恐惧，也只得戴着沉重的镣铐站在悬崖脚下，绝望地等待海怪撕食。她还未述说完，滚滚海浪排山倒海而来，一个海怪从波涛中冒了出来。海怪张开巨大的嘴，吓得安德洛墨达大叫起来。国王刻甫斯和王后卡西俄珀亚也赶到了。他们悲痛欲绝，搂着女儿发疯般痛哭。

看到这副情景，宙斯之子珀耳修斯开口说道：

"你们要淌眼泪，以后有的是时间，眼下必须赶快把你们女儿救出来。我是宙斯之子珀耳修斯，杀死了戈耳工女妖美杜莎。你们的女儿如果能挑选，一定会答应嫁给我！我现在向她求婚，如果你们答应，我便救她。"

国王和王后不但答应将女儿嫁给他，甚至许诺，将整个王国送给他作嫁妆。

此时海怪已经近在咫尺。它如同一艘大船，飞速前进。珀耳修斯高高地飞入云端。海怪凶猛地扑向英雄投在海面的影子。珀耳修斯果断地从高空俯冲向，用那把曾杀死美杜莎的弯剑深深刺入海怪的脊背，直没剑柄。海怪

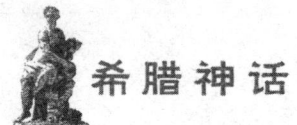

疼的在海上四处狂奔，不断潜入海底，又浮上海面。他张开血盆大口向珀耳修斯扑去，珀耳修斯的飞鞋带着他海鸥一样敏捷地在空中躲避。他一剑又一剑刺向海怪，直到海怪口里不断涌出鲜血和海水，喷湿了英雄鞋子上的翅膀，他只得勉强在空中飞，于是赶紧飞到海面一块突起的岩石上，左手抱住岩石，右手挥剑，在海怪宽阔的胸部上深深地刺了三剑，终于结束了这场惊心动魄的搏斗，海怪的尸体被海水冲走。大家都在海岸上欢呼，赞颂伟大的英雄。珀耳修斯解除了安德洛墨达身上的锁链，带着未婚妻回到了刻甫斯的王宫。

珀耳修斯向众神之王宙斯及雅典娜和赫耳墨斯献上丰厚的祭品。刻甫斯宫中展开了欢乐的婚宴。青藤和鲜花布满王宫，许墨奈俄斯和厄洛斯燃起芬芳的火炬。宴会厅内金碧辉煌，悠扬的竖琴声不断回响。刻甫斯、卡西俄珀亚伴着一对新人开怀畅饮，全体百姓也欢乐地痛饮，呈现出歌舞欢腾的场面。珀耳修斯在席间讲述自己伟大的经历。就在这时，宴会厅外传来一阵喧嚣。宫中喊声震天，如同狂风卷起的巨浪撞击着海边高大山岩时发出的轰鸣。原来是国王刻甫斯的兄弟菲纽斯率领一支庞大的军队冲进王宫来了，他曾是安德洛墨达的未婚夫。

现在菲纽斯挥舞着手中的长枪闯入婚礼大厅，朝珀耳修斯高声吼叫：

"你这拐骗别人未婚妻的家伙，我要复仇！你那长翅的飞鞋和你的父亲都救不了你！"说着，就要把长枪向珀耳修斯投去。

国王刻甫斯猛地喝道：

"你要干什么？并不是珀耳修斯抢走你的未婚妻！当我们将你的未婚妻锁在悬崖上，向死亡走去的时候，她就已经不属于你了。那时候你为什么不去救安德洛墨达？"

菲纽斯哑口无言，他恶狠狠地盯着自己的兄弟刻甫斯和自己的敌人——宙斯英俊的儿子，突然他疯狂的发力，将长枪奋力掷向珀耳修斯。但是长枪飞过珀耳修斯的身边，扎在了椅子上。珀耳修斯趁机站起拔出长枪，向菲纽斯投去。所幸菲纽斯躲到祭坛后边没被刺中。但长枪将英雄瑞忒斯的头刺穿,他倒地身亡。于是激烈的搏斗开始了。雅典娜从奥林匹斯山赶来,为她的兄弟珀耳修斯提供帮助。她以神盾掩护珀耳修斯,为他鼓起无坚不摧的勇气。以使珀耳修斯在战斗中更勇猛,他挥舞着手中那把曾经杀死美杜莎的利剑,如闪电般闪耀着,接二连三砍倒一个个敌人。可是敌人实在太多,珀耳修斯寡不敌众,他背靠廊柱,在雅典娜闪光盾牌的掩护下,与敌人拼杀。终于,在敌人的包围下,他决定使出最后一招,于是突然高声喊道:

"我被逼迫着不得不这样干!我将向老冤家寻求援助!我的朋友,请快转过身去!"

珀耳修斯说着从神奇的革囊中取出美杜莎的头,高高举起。他的敌人一个个都变成了石像。他们还保留着搏斗时的姿势,有些正举剑向对方胸膛刺去,另一些挥舞着尖利的长枪,还有些正举起盾牌遮挡。看见自己的朋友都变成了石像,菲纽斯感到无限恐惧。不禁跪倒在地,恳求珀耳修斯收起美杜莎的头颅。

巨大的愤怒令珀耳修斯不愿宽恕,他讥讽地回答菲纽斯:

"你这胆小鬼!我要让你站在刻甫斯的宫中,成为永恒的纪念碑!"

珀耳修斯把美杜莎的头朝菲纽斯递过去。尽管菲纽斯竭力躲避,仍然无法逃离美杜莎的诅咒,变成了一尊石像。菲纽斯带着恐惧和哀求的神情,成为了跪在珀耳修斯面前的雕像。

珀耳修斯在阿耳戈斯

珀耳修斯让波吕得克忒斯的弟弟、曾经救过他们母子的狄克堤斯统治塞里福斯岛,自己带着妻子安德洛墨达返回阿耳戈斯。他的的外祖父阿克里西俄斯对那个不幸的预言仍然恐惧,听说外孙来到,立即逃往北方的拉里萨城。珀耳修斯将头盔、飞鞋与神奇的革囊还给女神,把神奇的弯剑还给赫耳墨斯,最后把美杜莎的头献给了雅典娜。雅典娜骄傲地把它固定在胸前那闪闪发光的胸甲上。珀耳修斯在阿耳戈斯幸福地生活着。

但他的外祖父最终没能逃脱命运的安排。在一次珀耳修斯举办的竞技

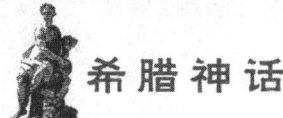 **希腊神话**

比赛上,年迈的阿克里西俄斯正在观众席上观看。突然被珀耳修斯掷出铁饼砸中了头,他就这样完成了预言的状况。当珀耳修斯弄清原委后,便满怀悲痛地安葬了自己的外公,他无法面对自己成为杀害外祖父的凶手的事实,于是把阿耳戈斯送给了自己的亲戚墨伽彭忒斯,自己离开了阿耳戈斯到提任斯当国王去了。

赫拉克勒斯的诞生和成长

珀耳修斯的孙子安菲特律翁娶了阿尔克墨涅为妻,她也是珀耳修斯的孙女儿。宙斯迷恋上阿尔克墨涅的美貌,趁安菲特律翁出征时变做他的模样,与阿尔克墨涅结合。于是,阿尔克墨涅成为宙斯的情人。

阿尔克墨涅即将生下宙斯的儿子,就在他降生这一天,宙斯在巍峨的奥林匹斯山上对众神宣布,这儿子是一位伟大的英雄,将统治他的所有亲人,即珀耳修斯的后代。

宙斯的妻子赫拉对凡人阿尔克墨涅成为宙斯的情人非常痛恨,也就同时恨上了阿尔克墨涅的儿子赫拉克勒斯。赫拉悄悄在心中定下计策,令司欺骗的女神阿忒控制住宙斯的理智,骗他发下不可违背的誓言:今天,珀耳修斯家族最先出生的孩子将成为所有亲属的统治者。

然后,赫拉立即坐上金马车驰离光明的奥林匹斯山,来到阿耳戈斯,促使斯忒涅罗斯——珀耳修斯之子斯忒涅罗斯那像女神一样美丽的妻子,提前产下病弱的欧律斯透斯。随后,赫拉又匆匆赶回奥林匹斯山,告诉伟大的乌云聚散者宙斯,斯忒涅罗斯的儿子欧律斯透斯在阿耳戈斯诞生了。由于他是今天第一个出生的婴儿,就应该统治所有珀耳修斯的后代。

伟大的宙斯这时才知道赫拉所干的勾当。司欺骗的女神阿忒蒙住他的

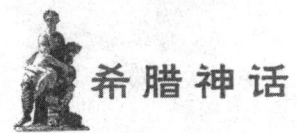

理智,因此宙斯大怒。揪住阿忒的头发,把她扔下了奥林匹斯山,让她一直生活在人间,不准再回奥林匹斯山。

为改善赫拉克勒斯的命运,宙斯与赫拉订下不可违反的协议:他的儿子不会终生被欧律斯透斯统治,只需帮欧律斯透斯建立十二件伟大的功绩,就可恢复自由,而且获得永生。为帮助自己的儿子克服艰险,宙斯派自己心爱的女儿雅典娜前去帮忙。此后,每当看到赫拉克勒斯在为胆小无能的欧律斯透斯效力、承受巨大艰辛之时,他都悲伤不已,却又不能违背誓言。

但赫拉从未放弃谋害赫拉克勒斯。还在赫拉克勒斯出生时,她就派出两条毒蛇,前去杀害新生的英雄。在一个万籁俱寂的深夜,两条毒蛇悄悄爬到婴儿的摇篮旁,双眼闪着凶光,想去将幼小的赫拉克勒斯缠住,以便把他勒死,赫拉克勒斯突然惊叫着醒了。他初试了神力,一手抓住一条蛇的七寸,阿尔克墨涅听见叫声从床上跳了起来,王宫中的贵族和女佣也涌进卧室。他们看到摇篮中的蛇,一个个高声惊叫,但这时,赫拉克勒斯已将两条蛇扼死了。阿尔克墨涅的丈夫,底比斯国王安菲特律翁对自己养子的力量大感震惊,赶忙请来祭祀忒瑞西阿斯。这个能预见未来的盲老头说,赫拉克勒斯将建立无数伟大的功绩,在生命结束时将获得永生,并预言,他将永享青春女神赫伯的爱情。

当安菲特律翁得知阿尔克墨涅所生的这个儿子将获得巨大的光荣,便开始对赫拉克勒斯施以英雄应有的教育。不仅注重对赫拉克勒斯体力的发展,也注重对他智力的培养。他请来各路英雄教他读书、写字、唱歌、弹琴。尽管赫拉克勒斯显示出惊人的才能,但在知识和音乐方面的成绩远远比不上在摔跤、射箭、击剑和战斗等方面的成绩。他的音乐教师——俄耳甫斯的兄弟利诺斯,由于缺乏耐心,常常和这位学生生气,有时甚至会严厉的处罚赫拉克勒斯。有一次,因为赫拉克勒斯不愿学习,利诺斯气得打了他。赫拉克勒斯顺手抓起齐特尔琴朝利诺斯的脑袋上打去。但赫拉克勒斯没有料到这一下的力量竟如此之大,利诺斯立即倒地身亡了。赫拉克勒斯因杀人罪

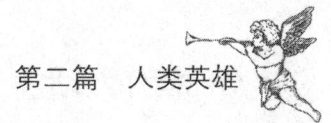

被传唤到法庭。最公正的法官拉达曼堤斯判决他自卫还手,免受处罚。

但他的养父安菲特律翁担心他日后再犯类似事件,便把他送到喀泰戎山茂密的森林中,和牛群一起生活。

赫拉克勒斯在忒拜

在喀泰戎山的森林中,赫拉克勒斯一天天长成了强壮的小伙子。他比别人高出一头,体力更是常人难以匹及。人们第一眼就能看出他是宙斯的儿子,特别是那双眼睛,闪耀出一种异乎寻常的神之光芒。在实战中,赫拉克勒斯显示了无人可比的机警灵巧,他射箭和投掷长枪的精湛技术更是为他建立了卓越功勋。早在青少年时,他曾偶然遇上出没于山巅的凶猛的喀泰戎狮子。他将狮子射死,又剥下狮皮制作了一件盔甲,穿在身上,用狮首制成头盔。他还曾在涅墨亚树林里将一棵木质坚硬似铁的楞树连根拔起,做成了又长又粗的大棒槌。他还受到众神的礼物,包括:赫耳墨斯的利剑,阿波罗送的弓箭,赫菲斯托斯特制的金铠甲,雅典娜亲自织就的衣衫。

赫拉克勒斯成年之后,与弥倪埃人的俄耳科墨诺斯国交战,杀死了国王厄耳癸诺斯,因此忒拜免除了每年的大量进贡,并且向俄耳科墨诺斯国征收了相当于从前进贡的两倍的贡品。因为这项大功,忒拜国王克瑞翁把女儿墨伽拉嫁给了赫拉克勒斯,众神又赐给他三个英俊的儿子。

在有七座城门的忒拜,赫拉克勒斯本可以过上幸福的生活。女神赫拉对赫拉克勒斯的仇恨却不曾减少。她让赫拉克勒斯换上可怕的疯病,亲手杀死了自己和弟弟伊菲克勒斯的儿子。而他清醒之后,心中充满悲伤和哀痛。他将杀人时溅在身上的血污洗刷干净,离开忒拜往得尔福神示所前去,向阿波罗请教该怎么办。根据阿波罗的神谕,赫拉克勒斯返回先祖的故乡提任斯,为欧律斯透斯效力建立十二件伟大的功绩,获得永生。

赫拉克勒斯的十二件功绩

赫拉克勒斯回到提任斯,决心完成软弱、胆怯的欧律斯透斯交给的任

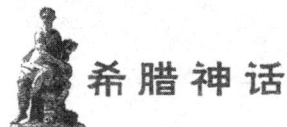

务。但是他强大的力量令欧律斯透斯深感害怕,不许他进入迈锡尼。每一条任务都由使者科普柔斯到提任斯传达给赫拉克勒斯。

第一件功绩(涅墨亚狮子)

国王欧律斯透斯不久就交给赫拉克勒斯第一项任务:除掉涅墨亚城附近的一头巨狮。这头巨兽于涅墨亚城附近出没,是堤丰和厄喀德那之子。它凶猛无比,会将周遭一切毁坏殆尽,而且任何武器都伤害不了他。赫拉克勒斯毫不犹豫,动身前往涅墨亚,一到那里便立即进山寻找狮子的洞穴。但那里不见一个人影,不管牧人还是农夫,都和其他一切生物一样,因对巨兽的恐惧逃往他乡。赫拉克勒斯仔细地在森林中、峡谷里寻找狮子的洞穴,但直到日暮,才找到狮子的洞穴。这是位于一条深幽峡谷里的很大的一个山洞,有两个洞口。赫拉克勒斯先搬来巨石将其中一个洞口堵死,接着就躲在石头后安静地等狮子到来。天越来越黑,狮子终于出现了,他刚吃的肚脯滚圆,长长的、乱蓬蓬的鬣毛上还沾着滴滴鲜血。赫拉克勒斯忙弯弓搭箭,对准狮子胸前连发三箭,可坚硬如钢的狮皮将箭弹飞了。狮子暴怒地伸展开庞大的躯体,骇人地怒吼,弯曲着背,瞪起血红的大眼,站在峡谷中环顾四周,搜寻侵犯他的人。等一看见赫拉克勒斯,就奋力扑来。赫拉克勒斯举起手中的木棒,朝狮头重击。这沉重的一击令狮子昏倒在地。赫拉克勒斯扔掉武器,毫无畏惧地冲上去,用一双强劲有力的手死死勒住狮子,直到狮子断气为止。于是他扛上狮子,回到涅墨亚城,先给宙斯献祭,接着创立了涅墨亚竞技会,来纪念这第一件功绩。而等到赫拉克勒斯把狮子扛回迈锡尼城,将欧律斯透斯吓得脚软。这位国王认清了赫拉克勒斯那非凡的力量。从此再不敢让赫拉克勒斯走近城门,以后赫拉克勒斯来迈锡尼献上功绩,欧律斯透斯只不过站在高高的迈锡尼城墙上胆怯地看上一眼罢了。

第二件功绩(勒耳那水蛇)

赫拉克勒斯的第二件功绩是斩除勒耳那水蛇。它和涅墨亚狮子同样由堤丰和厄喀德那所生,是一条在蛇身上长着九个蛇首的怪物。水蛇在勒耳那城附近的沼地长大,总是爬出沼泽,残害乡间田野的庄稼和牲畜,使勒耳那城郊变得一片荒凉。这条九首水蛇有八颗脑袋是凡胎,但中间一个头是不死的。赫拉克勒斯毫不畏惧,令伊菲克勒斯的儿子——自己的侄子伊俄拉俄斯为他驾车,急匆匆驶向勒耳那。到达勒耳那城郊,赫拉克勒斯发现水蛇正躲在沼泽环绕的洞穴中,于是令伊俄拉俄斯驾着马车在近旁的树林中等待,他将自己的箭烧得通红,向水蛇连放许多支。火箭激怒了水蛇,她嗞嗞地叫着,扭动起弯弯曲曲的、光闪闪的鳞片覆盖着的身子,从洞穴中爬出,九个脖子可怕地直立着,扑向英雄。赫拉克勒斯一脚踩住蛇身,用力挥舞着沉重粗大的木棒,将蛇头纷纷打落在地。但是赫拉克勒斯发现,蛇怪掉落一个头,就又长出两个新头。沼泽中又爬出一只巨虾做水蛇的帮凶。它用虾螯钳住赫拉克勒斯的脚不放。伊俄拉俄斯连忙前来帮助赫拉克勒斯,用点燃的树木去烫被打掉蛇头的伤口。于是水蛇再长不出新的头来了。最后,赫拉克勒斯又奋力一挥木棒,将那颗不死的蛇头也打掉了。他将不死的蛇头深埋在路旁,又压了一块巨石来将它镇住,以免他再出来兴风作浪。接着,宙斯的儿子又将蛇身剖开,将箭头放在水蛇巨毒的血液中浸泡。此后,只要谁被赫拉克勒斯的箭射中,便再无药可治。赫拉克勒斯满怀胜利的喜悦,回到提任斯。欧律斯透斯还有新的命令在等着他。

第三件功绩(斯廷法利斯湖怪鸟)

　　欧律斯透斯派给赫拉克勒斯的第三件任务是消灭斯廷法利斯湖怪鸟。这是一种拥有铁翼、铁嘴和铁爪的巨大猛禽。他们袭击一切生物,用铜爪铜喙将人畜撕成碎块,身上抖落的羽毛能像利箭一样将人射死。阿耳卡狄亚的斯廷法罗斯城几乎被他们糟蹋成一片荒芜。欧律斯透斯的这项使命异常艰难,女战神雅典娜赶来帮助赫拉克勒斯。她把两面由赫菲斯托斯铸造的铜钹送给赫拉克勒斯,然后吩咐他爬到怪鸟营巢栖息的树林旁边的一个高坡上,大声敲响铜钹。赫拉克勒斯遵照女神的吩咐,敲响了铜钹,怪鸟惊飞起来,惊惶地在树林上空盘旋。它们那箭一般尖利、雨一样密集的羽毛纷纷撒下,但是赫拉克勒斯站在高坡上不会被羽毛伤害。赫拉克勒斯瞅准时间弯弓搭箭,向怪鸟连射出一支支致命毒箭。许多鸟应声而落,

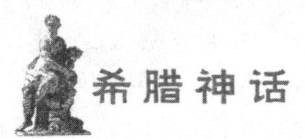
希腊神话

其他的也远远飞往希腊境外,一直飞到攸克辛海的岸边,再没有返回斯廷法罗斯城。赫拉克勒斯再一次完成了欧律斯透斯的任务,但不得不等待下一次更艰险的任务。

第四件功绩(克律涅亚山的牝鹿)

阿耳卡狄亚的高山上,自由地生活着一只美丽的牝鹿,这只鹿长着金角铜腿,美丽非凡。欧律斯透斯知道,这是女神阿耳忒弥斯在打猎时捕捉到的,后来将它放回田园。赤牝鹿毁坏了农田。欧律斯透斯派赫拉克勒斯的第四项任务就是去捕捉这只牝鹿,并且要把它活着送到迈锡尼。赫拉克勒斯在阿耳卡狄亚的高山深谷中追逐这只赤牝鹿,整整了用了一年。赤牝鹿不知疲倦地奔跑,越过高山和平原,跨过深涧和江河,一路向北。赫拉克勒斯紧随其后来到了极北族人居住的极北方——依斯忒耳河源头。赤牝鹿在这里停下脚步。赫拉克勒斯刚想趁这时抓住它,就被它逃脱了,回过头又急速地朝南跑去。赫拉克勒斯又追到阿耳卡狄亚才追上。即使经过如此漫长的奔跑,但是赤牝鹿仍然体力充足。赫拉克勒斯迫不得已使用了自己百发百中的箭射伤它一条腿,才将赤牝鹿抓住。就在赫拉克勒斯将美丽的赤牝鹿扛在肩上,要去迈锡尼时,阿耳忒弥斯忽然怒容满面地出现在他面前责问他为什么伤害自己的鹿。

赫拉克勒斯向美丽的女神极其恭敬地鞠躬致礼,解释说自己是要完成欧律斯透斯的任务。于是阿耳忒弥斯的怒气缓和了,雷神宙斯的伟大的儿子最终活捉了刻律涅亚山的赤牝鹿,将它扛回迈锡尼交给了欧律斯透斯。

第五件功绩(厄律曼托斯山的野猪)

赫拉克勒斯花费一年猎捕铜腿赤牝鹿,但没多久,欧律斯透斯又让他活捉力大异常、出没于厄律曼托斯山的野猪。这头野猪长着又粗又长的獠牙,本是阿耳忒弥斯的祭品,但它对人类毫不留情,几乎将普索菲斯城毁坏殆尽。赫拉克勒斯一接到任务便动身前往厄律曼托斯山。他途中拜访了聪明的马人福罗斯。福罗斯对这位宙斯的伟大的儿子十分热情,设宴款待赫拉克勒斯,并且打开大酒坛,为英雄献上醇美的美酒。酒香四处飘散,将其他马人都吸引了过来。这醇酒并不只属于福罗斯,他是所有马人的共同财产。福罗斯胆敢私自打开酒坛的举动,让他们十分生气。马人们涌向福罗斯家中,向正开怀畅饮的福罗斯和赫拉克勒斯发起袭击。看到情况危急,赫拉克勒斯立即从坐垫上跃起,用火把扔向来袭的马人,又搭上毒箭射杀马人,马人们四散逃开。赫拉克勒斯一直将马人追到伯罗奔尼撒半岛。马人们纷纷躲入喀戎的山洞。喀戎是最聪明的马人,更是赫拉克勒斯的朋友。赫拉克勒斯在暴怒之下弯弓搭箭,不料却将喀戎射中。当赫拉克勒斯发现这个情况,心中悲痛万分。赶忙为自己的朋友清洗和包扎伤口,但一切都是徒劳。赫拉克勒斯的的箭浸过水蛇有毒的胆汁,一旦被射中,便不可治愈。喀戎为了减少伤痛的折磨,主动到哈德斯的冥国去了。

赫拉克勒斯含泪告别了喀戎,终于到达厄律曼托斯山茂密的森林里。他找到那头可怕的野猪,高声呼喊着将它逐出密林,并且不断地追逐,将它赶到山顶深深的雪地上。野猪精疲力竭地陷在了雪地里,赫拉克勒斯连忙冲上去捆住野猪,如同命令那般将它活着带往迈锡尼。

第六件功绩(奥吉亚斯国王的牛圈)

欧律斯透斯立即给赫拉克勒斯下达了一项新任务,似乎是个跟英雄身份不匹配的任务:赫拉克勒斯必须在一天之内将太阳神赫里阿斯之子、厄利斯国王奥吉亚斯的牛圈清扫干净。太阳神之子有数不清的财产,畜群更是不计其数,牲口棚中一共有三千多头。堆积了许多粪便。其中有三百头公牛腿脚洁白如雪,两百头公牛毛色是鲜艳的红,还有十二头洁白如雪的神牛,是献给赫里阿斯的祭品,有一头如星辰般俊美璀璨。奥吉亚斯认为一天之内要干完这个活儿是不可能的,他看到赫拉克勒斯的威仪,认为这是他想发一笔小财,于是答应将牲口的十分之一作为报酬送给他。赫拉克勒斯掘松牛圈的地基,又拆掉两边的围墙,将阿尔甫斯河以及珀涅俄斯河的河水进来。用他们的河水将牛圈里里外外冲刷得非常干净,赫拉克勒斯的手都没有弄脏。最后,他将围墙砌好,去找奥吉亚斯要酬劳,可是骄横的国王想要赖账,否认了从前的承诺。

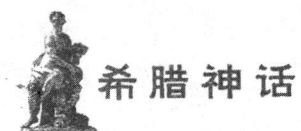

希腊神话

数年之后，赫拉克勒斯对厄利斯的国王作了残酷的报复。当欧律斯透斯结束对他的奴役，他就带领庞大的军队侵入厄利斯，一阵浴血拼杀后，将奥吉亚斯打败，奥吉亚斯命丧赫拉克勒斯的毒箭之下。然后，赫拉克勒斯用战利品向奥林匹斯众神献祭，同时创立了奥林匹克竞技会。就从这时起，希腊人每四年都会举行一次奥林匹克大会，会址就设在圣地内，那里被赫拉克勒斯为女神雅典娜亲手栽植的橄榄树所包围。

第七件功绩（克里特公牛）

欧律斯透斯的第七项任务使赫拉克勒斯不得不离开希腊。克里特国王弥诺斯曾对海神波塞冬许诺：将海中浮出的克里特公牛作为祭品奉献。但当这么美丽的公牛出现在眼前，弥诺斯又反悔了，他将这头公牛留下，另选了一头普通的公牛献祭。因此波塞冬发怒了，他让这自海中浮现的公牛变得疯狂暴躁，在岛上横冲直撞，给克里特带来了巨大的灾难。力大无穷的赫拉克勒斯逮住了公牛，并将它制得服服帖帖，他骑在宽阔的牛背上，如同乘船一般从克里特渡海回到了伯罗奔尼撒。他将公牛牵到迈锡尼，但胆小的欧律斯透斯却将公牛放了，他不敢将波塞冬的牛留下。重获自由的公牛，发疯般的奔跑，越过伯罗奔尼撒，像北方一直跑去，来到阿提刻的马拉敦，最终被雅典英雄忒修斯杀死。

第八件功绩（狄俄墨得斯的烈马）

制服克里特公牛后，赫拉克勒斯又前往色雷西亚，奉欧律斯透斯之命去见比斯托涅斯人之王狄俄墨得斯。在他的马厩中，锁着一群异常俊美、力量超凡的烈马。这些烈马以人肉为食。许多在风暴中受灾，不得已大城边落脚的外乡人都成了烈马的食物。赫拉克勒斯来到色雷西亚，夺取了狄俄墨得斯的烈马，将狄俄墨得斯扔给烈马撕碎，这群烈马立刻听从赫拉克勒斯命令。这时，斯托涅斯人追了上来，赫拉克勒斯让自己的朋友、赫耳墨斯的儿子阿布得洛斯看守马群，自己转身投入了战斗。等赫拉克勒斯取得胜利回来后，看见自己的朋友阿布得洛斯早已被烈马撕碎，于是悲痛不已，不但为他举行了隆重的葬礼，还在他的坟墓旁筑起一座城池，以阿布得拉为名纪念。赫拉克勒斯制服的这群烈马被欧律斯透斯敬奉给赫拉。

第九件功绩（西波吕忒的腰带）

接着，赫拉克勒斯要夺取亚马孙女人国女王希波吕忒的腰带。这腰带由战神阿瑞斯送出，希波吕忒将它系在身上，作为统治亚马孙人的权标。而阿德墨忒——赫拉的女祭司、欧律斯透斯的女儿非常渴望得到这根腰带。因此，欧律斯透斯命令赫拉克勒斯前去夺取腰带。赫拉克勒斯召集了包括忒修斯在内的一批自愿参战的英雄，便乘船出海。

在途中，赫拉克勒斯一行停靠在弥诺斯的儿子管辖的帕洛斯岛，弥诺斯的儿子们将赫拉克勒斯的两名随从杀死，激起了赫拉克勒斯的愤怒，于是他向弥诺斯的儿子宣战。他杀死了岛上许多居民，又带领队伍围住该城，直到被围者派出使节来见赫拉克勒斯，请求他收下两名人质，以赎杀死他两位随从之罪。这时候，赫拉克勒斯才撤除包围，并押走作为人质的弥诺斯的两个孙子——阿尔开俄斯和斯忒涅罗斯。

而后，赫拉克勒斯离开帕洛斯岛，又来到密西亚，国王吕科斯盛情款待了他们。柏布律喀亚人突然对吕科斯发动进攻，赫拉克勒斯率领自己的队伍帮助吕科斯逃脱厄运，将柏布律喀亚人的都城夷为平地，并且将所有国土都送给了吕科斯。为纪念赫拉克勒斯，吕科斯便将这片国土命名为赫拉克勒亚。之后，赫拉克勒斯再次踏上征程。

经过遥远的旅程，他们到了亚马孙女人国。亚马孙女人国座落在攸克辛海最远海岸，建都忒弥斯库拉。

赫拉克勒斯一行人建立的伟大功绩早已在亚马孙人的国家流传开。因此赫拉克勒斯的船刚刚停靠在忒弥斯库拉城边，就见到了在亚马孙人的簇拥下出城来见英雄们的女王。女王希波吕忒被英雄们出类拔萃的伟大气概震惊，答应将腰带交给赫拉克勒斯，但是女神赫拉不会令赫拉克勒斯如愿。她装成一个亚马孙人，走到人群中散布谣言，说这群男子的目的是劫持他们的女王。好战的亚马孙人向赫拉克勒斯的军队发起进攻。

如旋风般迅疾的埃拉冲在最前头。她飞一般冲向赫拉克勒斯，但赫拉

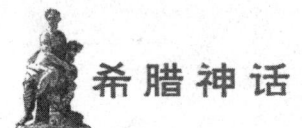

克勒斯比她更快捷,埃拉刚想逃跑,就被英雄追上,用闪光的利剑砍死了。而另一位勇猛的女战士普洛托厄亲手杀死了赫拉克勒斯身边的七位英雄,但最终没能躲过宙斯儿子的毒箭,倒在了战场上。随后,七位亚马孙人同时对赫拉克勒斯发起进攻,这些人本是阿耳忒弥斯的随从,拥有无人可比的掷长枪技术。但在这场战役中,她们的技术一点儿也发挥不了,一个个在赫拉克勒斯的木棒下轰然倒地。就连军队的首领墨拉尼珀也被赫拉克勒斯生擒。亚马孙人最勇猛善战的战士都被打败,其他人便纷纷溃逃。女王希波吕忒解下自己的腰带,将英勇善战的墨拉尼珀赎回,把安提俄珀留给了英雄们。为奖励忒修斯的英勇作战,赫拉克勒斯让他得到安提俄珀。于是赫拉克勒斯的第九件任务也完成了。

第十件功绩(革律翁的牛群)

赫拉克勒斯的下一个任务是要把巨人革律翁的一群壮牛赶回迈锡尼。革律翁是克律萨俄耳与大洋神女卡利洛厄所生的儿子,住在大地西边的尽头,也就是太阳神赫里阿斯自空中降落的地方。赫拉克勒斯独自一人,动身展开慢慢征程,终于来到了大地边缘。在这狭窄的海峡两岸,他竖起两根高大的石柱,以此作为永久的纪念。

当赫拉克勒斯终于到达灰蒙蒙的大洋河岸,却为难以到达革律翁放牧牛群的厄律提亚岛犯了难。这时正是傍晚,太阳神赫里阿斯驾着太阳车而来,强烈的光线照花了赫拉克勒斯的眼睛,难以忍受的灼热炙烤着他。赫拉克勒斯愤怒的举起弓,拿起可怕的箭,太阳神赫里阿斯对宙斯之子这种非同寻常的勇气十分赞赏,便主动邀请赫拉克勒斯坐上他的金船到厄律提亚岛去,英雄满心欢喜地跳上金船,不一会儿就抵达了厄律提亚岛。

可赫拉克勒斯刚上岸,就被可怕的双头狗看到了,他们疯了似的吠叫着扑向赫拉克勒斯,却被赫拉克勒斯一棒打死。但是巨人欧律提翁也在守护着革律翁的牛群。很快宙斯之子又打死了巨人,于是将革律翁的牛群赶向在海岸边停靠的赫里阿斯的金船。牛群的叫声引来了革律翁,他见双头狗及巨人欧律提翁都已经死去,慌忙追赶抢劫牛群的赫拉克勒斯,终于在海边追上了，并且展开了激烈的战斗。革律翁长着三个头、三个身躯，还拥有六臂、六腿。在战斗中，他以三面盾牌做掩护，向敌人同时投出三支长枪。与这样一个巨人厮杀让赫拉克勒斯感到很艰难，雅典娜见状赶来帮助。使赫拉克勒斯向巨人的胃部射出致命的一箭，紧接着挥舞着木棒打死了革律翁。最后赫拉克勒斯终于赶着革律翁的牛群到了太阳神的金船上，从厄律提亚岛离开，渡过宽阔无比的大洋河后，就把金船还给赫里阿斯。但他的这项任务还没有完全成功。

当赫拉克勒斯将牛群赶过了西班牙，又越过比利牛斯山和高卢地区，翻越阿尔卑斯山到达意大利境内时。一头牛离开了牛群，向西西里岛游去，被西西里国王的波塞冬之子厄律克斯占为己有，在赫拉克勒斯找到后也不肯归还，不得已，赫拉克勒斯只好与他决斗，商定将牛作为胜利者的奖品。赫拉克勒斯勒死了厄律克斯，将这头牛赶回牛群。当他继续走到爱奥尼亚海边时，女神赫拉再次发难，使牛群发了疯，四下跑散了。然而赫拉克勒斯最后总算在色雷西亚又将大部分牛找回，带着它们到了迈锡尼，后来，欧律斯透斯把这些牛作为祭品献给了女神赫拉。

第十一件功绩（地狱恶狗刻耳柏洛斯）

赫拉克勒斯完成了十件功绩，这令他名扬天下，欧律斯透斯为了除掉他，交给了他一件非常艰险的任务，要想完成这个任务，赫拉克勒斯必须克服许多难以想象的困难。他要去往哈德斯那黑暗、悲惨的冥国，带回看门狗——刻耳柏洛斯。这个地下王国的卫士长有三个头，脖颈上还长出一条条毒蛇，尾巴上张着一个狂暴的龙首。赫拉克勒斯毫不犹豫，便去了拉科尼亚，在赫耳墨斯的带领下，从泰那戎海角附近的地缝深渊进入了黑暗的冥国。冥国中的死者阴魂吓得四处逃散。唯有有英雄墨勒阿格洛斯的阴魂经受得住活人的眼光，他不但没有畏避，反而与宙斯的儿子进行了友好的交谈，请求他娶自己的妹妹、美丽的达埃阿尼拉为妻。

赫拉克勒斯接受了朋友的请求，跟着赫耳墨斯继续前行。戈耳工女妖美杜莎的阴魂又在他面前出现，她伸着一双铜胳膊，扇动着金翅膀，头上那

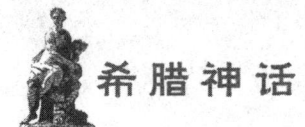
希腊神话

无数的毒蛇也不停摆动。赫拉克勒斯刚要用利剑斩杀他,却被赫耳墨斯阻止了,他说这不过是没有肉体的阴魂,它对他们无法产生威胁。

赫拉克勒斯一路上不断见到悲惨的景象,最后他见到了冥王哈德斯,请求哈德斯允许他带走地狱恶狗刻耳柏洛斯。

哈德斯答应了他的请求,但要求他必须不用武器将刻耳柏洛斯制服才可以。

赫拉克勒斯答应了,在阿刻戎河边找到了刻耳柏洛斯。用自己钢钳般强劲有力的臂膀紧勒住刻耳柏洛斯的脖子。尽管地狱之犬发出震撼整个地下王国的怒吼,但它也无法挣脱赫拉克勒斯的手臂。刻耳柏洛斯用尾巴将宙斯之子的双脚缠住,又用毒龙的利牙朝赫拉克勒斯的身体咬去,但一切抵抗都是徒劳,最后终于被憋得半死不活,倒在了英雄脚下。赫拉克勒斯抱着三头狗,从冥国的另一个出口返回迈锡尼。刻耳柏洛斯一见到阳光,就害怕得浑身冒冷汗,口中吐出剧毒的口水,滴落在地上长成了乌头草。

胆小如鼠的欧律斯透斯看到赫拉克勒斯将刻耳柏洛斯带来,吓得双腿发软,哀求他赶快把刻耳柏洛斯送回原来的地方。于是赫拉克勒斯又将地狱的看门狗刻耳柏洛斯还给了哈德斯。

第十二件功绩(赫斯珀里得斯姐妹的苹果)

赫拉克勒斯的第十二件功绩最为困难,欧律斯透斯命令他到赫斯珀里得斯姐妹看管的神圣果园中摘取三个金苹果,果园由一头日夜永不闭眼的巨龙守卫。金苹果长在一棵地神盖亚亲自培植的苹果树上,盖亚将它作为礼物在赫拉和宙斯举行婚礼那一天送给赫拉。但赫拉克勒斯连果园的路径也不知道,只得四处去打听。

但没人知道通往果园的路,直到赫拉克勒斯来到极北方,那浩瀚无际、奔腾不息的厄里达诺斯河边。宙斯和忒弥斯的女儿们在这里对宙斯这伟大的儿子进行了招待,并且替他出主意,她们知道,唯有预见未来的老海神涅柔斯知道这条路。便叫他在涅柔斯从海底深渊来到岸上时,突然冲上去抓住他,强迫他说出赫斯珀里得斯姐妹处的路。于是赫拉克勒斯又花了很久时间，才在海边见到涅柔斯出现。赫拉克勒斯慌忙冲上去抓住他。但老海神为了挣脱赫拉克勒斯铁钳般的手臂，不停地变换形态，不过最终也没能逃脱，终于筋疲力尽地被赫拉克勒斯捆绑起来。为了重获自由，老海神涅柔斯不得不把去往神圣果园的道路告诉赫拉克勒斯。然后，赫拉克勒斯释放了老海神，朝着遥远的路途走下去了。

为了到达赫斯珀里得斯姐妹看管的果园，赫拉克勒斯必须穿越利比亚。就在这里他遭遇了安泰俄斯。安泰俄斯是海神波塞冬与地神盖亚的儿子，拥有极大力量，总是强迫到利比亚来的旅人与他角斗，并毫不留情地将失败的人杀死。安泰俄斯现在也要和赫拉克勒斯角斗，在这之前还从没人战胜过安泰俄斯，因为只要安泰俄斯感到体力不支，他就触摸一下大地，从他的母亲、伟大的地神身上得新的力量。赫拉克勒斯和安泰俄斯搏斗了很久，安泰俄斯被多次摔倒在地，但反而让他力量更加增强。于是赫拉克勒斯在拼搏中骤然将他举起，盖亚的儿子的力气就被全部耗尽，终于被赫拉克勒斯扼死了。

赫拉克勒斯继续前进，到了埃及的尼罗河边。赫拉克勒斯因为长途跋涉感到疲乏不已，在河边一片小树林中睡着了，没想到被埃及国王波西里斯绑了起来。波西里斯是波塞冬和吕西阿那萨的儿子，这时埃及连续九年干旱歉收，一位塞浦路斯祭祀佛拉西俄斯说，如果波西里斯每年都向宙斯敬献一个外乡人，干旱就会停止。于是波西里斯将这位祭祀当成了第一个祭品。此后，这位暴君把所有来到埃及的外乡人都当做祭品杀死。就在赫拉克勒斯被拉到祭坛旁准备献祭时，他挣断了身上的绳索，将祭坛边的波西里斯连同他的儿子安菲达玛斯打死。残暴的国王终于得到了应有的惩罚。

接下来的路上赫拉克勒斯又遇到许多艰难险阻，并且拯救了被锁在高加索山岩壁上的普罗米修斯，这位伟大的提坦神告诉赫拉克勒斯，应该请去找肩扛天宇的提坦神阿特拉斯帮他去拿金苹果。于是赫拉克勒斯来到阿特拉斯立身的大地的尽头，一看到这位在宽阔的双肩上扛着整个天宇的提坦神，他就惊呆了。

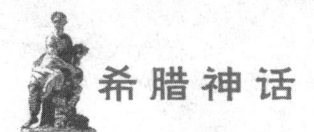
希腊神话

赫拉克勒斯对阿特拉斯述说了自己的任务,阿特拉斯答应给他三个金苹果,但要求赫拉克勒斯在他去取苹果的时候,必须替他扛起天宇。

赫拉克勒斯同意了,于是代替了阿特拉斯,将那沉重得令人喘不过气来的天宇扛到肩上。天宇沉重地压弯了他的腰,他身上的肌肉像一座座山那样暴突出来,汗水不断地滴下来,湿透全身,但他凭借超人的神力以及女神雅典娜的帮助,一直扛着天宇等到阿特拉斯将三个金苹果带回来。

但是阿特拉斯不想再扛天宇了,于是他对赫拉克勒斯说,要替他把苹果送到迈锡尼,让赫拉克勒斯扛着天宇,等他回来后两人再换。

赫拉克勒斯看出阿特拉斯是想永远逃避本应承担的艰苦劳动,于是想了个计策。

"好啊,阿特拉斯,我等着你,"赫拉克勒斯建议答应。"只是你得先让我去找一个软垫垫在肩上,不然,天宇会把我的肩膀压坏的。"

阿特拉斯于是站会原来的位置,再次扛起沉重的天宇。赫拉克勒斯迅速捡起自己的弓和箭筒,提着大木棒,拿着金苹果,回欧律斯透斯那里去了。为奖励赫拉克勒斯,欧律斯透斯把苹果给了他,而赫拉克勒斯非常感谢雅典娜一直保护着自己,所以又把金苹果送给了她。雅典娜把金苹果送回了原本的地方,令它们留在赫斯珀里得斯姐妹的果园里。

赫拉克勒斯的第十二件功绩圆满完成,再也用不着为欧律斯透斯效劳了,恢复了自由的他返回有七座城门的忒拜,但是仍有新的任务等待他完成。因为他曾亲手杀死自己的儿子,因此无法面对妻子墨伽拉,于是伊俄拉俄斯娶了墨伽拉,赫拉克勒斯去了提任斯。

但是女神赫拉并没有放过他,赫拉克勒斯还会经受许多磨难。

赫拉克勒斯与欧律托斯

赫拉克勒斯小时候,曾跟随俄卡利亚国王欧律托斯学习弓箭。欧律托斯的箭术老师是阿波罗,因此他箭术超群,声震希腊。这位国王曾在全希腊宣告,如果谁的箭术胜过他,就可以娶他美丽的女儿伊俄勒为妻。赫拉克勒斯闻讯,急忙赶往俄卡利亚城参加比赛,并且轻而易举地取得了胜利。但是国王欧律托斯毁了约,认为这位伟大的英雄是欧律斯透斯的奴隶,绝不把女儿嫁给这样的人。尽管他的大儿子伊菲托斯——赫拉克勒斯的朋友,一再劝说,欧律托斯还是将赫拉克勒斯赶出了王宫。赫拉克勒斯满腹悲伤,对侮辱自己的欧律托斯也充满了仇恨,独自离开优卑亚岛,回到了提任斯。

后来有一天,欧律托斯的牛群被赫耳墨斯的儿子、奥德修斯的外祖父,同时也是希腊最奸诈狡猾的奥托吕科斯偷走了。但是欧律托斯把这个罪名怪罪到赫拉克勒斯身上,认为他是要报复从前所受的侮辱。伊菲托斯不相信伟大的赫拉克勒斯会偷窃,他决定去寻找牛群,以证明赫拉克勒斯的清白。伊菲托斯找到赫拉克勒斯,与他一同寻找牛群。而正当他们俩在建在高峻的山岩顶上的提任斯城堡的高高的城墙上时,赫拉克勒斯突然想起曾遭受的侮辱,难以抑制的怒火控制了他,他再也无法克制,将伊菲托斯从城堡的高墙上推了下去,将伊菲托斯摔得粉身碎骨。宙斯对赫拉克勒斯失手犯下的杀人罪激怒了,因为他破坏了友谊的神圣。为了惩罚自己的儿子,宙斯让赫拉克勒斯得了重病。

赫拉克勒斯被病痛折磨得心力交瘁,只好到得尔福神庙去请求阿波罗的谕示。可是女祭祀皮提亚决绝地拒绝帮助他,为了他曾犯下的杀人罪,甚至将他赶出神庙。赫拉克勒斯盛怒之下将皮提亚预言用的三脚供桌偷走,于是惹怒了金发卷曲的阿波罗。阿波罗向赫拉克勒斯讨要三脚供桌,但被赫拉克勒斯严词拒绝。于是这两位宙斯的儿子——永生的太阳神阿波罗与最伟大的凡人英雄赫拉克勒斯举行了残酷的决斗。宙斯不愿看到儿子流血,他从奥林匹斯山扔出一道霹雳,将两个儿子隔开,平息了这场血腥的搏斗。直到此时,皮提亚告诉赫拉克勒斯必须卖身为奴三年,并且把卖身所得的钱都给欧律托斯,才能还清这笔债,治愈疾病。

于是赫拉克勒斯再次失去了自由,成为吕狄亚女王翁法勒的奴隶,翁法勒是伊阿耳达诺斯之女,赫耳墨斯将赫拉克勒斯的卖身钱送给了欧律托斯,但欧律托斯拒不收钱,一如既往地与赫拉克勒斯为敌。

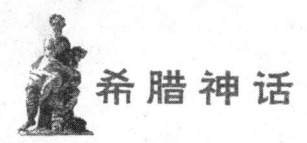

希腊神话

赫拉克勒斯与达埃阿尼拉

在赫拉克勒斯被欧律托斯逐出俄卡利亚后,他到了埃托利亚的卡吕冬。请求统治该城的国王俄纽斯将女儿达埃阿尼拉嫁给他,因为在冥国时,他答应过墨勒阿革洛斯娶她妹妹达埃阿尼拉为妻。但是一位可怕的情敌却出现了。有许多英雄渴望美丽的达埃阿尼拉,河神阿刻罗俄斯便是其中之一。俄纽斯难以决定,宣布谁在角斗中获胜,谁就娶达埃阿尼拉为妻。但除了赫拉克勒斯,没有人敢面对强大的河神阿刻罗俄斯。

赫拉克勒斯坚定地站在阿刻罗俄斯面前,和阿刻罗俄斯像两头公牛般搏斗,他们手臂交叠,像弯弯的牛角交叉在一起,面对面地尽力搏斗。用那双强劲有力的臂膀紧紧抱住河神。但高大的阿刻罗俄斯站得异常稳当,就算赫拉克勒斯用尽力气,也没能将他摔倒。河神阿刻罗俄斯岿然屹立,如同任凭海浪撞击的山岩般毫不动摇。赫拉克勒斯进行了三次进攻,却都未得手,后来,他从阿刻罗俄斯的双手中挣脱出来,从河神的背后抱住他。将沉重如大山般的河神按向地面。尽管阿刻罗俄斯竭力挣扎,但无论如何也挣不脱赫拉克勒斯强有力的手臂。于是阿刻罗俄斯突然变做一条蛇,从赫拉克勒斯手中滑了出来,赫拉克勒斯一见,轻笑着高声说:

"我在摇篮里的时候就能对付毒蛇!虽然你比普通蛇更厉害,但仍然无法与勒耳那水蛇相比。"

赫拉克勒斯冲上去,双手就像铁钳一般紧紧扼住蛇颈,阿刻罗俄斯几乎被勒死,于是他赶忙化作公牛,想用双角将赫拉克勒斯顶死。但赫拉克勒斯紧紧握住公牛的两角,将河神掀翻在地。只是赫拉克勒斯用了太大的力量,将一只牛角折断了。赫拉克勒斯打败了阿刻罗俄斯,获得了达埃阿尼拉的爱。

赫拉克勒斯与达埃阿尼拉举行了盛大的婚礼,然后住在了俄纽斯的王宫,但没过多久。赫拉克勒斯就在宴会上失手打死了阿耳喀忒罗斯的儿子欧诺摩斯,当时欧诺摩斯不小心将用于洗脚的水洒在赫拉克勒斯的手上,赫拉克勒斯只想给他个小小的教训，便打了他一下。没料到出手太重，将小男孩打死了。尽管阿耳喀忒罗斯原谅了赫拉克勒斯，但赫拉克勒斯仍然感到十分忧伤，最终带上妻子达埃阿尼拉和儿子离开了卡吕冬，回到提任斯。

在返回提任斯的途中，赫拉克勒斯一家要经过欧厄诺斯河。马人涅索斯在这里背人渡河，收取一定的渡费。涅索斯主动要求背达埃阿尼拉过河，赫拉克勒斯同意了，便将妻子扶到马人的背上。自己迈开大步涉水过河。谁知马人迷恋达埃阿尼拉的美色，想把她掳走。

赫拉克勒斯愤怒地拉开弓箭，向涅索斯射出一支致命的毒箭，箭矢从他的背部扎了进去，又从他胸口穿出。涅索斯受了这致命的一击，跪倒在地再也站不起来了。浸染了勒耳那水蛇毒液的鲜血从他的伤口中喷涌而出。涅索斯宁死也要报仇，他收集了自己的最后一滴血起来，交给达埃阿尼拉，说：

"听好，俄纽斯的女儿！你是我送过滚滚的欧厄诺斯河去的最后一个人。你收好我的血！假如有一天赫拉克勒斯对你变心，这血能让他回心转意，只要你把我的血涂在他的衣服上，他会将你看做最珍爱的女人。"

达埃阿尼拉并不怀疑丈夫的忠诚，但还是将涅索斯的血收下了。赫拉克勒斯带着达埃阿尼拉回到提任斯，住了下来，而在他身不由己地将朋友伊菲托斯摔死后，又不得不离开故乡。

赫拉克勒斯与翁法勒女王

为偿还害死伊菲托斯的罪过，赫拉克勒斯到骄横的吕狄亚女王翁法勒家做了奴隶，在服役期间，赫拉克勒斯经受了前所未有的折磨。翁法勒女王不断地侮辱这位最伟大的凡人英雄。她命令赫拉克勒斯穿上妇女的衣裙，和女仆们一起纺羊毛。这位曾砍死勒耳那水蛇、牵走哈德斯冥国中可怕的看门狗刻耳柏洛斯、赤手空拳杀死涅墨亚狮子、在肩头扛起沉重的天宇的英雄，如今只能屈腿弓背地摆弄着纺织机，用他那握惯利剑、拉得开金弓、挥舞起大木棒奋勇杀敌的双手干些女人干的精细活。而翁法勒女

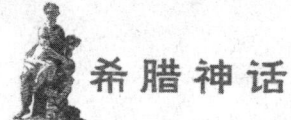
希腊神话

王却将赫拉克勒斯那威武的狮皮披在身上,狮皮盖住了她的全身,一直拖到身后的地上,还穿上他的金盔甲,在腰间配好他的利剑,肩上扛着他的大木棒,在宙斯之子面前肆意挖苦侮辱。翁法勒这样做,似乎都为了将赫拉克勒斯身上那不可战胜的神力耗尽。但赫拉克勒斯默默忍受着一切,持续了三年之久。

赫拉克勒斯很少有机会能走出翁法勒女王的宫殿。一次,他从宫殿中走出去,在厄斐索斯城郊的树林中睡着了。就在他熟睡之时,来了一群矮小的刻耳科珀斯人,他们偷偷摸摸走到他身旁,想偷走他的武器。就在小矮人们扛起他的弓和箭的时候,赫拉克勒斯醒了,他逮住这群小矮人,把他们的手脚捆住,用一根大木杆从他们被捆住的双脚中间穿过,扛着他们到了厄斐索斯城。但这群刻耳科珀斯小矮人装腔作势的姿态,把赫拉克勒斯逗得大笑不止。于是便将他们统统释放了。

赫拉克勒斯曾在为翁法勒女王服役期间,到过奥利斯国。那里的国王绪琉斯强迫所有外乡人为他做管理葡萄园的奴隶。他也同样强迫赫拉克勒斯劳动。赫拉克勒斯十分生气,把绪琉斯的所有葡萄藤都拔光了,还挥拳打死了这个霸道的国王。赫拉克勒斯在作为翁法勒奴隶的三年间,还参加了阿耳戈英雄的远航。三年过后,宙斯这位伟大的儿子终于重获自由。

赫拉克勒斯之死与登上奥林匹斯山

赫拉克勒斯在为翁法勒女王服役期间,所做的最后一件功绩便是打败了欧律托斯,并且将俄卡利亚城摧毁,带着俘虏凯旋,回到了特拉喀斯。在这群俘虏中,有欧律托斯的女儿伊俄勒。赫拉克勒斯的使者利卡斯带着俘虏先回来了,达埃阿尼拉隆重地迎接了利卡斯。利卡斯告诉达埃阿尼拉,赫拉克勒斯的身体和从前一样强壮健康,但他在离开优卑亚岛之前,还要准备众神献祭,迟几日才能回来。达埃阿尼拉这时在俘虏中发现了美丽的伊俄勒,于是像利卡斯询问这是谁。

利卡斯躲躲闪闪地回答:

"女主人,我不知道她是谁。这姑娘大概属于优卑亚的名门望族。一路都没有说过一句话。她自从离开故乡就一直在流泪。"

"达埃阿尼拉同情地感叹,让利卡斯带俘虏先进宫去。

利卡斯刚走,一名使者就凑到达埃阿尼拉身边,对她说:

"听我说,达埃阿尼拉,利卡斯说了谎话。他知道这姑娘的身份,这是欧律托斯的女儿伊俄勒。赫拉克勒斯曾非常爱她。就是为了她,赫拉克勒斯才攻打俄卡利亚城的。现在,他将伊俄勒带回来,是想娶她做妻子。"

达埃阿尼拉听到这话很悲伤。她责怪利卡斯对她隐瞒事实,百般无奈之下,利卡斯说出了实情。达埃阿尼拉更加悲伤了。她深爱着赫拉克勒斯,不能让他被别的女人拥有。达埃阿尼拉突然想到了马人涅索斯送给她的血,马人临死前对她说的话清晰地出现了,她决定使用马人的血。达埃阿尼拉本不相信马人的妖术,但是对赫拉克勒斯的爱以及失去他的恐惧却盖过了一切。她取出秘藏着的涅索斯之血,小心地涂在自己为赫拉克勒斯亲手织的一件华丽的斗篷上,然后将斗篷锁到一个密封的箱子中,吩咐利卡斯把这件礼物交给赫拉克勒斯,一定亲手交给赫拉克勒斯本人。

忠心耿耿的利卡斯带上斗篷走了。他刚走,达埃阿尼拉就惊骇地发现,她蘸着涅索斯的血往斗篷上涂的那些羊毛都腐烂了。而等达埃阿尼拉把这些羊毛扔在阳光照射的地板上,那些羊毛被马人那晒热的毒血烧成了灰烬,地板上涌起恐怖的泡沫。达埃阿尼拉惊恐不安,可怕的预感日夜折磨着赫拉克勒斯的妻子,她不由得寝食难安。

不久之后,达埃阿尼拉与赫拉克勒斯的儿子许罗斯突然跑进宫来,他本来与父亲在一起。许罗斯脸色发白地看着母亲,两眼垂泪,高声呼喊:

"啊,这三种情况我看到任何一种都会感到高兴:要不你已经死去,要不你是别人的母亲,要不你能比现在更聪明!你知不知道,你把自己的丈夫、我的父亲害死了!"

"啊,不幸的命运!"达埃阿尼拉惊慌地呼喊。"你在说什么呀,我的孩子!是谁告诉你的?你为什么把这个罪名加在我头上!"

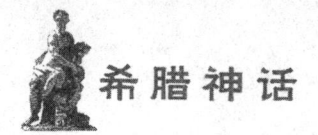

希 腊 神 话

"没有人对我说!是我亲眼目睹父亲罹难!"

许罗斯告诉母亲在俄卡利亚城边的卡奈翁山上发生了什么:那时赫拉克勒斯刚刚筑好祭台,准备向众神——首先向他的父亲宙斯献祭,就在这时利卡斯带来了斗篷。赫拉克勒斯将妻子的礼物披在身上,开始献祭。为敬奉奥林匹斯众神,他一共宰杀了一百头牛做祭品。首先,他在祭坛上点燃圣火,为父亲宙斯敬献了十二头精选的公牛。赫拉克勒斯站立在祭坛前,虔诚地举起双手高声感谢众神。圣火于祭坛上熊熊燃烧,将赫拉克勒斯的身体烘烤得全身冒汗。那件沾满了毒液的斗篷突然粘在了他的身上。赫拉克勒因为剧烈的疼痛浑身颤抖。他痛苦难忍,将利卡斯叫到面前,问他为什么要将这件斗篷给他。利卡斯是无辜的,他能怎么说呢?他如实地对赫拉克勒斯说,斗篷是达埃阿尼拉让他送来的。但伟大的英雄被剧烈的疼痛折磨得神志不清,他抓起利卡斯的一条腿,把他摔倒了被海浪环绕的岩石上,将利卡斯摔得粉身碎骨。难以忍受的痛苦使赫拉克勒斯倒在地上不断地翻滚挣扎。附近的人惊恐的呼喊,但是都不敢接近他。赫拉克勒斯诅咒达埃阿尼拉和自己与她的婚姻。伟大的英雄对自己的儿子高声呼喊道:

"儿子,别把你的父亲抛弃在不幸之中,即使是死亡威胁你,也不要丢下我!把我带回去!不要让我死在这个地方!"

大家合力将赫拉克勒斯扶了起来,抬到船上,送回了特拉喀斯。许罗斯对母亲这样说,结束了对话:

"好了,宙斯那个伟大的儿子就在门口,他也许还活着,也可能已经死去。母亲,你谋害了人间最杰出的人!这就是你所做的一切!"

达埃阿尼拉静悄悄地走进宫里,一句话也没说。宫中的女佣早听说达埃阿尼拉被欺骗的事情,并把这些告诉了许罗斯。许罗斯赶忙去找母亲,但已经晚了,一把利剑刺入达埃阿尼拉的胸膛,她已经死了。许罗斯哭嚎着向母亲扑去,将母亲紧紧抱在怀中,为自己的言论后悔不已。

这时,赫拉克勒斯被抬到了宫门口,他已经被剧痛折磨得奄奄一息了。

赫拉克勒斯高声喊道:"我现在在哪里?希腊的英雄,你们快来帮助我

第二篇 人类英雄

吧!用火或剑替我解除苦难!让我死吧,然后去惩罚那个害我的女人吧!"

许罗斯两眼含泪对父亲说,"这是母亲无意之中犯下的罪孽。为了赎罪,她已用利剑刺破自己的心脏而死了!她是无辜的!只是为了挽回你的情爱。害死你的是马人涅索斯那染上了勒耳那水蛇之毒的血。"

听到这些,赫拉克勒斯惊呆了,他不再想着报仇,而是让自己的儿子娶了欧律托斯的女儿伊俄勒为妻,还请求朋友和许罗斯将自己抬到俄忒山上,堆起一个高高的柴堆,将这个最伟大的凡人英雄放在柴堆上。勒耳那水蛇的毒液不断侵入赫拉克勒斯的身体,疼痛越来越剧烈,他只想用死亡摆脱这种非人的折磨。没有一个人愿意点燃篝火。直到最后,菲罗克忒忒斯被赫拉克勒斯说服,将篝火点燃,为此得到了赫拉克勒斯的弓和浸过勒耳那水蛇毒液的箭。篝火的火光明晃晃的,但宙斯的闪电比这更明亮。随着天上隆隆的雷声,雅典娜与赫耳墨斯乘坐着金马车来到篝火旁,将人类最伟大的英雄赫拉克勒斯接到了光明的奥林匹斯山上。在众神的欢迎下,赫拉克勒斯成为了永生的神。女神赫拉也抛却了仇恨,让赫拉克勒斯与自己的女儿——青春女神赫柏结婚,从此,赫拉克勒斯就在光明的奥林匹斯山呆了下去,成为了伟大的、永生的神祇中的一员。这正是他曾在人间建立过的许多伟大功勋的奖励,也是对他所经受过的巨大磨难的报偿。

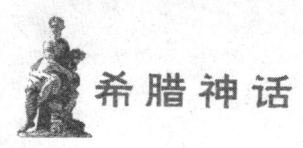

希腊神话

雅典故事

刻克洛普斯

地神之子刻克洛普斯是雄伟的雅典城以及雅典卫城的奠基人。他一生下来就是半人半蛇的样，下半身长有一个巨大的蛇尾。就在刻克洛普斯在阿提刻修建雅典城时，海神波塞冬与宙斯的爱女战神雅典娜正在争夺国家的统治权。为解决这两个人的争端，宙斯召唤所有神祇在雅典卫城聚集。众神打算让两者当中能给阿提刻带来最珍贵礼物的人获得国家统治权，并且主张让刻克洛普斯裁定最终交给谁。刻克洛普斯以蛇尾代脚，来到法庭上。海神波塞冬举起三叉戟用力刺入山岩，山岩上冒出了一个涌动着咸涩海水的泉眼。而雅典娜将自己闪闪发光的长枪插入地里，立刻从那里长出了一棵果实累累的橄榄树。

刻克洛普斯看到这些就说：

"奥林匹斯英明的神祇，宽广无边的大海中，咸涩的海水随处可见，但不是哪儿都能长出结满丰硕果实的橄榄树。橄榄树属于雅典娜，它会给全国带来富裕的生活，可以激励人民努力地进行农业劳动、耕种田地。雅典娜为阿提刻带来了最珍贵的礼物，就将掌管国家的权力交给她吧。"于是，奥林匹斯众神根据刻克洛普斯的判断，将建造好的雅典城以及阿提刻全国的统治权交给了雅典娜。为了纪念宙斯的爱女雅典娜，刻克洛普斯建造的城市在那以后就被命名为雅典城。然后刻克洛普斯又在雅典城内为这个城市的保护神雅典娜和她的父亲宙斯建造了首座神庙。雅典娜又让刻克洛普斯的女儿们成为了自己第一批女祭司。刻克洛普斯为雅典人制定了法律，建立起了完整的国家，成为了阿提刻的第一任国王。

厄里克托尼俄斯

刻克洛普斯的王位继承人是火神赫菲斯托斯的儿子——厄里克托尼俄斯。他和刻克洛普斯一样由大地所生。他的诞生是一个最深的秘密。女神雅典娜在他出生后，亲自做了他的监护人，于是他就生长在雅典娜的神庙中。厄里克托尼俄斯在新生之时，由雅典娜藏在一个紧紧盖着盖子的柳条筐内。命令两条蛇和刻克洛普斯的女儿共同保护厄里克托尼俄斯。但雅典娜严禁她们将筐盖打开，看到这个秘密降生的大地之子。但好奇心折磨着刻克洛普斯的女儿们，她们非常想见一见厄里克托尼俄斯，就算只看一眼也好。

后来有一天，雅典娜离开自己卫城内的神庙，准备将位于帕勒涅的一座山搬到卫城旁边做屏障。就在她正扛着山、往雅典走的路上，一只乌鸦迎面飞来对她说，刻克洛普斯的女儿们把筐盖打开，看见了筐里还是神秘婴儿的厄里克托尼俄斯。雅典娜当即大怒，立即扔掉了山，瞬间回到自己的神庙内，给予了刻克洛普斯的女儿们严厉惩罚，让她们发了疯。她们糊里糊涂地从神庙跑出去，跳下卫城的悬崖上，摔了个粉身碎骨。就从那时候，厄里克托尼俄斯由雅典娜亲自守护。那座被雅典娜扔到路上的山，仍然在乌鸦向女神报信的地方屹立着，后来被命名为吕卡柏特。等到厄里克托尼俄斯长大成人，他就成为了雅典国王，在多年执政期间，还为纪念雅典娜而创立了古老庆典——泛雅典娜节。

厄里克托尼俄斯也是在雅典城第一个用马驾车的人，雅典的赛车运动就是他开创的。

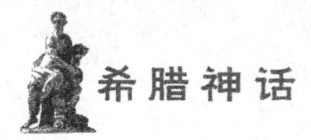

希腊神话

厄瑞克透斯

在厄里克托尼俄斯的后代厄瑞克透斯任雅典王期间,曾与厄琉西斯城进行过一场残酷的战争,色雷西亚人的国王欧摩尔波斯的儿子伊玛拉德对厄琉西斯城伸以援手。

对于厄瑞克透斯来说,这场战争是一次灾难。色雷西亚人在伊玛拉德的带领下步步紧逼,将厄瑞克透斯逼进得尔福阿波罗的神示所,寻求取得战争胜利的方法。女祭祀皮提亚给出了令人胆寒的回答。她告诉厄瑞克透斯,只有将他的一个女儿献祭给众神,才能取得战争的胜利。得到了这个可怕的答复,厄瑞克透斯忧心忡忡地离开了得尔福。他有个女儿叫克托尼亚,虽然年少,但非常热爱祖国,她一听说皮提亚的答复,就勇敢地宣告自己愿为守护雅典城献出生命。尽管厄瑞克透斯为女儿的命运深感悲伤,但拯救雅典的强烈愿望使他不得不牺牲女儿,将她献祭给众神。

在克托尼亚献身后不久,双方展开了决战。就在战斗最紧要的关头,厄瑞克透斯遭遇了伊玛拉德,进行了一场血腥的厮拼。两人势均力敌,不论武艺还是胆略都不分上下。但因为众神的帮助,厄瑞克透斯用长枪刺死了伊玛拉德。这令伊玛拉德之父欧摩尔波斯万分悲痛,向海神波塞冬寻求帮助,以便向厄瑞克透斯复仇。波塞冬答应了他的要求,带着三叉戟,乘着战车劈波斩浪,一瞬间就到了阿提刻。他用三叉戟将厄瑞克透斯刺死。为了保卫雅典,厄瑞克透斯牺牲了,他的子女也都在战争中死去了,厄运只放过女儿克瑞乌萨,令她独自一人活了下来。

玻瑞阿斯和俄瑞堤伊亚

北风神玻瑞阿斯拥有不可制服的、猛烈可怖的、最为严厉的力量。当他在陆地和大海上空疾驰的时候,卷起的风暴能够摧毁一切。有一天,玻瑞阿斯正在阿提刻上空飞翔,正好见到雅典国王厄瑞克透斯之女俄瑞堤伊亚,并且对她一见钟情。于是他向俄瑞堤伊亚求婚,并恳求她随自己回到那处在极北的国家。俄瑞堤伊亚对神情威严的北风神有恐惧,没有同意。而且她的父亲厄瑞克透斯也不同意这桩婚事。玻瑞阿斯虽然苦苦央求了许久,但仍无济于事。北风神感到受到了羞辱,于是发怒了,高声吼叫着要使用自己那令哈德斯的冥国也恐惧的力量,用武力夺取俄瑞堤伊亚做妻子!

北风神将他那强劲有力的双翼扇动起来,大地上立刻狂风大作,千年古树也如芦苇般摇曳不止,海面涌起层层浪花,黑云密布,将整个天空遮蔽。玻瑞阿斯将自己那宽广厚重的黑色斗篷抖开,大地到处都变得无比寒冷。玻瑞阿斯向雅典飞驰,将遇到的一切都摧毁,将俄瑞堤伊亚抓在手中,盘旋而上,飞回了北方的故乡。

俄瑞堤伊亚成为玻瑞阿斯的妻子后,生下仄忒斯和卡拉伊斯这两个双胞胎儿子。他们俩和父亲一样背生双翼。他们后来都成为伟大的英雄,是到科尔喀斯觅取金羊毛的阿耳戈船英雄中的一员,建立了许多卓越的功勋。

代达罗斯和伊卡洛斯

代达罗斯是厄瑞克透斯的后裔,在雅典名声远扬,被称为雅典最伟大的画家、雕塑家和建筑师。据说他能用白色大理石雕刻出的精妙雕像如真人一般,似乎眼睛会转动,身子能活动。为了艺术精进,代达罗斯又发明了许多工具,其中就有斧子和钻。

这位伟大的艺术家的姐姐珀尔狄刻有一个儿子叫塔罗斯,跟从他学习。早在少年时期,塔罗斯就显示出令人惊叹的天赋和创造力,他的成就将远远超越他的老师。对于这位外甥的才华,代达罗斯非常嫉妒,决心将他置于死地。于是,就在一次代达罗斯和外甥在悬崖边缘的雅典卫城高耸的城墙上时,代达罗斯见四下无人,便将外甥推到悬崖下,摔得粉身碎骨。他深信,这罪行没有人看得到,他不会因此受到惩罚。代达罗斯匆忙地从卫城走下,将塔罗斯的尸体抱起来,准备偷偷地埋入地下,然而就在他挖坟墓的时候,正好被一个雅典居民看到。罪行便败露了。他在阿瑞俄帕戈斯法庭上被判了死刑。

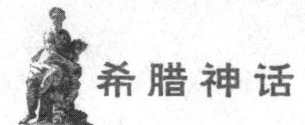

希腊神话

但代达罗斯从死神手里逃脱了,跑到克里特岛,投奔了强大的国王弥诺斯——宙斯与欧罗巴之子。弥诺斯非常乐意为这位希腊的伟大艺术家提供保护。在克里特岛上时,代达罗斯为国王弥诺斯制作了许多精妙绝伦的艺术品。为囚禁弥诺斯的儿子——可怕的牛首人身怪物弥诺陶洛斯,代达罗斯还建造了一座著名的迷宫,这座迷宫里小路迂回曲折,任何人进入迷宫,都无法找到出口。

代达罗斯在弥诺斯家住了很长时间,但国王为了能独占伟大艺术家所创作的艺术结晶,仍不许代达罗斯离开克里特岛,把他当成俘虏软禁在克里特岛上。为了逃离克里特,代达罗斯想尽了办法,最后终于想出了一个好主意。

克里特岛的陆路、海路都受到弥诺斯的控制,但是他无法控制天空,因此代达罗斯决定从空中逃离。

于是他开始着手做准备。首先将羽毛收集起来,再用亚麻线和蜂蜡把羽毛粘在一起,做成四只大翅膀。在代达罗斯干活时,他的儿子伊卡洛斯在他身旁玩耍,一会儿伸手去抓被风吹到空中的羽毛,一会儿又搓揉起蜂蜡。小男孩无忧无虑地玩耍,父亲干的活让他很开心。代达罗斯终于结束了手中的活计,四个翅膀已经制作完工。他把一对翅膀系在自己背上,双手伸进固定在翅膀上的两个绳套中,接着拍动起翅膀,平稳地飞到空中。伊卡洛斯惊奇地望着父亲像一只大鸟似的在空中飞翔。不一会儿,代达罗斯降落地面,对儿子说:

"我说,伊卡洛斯,现在我们就飞出克里特岛。飞行的时候你要小心。不能飞得太低,不能贴近海面,免得咸涩的浪花溅湿你的翅膀。也不能飞得太高,不能靠近太阳,要不太阳会晒化蜂蜡,羽毛就会散落。你跟在我身后飞,不要落下。"

父子俩双手套上翅膀,轻巧地飞起来。人们看见他俩高高地飞在大地上空,都以为是两位神在蓝天上飞驰。代达罗斯时时回头瞧瞧飞在他身后的儿子。他俩飞越了得罗斯岛和帕洛斯岛,不停地往前飞。

高速飞行使伊卡洛斯感到很开心，他越来越大胆地拍击着翅膀。伊卡洛斯忘记了父亲对他的告诫，现在他再不是跟在父亲身后飞了。他用力地扑棱了一下双翅，飞上了高空，贴近了光芒四射的太阳。灼热的阳光烤化了粘羽毛的蜂蜡，羽毛纷纷脱落，被风吹在空中远远地四下飘舞。伊卡洛斯挥动双手，可是再也没有翅膀了。他从高得可怕的空中急速坠向大海，终于溺死于波涛之中。

代达罗斯回首四顾，伊卡洛斯不见了。他高声呼喊儿子：

"伊卡洛斯！伊卡洛斯！你在哪儿？快回答！"

没有回答。代达罗斯看见从伊卡洛斯翅膀上掉下的羽毛漂浮在海浪间，他明白发生了什么事。代达罗斯痛恨自己的技艺，悔恨自己那天想出经由空中逃离克里特岛的办法。

伊卡洛斯的尸体在海浪中久久地漂浮，后来这片海域就因他的名字得名，叫伊卡里亚海。最后海浪把伊卡洛斯冲到海岛边，赫拉克勒斯发现了他的尸体，将他安葬。

代达罗斯继续朝前飞行，最后飞到西西里。他在国王科卡罗斯家安顿下来。弥诺斯得知这位艺术家的藏身之地，当即率领大军前往西西里，要科卡罗斯交出代达罗斯。

科卡罗斯的几个女儿不愿失去代达罗斯这位艺术家。她们决定施计杀死弥诺斯。她们说服父亲答应弥诺斯的要求，像接待贵宾一样在宫中款待弥诺斯。然后在弥诺斯洗澡的时候，科卡罗斯的女儿们将一锅沸水倾倒在他头上，弥诺斯被活活烫死了。代达罗斯在西西里一住就是许多年。他的暮年是在故乡雅典度过的，他成了光荣的雅典艺术世家代达罗斯家族的始祖。

希腊神话

忒修斯的诞生和培养

埃勾斯做雅典的国王时，统治一直很安稳。但他没有子女，这件事一直令他闷闷不乐。于是他到得尔福神示所去找阿波罗的祭祀，向光明之神寻求获得子女的方法。但祭祀给出的答复却含糊不清。埃勾斯百思不得其解。最后，他到特洛曾城向阿耳戈利斯那聪明的国王庇透斯寻求帮助。庇透斯看出了答案。他看出埃勾斯肯定会有一个儿子，并且这个儿子来一定会成长为雅典最伟大的英雄之一。庇透斯希望特洛曾城能沾染伟大英雄的荣光。便将自己的女儿埃特拉偷偷嫁给埃勾斯为妻。埃特拉成为埃勾斯妻子后，生下了一个男孩，为了保住秘密。庇透斯对外宣称这是海神波塞冬的儿子。这孩子被取名为忒修斯。没有多久，埃勾斯必须离开特洛曾回雅典去。在对埃特拉告别时，埃勾斯将自己的剑和鞋放在特洛曾城海岸边的一块巨石下，然后说：

"等我的儿子忒修斯长大成人，能搬动这块巨石的时候，让他从这里取走我的剑和鞋，到雅典去找我。我会凭着剑和鞋与他相认。"

智慧出众的庇透斯一直悉心教养忒修斯，直到忒修斯年满十六岁，这时，他已成为了一个膂力、智慧和武艺都无人能及的英雄。忒修斯的样貌也十分英俊，身材高大匀称，肌肉发达的身躯显示了他蕴藏的巨大力量，双眼如星辰般明亮，一头鬈曲黑发垂肩，他将额前的鬈发剪下献给阿波罗。

忒修斯在去雅典途中的功绩

看到儿子已经具有了超人的力量和勇气，埃特拉把他带到埃勾斯藏剑和鞋的那块巨石旁边，将他的身世告诉他，并让他取出父亲的剑和鞋，带着它们前往雅典做父子相认的信物。

忒修斯轻轻将巨石移到一旁，取出剑和鞋穿戴在身上，告别了母亲和外祖父，踏上了去雅典的漫漫旅途。忒修斯没听母亲和外祖父的意见，放弃了相对安全的海路，坚持走传说中十分艰辛的陆路，穿越伊斯特摩斯朝雅典而去。

要走这条路，忒修斯一定会经历许多艰难险阻，同时也必将克服困难，建立卓著功勋。忒修斯一直以大英雄赫拉克勒斯为榜样，想要经历和他一样的冒险，建立如他一般的功勋。忒修斯来到厄庇道洛斯城附近时，遇上了一个拦路的巨人珀里斐忒斯。赫菲斯托斯的这个儿子拥有和他父亲同样的跛足，他人高马大，强有力的双手挥舞着狼牙棒。珀里斐忒斯非常残暴，只要有人路过他所居住的山区，他就举起的铁棒将这些人打死。但忒修斯轻而易举地打倒了珀里斐忒斯，然后夺过死者的狼牙棒，作为这场胜利的纪念。

接下来的路上，忒修斯一直没有遇到危险。但在波塞冬的圣林——伊斯特摩斯的松林里，忒修斯碰上了扳树大王辛尼斯。他是个力大无穷又心狠手辣的强盗，常用一些独特而残酷的办法杀害路人。他总是将两棵松树的树冠扳下来，接到一起，再把过往的行人捆绑在树梢上，然后猛地松开两棵树，让树梢带着巨大的力量向上弹去，于是那不幸的旅人的身子被撕成两半。忒修斯为此感到十分生气。他把这杀人魔捆起来，用从前他杀死别人的方式处死了这个恶魔。跨越伊斯特摩斯的道路上的障碍被清除了。为了纪念这项功绩，忒修斯在消灭辛尼斯的地方创立了伊斯特摩斯运动会。

忒修斯继续向前，走上了经过克洛密翁城的路。这座城被堤丰和厄喀

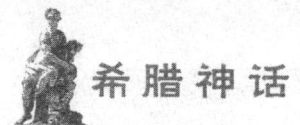

德那所生的一头凶猛、烈性的野猪费亚糟蹋得一片荒芜。城中居民向年轻的英雄请求为民除害。忒修斯找到野猪,将它一剑砍死。

忒修斯遇到最险恶的地方是在墨伽拉边境,这地方陡峭的山岩直入云霄,悬崖下面就是涛声轰鸣、浪花飞溅的大海。就在这悬崖边缘,住着臭名昭著的强盗斯喀戎。他总是强迫途经此处的旅人为他洗脚,就在别人俯身为他洗脚的时候,这个凶残的强盗猛地飞起一脚,将不幸的旅人踹落悬崖下波涛汹涌的大海里。旅人不是摔死在那些突出水面的尖利的岩礁上,就是落入海里淹死。但是就在斯喀戎想对忒修斯如法炮制时,忒修斯一把抓住他的脚,将他丢进了大海。

在离厄琉西斯城不远处,忒修斯又不得不与刻耳库翁战斗,这就如同当初赫拉克勒斯被迫与安泰俄斯的战斗一样。拥有巨大力量的刻耳库翁已经害死了许多人,但忒修斯双手如铁钳紧紧抱住刻耳库翁,用尽力气将他勒死了。同时,忒修斯也救出了刻耳库翁的女儿阿罗珀,然后让阿罗珀与波塞冬所生的儿子希波托翁统治这个地方。

忒修斯的最后一件功绩是在阿提刻的刻菲索斯河谷建立的。在那儿有个强盗达玛斯忒斯,众人叫他普洛克儒斯忒斯,意思就是"拉肢体"。这个强盗有一种异常残忍的方法来残害过往的旅人。他造了一张床,强迫被他抓住的人躺到床上去。如果人比床短,这强盗就把不幸的人四肢拉开,直到他断气为止。如果是人比床长,普洛克儒斯忒斯就会把这个人的双脚砍掉。忒修斯知道了他的刑罚,就把普洛克儒斯忒斯摔倒在他亲手打造的那张床上。床对于这个巨人来说实在是太短了。于是忒修斯砍掉了他的双腿,将这个拉肢体的强盗处死了。

建立了雅典途中的最后一件功绩。忒修斯不愿身上沾着强盗们的斑斑血迹进入雅典。他向费塔利得斯家族的人请求,求他们为他举行特殊的洗礼,清除他身上的血污。费塔利得斯人在宙斯的祭坛旁为他进行了洗礼,并且十分热情地招待这位青年英雄。如今,忒修斯可以进入雅典去见自己的父亲埃勾斯了。

忒修斯在雅典

忒修斯到了雅典,却发现雅典不能带给他温柔和平静,居民之间互不信任,社会秩序混乱不堪。就连埃勾斯的王宫也一片倾颓。原来恶毒的忒修斯美狄亚离开科林斯和绝望的伊阿宋,跑到雅典,许诺埃勾斯,用巫术恢复他的青春,于是她成为了埃勾斯的妻子。忒修斯并没有立即向年迈的国王说明自己的身份,只说自己是一个来此寻求庇护的外乡人。埃勾斯没有认出面前的年轻人就是自己的儿子,但狡猾的美狄亚认出了他,她明白,如果忒修斯与国王相认,这对她将产生巨大的危险。为了保住自己的权力,美狄亚决定谋害英雄。她迷惑了年老的国王,令他相信这个青年是敌人派来的奸细,她劝说国王将忒修斯毒死。老国王担心他的权力被别人抢夺,便听从了美狄亚的恶毒主意。

于是,在宴会上美狄亚把一杯毒酒放在了忒修斯面前。就在这时忒修斯突然拔出父亲的剑请人观赏,埃勾斯立刻认出这正是自己十六年前压在巨石下的宝剑。他又仔细看了看忒修斯的脚,见到他正穿着自己的十六年前留下的鞋子。现在他明白了这个外乡人的身份,连忙打翻了盛着毒酒的杯子,将儿子忒修斯抱在怀里。美狄亚的险恶用心也被识破了,被赶出希腊,带着儿子墨冬向密细亚逃跑了。

埃勾斯在雅典公民郑重介绍了自己儿子——雅典未来的王子,并且述说了儿子从特洛曾到雅典的途中建立的伟大功勋。雅典居民与埃勾斯一同欢呼庆祝,为自己未来的国王高声呐喊。

这个消息传入了埃勾斯兄弟帕拉斯的儿子们耳中。他们本想在埃勾斯死后获得雅典统治权,但是忒修斯的到来,令埃勾斯有了法定继承人,他们的一切希望都落空了。但是这些冷酷的人不愿放弃统治权,决心以武力夺取。帕拉斯家族的父亲带领着五十个儿子前来攻打雅典城。他们很清楚忒修斯的强大力量,于是制定了一个计划:一部分帕拉斯家族的人公开攻打雅典城,另一部分暗中埋伏,准备突然袭击忒修斯。然而帕拉斯家族的报信

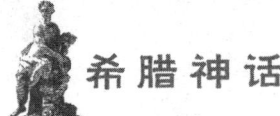

希腊神话

人勒俄斯把这个阴谋泄露给了忒修斯。年轻的英雄果断出击,首先将暗中设伏的帕拉斯人全数歼灭,剩下的人听到这个消息,吓得抱头鼠窜。有了儿子的保护,埃勾斯又能继续安稳地管理雅典了。

但忒修斯不愿在雅典城中整天无所事事。他决定做一件有利于阿提刻的险事:除掉马拉松郊外的一头蹂躏践踏野牛。这头野牛是赫拉克勒斯为欧律斯透斯效命时,从克里特牵到迈锡尼,后来被放到野外去的。这头公牛到了阿提刻,给庄稼人带去巨大的灾难。忒修斯毫无畏惧地出发了。在马拉松,他遇上了老妇人赫卡拉。她把这位英雄当做贵客招待,建议他在建立新的功绩前先给宙斯献祭,祈求在他与凶猛的野牛进行危险的搏斗之时得到宙斯的保护。忒修斯遵从了赫卡拉的劝说,一番祭典后,很快就找到了野牛。野牛直面英雄扑来,忒修斯一把抓住了它的两角。野牛用尽力气向前猛冲,但一直无法挣脱忒修斯那强劲有力的双手。他捉住野牛,将他制服,然后牵回雅典。归途中忒修斯知道年迈的赫卡拉已经死去,于是隆重祭奠了这位曾给他忠告、并且热情款待过他的老人。忒修斯把野牛牵回雅典后,献祭给了阿波罗。

忒修斯远航克里特岛

忒修斯进入雅典的时候,整个国家都沉浸在深刻的悲愁中。克里特岛的国王弥诺斯第三次派使者来讨要贡赋。这项既沉重又屈辱的贡赋,是因为雅典人曾杀害了弥诺斯的儿子安德洛革俄斯,因此每九年必须送七个童男和七个童女到克里特岛。这些孩子被锁进巨大的迷宫里,成为可怕的牛首人身怪物弥诺陶洛斯的食物。雅典人现在已经备好大船,船上满挂黑帆,向这些即将牺牲的童男童女表示哀悼。

年轻的英雄忒修斯看到人民的悲痛,决定与这些童男童女共同到克里特去,他不是要献身,而是要解救这些孩子,并令国家停止这种屈辱的进贡。年老的埃勾斯再三劝说忒修斯,不愿让自己唯一的儿子去冒险。可忒修斯毫无惧色,他向航海者的保护神——得尔福的阿波罗献祭之后,准备起航,就在这时,得尔福神示所有一则神示传来,要他向爱神阿佛洛狄忒献祭,祈求爱神的保护。忒修斯尽管迷惑不解,但仍然向阿佛洛狄忒敬献了祭品,祈求保护,然后起航向克里特岛驶去。

大船刚刚抵达克里特岛。雅典来的一行人就被带去见弥诺斯。年轻英俊的忒修斯立刻吸引了强大的克里特国王弥诺斯的注意。阿佛洛狄忒在国王的女儿阿里阿德涅心中唤起了对忒修斯强烈的爱。阿里阿德涅要帮助忒修斯,她不愿这位青年英雄进入迷宫,她不愿想到这青年被弥诺陶洛斯撕碎。

在忒修斯进入迷宫之前,阿里阿德涅偷偷地将国王的的利剑和一个线团交给了忒修斯。要他在进入迷宫时,将线团的一端拴在迷宫的入口,然后边走便滚动线团,沿着迷宫一直向前走去。最后,忒修斯终于看到了怪物弥诺陶洛斯。这个怪物吼叫着,低着长有巨大尖角的牛头冲向年轻的英雄,但忒修斯紧握利剑狠狠反击。终于杀死了它。然后,忒修斯带领着童男童女,顺着原先布下的线走出了迷宫。阿里阿德涅看到他们归来,异常欣喜。他们兴高采烈地计划逃走。忒修斯先准备好一切起航工作,再将克里特人所有船的船底凿穿,然后带着阿里阿德涅返回了雅典。

在回程途中,忒修斯一行停在那克索斯岛休息。忒修斯在睡梦中听见酒神狄俄尼索斯告诉他,阿里阿德涅是众神指定做酒神妻子的人,他不能夺走。忒修斯不敢违抗众神的意志,将阿里阿德涅留在狄俄尼索斯身边,做了酒神的妻子。

忒修斯为失去阿里阿德涅而悲伤,却忘掉了自己原先答应父亲的事;如果平安回到雅典,就将船上的黑帆换成白帆的事。埃勾斯一直站在海边高高的山崖上,向大海的远方眺望,他盼望着自己的儿子早日归来。但当他看清,船上挂黑帆的时候。绝望的埃勾斯从高高的山崖从身一跃,跳进浪涛滚滚的海里自尽了,海浪将他失去生命的尸体抛上了岸。从此,这片海域就被称作埃勾斯海,也就是爱琴海。当忒修斯上岸,向众神献祭之后,惊悉自己无意之中造成了父亲的死亡,便只得悲痛欲绝地安葬了父亲,尔后继承

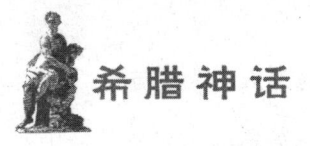

希腊神话

了王位统治雅典。

忒修斯与珀里托俄斯

住在忒萨利亚的拉庇泰人英勇强悍,他们的统治者是伟大的英雄珀里托俄斯。因为听说忒修斯是个胆略过人、力量超群的英雄,很想与他一较高下。作为向忒修斯挑战的借口,珀里托俄斯偷走了忒修斯在马拉松那牧草茂盛的牧场上放牧的牛群。这个消息,让忒修斯立即动身追赶盗贼,不一会儿就将珀里托俄斯追上了。两位英雄终于相遇了。他们都被对方的威武气势和凛然气概所惊讶。就在这时,他们一同扔掉武器,握手言和,成为了最亲密的朋友,交换了武器,立下永远忠实于友谊的誓言。

后来不久,珀里托俄斯邀请忒修斯前往忒萨利亚参加他和希波达弥亚的婚礼。婚礼热烈非凡,希腊各地的英雄和半人半兽的马人们也都赶来参加婚礼。婚礼在欢乐的气氛中热烈地进行,新娘在众人的簇拥之下显得那样俊美绝伦,光耀夺目,如同天上的星星般美丽。宾客们兴高采烈地吃喝,酒席上充满欢呼声。马人中最强悍、最野蛮的欧律托斯因为醉酒,想抢走新娘。其他马人见了也一涌而起,朝出席宴会的妇女扑去。忒修斯、珀里托俄斯与其他希腊英雄忙从筵席上跃起身来保护妇女。宴会被迫中止,开始了一场残酷的战斗。英雄们因为参加宴会,谁也没有带武器,只得将身边的一切都当成武器与马人搏斗,沉重的酒杯、巨大的酒坛、桌腿,以及香烟缭绕的三脚供桌,全成了武器。英雄们一步步将凶猛的马人逼到宴会大厅外边,在大厅外,继续进行搏斗。诸位希腊英雄手执盾牌和兵器,而马人们将大树连根拔起当武器,还把大块大块的岩石向英雄们扔去。忒修斯、珀里托俄斯、珀琉斯及其子涅斯托耳冲在前面。马人们接二连三倒地倒下死去,染满血污的尸体在他们身旁愈堆愈高。马人们终于被彻底打败,狼狈地逃进珀利翁山里茂密的森林中躲了起来。经过这场残酷的战斗,幸存下来的马人数量已经不多了。

忒修斯之死

珀里托俄斯的妻子、美丽的希波达弥亚活了很短的时间,她还在花容月貌的盛年时就死去了。哀悼亡妻一段时间后,珀里托俄斯打算再婚。他来到雅典和自己的朋友忒修斯商议,两人议定去劫持美丽的海伦。当时,海伦还是个小姑娘,但她的美貌早已在整个希腊传开。忒修斯与珀里托俄斯潜入拉科尼亚,海伦正在与女伴们共同庆祝女神阿耳忒弥斯的节日,她们欢快地跳着舞,忒修斯与珀里托俄斯将海伦抓走了,匆匆跑入阿耳卡狄亚的山林里,再经由科林斯和伊斯特摩斯,带着海伦进入阿提刻,来到雅典城。斯巴达人在身后拼命追赶,但始终没能追上劫持者。由于海伦是唯一的,因此忒修斯和珀里托俄斯先将她藏入雅典城中,再抓阄决定这位美丽非凡的姑娘应当成为谁的妻子,结果忒修斯赢得了海伦。但在这之前,两个朋友已发誓,不论谁得到美丽的海伦,都一定要帮助另一个人得到妻子。

忒修斯得到海伦后,珀里托俄斯提出要他帮助自己得到主宰冥国的哈德斯的妻子佩耳塞福涅。这个主意令忒修斯十分恐惧,可他不能违背订立的誓言。只好和珀里托俄斯一起到冥国去。两个朋友经由雅典近郊的科隆村边一个深幽的裂缝进入了地下王国。他们来到冥王哈德斯的宝座前,请求他将佩耳塞福涅嫁给珀里托俄斯。冥国之王立时震怒,但他强压下怒火,让两位英雄先在冥国入口处岩石凿成的宝座上暂时休息。但两位英雄刚坐下,就与宝座粘连在一起,丝毫动弹不得。对他们这样无理的要求,哈德斯给予了这样的惩罚。

忒修斯在冥国滞留了不少时间,在这期间,美女海伦的两位兄长卡斯托耳与波吕丢刻斯四处寻找妹妹。后来他们打听出海伦被忒修斯劫走藏进雅典城。为此,他们向雅典发动了战争,经过漫长而残酷的战斗,卡斯托耳和波吕丢刻斯攻破雅典城,将妹妹救了出来,同时还抢走了忒修斯的母亲埃特拉。雅典以及整个阿提刻的统治权落入了忒修斯的宿敌墨涅斯透斯手中。而忒修斯被困在哈德斯的冥国很久,一直忍受着痛苦的折磨,最终得到

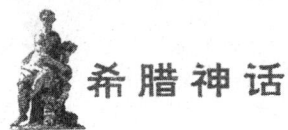
希腊神话

了最伟大的英雄赫拉克勒斯的拯救。

忒修斯终于回到了太阳照耀的世界,但是这并没有令他感到欢乐。曾被誉为难以攻破的雅典城已经摧毁,海伦被接回到自己的国家,母亲被掳走,成为斯巴达人的奴隶,两个儿子得摩福翁和阿卡玛斯也被迫从雅典逃离,国家被仇敌墨涅斯透斯掌握。忒修斯离开了阿提刻,远走有他部分领地的优卑亚岛。不幸仍然紧随忒修斯。拥有优卑亚岛的吕科墨得斯不愿将领地还给忒修斯,于是将这位伟大的英雄骗到海边的悬崖上,趁他不备,将他推入大海。雅典最伟大的一名英雄被阴谋之手夺取了生命。忒修斯那两个曾参加过特洛伊战争的儿子,在墨涅斯透斯死掉多年以后,才返回雅典。他们在特洛伊城将忒修斯的母亲埃特拉接回家。

第二篇　人类英雄

俄耳普斯

俄耳普斯在冥国

　　河神俄阿格洛斯和缪斯女神卡利俄珀结合，生下了伟大的歌手俄耳甫斯，娶神女欧律狄刻为妻，一直在遥远的色雷西亚居住。俄耳甫斯深爱妻子，但他和妻子并没能过上多长时间的幸福生活。就在他们婚后不久，美丽的欧律狄刻与一群机灵活泼的女伴们结伴到绿色的山谷中采摘春天的鲜花。欧律狄刻没注意踩着了一条躲在茂密草丛中的蛇，蛇在她的脚上狠狠咬了一口。俄耳甫斯的妻子发出一声惨叫，立刻倒在闻声赶来的女伴怀中，脸色煞白，双目紧闭，失去了生命。欧律狄刻的女伴们惊慌失措，哭喊着求助。俄耳甫斯远远地听到哭声，向谷地跑来，然而他在那里只看到了曾经温柔可爱的妻子那冰冷的尸体。俄耳甫斯失声痛哭，为失去妻子欧律狄刻久久地哭泣，整个世界都回响着他悲痛的哭诉，万物也随之动容。

　　后来，俄耳甫斯决定到鬼魂居住的冥国去，向冥国的主宰哈德斯和他妻子佩耳塞福涅请求令自己的妻子返回阳间。他穿越过一个深幽的洞穴，到了冥河斯堤克斯河岸边。

　　俄耳甫斯在河岸上站着，不知道怎样渡过冥河到达在对岸的冥国。在他身边有一群鬼魂环绕，她们不断地呻吟，那声音隐隐可闻，像深秋时林中树叶落下的沙沙声。不一会儿，为死者鬼魂摆渡的艄公卡戎划着船靠了岸。

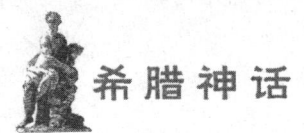

希腊神话

俄耳甫斯向卡戎请求把他和死灵魂一同送到对岸的冥国去,但是严厉的卡戎拒绝了这个要求。尽管俄耳甫斯苦苦哀求,卡戎仍然不答应。

无奈之下,俄耳甫斯拨动起了金竖琴的琴弦,琴声如同河水沿着斯堤克斯河岸缓缓流淌。卡戎沉醉在俄耳甫斯的琴声中。任俄耳甫斯弹着琴登上了船,并将他送到了对岸。俄耳甫斯一直弹着金竖琴离船上岸,进入了鬼魂居住的冥国,来到哈德斯的宝座前,许多被琴声吸引来的鬼魂簇拥在他身边。

俄耳甫斯在哈德斯的宝座前,叩击琴弦唱了一首歌,他歌唱着自己与欧律狄刻之间的爱情,也歌唱他和妻子在阳光下幸福美好的生活。但是幸福的时日匆匆流逝,欧律狄刻不幸逝世。俄耳甫斯接下去唱起了自己的不幸:爱情消逝的痛苦,自己对亡人的想念。整个冥国都笼罩在俄耳甫斯的歌声中,就连哈德斯也被俄耳甫斯的歌声陶醉。佩耳塞福涅靠在丈夫的肩头凝神倾听,忧伤的泪水在她睫毛上颤动。随着金竖琴的声音渐渐减小,俄耳甫斯的歌声也逐渐低下去,最后像一阵隐隐约约的悲叹那样消失了。

周围鸦雀无声,一片寂静。还是哈德斯打破了沉寂,他问俄耳甫斯为何来冥国,对他哈德斯有何要求。哈德斯像所有神祇一样凭斯堤克斯河水之名立下不可违背的誓言,一定满足这位杰出歌手的要求。这时俄耳甫斯向哈德斯让欧律狄刻回到阳间。

哈德斯沉吟了许久,答应俄耳甫斯让欧律狄刻回到阳间。但提出一个必须遵守的条件:俄耳甫斯和赫耳墨斯在前面走,欧律狄刻跟在后边。出冥国前一定不能回头。如果回过头,欧律狄刻就会永远离开,留在冥国中无法回去。

俄耳甫斯毫不犹豫地答应了哈德斯的条件。心急如焚的他要立刻起程回家。如思维一样快捷的赫耳墨斯将欧律狄刻带来。俄耳甫斯望着欧律狄刻的灵魂欣喜若狂,但只能强忍住拥抱她的愿望上路了。赫耳墨斯在最前面走着,后面跟着俄耳甫斯,最后是欧律狄刻的灵魂。这一行人匆忙走出哈德斯的冥国。卡戎撑船带他们渡过斯堤克斯河。走上了通向地面的小路,小路崎岖难走,四周一片昏黑。就在前方稍稍露出一点亮光,看得到出口的时候,俄耳甫斯担心欧律狄刻是不是能跟得上他们,于是忍不住转过身来。他看到欧律狄刻的影子在自己眼前闪动。俄耳甫斯向她伸出手,但是欧律狄刻的身影逐渐远去,终于消失在黑暗之中。俄耳甫斯深深地绝望了,像石头似的呆立着一动不动。这一次欧律狄刻不可能再回来了,妻子的再次死亡只能怪他自己了。

俄耳甫斯如一尊没有生命的石像呆立着。过了很久,他终于微微挪动着,再次走向斯堤克斯河边。他请求老艄公卡戎再带他去找哈德斯,再求他将欧律狄刻归还。但无论这位伟大的歌手怎么哀求,卡戎也丝毫不为所动。俄耳甫斯在斯堤克斯河边忧伤地坐了七天七夜,不断洒下悲伤的泪珠。到了第八天,他才终于离开斯堤克斯河,返回了色雷西亚。

俄耳普斯之死

从欧律狄刻死后,已经四年的时间过去了,俄耳甫斯依然对她一往情深。任何一位色雷西亚姑娘都无法打动他的心。在一个早春,点点新绿覆盖在树枝上,俄耳甫斯坐在一座低矮的小山上,轻轻地拨动琴弦,动情地演唱。一切生灵都沉醉在他美妙的歌声中。在俄耳甫斯的歌声中,有一种力量能征服一切、吸引一切,猛兽在他身边温顺地围拢,飞鸟纷纷停落在他四周,花草树木都随着他的旋律轻轻晃动,整个自然界都被他优美的音乐感动了。这时,远处传来一阵嘈杂的欢笑声,那是酒神巴克科斯庆祝欢乐的节日的喀孔涅斯女人。这群女人走到这里,见到了俄耳甫斯,一个女人大声喊道:

"这就是那个仇恨女人的家伙!"

她举起手中的酒神杖,向俄耳甫斯头上砸去,酒神杖上缠绕着的常春藤保护了歌手。其他女人捡起石头砸向俄耳甫斯,但石头早已被迷人的歌声征服,纷纷在俄耳甫斯脚边落下,不愿伤害他。女人们愤怒了,高声叫喊着,将俄耳甫斯的歌声掩盖,她们如同猛兽般成群扑到他身上,用酒神杖和

希腊神话

石块砸他的头,用手撕扯着他的身体。俄耳甫斯苦苦哀求,但只是徒劳。虽然世间万物都曾被他的声音吸引,但疯狂的女人却不为所动。最后,俄耳甫斯鲜血淋淋地倒在地上,灵魂飞向了冥国。这群狂暴的女人用沾满鲜血的手撕碎他的身体,又把他的头颅与竖琴抛进水流湍急的赫布洛斯河。但是出现了奇迹!竖琴浮在水上,琴弦发出轻轻的音乐声,好像是在悲伤地演唱歌手的死亡,河岸也应声呜咽。整个世界都为俄耳甫斯痛哭。万物悲痛的泪水汇入河中,河水不断地上涨。河川山林女神以及护树女神披散着头发,穿上黑色衣裙为他哀悼。俄耳甫斯的头颅和竖琴随着赫布洛斯河一直漂进了辽阔的大海,又随海浪漂到列斯博斯岛岸边,这个岛上从此飘荡着美妙动听的歌声。众神将俄耳甫斯的金竖琴安置在天上,成为了闪光的星座。

俄耳甫斯的灵魂来到冥国,找到欧律狄刻。伟大的歌手终于与妻子团聚了,他满怀爱意地将妻子紧拥入怀,从此再没有分离。俄耳甫斯与欧律狄刻的灵魂相伴游荡在长满阿福花的黑暗的旷野上。如今,俄耳甫斯能够随时随地转身察看欧律狄刻是不是在他身后跟随了。

第二篇　人类英雄

俄狄浦斯的故事

俄狄浦斯的童年、青年时代，俄狄浦斯返回忒拜

一次忒拜国王拉伊俄斯到皮萨去，在那里他受到了国王珀罗普斯的热情招待。然而拉伊俄斯却将珀罗普斯那美丽年少的儿子克律西波斯拐走了，带着他回了忒拜。珀罗普斯既生气又伤心，于是诅咒拉伊俄斯，向众神祈求让这拐走他儿子的骗子受到惩罚，让他的亲生儿子亲手将他杀死。珀罗普斯的诅咒带有如此强烈的怨恨，那么就一定会应验。

等到拉伊俄斯回到有七座城门的忒拜城，就和墨诺刻俄斯之女伊俄卡斯忒举行了婚礼。他们生活得很幸福，然而有一件事总让他心中不安：很长时间了，他们夫妇都没能养育一个孩子。于是他决定到得尔福那座阿波罗的神殿中去，向太阳神阿波罗请教自己没有孩子的原因。女祭司皮提亚将原因告诉拉伊俄斯，这原因令人感到恐惧。她说：

"拉布达科斯之子，你的愿望总有一天会实现，你注定要有一个儿子！但是你必须清楚，你的亲生儿子将来有一天会亲手杀死你。这是珀罗普斯的诅咒，这诅咒定然会应验！"

拉伊俄斯听到这则神谕非常害怕。他试图以夫妻分居来避免的厄运的发生，但没有成功，于是他下定决心，只要儿子一生下来，立刻就把他杀死。

没多久，伊俄卡斯忒就生下了一个男孩儿。在这个孩子生下来的第三天，拉伊俄斯就用尖铁棒刺穿婴儿的脚掌，再用皮带捆住新生儿的双脚，派

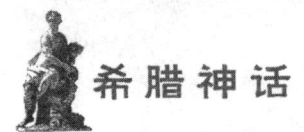

希腊神话

一名奴仆把这个孩子扔到喀泰戎荒山密林中。但执行这个命令的奴仆可怜这孩子,没有遵照拉伊俄斯的命令去办。他偷偷地把这个孩子送给了另一个人,这个人是为科林斯国王波吕玻斯放牧的人。于是这个牧人把孩子交给给了国王波吕玻斯,正巧波吕玻斯没有子女,于是和妻子墨洛珀商量,收养了这个男婴,并且把他当做自己的继承人来培养。国王给这孩子取了个名字叫俄狄浦斯,在希腊语中,是"肿脚的"的意思。

在国王夫妇俩的抚养下,俄狄浦斯逐渐长大成人,他一直不知道自己的身世,只把国王和王后当成他的亲生父母。然而在一次宴会中,俄狄浦斯的一个朋友喝醉了,不小心吐露出他的养子身份。俄狄浦斯感到十分震惊,心里产生了怀疑,于是他来到波吕玻斯与墨洛珀面前,向他们苦苦哀求,希望知道实情。但他的养父母却丝毫不肯透露,俄狄浦斯不肯放弃,他决定到得尔福神示去问明白自己的生身父母到底是谁。

他假扮成普通老乞丐的模样,动身到得尔福去了。但是得尔福神庙中光辉灿烂的阿波罗并没有解除他的疑惑,反而借女祭祀皮提亚之口告诉俄狄浦斯:

"你拥有十分可怕的命运!你将要杀死自己的亲生父亲,还将要娶自己的亲生母亲,并且留下遭人鄙夷的后代。"

俄狄浦斯听了这个答复非常恐惧。他一直把波吕玻斯和墨洛珀当做自己的亲生父母,如果这个命运早已注定,那他一定要想办法逃避。但怎样才能逃避这个厄运呢?俄狄浦斯决心以后绝不会再返回科林斯。他宁可永远孤身一人,宁可在世上永生漂泊。

然而命中注定的事情又怎能逃得过去?这个时候的俄狄浦斯还不知道,他正向自己想要逃避的命运狂奔而去。

俄狄浦斯离开了得尔福,但是不知道该向什么地方去,只好随意选择了一条自己面前的路。然而,这条路就是到忒拜的必经之路。俄狄浦斯沿着这条路向前走,一直来到了帕耳那索斯山旁,他埋头匆匆赶路,但在前面的十字路口遇上了一辆马车,马车上坐着一个须发灰白、庄严高贵的陌生老人,车还有一名传令官,两名仆人跟在身后。传令官赶着车,看到俄狄浦斯迎面而来,便语气粗暴地命令他让路,而且举起鞭照他身上抽了过去。这下惹怒了俄狄浦斯,照着传令官狠狠揍了一拳,坐在车上的老人一见俄狄浦斯打了他的传令官,就举起自己手中的大棒,照着俄狄浦斯的头顶猛击了一下。

这么一来,俄狄浦斯怒不可遏,他拿起手中的木棒将老者打倒在地,老者当即毙命。随后俄狄浦斯又把其余的人都杀死了,但是不小心跑掉了一名仆人。只是俄狄浦斯还不知道,命运的齿轮已经将他带入了既定的轨道,他亲手杀死的老人,正是自己的亲生父亲拉伊俄斯。拉伊俄斯这次是要到得尔福去,向阿波罗寻求帮助忒拜从嗜血的斯芬克斯手中逃脱的方法。

俄狄浦斯继续前进,他并没有因杀人而感到不安,他觉得自己虽然杀了人,但却是出于正当防卫的需要,是没有罪过的。不久以后,他就进入了忒拜城。

这个时候,忒拜城正被恐慌和悲伤深深地笼罩着,国王的仆人带回国王不幸遇难的消息,而斯芬克斯又在城边的斯芬吉翁山盘踞,时刻给忒拜城中的人民带去威胁。斯芬克斯是一个狮身女首怪兽,背后长有巨大的翅膀,是堤丰与厄喀德的女儿。她坐在一块巨石上,拦住过往的行人,强迫他们回答自己的谜语,如果有人能猜得出来,她就会离开。但从来没有人知道谜底。猜不出谜底的人纷纷被斯芬克斯撕碎吃掉了。许多人试图将忒拜城从斯芬克斯手中解救出来,但都失败了,纷纷成为了斯芬克斯的美餐。在国王死后,拉伊俄斯贴出告示:凡能从怪物手中将忒拜解救出来者,理当成为忒拜国王。

俄狄浦斯有一天走到了斯芬克斯的面前,斯芬克斯照例拦住他,让他猜谜:

"你知不知道有这样一种生物,他早晨用四条腿走路,中午用两条腿走路,到了黄昏用三条腿走路?世上的一切生物中,唯有他能这样改变,而在他走路的腿最多的时候,速度最慢,力量也最小。"

俄狄浦斯未加思考,立刻就答到:

"谜底是人!人年幼的时候,正是早晨,他的身体弱小,只能爬行,速度非常慢。而等他到了盛年,就是中午了,这时候身强力壮只用两条腿就能行走了,然后就使年迈体衰的老年时期,也就是人生的黄昏了,走路的时候不得不用拐杖支撑,也就是用三条腿走路啦。"

谜底被俄狄浦斯说了出来,斯芬克斯羞愧难当,于是跳崖自尽。俄狄浦斯将忒拜城拯救了。

后来,忒拜人民推选俄狄浦斯当了国王,并且娶王后伊俄卡斯忒为妻

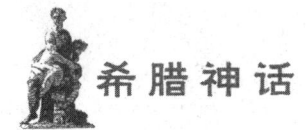

希腊神话

生下了安提戈涅与伊斯墨涅两个女儿,还有厄忒俄克勒斯以及波吕尼克斯两个儿子。俄狄浦斯注定的命运就这样实现了。

俄狄浦斯在忒拜

自从俄狄浦斯即位,他将国家治理得很好,忒拜国泰民安,人民对他十分爱戴尊敬。不过命运绝不会就这样放过他。不久,箭神阿波罗就在忒拜城中降下一场巨大的灾难:他让城中的居民都生了一种瘟疫,男女老少都不能幸免。忒拜城尸横遍野,就像是一座大坟场。人民认为这是众神对他们的惩罚,唯有国王俄狄浦斯能平息众神的怒火。于是纷纷在宫门前聚拢,向他求助。俄狄浦斯也希望早日帮助忒拜恢复安定,因此命令伊俄卡斯忒的兄弟克瑞翁到得尔福去向阿波罗祈求,希望找出摆脱灾难的方法。

不久,克瑞翁就匆忙赶了回来。他说祭祀告诉他,忒拜城中有一个罪孽深重的人,只有把他赶出去,才能将瘟疫消除。而那个人就是杀害老国王的凶手。

为了找到这个凶手,俄狄浦斯向盲人占卜师忒瑞西阿斯询问。但忒瑞西阿斯无论如何也不肯说,最后在俄狄浦斯的逼迫下才说出来:正是现在站在自己面前的国王,当初犯下了那样的罪行。

俄狄浦斯听到忒瑞西阿斯这样说,难以控制地破口大骂。他甚至斥责忒瑞西阿斯是在克瑞翁地怂恿下说出了这番谎话,克瑞翁就是为了篡夺他的王权。但是忒瑞西阿斯没有因此改口,因为他见证了事实。

而这翻话正是在所有军民的面前说的,人民清楚忒瑞西阿斯是最诚实的人,因此被这番话吓得胆战心惊。

俄狄浦斯仍然无法平静,对着忒瑞西阿斯高声斥责,直到伊俄卡斯忒来到。俄狄浦斯将忒瑞西阿斯所说的一切告诉了她,又向伊俄卡斯忒详细地询问了过去发生的事情。于是伊俄卡斯忒就把拉伊俄斯到底是怎么死的、拉伊俄斯那唯一的亲生儿子是怎样被人丢到喀泰戎荒山密林中死掉了的事情统统讲述了一遍。俄狄浦斯回想起朋友无意间吐露的话,回想起那个神谕和自己的经历,不禁产生了深深的疑问和恐惧,心中涌现出一种对命运的诅咒。

为了进一步弄清事情,俄狄浦斯找到了那个扔掉孩子的奴隶,那个奴隶这时正在喀泰戎山上做一个牧羊人。而就在这个时候,一位由科林斯而来的信使带来了一个难过的消息——波吕玻斯国王病逝了。如此一来,波吕玻斯就不是被自己的儿子杀害。而且信使稍来了国王的口信,他说俄狄浦斯不是国王的亲生儿子,而是一个牧人交给国王的。这样一来,命运的线似乎越来越清楚了,就越来越让俄狄浦斯感到恐惧了。

这时,那个牧人也来到俄狄浦斯面前了。他一开始什么也不说,还想把一切都瞒过去。但俄狄浦斯用严厉的惩罚威胁他,他只好说出自己没有把那孩子扔掉,而是交给了另一个牧人。

俄狄浦斯绝望了,他真想在自己刚生下来时就死去。他现在明白,无论如何竭力逃避,注定的命运是躲也躲不过去的,他狂叫着,在宫中发疯一般的四处奔走。他亲手杀害了父亲,娶了自己的母亲,假如从母亲这方面看来,他的儿子不仅是他的儿子,同时也是他的兄弟。

而等他回到内室,更加沉重的打击还在等待着他。伊俄卡斯忒因为无法忍受这可怕的现实,上吊自杀了。这让俄狄浦斯更加痛苦,他发疯了,将妻子——并且是母亲——的衣服上拽下了金色的胸针,就用这胸针刺瞎了自己的双眼。他痛恨自己的眼睛看到这样的世界,诅咒自己的眼睛。他觉得一切都失去了光明和希望,欢乐和愉快再也不可能出现在他的生活里。俄狄浦斯向克瑞翁请求,把他赶出忒拜城,将他送到荒山中去。他的唯一要求就是照顾好他的儿女。

俄狄浦斯之死

克瑞翁留俄狄浦斯在宫中又住了一段时间,但因为忒拜的百姓认为俄狄浦斯还会让忒拜人民遭遇更大的灾难,因此一直要求将他赶出去,就连俄狄浦斯亲生的两个儿子——厄忒俄克勒斯与波吕尼克斯也同意这个决定了。他们俩想要统治忒拜,于是就将俄狄浦斯赶了出去。

俄狄浦斯双目失明、衰弱不堪,而他的大女儿安提戈涅因为同情父亲,一直陪伴、照顾着他。他们离乡背井,四处流浪,在长时间的流浪生活中患难与共。

很久很久以后,他们来到了一个美丽舒适的地方,这是一片美丽的月桂树林,林中一片鲜绿,常春藤和葡萄藤四处环绕,黄莺清脆地鸣叫,小溪

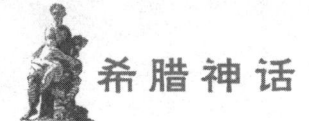
希腊神话

欢快地流淌。即使俄狄浦斯瞎了眼睛,也能感觉出这里的美丽安详。他和安提戈涅到林中一块大石头上坐下,就在安提戈涅想要打听一下这里是哪儿的时候,正好有一名乡民刚好经过,他告诉这两个人,这村庄是科罗诺斯,催促俄狄浦斯赶快离开这片林子,因为这是雅典城附近的欧墨尼得斯的圣林,周围的大片土地是属于波塞冬与普罗米修斯的圣地,从林中能隐约看见的一个城市,那就是雅典,这座城由埃勾斯之子、伟大的英雄忒修斯统治着。但俄狄浦斯不但不离开,反而让这位乡民向国王忒修斯汇报,就说这个瞎眼的老人会给忒修斯一笔恩惠,请求国王让他在这座城中停留一段时间。但那位乡民并不相信这个衰弱不堪的瞎眼老人会给他们雅典城这个强大的国王带来什么好处。

就在这个乡民满腹狐疑地去向国王禀报的同时,在科罗诺斯早已传开:在欧墨尼得斯圣林里,有一个瞎眼老人还说能赐予国王忒修斯礼物。

其实,当俄狄浦斯听说自己来到了复仇女神的圣林中时,心中就已经清楚了一切:很快就要到自己的一切磨难都结束的最后时刻了。早在很久以前,阿波罗就曾给他下过一道神谕,他的磨难终将解除,在一个最庄严安宁的地方,他会找到一生的平静,而愿意收留他的人,必定会得到众神赐予的奖赏;曾将他从故土赶出来的人,则会被众神狠狠的惩罚。而这个时候,他已经明白,他一生祈求的安宁即将到来了。

科罗诺斯的居民在听到那个消息后,纷纷向圣林赶去,他们站在外面,因为畏惧女神的力量不敢进入。俄狄浦斯被嘈杂声吵得不耐烦了,让自己的女儿搀扶着向林中走去,但是科罗诺斯人那不停的责怪声又令他走了出来。他站在林边大声宣布自己就是俄狄浦斯。希腊四处都在流传着他可怕而不幸的命运,科罗诺斯人自然也听说过,他们一定要把俄狄浦斯赶出去!

但就在此时,俄狄浦斯的小女儿伊斯墨涅乘坐着一辆马车出现了。

她为俄狄浦斯带来了一个十分痛心的消息:最初,俄狄浦斯的两个儿子一同统治国家。但没多久,小儿子厄忒俄克勒斯为了独占王位,就把哥哥波吕尼克斯从忒拜城赶了出去。而波吕尼克斯后来到了阿耳戈斯,依靠着那里的国王向忒拜发起了反攻,正打算与自己的亲兄弟决一死战。而得尔福的神庙给出神示:兄弟二人当中,能够获得父亲支持的那一方最终能够获胜。伊斯墨涅恐怕现在和厄忒俄克勒斯共同执政的克瑞翁会找到这里，以武力逼迫俄狄浦斯。不过俄狄浦斯对自己的两个儿子都十分痛恨，他们只想着索取权利，不在乎父亲的安危。他不想支持任何一方。所以俄狄浦斯决定留在雅典城，守卫雅典！

科罗诺斯人最终同意俄狄浦斯留在雅典，但是要他首先向复仇女神献祭，向她们祈求宽恕。但是因为俄狄浦斯双目失明，身体也很虚弱，因此他的女儿伊斯墨涅代他到复仇女神的圣林中献祭。

伊斯墨涅离开没多久，忒修斯就在侍从的陪伴下来到了圣林，他向俄狄浦斯热情地打招呼，同意让他留在雅典，并且保护他的安全。忒修斯很可怜这个命运悲惨，并被悲惨的命运折磨的外乡人。因为忒修斯也曾经有过在异乡漂泊，四处流浪的日子。

俄狄浦斯很感激忒修斯，而且也表示会给忒修斯和雅典城以保护。同时他还说，自己的坟墓会成为雅典人永远的守卫者。然后忒修斯转身离开了。

不一会儿，克瑞翁就带领一队人马从忒拜来到了科罗诺斯。他试图将俄狄浦斯拉拢到自己的阵营中，好保证自己的地位稳固。于是，克瑞翁先好言劝说俄狄浦斯跟他一同回到忒拜去，而且向俄狄浦斯保证，只要他回忒拜，他们一定会好好地照顾他和他的女儿，但俄狄浦斯坚决地拒绝了，他不相信克瑞翁说的话。俄狄浦斯绝不会让这些唯利是图的人获得胜利。

克瑞翁一见劝说不成，便打算用武力将俄狄浦斯挟持回忒拜。并且以他的女儿伊斯墨涅的安全相威胁，还扬言要将高尚的安提戈涅——俄狄浦斯唯一的依靠也抓走。说着，克瑞翁就下令将安提戈涅抓走了。双目失明的俄狄浦斯听着自己女儿的呼救却无能为力，他心痛极了。于是科罗诺斯人合力保护俄狄浦斯，但无奈他们势单力孤，最终没有战胜克瑞翁那强大的的军队。于是科罗诺斯人只好向忒修斯求救。

克瑞翁蛮横的态度将忒修斯激怒了。这里是复仇女神的圣林！克瑞翁竟然敢这样的放肆！将伟大的雅典置于何地？忒修斯清楚，这不是忒拜人的错，只是克瑞翁本人在糟践城市和国家的盛名。他要求克瑞翁把俄狄浦斯的两个女儿马上释放。但克瑞翁却以俄狄浦斯的命运相威胁，说他这样一

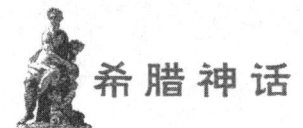

希腊神话

个弑父娶母的罪人不能留在雅典城。忒修斯不为所动,立场始终坚定,最终将俄狄浦斯的女儿们都释放了。俄狄浦斯为此向忒修斯深深表示感谢,祝愿他得到众神的保佑。

这时忒修斯告诉俄狄浦斯,自己来到这儿前正在为波塞冬举行祭礼,有一个来自阿耳戈斯的青年坐在祭坛旁,想找到俄狄浦斯。

俄狄浦斯立即知道,这青年正是他一向痛恨的儿子波吕尼克斯,他不愿意见这个儿子,不愿意再因他而感到痛苦。

但忒修斯还是劝他见一见波吕尼克斯,毕竟是抱着真诚的态度而来,不应当拒绝一个这样的人,不然会惹怒众神。

俄狄浦斯那高尚的女儿安提戈涅也劝说父亲去见一见他,于是俄狄浦斯便同意了,不一会儿,忒修斯就把波吕尼克斯带来了。

波吕尼克斯见到父亲双目失明,满头白发,一身破衣烂衫,颤颤巍巍地站在风中,多年的漂泊生活在他脸上刻下一道道皱纹,禁不住失声痛哭。这个时候,波吕尼克斯心中感到了羞愧。他乞求父亲和他回去,拯救忒拜城,拯救水深火热之中的人民。然而俄狄浦斯不为所动,他仍然无法原谅这两个亲手将自己赶出家门,让自己经历这些年痛苦折磨的儿子。波吕尼克斯将父亲不为所动,最终悻悻地走了。

他走不久以后,原本晴朗的天空突然雷声大作,霹雳声震、电光四起,宙斯用这样的神示向俄狄浦斯发出预言,他最后的时刻临近了。

俄狄浦斯见到这一切,顿时明白了,于是让女儿快去请忒修斯,等忒修斯来到,俄狄浦斯便向所有人宣布了自己的末日,并且,在神的感召下,他要忒修斯和他一同到自己的坟墓去,因为那里除了这位英雄,其余人不能染指。而后,他如同一个眼睛明亮的人,领着自己的女儿和科罗诺斯人向前走了一段,就与他们分别,和忒修斯单独进入死亡之地。

没有人看到他是怎样消失的,没有知道他去了那里,唯一了解这个永恒秘密的,只有忒修斯一个人。

俄狄浦斯终于得到了平静和安详,没有任何凡人能够如同他那样前往冥国。

史诗故事

第三篇

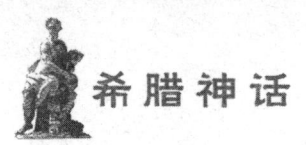 希腊神话

 阿耳戈船英雄

金羊毛的传说

风神埃俄罗斯有个的儿子叫阿塔玛斯,生活在古代玻俄提亚地区,是那里一座弥倪埃人的城邦——俄耳科墨诺斯。阿塔玛斯与乌云神女涅斐勒生下了儿子佛里克索斯和女儿赫勒。但是后来阿塔玛斯迷上了卡德摩斯国王的女儿伊诺,娶她为妻。伊诺对丈夫与前妻所生的子女很痛恨,想方设法要害死他们。她暗地里嘱咐俄耳科墨诺斯的农民用熟种子播种,到了收获季节时颗粒无收。为了解除饥荒,阿塔玛斯派使团到得尔福神示所寻求帮助。奸诈的伊诺又收买了使团成员,让他们带回假神谕:

"女祭祀皮提亚这样答复我们,"被收买的使团成员对阿塔玛斯汇报,"只有把您的儿子佛里克索斯献祭众神,众神才会让你们的土地重新产出粮食。"

为了保住俄耳科墨诺斯城,阿塔玛斯只得牺牲自己心爱的儿子。就在献祭的准备都已做好,要将年少的佛里克索斯杀死在祭司的屠刀下时,一只金毛羊出现了,这只羊是赫耳墨斯赠送给涅斐勒的礼物,被佛里克索斯的母亲涅斐勒派来拯救自己的子女。金毛羊驮起佛里克索斯和妹妹赫勒向着遥远的北方飞去。

就在金毛羊在大海上空极速飞行的时候。赫勒感到了害怕,一个没坐

稳,就掉下来跌进了大海,佛里克索斯也拯救不了妹妹,赫勒葬身大海。此后,这片海域就叫作赫勒斯滂,也就是达达尼尔海峡的旧称。

佛里克索斯骑着金毛羊,在太阳神赫里阿斯之子、魔法家埃厄忒斯管辖的遥远的科尔喀斯的法细斯河的河岸上降落了。埃厄忒斯热情地招待了佛里克索斯,抚育他长大成人,又把女儿卡尔喀俄珀嫁给他为妻。那只拯救了佛里克索斯的金毛羊被作为祭品敬献给了伟大的宙斯。埃厄忒斯剥下羊皮,挂在战神阿瑞斯的圣林里,命令一条从不合眼的喷火恶龙看守。

金羊毛的故事在全希腊流传,关系着佛里克索斯的父亲阿塔玛斯家族的兴衰荣辱,因此他们不惜任何代价都要取得金羊毛。

伊阿宋和珀利阿斯

克瑞透斯是阿塔玛斯的兄弟,他在忒萨利亚那蔚蓝色的海岸边建起了伊俄尔科斯城。这座城市在他的统治下日渐繁荣昌盛,克瑞透斯死后,将王位传给儿子埃宋,却被埃宋异父同母的兄弟珀利阿斯夺了权,埃宋担心狠毒的珀利阿斯会谋害他的儿子伊阿宋,于是对外谎称婴儿夭折,同时举行了一场隆重的悼念仪式;但暗地里把儿子送到珀利翁山,托付给最富智慧的马人喀戎。伊阿宋就在喀戎的教导下成长,成为了一个机智灵活,力量惊人,英勇无敌,又拥有神祇般美貌的年轻人。

伊阿宋二十岁时,他决心离开生长的地方,到伊俄尔科斯去,向珀利阿斯讨还伊俄尔科斯的统治权。

在伊阿宋来伊俄尔科斯城的路上,遇到了赫拉变成的老太太,他将这个老太太背过河,为此丢掉了一只鞋。当伊阿宋来到伊俄尔科斯城,那里的居民以为这位英俊的青年不是阿波罗,便是赫耳墨斯。不仅因为他漂亮,他的穿戴与伊俄尔科斯的居民大不相同:他身披色彩斑斓的豹皮,赤着一只脚,柔软的鬈发披散在双肩,周身散发出年轻神祇般的英俊与力量。

正在这时,珀利阿斯乘坐着一辆豪华的马车经过广场。他看到这个青年,顿时吃了一惊。因为一则神谕中曾说:一个从山区来伊俄尔科斯单脚穿

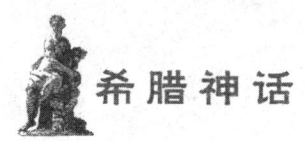

鞋的人将对他产生威胁。珀利阿斯害怕了,但他掩饰起恐惧,假装高傲地询问:这个青年是谁,从那里来。

伊阿宋镇定自若地回答自己叫伊阿宋,是埃宋的儿子,在山洞里长大,现在回来想要看看父亲。

狡猾的珀利阿斯带伊阿宋找到了他父亲。伊阿宋与埃宋相认。年老的埃宋看到儿子长得强壮英俊,眼中流出喜悦的热泪。

埃宋还有两个兄弟——斐赖国王斐瑞托斯以及墨塞尼亚的安法翁,他们听到伊阿宋归来,立即带上各自的儿子赶到埃宋家一同庆祝,庆祝宴会持续了五天五夜,第六天,他们离开宴席,共同找到了珀利阿斯,要求他归还王权,并且答应保留他的所有财产。珀利阿斯不敢生硬拒绝,只好提出了一个条件:

"我愿意满足你们的要求。但是长期以来,我都被佛里克索斯的灵魂困扰,他要求我用科尔喀斯的金羊毛超度他。但我年迈力衰,无法胜任这项艰难的工作;现在令你建立这项伟大功绩,你胜利回来之后,就可以得到伊俄尔科斯的统治权。"

伊阿宋欣然应允,满怀信心地准备踏上征程。

阿耳戈船英雄踏上征程

伊阿宋召集希腊各地功勋显赫的英雄,共同参加到科尔喀斯夺取金羊毛的远征。这些伟大的英雄们都渴望建立这样的功勋,雅典的骄傲——忒修斯、宙斯和勒达之子卡斯托耳、波吕丢刻斯及其朋友伊达斯和林叩斯、风神玻瑞阿斯与俄瑞堤伊亚之子卡拉伊斯和仄忒斯、卡吕冬的墨勒阿革洛斯、力量惊人的安开俄斯、阿德墨托斯、忒拉蒙以及其他许多英雄,甚至歌手俄耳甫斯和宙斯之子、最伟大的凡人英雄赫拉克勒斯也加入到远征的行列中。这些英雄在伊俄尔科斯聚集。他们各个都像神祇一样强健有力、英俊飘逸,令伊俄尔科斯的所有居民都惊羡不已。

英雄们远航的大船由女神雅典娜亲自帮助阿瑞斯托罗斯的儿子阿耳

戈斯建成，在船尾还有一块雅典娜亲自镶上的、来自多多那圣地宙斯神殿前一棵会说话的树上的圣橡木。这是一艘五十桨大船，华丽气派，命名为阿耳戈号。阿耳戈号船体很轻，英雄们能轻而易举地将它扛在肩膀上抬走。船航行起来犹如波涛中的海鸥那样轻快迅疾。这次远航中的英雄因而得名"阿耳戈英雄"。这次远航不仅仅有雅典娜的保护，还得到了女神赫拉的亲自守护。赫拉因为珀利阿斯从不向她献祭而仇视他。又因为伊阿宋曾在赫拉扮成年迈的老太婆时，帮助她渡过河，因此，赫拉对伊阿宋非常照顾。箭神阿波罗也是阿耳戈船英雄的保护者，他鼓励英雄去远征，已对英雄预示了他们的成功。

英雄们本打算推举最伟大的赫拉克勒斯做首领，但他拒绝了，于是伊阿宋被推选为首领。后来又选提费斯为舵手，能看见地面上的一切也能看透地层下面的林叩斯任领航。

一切准备就绪，诸位英雄向阿波罗和其他神祇最后一次献祭品，然后踏上了征程。

阿耳戈船英雄在雷姆诺斯岛

在阿耳戈船英雄起航的第二天，就被一阵巨风，送到了鲜花盛开的雷姆诺斯岛。这座岛由年轻的女王许普西皮勒统治着，岛上没有一个男子。一年前，雷姆诺斯岛的妇女因丈夫从色雷西亚娶来许多女子，而将他们统统杀死，当时许普西皮勒饶恕了父亲——当时的国王托阿斯。从此以后，这里的妇女便担心色雷西亚人的报复，因此日夜提防。

因此，当阿耳戈船英雄在雷姆诺斯港口靠岸时，看到的是一群全副武装的妇女。英雄们派使臣手持象征和平的权杖，表示自己和平的愿望。许普西皮勒女王不打算让阿耳戈船英雄进城，她担心这些人知道她们犯下的暴行。但是年老的波鲁克索认为，不但应当让阿耳戈船英雄进城，更应当将他们留在岛上与这些女人共同生活。

听了老太婆的话，雷姆诺斯岛的妇女立即派一名女人同阿耳戈船使者

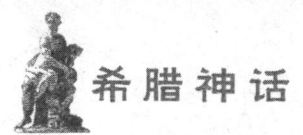
希腊神话

共同去请这些英雄进城。

伊阿宋披上雅典娜亲自为他织就的豪华紫袍,动身进城。女王许普西皮勒极为热情地接待伊阿宋,留他在自己宫中安顿下来。阿耳戈船英雄大都进了城,但赫拉克勒斯和为数不多的几人仍然留在阿耳戈号上。

雷姆诺斯岛上迅速升腾起一片喜悦欢快的空气。众神敬献祭品的篝火熊熊燃烧,庆祝活动和喜庆宴会接连不断。阿耳戈船的英雄们在雷姆诺斯岛开怀畅饮,大吃大喝,完全沉浸在喜悦中,将等待他们去建立的伟大功勋抛诸脑后。为了尽早起航,赫拉克勒斯暗地里将阿耳戈船英雄聚集到大船旁,怒斥他们沉迷在享乐中抛却了建立功勋的重大责任。其他人听了他的话惭愧不已,心悦诚服地反省了错误。决定立刻离开雷姆诺斯岛。英雄们做好起航的准备,正要划桨开船,雷姆诺斯妇女突然成群结队地拥到海边,向英雄们恳求留在雷姆诺斯岛上,不要抛弃她们。但阿耳戈船英雄们早已下定决心,雷姆诺斯妇女只得服从命运的安排。伊阿宋第一个登上阿耳戈号,其他人紧随其后,划动船桨,阿耳戈号如同小鸟般飞向浩瀚的大海。

阿耳戈船英雄在基奇科斯岛

阿耳戈船英雄航行到了普洛滂提斯,停靠在基奇科斯岛稍作休息。国王库最科斯统治着海神波塞冬的后裔多利俄涅人。在基奇科斯岛的一座熊山上,住着一群野蛮的六臂巨人。但多利俄涅人在波塞冬的保护下,与巨人相安无事。库最科斯热情地接待了阿耳戈船英雄,举行了一整天欢乐的宴会。到了第二天凌晨,英雄们才准备继续上路。但他们刚上船,六臂巨人就突然出现了,他们往海里投下巨大的石块,还大块大块地撕下山岩堆在海中,以阻挠阿耳戈船英雄们的行程。赫拉克勒斯拉开自己的硬弓,将这群巨人们一个个射倒在地。其他英雄也纷纷以盾牌掩护,紧握长枪冲向巨人。没有多长时间,巨人们就被消灭了,没有一个幸免。

阿耳戈船英雄再次出发。海风将船帆鼓起,吹着阿耳戈号劈波斩浪地顺利航行了一天。但到了晚上,风向变了,阿耳戈号又被吹回基奇科斯岛的海岸。阿耳戈船英雄在黑暗之中上了岸。基奇科斯岛的居民没有认出他们,把他们当做海盗发起了进攻。双方展开了一场不幸的厮杀。在战斗中,英勇无比的伊阿宋将长枪扎进了国王库最科斯的胸膛,国王就这样被朋友杀死了。等到晨光女神厄俄斯用阳光将东方染成一片通红。明亮的日光才使得,交战双方认出彼此,大家心中感到无比惊骇。阿耳戈船英雄与库最科斯居民心中无限悲痛,共同为死者举行了三天悼念仪式,他们恸哭不已。美丽的王后克里忒——墨洛普斯的女儿,因丈夫死悲痛欲绝,饮剑自尽了。

阿耳戈船英雄在密西亚

又经过一段时间的航行,阿耳戈船英雄抵达密西亚海湾。他们在这里靠岸停船,打算补充淡水和食物。赫拉克勒斯走下船,进入离岸不远的树林中,他想找一棵结实的松树来替换航行中不经意折断的船桨。不久,他找到一棵很好的冷杉,于是用强有利的双手抱住杉树,把它连根拔起。就在他扛着杉木向海边走去时,他的朋友波吕斐摩斯突然迎面跑来,告诉他许拉斯不见了,于是他们共同寻找许拉斯,但是一直没有找到。

启明星缓缓升上了天空,阿耳戈船英雄准备起身出航,由于当时天色昏暗,谁也没有察觉赫拉克勒斯和波吕斐摩斯没在船上。直到黎明大家才发现,这两个最出色的伙伴不见了,大家都感到十分悲伤,不由得骚动起来。伊阿宋痛苦地低下头,静静地沉浸在悲伤中。赫拉克勒斯最忠实的朋友忒拉蒙沉不住气了,走到伊阿宋跟前,连珠炮似的责问:

"你怎么能无动于衷?现在赫拉克勒斯失踪了,不会有人和你争高下了,你可以高兴了。要是你们不回去将赫拉克勒斯和波吕斐摩斯找到,我决不再与你们一同航行。"

说完,忒拉蒙又抓住舵手提费斯,强迫他让阿耳戈号掉头回去。尽管北风神的儿子玻瑞阿代兄弟竭力规劝,忒拉蒙还是吵闹不休。突然,波浪滔天的海水中,冒出一个缠满水草的脑袋,那是预见未来的海神格劳科斯。格劳科斯用强有力的手臂抓住阿耳戈号的船尾,让船停下来,说:

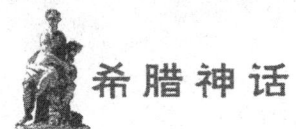

希腊神话

"赫拉克勒斯与波吕斐摩斯留在密西亚是奉了宙斯的旨意。赫拉克勒斯应当返回希腊帮助欧律斯透斯建立十二件伟大功勋。而波吕斐摩斯则要在卡吕柏斯人的国家建造光荣喀俄斯市。他们留在密西亚,是为了寻找被神女们拖去成亲的许拉斯。"

说完,格劳科斯沉入海中,只在海面留下一个漩涡。

于是英雄们不再争吵了。忒拉蒙向伊阿宋道歉,他们言归于好。英雄们高高兴兴地向前驶去。

阿耳戈船英雄在比堤尼亚(阿密科斯)

第二天清早,阿耳戈船英雄来到了比堤尼亚海岸。在这里,他们没有受到在库最科斯时那种热情的款待。这里居住着柏布律喀亚人,被国王阿密科斯统治着。阿密科斯非常骄横,是一个强壮有力的拳击手,赫赫有名。他强迫所有到此的外乡人与他比赛拳击,并且毫不留情地挥舞强劲的拳头将他们的脑袋打碎。阿密科斯一见到阿耳戈船英雄,就不屑地嘲笑他们,把这些伟大的英雄叫做流浪汉,一定要让他们选出一位最勇敢最有力量的人与他较量。阿耳戈船英雄各个愤怒至极。其中,波吕丢刻斯是宙斯与勒达的儿子,也是有名的拳击手,他从人群中走出来,毫无惧色地接受了国王的挑战。阿密科斯身披黑色斗篷,肩扛着粗大木棒,像堤丰一样雄伟可怖。他站在波吕丢刻斯眼前,不屑地打量了一下眼前的年轻英雄。波吕丢刻斯神采飞扬,灿若星晨。双方面对面站好,拉开架势跃跃欲试。阿密科斯把两副拳击护臂带扔到地上,让波吕丢刻斯选择,波吕丢刻斯就近捡起一副,朋友们帮他在手臂上扎紧。拳击刚一开始,阿密科斯凶猛地扑向波吕丢刻斯,步步紧逼,不让他有还手的余地,但是波吕丢刻斯灵活地躲避,不久,就看出了国王的破绽。突然,阿密科斯挥起拳头,就要冲波吕丢刻斯的头部狠狠一击,年轻的英雄轻巧一闪,随即转身朝阿密科斯的耳根给了狠命一拳,把他的颅骨打碎。阿密科斯倒在地上挣扎了一会儿,就死去了。众英雄为波吕丢刻斯的胜利欢呼庆祝。

看到残暴的国王死了,柏布律喀亚人立刻朝波吕丢刻斯蜂拥而来。波吕丢刻斯立即挥拳打倒了两个冲在前头的柏布律喀亚人。阿耳戈船英雄们也迅速拿起武器投入战斗。这真是一场血战,阿耳戈船英雄各个如同雄狮般勇猛无畏。柏布律喀亚人被打得落花流水,抱头鼠窜。英雄们将他们追击到腹地深处,然后将许多战利品带回海边。得胜的阿耳戈船英雄们在海边大吃大喝地庆祝了整夜,俄耳甫斯演奏起金竖琴,为年轻的英雄、英俊的波吕丢刻斯——雷神宙斯的儿子高唱胜利的赞歌。

阿耳戈船英雄与菲纽斯

次日清晨,阿耳戈船英雄继续航行,很快就抵达了色雷西亚海岸。他们下船登岸,准备补给和休息。朝岸边的一所房子走去,阿耳戈船英雄们在这间房里发现了一位十分衰弱的盲老头,他们满怀同情地搀扶着老人,帮他安顿好。这老人是阿革诺耳之子菲纽斯,本是色雷西亚的国王,阿波罗赋予他预知未来的本领。但是因为他滥用这种本领,因此受到阿波罗的惩罚,双目失明了。众神又派来一群长着女人头的怪鸟哈耳庇厄抢走他家中的所有食物,将他的房子糟蹋得恶臭无比。但菲纽斯还有希望,众神告诉过他,有一天玻瑞阿斯长翼的儿子仄忒斯和卡拉伊斯以及阿耳戈船英雄会到来,帮助他摆脱众神的惩罚。于是菲纽斯恳求英雄们把他从灾难中拯救出来,并且说仄忒斯兄弟与他有亲属关系,他和他俩的姐姐克勒俄帕特拉结婚了。

阿耳戈船英雄答应拯救菲纽斯。他们先准备了一桌丰盛的饭菜,但是菲纽斯刚在桌边坐好,准备享用美餐时,就有两只女首怪鸟飞来,阿耳戈船英雄高声呐喊,但怪鸟置若罔闻,啄光了所有食物,又把屋里弄得臭不可闻,随后就扶摇直上,飞上天空。仄忒斯兄弟拍打着翅膀,追上哈耳庇厄怪鸟,他们正准备拔出利剑砍杀这些怪鸟,众神的女使者伊里斯突然扇动着彩虹般的翅膀来到他们面前。伊里斯阻挡下仄忒斯兄弟手中的宝剑,告诉他们,众神已结束了对菲纽斯的惩罚。于是,仄忒斯兄弟返回了色雷西亚。

哈耳庇厄怪鸟离开后,阿耳戈船英雄为菲纽斯又做了一桌食物,这位

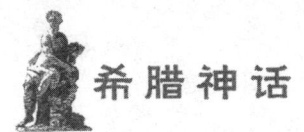
希腊神话

老人终于可以解除饥饿了。菲纽斯边吃边对阿耳戈船英雄讲述了他们行程中将遇到的艰辛，也指出了克服的方法。并且建议英雄们一到科尔喀斯就立刻向阿佛洛狄忒寻求帮助，唯有这样才能取得金羊毛。阿耳戈船英雄竭力记下这位老人所说的一字一句。

撞岩

离开菲纽斯家，阿耳戈船英雄匆匆赶路。大风推动阿耳戈号飞速向前。不一会儿，从前方传来隐约的轰鸣声，轰鸣声愈加响亮，就如滚滚的雷声夹杂着风暴的呼啸不断逼近。撞岩近在眼前了。撞岩在阿耳戈船英雄面前不断地分开又相撞，每次相撞都发出一声震耳欲聋的巨响，在四周的海面上激起巨浪。而每次分开，撞岩之间的海水又都形成猛烈的旋涡，不断翻腾。

英雄们依照菲纽斯的主意放出一只鸽子。因为假如鸽子从撞岩之间顺利飞过，那么阿耳戈号就可以安然无恙地前行。只见鸽子如同离弦之箭从撞岩间飞过。在一声惊天动地的巨响后，鸽子安然度过岩石的撞击，只损失了尾尖一撮羽毛。阿耳戈船英雄大声欢呼，齐心协力地奋勇划桨，趁着撞岩再度分开的间隙，冲了过去。但是冲天的巨浪将阿耳戈号高高托起，将它抛入两岩之间的水道。紧接着又一个浪头迎面而来，把阿耳戈号往后扔去。阿耳戈号船身咔咔作响，似乎就要在巨浪的压力下散架。眼看两座撞岩逐渐靠拢，就要相撞，似乎无法逃离死亡的厄运。就在这时，雅典娜赶来了！她伸出一只手将山岩挡在一边，另一只手将阿耳戈号猛力一推，船便向箭矢一般飞过了撞岩，只损伤了船舵的末梢。撞岩又一次分开，永远停在海峡两边不动了。阿耳戈船英雄征服了撞岩，闯过了最危险的关口，一个个心花怒放。这样一来，他们更加确信，他们将会顺利地完成此次远征。

阿瑞堤亚岛，抵达科尔喀斯

平安度过了撞岩，阿耳戈号来到了阿瑞提亚岛。就在阿耳戈号飞快地驶向岛屿时，岛上突然飞起一只两翼闪闪发亮的大鸟。它来到阿耳戈号上空,抖了抖翅膀,掉下一根羽毛,深深扎入英雄俄琉斯的肩膀中,鲜血顿时从伤口中涌出,受伤的英雄再没办法握住船桨。伙伴们为俄琉斯清理了这根羽毛,但马上被这样的羽毛震惊了:原来是根箭一样尖利的铜羽毛!不一会儿,又有一只大鸟自岛上向阿耳戈号飞来,英雄克吕提俄斯连忙弯弓搭箭将它射落海中。灯阿耳戈船英雄看清全身披着铜羽毛的鸟,明白了这正是斯廷法利斯湖怪鸟,阿瑞提亚岛就是这些怪鸟的栖息地。安菲达玛斯建议大家戴上头盔,再用盾牌遮挡。在靠岸停船之前,先一边大喊大叫,一边用长枪和利剑敲击盾牌发出响声,将怪鸟群惊动。等怪鸟飞到阿耳戈号上空时,向英雄们射下尖利似箭的羽毛。英雄们以盾牌遮掩,所以尽管羽毛纷纷扬扬,密如雨下,也没能伤害到诸位英雄。鸟群在阿耳戈号上空盘旋一阵后,就在海天相连处消失了。

随后,阿耳戈船英雄登上阿瑞提亚岛,准备歇息。从远处走来了四个衣衫褴褛,疲惫不堪的青年,他们正是佛里克索斯的四个儿子。他们在离开科尔喀斯向俄耳科墨诺斯返回的途中遭遇风暴,船沉了,他们落入水中险遭不测,幸亏被海浪抛上了阿瑞提亚岛,才能与阿耳戈船英雄意外相逢。这场相遇使英雄们由衷欢喜,特别是伊阿宋,因为这四个青年正是他的亲人。阿耳戈船英雄为他们拿来食品充饥,给他们找来衣服,并将此行的目的告诉他们。佛里克索斯的儿子们告诉诸位英雄,国王埃厄忒斯强大而残暴,待人残酷无情。但是四兄弟中的老大珀琉斯毫不畏惧,答应与阿耳戈船英雄共同前行,不怕任何艰难险阻。

休息一夜后,阿耳戈船英雄再次登船起程。经过一天的航行,他们路过提坦神普罗米修斯被缚的岩边。巨鹰的振翅在海上掀起一阵飓风,转眼就消失在远方,普罗米修斯痛苦的呻吟接连传来,令各位英雄心中一阵惊慌。

不一会儿,眼前出现了法细斯河的河口。阿耳戈船英雄在一处长满茂密芦苇的河湾抛锚停泊。伊阿宋向众神洒酒献祭,以示感谢,向科尔喀斯的神祇和死去英雄的灵魂祷告,请他们帮助自己完成艰险的事业。随后阿耳戈船英雄在船上安然入睡,他们抵达了目的地,但仍然有无数艰难险阻在

希腊神话

等待着他们。

赫拉和雅典娜求助阿佛洛狄忒

看到阿耳戈船英雄抵达目的地，女神赫拉和雅典娜商议之后，决定向爱神阿佛洛狄忒求助。请求她让儿子厄洛斯用金箭射中埃厄忒斯的女儿美狄亚的心，让她爱上伊阿宋，帮助英雄们建立卓越的功勋。

于是两位女神结伴找到阿佛洛狄忒，正赶上她独自在家。阿佛洛狄忒坐在豪华的金宝座上，用一把金梳子梳理着那头松软美丽的鬓发。两位高贵的女神请她帮助英雄伊阿宋，让厄洛斯激起美狄亚心中对伊阿宋的爱。阿佛洛狄忒答应了这个要求，于是女神们告辞了，阿佛洛狄忒前去寻找自己淘气的儿子。厄洛斯正在与伽倪墨得斯掷骰子。厄洛斯利用小聪明赢过了实心眼的伽倪默得斯，不停地嘲笑他。阿佛洛狄忒一把搂住儿子，让这个淘气鬼带上弓箭，飞到科尔喀斯去，给埃厄忒斯国王的女儿美狄亚的心头射上一箭，唤起她对英雄伊阿宋的爱。为了奖励他，女神答应将阿德拉斯忒亚为小宙斯做的玩具送给他。厄洛斯听从母亲的命令，拿上弓箭，匆匆飞离奥林匹斯山，在阳光下拍击着闪闪发光的金翅膀，向大地上的科尔喀斯飞去。

伊阿宋在埃厄忒斯宫中

阿耳戈船英雄一清早都清醒了。他们商议决定，由佛里克索斯的四个儿子跟随伊阿宋面见国王埃厄忒斯，向国王讨要金羊毛。假如国王拒绝要求，那就不得不动武。

在女神赫拉降下的浓重云雾遮掩之下，伊阿宋手持和平使杖带领同伴前往埃厄忒斯的王宫。等到英雄们接近埃厄忒斯的王宫，云雾便散尽了，埃厄忒斯的宫殿豪华壮观地耸立在英雄们面前，高大的宫墙闪闪发亮，塔楼林立，直冲天空。大理石装饰的宫门宽敞明亮，还有好几排白色的柱廊在阳

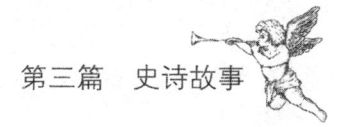

第三篇 史诗故事

光下闪闪发光。

埃厄忒斯这个豪华的王宫以及宫中所有的摆设都由工匠之神赫菲斯托斯制造，这是为感谢埃厄忒斯的父亲——太阳神赫里阿斯，赫菲斯托斯在与巨灵大战得筋疲力尽后，被太阳神赫里阿斯驾着金马车从佛勒格刺田野上接回了奥林匹斯山。宫殿中住着国王埃厄忒斯和王后，以及他们的儿子——被科尔喀斯人称作法厄同的阿布绪耳托斯国王的大女儿——已故佛里克索斯的妻子卡尔喀俄珀与小女儿美狄亚也住在这里。美狄亚是女神赫卡忒的祭司，是个神通广大的女巫师。

当伊阿宋一行进入埃厄忒斯王宫大院的时候，美狄亚刚好从宫中出来去看望姐姐卡尔喀俄珀。她看到一群陌生人，情不自禁地惊叫了一声。她的叫声引出了卡尔喀俄珀，卡尔喀俄珀一出来就看见了自己的四个儿子，她惊喜地跑上去，紧紧地搂住四个儿子不停地亲吻，她真是没想过还能再见到自己的儿子。喧闹声也将埃厄忒斯吸引出宫殿，把这些外乡人请入宫中，举行了盛大的欢迎宴会。就在筵席举行的时候，厄洛斯扇动着金翅膀飞到了这里。他躲到圆柱后，拉弓搭箭，悄悄从伊阿宋的背后，对准美狄亚的心射出一枝金，正中美狄亚心头，她心中立刻燃起了对伊阿宋的爱。

阿耳戈斯在宴席上告诉了埃厄忒斯他们兄弟四人与阿耳戈船英雄相遇的过程，并且讲述了伊阿宋等诸位英雄此行的目的。埃厄忒斯一听这些人是来要金羊毛的，当即怒火冲天，双眉紧皱。他并不相信这些人远航到此只为了金羊毛，他还怀疑佛里克索斯的儿子勾结希腊英雄想要篡夺他的王位。于是埃厄忒斯对伊阿宋不断发难，想要把他赶走，甚至试图处死伊阿宋。英雄忒拉蒙不禁怒火满腔，准备出言反击国王，但被伊阿宋拦住了。伊阿宋好言好语向国王解释，试图令他相信自己到科尔喀斯只为了金羊毛，并且向国王保证，只要国王肯给他们金羊毛，他愿意为国王效劳，多艰险也不畏惧。埃厄忒斯沉思了一阵，决定设毒计害死伊阿宋。于是他告诉伊阿宋想得到金羊毛，就必须先将喷火的铜腿公牛戴上套子，将阿瑞斯圣田整个翻耕一遍，然后把龙牙播进地里，等这些龙牙长成披坚执锐的士兵后，就把

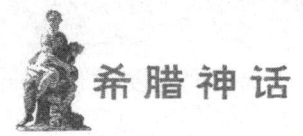

他们统统打死。

伊阿宋想了一会儿,答应了他的要求,带领同伴们离开了王宫。

阿耳戈船英雄求助美狄亚

伊阿宋一行人回到船上,向同行的英雄讲述了在埃厄忒斯王宫发生的所有事情。阿耳戈船英雄们都在默想如何完成埃厄忒斯交给的任务,后来阿耳戈斯出主意,去向埃厄忒斯的女儿美狄亚——这个神通广大的女巫师,寻求帮助。并且说服自己的母亲,帮助劝说美狄亚。

正在这时,一只白鸽被鸢追逐着,向阿耳戈号飞来,一直飞到伊阿宋身边,钻进了他斗篷的衣襟里,与此同时,那只鸢也坠落在甲板上。

祭祀摩普索斯认为这是众神给出的吉兆,高声说:"众神告诉我们要向美狄亚求助。白鸽是阿佛洛狄忒的圣鸟,她在伊阿宋身边得救了!菲纽斯曾经建议过我们,要向阿佛洛狄忒祈求帮助!阿耳戈斯去见他母亲吧,这会为我们提供帮助的。"

于是阿耳戈船英雄就按照祭祀摩普索斯的主意这样做了,他们先向阿佛洛狄忒献祭,阿耳戈斯便赶往埃厄忒斯宫中去见母亲。

就在此时,埃厄忒斯在广场上召集了所有科尔喀斯人。他命令臣民严密监视阿耳戈号,以免这些英雄逃跑。他定下计划,等伊阿宋在阿瑞斯圣田里战死,就把阿耳戈号烧毁,让船与那些英雄一同烧死,连自己女儿佛里克索斯的四个儿子,也要凌迟处死。

夜晚降临了,科尔喀斯的都城寂然无声地沉入梦乡,美狄亚却在寝室中被噩梦接连不断地吵醒。一会儿梦见自己成为了伊阿宋在战胜铜腿公牛后的奖品,一会儿又梦见自己与喷火公牛争斗,并且轻而易举取得了胜利。还梦见父母不肯让她与伊阿宋结合。又过了一会儿,梦见伊阿宋与埃厄忒斯间发生了必须由她亲自来解决的激烈争吵,她作出的判决对伊阿宋有利,却令父亲非常生气地大吼大叫。美狄亚无法忍住心中的痛苦,扑倒在床上大哭起来。一个女仆听到这哭声,急忙找来了卡尔喀俄珀。卡尔喀俄珀问

清原因,被吓得瑟瑟发抖。她将美狄亚搂住,恳求她用巫术帮助伊阿宋。美狄亚便开口说:

"姐姐,我愿意帮助那个外乡人。明早,让他到赫卡忒的神庙去,我会给他一道护身符,以帮助他完成任务。但是,你一定要保守秘密,不然,父亲会把我们都杀死。"

卡尔喀俄珀离开后,美狄亚又是独自一人了。她心中矛盾重重,既害怕违抗父亲的意志,又决心帮助她心爱的伊阿宋。但女神赫拉又激起了她心中难以克制的渴望——美狄亚一心只想着帮助伊阿宋。

清晨,高加索群山那积雪的山峰被朝霞染成了玫瑰色。阿耳戈斯为阿耳戈船英雄带来了好消息:美狄亚愿意帮助伊阿宋,要伊阿宋去赫卡忒神庙见面。伊阿宋与阿耳戈斯和祭祀摩普索斯一起在旭日下去了赫卡忒神庙。女神赫拉为伊阿宋增添了魅力,他更加神采不凡,连阿耳戈船英雄们也不禁注目欣赏。

一大早,美狄亚就起床了,她取出一种神奇油膏,叫做"普罗米修斯油膏",是由从普罗米修斯的血滴中长出的植物根部的汁液熬制而成的。任何人只要抹上这种油膏,便会立刻产生一股无人可匹敌的力量,铁枪铜剑和烈火都无法伤害他。美狄亚决定把这神奇的油膏送给伊阿宋。于是带上奴婢,到赫卡忒神庙去了。她将恐惧与烦恼抛到身后,满怀喜悦地盼望与伊阿宋的会面。

美狄亚进入赫卡忒神庙时,伊阿宋还没有到。等伊阿宋赶到时,美狄亚看着伊阿宋,心中剧烈地跳动着,不禁语塞了。

伊阿宋与美狄亚默默相对,最后英雄将沉默打破。他向美狄亚真诚地表白了自己的内心,使她相信科尔喀斯英雄的到来没有恶意,劝说她帮助他们建立这项伟大的功绩。

美狄亚的心中充溢着对伊阿宋的爱。她面带羞怯,妩媚动人,微微颤抖着取出早已准备好的神奇油膏,递给伊阿宋。嘱咐他夜里到河里洗净身体,然后穿上一身黑衣,再在河岸上挖个深坑,把一只抹上蜂蜜的黑羊放在坑

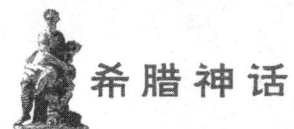

边,向赫卡忒献祭。做完以后就直接回船去,在那时他会听到人声鼎沸和恶狗狂吠,但决不要回头看,径直往前走。等到了早晨,再把自己的身体上,以及长枪、盾牌和利剑上都抹满这种油膏。油膏能够令伊阿宋产生不可战胜的力量,令他完成埃厄忒斯交待的事。等泥土中的士兵长出来,必须记住一点:把大石头扔到他们身上,他们互相间会展开拼杀。这时再与他们战斗。这一切定会帮助英雄们取得金羊毛。而到那时,他们就可以带着金羊毛,随便去哪儿都行了。

美狄亚想到要与伊阿宋分离,便停住不说话了。她的双眼被哀愁的雾翳笼罩着,满怀忧愁地垂首伫立,过了一会儿又轻声说:

"伊阿宋,等你回到自己的故乡,不要忘记我,就算偶尔能想起我美狄亚曾救过你也好。"

伊阿宋向美狄亚讲述了自己的身世,描述了伊俄尔科斯城邦以及那些鲜花盛开的谷地。并且邀请美狄亚和他一起去希腊,保证为她绶予崇高的荣誉,全伊俄尔科斯都会给她女神般的礼遇。

"如果能和埃厄忒斯结成友好盟邦,那该多好!"伊阿宋感叹道。"如果他答应让你和我一起回故乡去,那有多么好!"

"不可能的,"美狄亚满怀悲伤地感叹。"我父亲是个冷酷无情的人。请你独自回故乡去吧,千万不要忘了我。当你忘却我曾救过你性命的时候,希望狂风展开翅膀把我送到伊俄尔科斯去,以便勾起你对我的思念,那样我就会感到快乐!"

伊阿宋望着双眼涌出热泪的美狄亚,心中满是对她的爱恋,恳求美狄亚离开父亲家,和他一起偷偷逃往伊俄尔科斯。美狄亚也希望离开科尔喀斯,她忍受不住与伊阿宋分别,这使她感到恐惧。赫拉令美狄亚心中产生了跟随伊阿宋去天涯海角的渴望,女神想要美狄亚到伊俄尔科斯去,利用美狄亚之手除掉她痛恨的珀利阿斯。

美狄亚和伊阿宋告别了。伊阿宋答应美狄亚一定会再来赫卡忒神庙与她相见,到那时再商议今后的行动。美狄亚明白伊阿宋也爱她,于是欣喜地坐车回了家。

伊阿宋完成埃厄忒斯交给的任务

夜幕降临，伊阿宋穿上黑色衣衫，趁着夜色到了法细斯河，他进入湍急的河水，将身体洗净。然后照美狄亚的嘱咐在岸上挖了个深坑，向赫卡忒敬献祭品。献祭才结束，赫卡忒就随着大地的抖动，举起燃烧的火炬出现在伊阿宋眼前。恐怖的妖魔和喷火的毒龙簇拥她身旁，还有一群令人生畏的地狱恶狗在她身旁狂吠、奔跑。附近的神女被吓得惊呼奔逃。伊阿宋虽然也感到恐惧，但是心中牢记美狄亚的嘱咐，头也不回地径直走向阿耳戈号，向在船上等候他的朋友们走去。

到了早晨，阿耳戈船英雄中的忒拉蒙和墨勒阿革洛斯向埃厄忒斯讨要龙牙。埃厄忒斯把卡德摩斯杀死的巨龙牙齿给了他们，然后就登车去了阿瑞斯圣田，想看看伊阿宋怎样完成他吩咐的任务。埃厄忒斯穿戴上闪闪发亮的铠甲和头盔，又拿起唯有赫拉克勒斯适用的沉重长枪与盾牌，登上儿子阿布绪耳托斯驾驶的战车。阿耳戈船英雄也做好了战斗的准备。

伊阿宋先将油膏抹在长枪、利剑和盾牌，又将自己的身子涂满油膏。他顿时感到身上充满了不可思议的力量，肌肉如钢铁般硬邦邦的。快船阿耳戈号飞快地行驶到了阿瑞斯圣田，埃厄忒斯早已等候在那里，科尔喀斯居民紧紧围绕在田野四周的山坡上。伊阿宋穿戴着熠熠生辉的盔甲，离船上岸，如星晨般照亮四周。他进入圣田，找到铁犁和铜牛轭，用盾牌掩护好身体，四处寻找喷火神牛。猛然间，两头神牛跃出了地洞，疯狂地向英雄吼叫着奔突。嘴中冒出熊熊烈火。公牛用牛角猛烈冲向英雄，伊阿宋在盾牌的掩护下不动如山，顶住了公牛一次次地进攻，圣田中尘土飞扬，走石飞沙。伊阿宋用强有力的双手抓住两头公牛的犄角，用力地将它们拖到犁杖旁。公牛的拼命挣扎，丝毫伤害不了伊阿宋。卡斯托耳和波吕丢刻斯协助伊阿宋为两头公牛套上犁杖。于是伊阿宋挥舞起长枪，赶着公牛耕田，播下了龙牙。播种完后，伊阿宋卸下公牛，威严大声吆喝，举起长枪将两头公牛赶跑

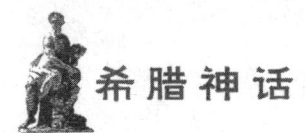

了,两头牛逃跑了,躲进深深的地洞中。伊阿宋完成了一半任务,走到法细斯河边,摘下头盔舀水解渴,等待地里长出士兵。

伊阿宋没休息多长时间。地里就接二连三冒出来许多矛尖,眨眼间整块田野都抖动起来,不断地冒出了头盔与士兵的头颅。不久整块田野上就站满了身披闪光盔甲的士兵。伊阿宋记起美狄亚给他的建议,抓起一块巨石,高高举起,用力掷到这群士兵中。龙牙生成的士兵手执兵器开始了一场血腥的拼杀。随后,伊阿宋握紧利剑冲入战场,把士兵一个个砍倒在地,没多久圣田内尸横遍野,所有士兵都被伊阿宋杀死了,一个幸免的都没有。

埃厄忒斯被伊阿宋的成功震惊了,他惊异地看着伊阿宋,被伊阿宋惊人的力量吓住了。国王紧皱眉头,双目喷射出怒火,一言不发地登上战车,回到了城中,苦苦思考要如何害死这个强壮的外乡人。伊阿宋回到船上的朋友们身边,同行的英雄为他建立的伟大功绩赞颂不已。

美狄亚帮助伊阿宋觅取金羊毛

为了残害阿耳戈船英雄,埃厄忒斯回到王宫立刻召集科尔喀斯所有有名望的达官贵人商议。国王已经猜到,伊阿宋取得这种成就一定是得到了美狄亚的帮助。美狄亚也觉察到了父亲的心理,巨大的危险笼罩着她和伊阿宋。她身处豪华的宫殿却心神不定,毫无睡意。于是在夜里,偷偷溜出了埃厄忒斯的王宫,沿着一条不为人知的小径来到法细斯河岸,阿耳戈船英雄点燃的篝火正在熊熊燃烧。她走到篝火旁,找到伊阿宋和佛里克索斯的小儿子佛戎提斯,把心中那不祥的预感告诉了他们,劝说他立即跟她去取金羊毛。伊阿宋一听,立刻穿戴好盔甲,前往阿瑞斯圣林。这时四下被黑暗笼罩,而挂在圣树上的金羊毛却在林中闪着金光。当美狄亚和伊阿宋进入圣林,可怕的毒龙直起身子,吐出火焰。威力强大的昏睡之神许普诺斯来帮助美狄亚,美狄亚一边在口中念起咒语,一边把神奇的药水洒到地上。毒龙立刻躺倒在地,但它仍然昂着那困乏的脑袋。美狄亚便把催眠药水洒到毒龙身上,毒龙合上了大嘴,亮闪闪的双眼也闭上了。毒龙被睡意征服,四仰

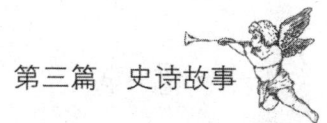

八叉躺在挂有金羊毛的圣树下。伊阿宋紧忙将金羊毛取下来,急匆匆地返回了阿耳戈号。

阿耳戈船英雄被伊阿宋和美狄亚带回的金羊毛惊呆了。但时间紧急,不容细看,所以必须在埃厄忒斯发觉金羊毛被盗前逃离科尔喀斯。于是伊阿宋将系船的缆绳砍断,诸位英雄忙拿起船桨奋力划去,转眼间,阿耳戈号就如离弦之箭般飞速向大海驶去。一进入大海,英雄们就更加努力地划桨,阿耳戈号飞速行驶,划破海浪,渐渐离科尔喀斯远去了。

第二天一早,埃厄忒斯发现金羊毛被盗,美狄亚也被阿耳戈船英雄带上逃跑了。于是他勃然大怒,把所有科尔喀斯人召集到海边,向他们宣布,如果追不回阿耳戈船英雄,就把他们全都处死。于是埃厄忒斯之子阿布绪耳托斯带领着科尔喀斯人,慌忙驾船前去追赶阿耳戈船英雄。

阿耳戈船英雄返航

阿耳戈号到达攸克辛海上时,海面上刮起了顺风。诸位英雄张开风帆,阿耳戈号箭一般地快速航行。在海上航行了三天以后,远方闪现了陆地的影子。阿耳戈船英雄先沿着依斯忒耳河溯流而上,之后再沿着它的支流进入亚得里亚海。而阿耳戈船英雄刚到依斯忒耳河河口,就发现河口和周围的岛屿上满是乘船抄近路先到的科尔喀斯的士兵。由于科尔喀斯军队人数众多,英雄们知道无法战胜他们,他们势单力薄,而科尔喀斯军队却装备精良、英勇善战,所以直面交战对他们没有好处。他们决定智取,先假装与敌军首领阿布绪耳托斯谈判,商定找邻近城邦的国王作裁判,如果判定美狄亚应该返回科尔喀斯,那么他们就把美狄亚送回神庙,还给科尔喀斯人。但是伊阿宋完成了埃厄忒斯的条件,所以金羊毛必须留给阿耳戈船英雄。但实际,谈判的目的是为了赢得时间。美狄亚对伊阿宋说,先把阿布绪耳托斯骗到岛上的神庙,再杀了他。

伊阿宋派人假托美狄亚的名义给阿布绪耳托斯送去许多礼物,请他到偏僻的神庙中与美狄亚见面。但阿布绪耳托斯刚踏进神庙的门,就被伊阿

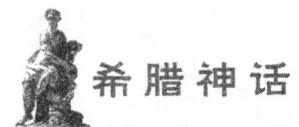

宋的利剑刺中了，阿布绪耳托斯受了伤倒在地上。接着，伊阿宋和美狄亚又合谋犯下一桩令人发指的罪行：将手无寸铁的阿布绪耳托斯杀死在神庙里，还把他的尸体剁碎，扔进了依斯忒耳河。科尔喀斯人见到自己首领的尸体碎块，在惊骇下纷纷打捞，乘着这个机会，阿耳戈船英雄沿依斯忒耳河向上游飞速逃走了。

在河上航行了很久之后，阿耳戈船英雄进入了亚得里亚海，到达了伊吕里亚岸边的时候，海上刮起飓风。狂风掀起排空巨浪，如高山般倾压下来，撕吼着将阿耳戈号的风帆扯去了。阿耳戈号被巨浪挤压着，不断呻吟，如同一块破木片漂荡在惊涛骇浪中。阿耳戈船英雄被死亡威胁着。就在这时，船尾那块圣橡木传出声音，吩咐阿耳戈船英雄向女巫师喀耳刻乞求帮助，只有她能为伊阿宋和美狄亚洗刷杀害阿布绪耳托斯之罪。阿耳戈船英雄向北方掉转船头，风暴立即平息，这让英雄们明白，正是众神的旨意。

阿耳戈号经过厄里达诺斯河和洛达诺斯河后，进入了第勒尼安海，在海上航行许久，抵达了埃厄忒斯的姐妹喀耳刻居住的神奇海岛，请求喀耳刻为美狄亚和伊阿宋赎罪。喀耳刻先向宙斯献祭，然后用祭品的鲜血将伊阿宋的双手洗净，在祭坛前，她恳请复仇女神饶恕着两个人的罪孽。女巫师喀耳刻看到美狄亚眼中透出的光芒，知道她和自己一样是太阳神赫里阿斯的后裔，就没有拒绝为美狄亚洗清罪过。

在阿耳戈船英雄回程的路上，他们再次经历了无数危难艰险。当他们途经海妖塞壬居住的海岛时，被海妖那充满魔力的歌声迷住，引诱上了岛去。但俄耳甫斯那金竖琴的美妙音乐，和他的歌声共通战胜了海妖歌声中的诱惑。直到最后，阿耳戈船英雄到普兰克泰浮崖旁一个狭窄的海峡时，两侧巨大的山岩在海峡上空连接，形成了一个拱顶。海水在这拱顶下汹涌澎湃，不但形成令人胆战心惊的漩涡，还形成了直逼拱顶的滔天巨浪。为宙斯送神食的鸽群也无法幸免于难，每天都会有一只鸽子在此丧命。阿耳戈船英雄在女神赫拉的帮助下渡过这道难关：赫拉劝说安菲特里忒把普兰克泰浮崖下的浪涛平息，让阿耳戈船英雄安然穿越了海峡。

第三篇 史诗故事

经过漫长的航行，阿耳戈船英雄终于来到淮阿喀亚人生活的海岛。岛上的国王阿尔喀诺俄斯热情接待了他们。他们刚想在经历了艰险的旅程后好好休息一下，但还不到一天，科尔喀斯人的船队又出现了，他们仍然要将美狄亚带回。阿尔喀诺俄斯连忙从中调停，避免了一场血战。阿尔喀诺俄斯做出了裁决：假如美狄亚没有成为伊阿宋的妻子，她就必须跟科尔喀斯人回去。当天深夜，阿尔喀诺俄斯的妻子阿瑞忒派人把这个消息透露给伊阿宋。伊阿宋和美狄亚连夜举行了婚礼，第二天伊阿宋在所有淮阿喀亚人和科尔喀斯人面前庄严发誓，宣布美狄亚是他的妻子。于是阿尔喀诺俄斯判定，美狄亚应当与她丈夫在一起，没有办法，科尔喀斯人只得一无所获地返回了。

阿耳戈船英雄停留在热情好客的淮阿喀亚人的岛上，歇息了很久，然后继续航行。顺利地航行了很长时间之后，伯罗奔尼撒的海岸在淡蓝色的远方现出了身影。然而海上一股突如其来的旋风，将阿耳戈号卷向外海。阿耳戈号被旋风裹着，在无边无际的茫茫大海上行驶了许久，最终来到一片荒凉的海岸。阿耳戈船英雄对命运感到悲观失望。舵手林叩斯沮丧地坐在船尾，对返回希腊失去了希望。就在英雄们失却了所有力量和勇气，沮丧地徘徊在海岸边的时候，女神们又来了，她们为伊阿宋出主意，告诉她阿耳戈号现在在利比亚，只有等安菲特里忒卸下马车的马以后，阿耳戈船英雄才能把船从泥泞中抬出来，扛在肩头从利比亚沙漠走出去。但阿耳戈船英雄无法预知安菲特里忒何时会将她车上的马卸下来。但海中突然跑上来一匹雪白的马，穿越沙漠飞驰而去。阿耳戈船英雄明白，这正是是安菲特里忒从车上卸下的那匹马。于是英雄们将阿耳戈号扛在肩上，顶着烈日炎炎，忍受着饥渴的折磨，在沙漠中行走了整整十二天，终于来到赫斯珀里得斯姐妹居住的国家。在赫斯珀里得斯姐妹的指点下，英雄们由赫拉克勒斯从山岩上凿出泉眼。泉水使得英雄们解了渴，他们将泉水带上，踏上了回乡之旅。但阿耳戈船英雄无法找到出海的通道，因为他们所处的地方并非大海，而是特里同一处湖泊。在俄耳甫斯的建议下英雄们向湖神敬献三脚供桌，一

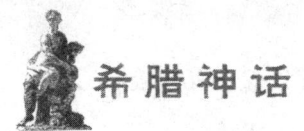

位英俊的青年立刻出现在英雄们面前。为了表示自己的热情好客,他给了英雄欧斐摩斯一块泥土,然后又给阿耳戈船英雄指明了出海的通道。然后,阿耳戈船英雄以一只公羊献祭。湖神特里同亲自指引他们绕过了白色岩礁,安全冲出漩涡,进入了宽阔的大海。后来,英雄们抵达了克里特岛,打算在岛上补充淡水,好继续航行。但雷神宙斯赐予弥诺斯的青铜巨人塔罗斯巡视全岛,守卫着弥诺斯的领地,所以禁止他们登岸。美狄亚只好用巫术将塔罗斯催眠。于是塔罗斯身上一枚用来堵血管的铜钉掉了下来,血液如同熔化的铅水般在地上流动,巨人死掉了。阿耳戈船英雄能够放心大胆地靠岸停船,补充淡水了。

当英雄从克里特岛返回希腊时,欧斐摩斯把特里同送出的泥块丢入大海,变成了一个岛屿,阿耳戈船英雄将它命名为卡利斯忒岛,欧斐摩斯的后代就在这个岛上居住,于是改名为斐拉岛。

后来阿耳戈船英雄又遇到了一场海上风暴。风暴在漆黑的夜里肆虐,阿耳戈船英雄随时都可能触礁沉没,或在海岸山岩上撞得粉身碎骨,他们被吓得魂飞魄散。阿波罗在海空接连射出金箭,耀眼的光芒将四周照亮,为阿耳戈船英雄照亮前路。等他们把船停在阿那斐岛,等待一段时间后,风暴终于停息,并且顺风刮起。阿耳戈号平稳地行驶在蔚蓝的大海上。此后再未遇到艰险,终于回到了日夜盼望的伊俄尔科斯港口。

阿耳戈船英雄一到伊俄尔科斯,就向曾帮助他们脱离旅途艰险的众神献上了大量祭品。伊俄尔科斯全城上下欢欣鼓舞,为阿耳戈船英雄的归来举行庆祝,为阿耳戈船英雄和首领伊阿宋取回了金羊毛高声赞颂。

珀里阿斯之死

珀利阿斯耍赖不履行诺言,不肯交还给伊阿宋由祖先那里继承的权力。伊阿宋无法忍受这种屈辱,发誓要报复珀利阿斯。美狄亚希望协助他。不久,就找到了复仇的机会。美狄亚在伊阿宋的请求下,由女神赫卡忒协助,为伊阿宋年迈的父亲埃宋恢复了青春。埃宋原先雪白的头发变黑了,皱纹也都消失了，往常枯槁的脸颊上也重新现出红润。美狄亚利用老埃宋的返老还童，说服珀利阿斯的女儿们劝说父亲也接受这种返老还童之术，为使她们相信自己，美狄亚还找来一只公羊杀死，再扔进煮着草药的铜锅里。这只死了的公羊一扔进去，锅里就跳出一只欢蹦乱跳的小羊羔。这下，珀利阿斯的几个女儿深信不疑，劝说父亲施行了返老还童之术。美狄亚又熬煮了一锅草药，但却不是伊阿宋父亲使用过的那种药。这碗药汁没有任何神奇的功效。美狄亚用巫术把珀利阿斯催眠以后，又把他的女儿们叫到卧室，告诉她们将父亲的喉咙切开，几个女儿在美狄亚的劝说下犹犹豫豫地掉转脑袋，一个接一个挥剑朝父亲砍去了。

受了重伤的珀利阿斯被惊醒了，费力地从床上抬起身子，无力的双手伸向女儿，呻吟道：

"我的女儿们，你们干了些什么啊？到底是什么原因要对你们自己的父亲下毒手？"

珀利阿斯的女儿们吓得呆了，一个个脸色煞白地站在那里，不知道怎么办才好。美狄亚冲到珀利阿斯的床边，举起刀，狠狠刺入他的喉咙，然后又把他的尸体切碎，扔进了沸腾着的大锅中。美狄亚招来一辆由长翼飞龙拉的车子，跳上去，从珀利阿斯那些被吓得手足无措的女儿们眼前消失了。在珀利阿斯死后，他的儿子阿德拉斯托斯举行了一场隆重的葬礼，为了纪念亡人，在葬礼上还举行一场竞技比赛。在这次竞技比赛中，希腊最伟大的一批英雄都参加了，比赛的裁判由赫耳墨斯亲自担任。卡斯托耳、波吕丢刻斯与欧斐摩斯之间进行了一场驾车比赛，阿德墨托斯和摩普索斯进行了拳击比赛，而阿特拉斯和珀琉斯比赛摔跤。伊菲克勒斯得到了赛跑第一。但伊阿宋还是没有得到伊俄尔科斯的统治权。阿德拉斯托斯将伊阿宋和妻子美狄亚驱逐出伊俄尔科斯。于是伊阿宋从祖国离开，带上美狄亚远走科林斯。

伊阿宋之死

伊阿宋和美狄亚因杀死珀利阿斯被逐出伊俄尔科斯后，在科林斯国王

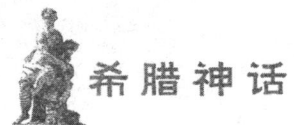

克瑞翁那里暂时栖身。在那期间,美狄亚生下两个儿子,似乎即使在异乡,伊阿宋和美狄亚也能过上幸福生活了。但他们命中注定遭遇不幸。伊阿宋被克瑞翁之女格劳刻的美色吸引,背叛了当初在科尔喀斯从美狄亚手中接过神奇的油膏时发下的誓言,也背叛了帮他建立起伟大功勋的恩人。在国王克瑞翁的同意下,伊阿宋决定与格劳刻结婚。

美狄亚仍然一如既往地爱着伊阿宋,当她得知伊阿宋变了心,心中无比悲痛。一味沉浸在悲哀之中,不吃也不喝,并不听安慰。这种悲伤逐渐变成了疯狂的愤怒,美狄亚本就拥有桀骜不驯的性情,她是科尔喀斯国王之女,是光芒四射的太阳神后代,怎么能忍受别人对她这样的侮弄?美狄亚被愤怒控制住了,她将用无比残酷的方式报复伊阿宋!不仅仅是伊阿宋!她还要报复格劳刻,报复国王克瑞翁!

美狄亚在狂怒之下不停地诅咒。她诅咒、咒骂自己的仇敌。就在她下定决心要向伊阿宋报复时,克瑞翁找到了美狄亚。他害怕美狄亚,知道她拥有不可抵挡的巫术,怕她害死女儿,害死自己。要求她立刻离开科林斯。

美狄亚假装服从克瑞翁,同意离开,以赢得复仇的时间。但她苦苦哀求克瑞翁,让她在科林斯多呆一天安排去处。克瑞翁被她那可怜兮兮的样子打动了,答应了他的请求,但他没料到,这一次心软为他招来了杀身之祸。他虽然答应了要求,克瑞翁仍然警告美狄亚,要是第二天日出后还在科林斯看到她,就把她和她的两个儿子都杀死。美狄亚假意应允,但丝毫不担心会被处死,反而知道克瑞翁将会命丧黄泉。她早已向女神塞勒涅和自己的保护神赫卡忒立下誓言,要将仇敌置于死地。她,太阳神的后代绝不会成为西叙福斯后裔与伊阿宋的新娘的取笑对象!

而伊阿宋却对美狄亚假惺惺地说,他和格劳刻结婚,完全是为了她和两个儿子的利益,假如再婚之后众神又赐给他儿子,那么现在这两个孩子就能够从异母兄弟那里寻找到依靠。但是美狄亚对伊阿宋的表白再也无法相信,她不住地指责伊阿宋忘恩负义,还用众神的怨怒威胁他,美狄亚再也听不进伊阿宋的任何辩白,虽然她曾如此爱他,为了他抛弃了父母和祖国,还犯下了杀害兄弟的罪过。伊阿宋在美狄亚的讥讽和斥责声中悻悻地走了,身后却依然响起美狄亚的嘲笑。

正巧在这时,雅典国王埃勾斯从得尔福到特洛曾去,路经科林斯。遇到了美狄亚,向她询问为何忧伤成这个样子。美狄亚向她诉说了自己的不幸,请求雅典国王给她这个被丈夫抛弃了的可怜人提供一块栖身之所,并且向埃勾斯保证,要是他为自己提供了庇护之所,自己就能够用巫术帮助他恢复青春,使他子孙兴旺。埃勾斯答应了美狄亚的条件,向地神盖亚、太阳神赫里阿斯和奥林匹斯众神法誓,绝不会把美狄亚出卖给她的仇敌。但埃勾斯不愿与科林斯国王发生正面冲突,因此美狄亚必须自己设法到雅典去。

找到栖身之所后,美狄亚便开始实施定好的报复计划。她不仅要杀死克瑞翁和他的女儿格劳刻,而且也不打算放过自己和伊阿宋的两个亲生儿子。她先派人叫来伊阿宋。等伊阿宋到来,美狄亚就装出恭顺的样子,假装听天由命,服从了伊阿宋。她说现在唯一的请求就是希望伊阿宋能说服克瑞翁,以便让她的两个儿子能够在科林斯生活。美狄亚哭着将两个儿子拥在怀中,紧紧地搂着儿子,不住地亲吻儿子。她深爱自己的孩子,但强烈的复仇欲望将爱子之情掩盖住了。美狄亚正盘算着杀死格劳刻和克瑞翁呢。她以恳求格劳刻把她的两个儿子留在伊阿宋即将组建的新家庭中为名义,为格劳刻送上一件珍贵的结婚礼服和一顶金丝皇冠。这份礼物正是她死亡的赠礼。格劳刻一穿上礼服,戴好礼冠,浸染在礼服和礼冠上的毒药就深深侵入了她体内,金冠越变越紧,终于像铜箍一样紧紧勒住了她的头颅。礼服灼烧着格劳刻的身体,不断的惨烈折磨终于让她死去了。

这时,国王克瑞翁赶来救助自己的女儿,他紧紧抱住不幸的女儿,但礼服又粘在了他的身上。他将礼服用力从身上扯下去,他礼服已牢牢粘在他身上,一块块皮肉连同在一起被扯了下来。克瑞翁也死掉了。美狄亚站在家门口,听到克瑞翁和格劳刻父女俩惨死的消息,不由得暗自高兴,但美狄亚心中强烈的复仇渴望并没有被他们的死平息,她还要杀死自己的儿子,让伊阿宋被更强烈的痛苦折磨。另外,她知道克瑞翁的亲属不会饶恕她儿子

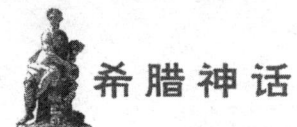

的,不然就无法清算他们母亲所犯的罪行,这个原因也促使她狠下心将儿子杀死。美狄亚匆匆走进屋里,杀死了自己的儿子。当伊阿宋知道妻子美狄亚把克瑞翁和格劳刻杀死后,心中充满了恐惧,他怕克瑞翁的亲属为了报仇而伤害他的儿子,急忙赶回家。但家中大门紧闭,伊阿宋才想破门而入,就见美狄亚坐着太阳神赫里阿斯所派的、由飞龙拉着的金车子在空中出现了,两个儿子躺在她脚边,已经被她亲手杀死了。伊阿宋大吃一惊,不住恳求美狄亚将儿子的尸体留下,让他亲手安葬。但是美狄亚再也不肯怜悯伊阿宋,乘在华美的车子上飞驰而去。

从此以后,伊阿宋再无欢乐。他再也找不到一处栖身之地。有一天,他漂泊到伊斯特摩斯的海岸,看到了被阿耳戈船英雄敬献给海神波塞冬的阿耳戈号。伊阿宋拖着疲乏不堪的身躯,躺到船尾的阴凉里,想要好好休息一下,因为过于疲倦所以睡着了。正在他陷入睡梦中的时候,阿耳戈号那早已朽烂的船尾坍塌了,破烂的船板碎块将熟睡的伊阿宋埋葬了。

第三篇 史诗故事

特洛伊战争

宙斯和勒达的女儿海伦

斯巴达国王廷达瑞俄斯的妻子勒达生育了四个子女。其中波吕丢刻斯和美丽的海伦是她和雷神宙斯的孩子,她与廷达瑞俄斯的孩子是克吕泰涅斯特拉与卡斯托耳。

海伦是个非常漂亮的女子,不但凡间女子无人可及,就连女神看了都嫉妒。希腊各地都在传送着海伦的绝色美貌。雅典最伟大的英雄忒修斯听说海伦美若天仙,就把她拐走了,后来海伦的兄弟波吕丢刻斯与卡斯托耳又将她夺回,送回了父亲家中。此后,求婚者络绎不绝,谁都希望世上最美丽的海伦能成为自己的妻子。但廷达瑞俄斯无法决定该从这些英雄中挑出哪一位将女儿海伦嫁给他才好。他一直担心,不论女儿最后嫁给哪位英雄,其他求婚的英雄都有可能会嫉妒这个幸运儿,就可能产生争斗,甚至引起一场巨大的战争。为了解决他的忧虑,足智多谋的奥德修斯想出了这样一个主意:由秀发鬈曲的海伦自己挑选丈夫,她自己决定做谁的妻子。并且要所有求婚者发誓,不管最后海伦选谁做丈夫,落选的人都绝不能对他动武,并且还要在他遇到危难时给予全力帮助。

廷达瑞俄斯采纳了奥德修斯的建议。让所有求婚者立下誓言,最后海伦选定阿特柔斯之子、英俊的墨涅拉俄斯做丈夫。

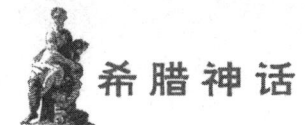
希腊神话

墨涅拉俄斯得到了美丽的海伦,在廷达瑞俄斯死后,他还即位,成为了斯巴达国王。墨涅拉俄斯与美丽的海伦在廷达瑞俄斯的王宫里无忧无虑地生活着,但没有料到这场结合竟会在日后给他们带来了一场重大的灾难。

珀琉斯和忒提斯

宙斯最聪明的儿子埃阿科斯和河神阿索波斯之女埃癸娜结合,生下了著名英雄珀琉斯,他有个兄弟忒拉蒙,是最伟大的凡人英雄赫拉克勒斯的朋友。因为妒忌,珀琉斯和忒拉蒙杀死了自己同父异母的兄弟,所以只好亡命出逃。珀琉斯远遁到了富庶的佛提亚。在那里得到了英雄欧律提翁的帮助。欧律提翁将自己三分之一的领地都赠给他,又把女儿安提戈涅嫁给他为妻。但珀琉斯并未在佛提亚逗留多长时间。在卡吕冬狩猎期间,他不慎将欧律提翁误杀了。这个意外令珀琉斯深感哀伤,离开佛提亚到了伊俄尔科斯。但在伊俄尔科斯,仍然有不幸等待着他:伊俄尔科斯国王阿卡斯托斯的妻子对珀琉斯心生爱意,教唆他背叛和阿卡斯托斯之间的友谊。但是珀琉斯拒绝了这女人的无理要求,王后恼羞成怒,回到在丈夫面前诽谤珀琉斯。妻子的谗言使得阿卡斯托斯决定将珀琉斯害死。于是,就在他们去珀利翁山的森林里狩猎是,阿卡斯托斯趁珀琉斯因狩猎疲倦睡着,把众神赠给珀琉斯的一把利剑藏了起来。这把剑有神奇的力量,只要珀琉斯握住这把剑,就能在交战时打败所有人。如今阿卡斯托斯藏起这把剑,他相信没有这把利剑的帮助,珀琉斯肯定会丧命,凶残的马人会把他撕成碎块。但最智慧的马人喀戎帮助了珀琉斯,为珀琉斯寻回了被藏起来的神奇宝剑。凶残的马人们恶狠狠地向珀琉斯冲去,想把他撕成碎块。但珀琉斯挥舞着利剑,轻而易举地就击退了这些马人。几乎不可避免的死亡被珀琉斯逃脱了,他决定报复背叛了友情的阿卡斯托斯。于是召集狄俄斯库里兄弟,也就是卡斯托耳与波吕丢刻斯,合力夺下了富饶的伊俄尔科斯,还将阿卡斯托斯和他的妻子杀死了。

提坦神普罗米修斯曾宣布过一个重大的秘密:宙斯和忒提斯神女的儿

第三篇 史诗故事

子,必定比父亲更为强大,这个孩子将推翻父亲的统治。因此,众神建议将忒提斯嫁给珀琉斯,如此一来忒提斯生下的就是个伟大的人类英雄。但唯一的条件是,珀琉斯要在与忒提斯的单独决斗中战胜她。

赫菲斯托斯向珀琉斯传达了众神的意愿,珀琉斯便动身前往忒提斯从深海中出来后,常常去休息的一个山洞。他悄悄地躲在洞里等着忒提斯。不一会儿,忒提斯就浮出了海面,进入山洞。珀琉斯立刻扑上前去,用强有力的双臂紧紧抱住忒提斯。忒提斯拼命地挣扎想要讨脱。她不停地变换形象,变成了狮子、蛇和海水,但珀琉斯却一直没有让她逃脱。忒提斯终于失败了,她只好成为珀琉斯的妻子。

在马人喀戎那宽敞的山洞中,众神见证了珀琉斯和忒提斯的婚礼。婚礼宴会非常豪华。奥林匹斯山上所有的神祇都赶来参加。阿波罗弹奏起金竖琴,奏响激越的乐曲,缪斯女神们则用优美的歌喉,向珀琉斯与忒提斯的儿子祝福,赞扬她注定会获得的无尚光荣。众神们开怀畅饮。无数女神歌唱和舞蹈,她们的美貌将整个山洞照耀得光彩熠熠。众神的使者赫耳墨斯和狂暴的战神阿瑞斯也暂时忘却了血腥厮杀,加入了舞蹈的队伍。众神给新郎新娘送上大量礼品。其中有喀戎送的一杆长枪,枪杆由珀利翁山上一颗钢铁般坚硬的白蜡树树干制成,还有海神波塞冬送上的几匹神马,以及其他神送出的华美精致的头盔与甲胄。

众神在宴会上喜气洋洋地饮酒作乐,唯有纷争女神厄里斯未被邀请出席。她一个人在喀戎的山洞附近孤单地徘徊,心底逐渐酝酿起一股怨恨之情,怨恨众神没有邀请她。纷争女神厄里斯想要报复,要报复众神,她想出了一个能引起他们纷争的办法。她来到赫斯珀里得斯姐妹的果园中,摘下一个金苹果。在苹果上写上"送给最美丽的女神"这几个字,然后悄悄地走到筵席旁,趁人不备把金苹果摆到筵席上。众神被这个金苹果吸引了,将它一拿起来,就看到上面写字。但谁是最美丽的女神呢?天后赫拉、战神雅典娜以及爱神阿佛洛狄忒谁也不肯放手,在宴会上争吵开了。她们谁都想得到金苹果,但争执不下。于是,只好找来众神和人类的主宰宙斯,让他帮忙

希腊神话

解决这个难题。

宙斯不愿意做裁判。他将金苹果交给赫耳墨斯,让他带着三位女神到特洛伊城郊去,在巍峨的伊得山山坡上,帕里斯——特洛伊国王普里阿摩斯那英俊的儿子正在放牧,他是最聪明的人,应该由他去断定,谁是最美丽的女神,谁应当得到金苹果。于是,珀琉斯的婚宴在三位女神的争吵声中结束了。三位女神的纷争却给人间带来了沉重的灾难。

帕里斯的裁决

赫耳墨斯带着三位女神飞往伊得山麓去找帕里斯。普里阿摩斯之子正在那里的草原上放牧。就在帕里斯临出生前,母亲赫卡柏做了一个梦,在梦中特洛伊城即将被大火烧毁。赫卡柏非常害怕,把这个梦对丈夫普里阿摩斯讲述了一遍。普里阿摩斯向祭祀请教,祭祀告诉他,赫卡柏将要生下的这个儿子,会成为毁灭特洛伊的灾星。没多久,赫卡柏就生下了帕里斯,普里阿摩斯让仆人阿革拉俄斯把这孩子扔到伊得山的密林中。但是这孩子得到了母熊的哺育,没有死。一年之后,阿革拉俄斯又发现了他,把他抱回家当做自己的儿子抚养,还起名叫帕里斯。帕里斯长大以后,成为了一个英俊非凡的青年人,拥有超群出众的臂力。帕里斯常常将畜群从猛兽和强盗袭击下救出,还总是拯救自己的同伴。就因为他拥有这种过人的臂力和超群的胆识,因此伙伴们都称他为阿勒克珊德洛斯,即击败好汉的人。帕里斯在伊得山森林里过着安定的日子,对自己的境况很是满足。

三位女神在赫耳墨斯的带领下找到帕里斯。帕里斯被女神和赫耳墨斯吓坏了,只想拔腿逃跑,但他怎么能从思维般迅捷的赫耳墨斯面前逃掉呢?赫耳墨斯将帕里斯拦住,把金苹果递给他,用亲切的语气说:

"快拿好苹果,帕里斯。看看站在你面前的三位女神吧。你选出她们之中最美丽的那个,把苹果交给她。宙斯命令你来做解决三位女神纠纷的裁判。"

帕里斯窘迫地看着三位女神,他断定不了哪一位女神才是最美丽的。

三位女神为了赢得苹果，争先恐后地诱惑青年，好让他把苹果交给自己。她们纷纷保证要给帕里斯巨大的奖赏。赫拉答应让他统治整个亚细亚，雅典娜许诺让他在战斗中永远得到胜利与光荣，而阿佛洛狄忒却说，一定会把宙斯和勒达的女儿——人间最美丽的女子海伦嫁给他为妻。帕里斯一听阿佛洛狄忒这样许诺，立刻将苹果给了她。如此一来，帕里斯就选出阿佛洛狄忒是三位女神中最漂亮的了。自此以后，帕里斯受到阿佛洛狄忒的无限宠爱，不管他想做什么，阿佛洛狄忒都会全心全意地帮助他。然而，帕里斯招来了赫拉和雅典娜的痛恨，她们同时恨上了特洛伊，恨起了特洛伊所有的人民，她们要报复，要摧毁特洛伊城，要消灭城中的全体居民。

帕里斯诱拐海伦

没过多久，普里阿摩斯看到妻子赫卡柏一直为失子哀伤，无以排解，就举办了一次盛大的竞技会，用以追念他认为已死的儿子。这次竞技大会的得胜者会得到普里阿摩斯国王牛群中最好的一头公牛做奖品。这头公牛就从帕里斯放牧的畜群中选出。但帕里斯舍不得和他心爱的公牛分开，就亲自赶着牛到了城里。帕里斯进入特洛伊城，观看英雄们比赛，心中也燃起了对胜利的强烈渴望。于是也报名参加了比赛，还打败了所有对手，其中还包括强壮有力的赫克托耳。

普里阿摩斯的几个儿子一想到自己被这么个牧人打败，就耿耿于怀。其中的得伊福玻斯拔出宝剑，试图刺死帕里斯。帕里斯吓得向宙斯的祭坛扑去，请求宙斯的帮助。普里阿摩斯那位可以预见未来的女儿卡珊德拉在祭坛旁看到了帕里斯，立刻认出这个牧人的真实身份。普里阿摩斯和赫卡柏终于找到了失散多年的儿子，感到满心欢喜，兴高采烈地将帕里斯接回王宫。尽管卡珊德拉警告普里阿摩斯，说帕里斯注定要成为毁灭特洛伊城的罪魁祸首，然而一切均属徒劳，谁都不相信卡珊德拉的预言。因为阿波罗早已订下卡珊德拉那悲哀的命运：无人相信她的预言，即使她的预言次次应验。于是帕里斯从伊得山的森林回到了父亲普里阿摩斯家。

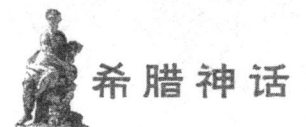 希腊神话

过了一阵子,当这次生活中的重大转折令他忘记了判定金苹果时,阿佛洛狄忒曾对他做下的许诺时,女爱神阿佛洛狄忒又让帕里斯想起了美丽的海伦,而且帮助这位自己宠爱的王子建造了一艘非常豪华的大船。帕里斯就决定乘着这艘船前往海伦的住地斯巴达城。而他的兄弟——能预见未来的赫勒诺斯对帕里斯发出警告,说他此次会有杀身之祸,但帕里斯对此不以为然。他乘上大船,踏上了漫长的航程,进入无边无际的茫茫海洋,驶往彼岸。卡珊德拉看着帕里斯快船离开了故乡的海岸,内心满怀绝望。这位预见未来的卡珊德拉将双手朝天空身去,高喊着:

"啊,灾难!伟大的特洛伊城的灾难!我们所有人的灾难!我能看见大火包围了神圣的伊利翁,它的孩子们满身血污,纷纷葬身于火海之中!我看见外来人将哭哭啼啼的特洛伊女人带去当了奴仆!"

尽管卡珊德拉这样高声呼喊,但没有一个人相信她的预言。没有人去阻止帕里斯。

帕里斯的大船渐渐远离海岸,没航行一会儿,海上就刮起了飓风,但飓风也没能阻挡帕里斯的行程。一路上,他经过了未来敌人居住的富饶的佛提亚、萨拉弥斯以及迈锡尼,最后来到了拉科尼亚的海岸。他在欧洛塔斯河河口停泊,并在朋友埃涅阿斯的伴随下离船上岸。帕里斯装成一个毫无恶意的普通客人,和埃涅阿斯共同觐见国王。

国王墨涅拉俄斯为帕里斯和埃涅阿斯举行了热情的接待,还摆下了丰盛的筵席。就在宴席上,帕里斯第一次见到了美丽的海伦。帕里斯看着海伦,满怀喜悦,她那非凡的美貌镇人摄魄。

而海伦也对帕里斯的英姿一见倾心,当时这位青年身穿着阔气的东方人长衫,更显得俊美飘逸。不知不觉过了好几日。墨涅拉俄斯因为有事要到克里特去,临走时还嘱咐海伦要好好招待客人,一定要让客人样样充足,给他们处处方便。但墨涅拉俄斯没料到这两个客人会给他带来巨大的侮辱。

墨涅拉俄斯刚离开,帕里斯立刻就决定要好好利用他出门的时机。在阿佛洛狄忒的帮助下,帕里斯用甜言蜜语骗得美丽的海伦和他一起离开了

丈夫家，逃向特洛伊。帕里斯不但拐走了墨涅拉俄斯的妻子海伦，还带走了他的珍宝。为了向帕里斯证明她的爱情，海伦将自己的丈夫、自己的故乡斯巴达，甚至亲生女儿赫耳弥俄涅都统统忘却了。

　　帕里斯的大船载着如此丰厚的收获驶离了欧洛塔斯河河口，就在他们来到辽阔的外海时，强大的老海神涅柔斯突然把他们拦住了。涅柔斯离开海底深渊浮出了海面，告诉他们，帕里斯与整个特洛伊将会因此灭亡。帕里斯和海伦一下子呆住了，但阿佛洛狄忒现身在他俩们面前，不断安慰说她一定会保护他们，让他们不要在乎这可怕的预言。于是，阿佛洛狄忒庇护这只大船在平静的大海上行驶了三天，很快就平安到达了特洛伊海岸。

墨涅拉俄斯准备对特洛伊发动战争

　　海伦与帕里斯离开墨涅拉俄斯的王宫没多久，众神就派女使者伊里斯到克里特前去寻找墨涅拉俄斯。伊里斯展开了彩虹翅膀匆匆飞离奥林匹斯山，一瞬间就来到了墨涅拉俄斯面前，告诉了他发生的一切。墨涅拉俄斯马上踏上归途，等回到斯巴达得知一切属实，他勃然大怒。立即去找来兄弟阿伽门农，一同商议要如何报复恩将仇报的帕里斯。阿伽门农对自己的兄弟满怀同情，并且建议他立刻将从前宣誓一定会在危难时刻全力帮助他的英雄们召集起来，与这些英雄及其军队一同上路，对特洛伊城发动战争。墨涅拉俄斯认为阿伽门农的建议非常好，于是和他一起到了皮罗斯，拜访年迈的国王涅斯托耳。

　　全希腊公认涅斯托耳是最具智慧的老人。在他那漫长的一生中，曾与许许多多的英雄结伴，并且亲自参与了许多伟大的功绩的建立。涅斯托耳是个有丰富作战经验的人。

　　涅斯托耳对墨涅拉俄斯和阿伽门农非常亲切。他听说了帕里斯的恶行也很愤恨，答应亲自参加征讨特洛伊，还决定带上儿子特拉绪墨得斯与安提罗科斯一同出征。也答应和阿特里代兄弟共同寻访希腊的各路英雄，劝说他们来参加这次战役。

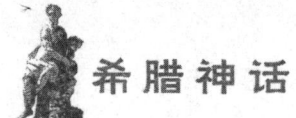
希腊神话

于是，许多英雄都决定参加这次战役。有一部分英雄是因为自己曾发过誓，有参战的义务，而另一部分英雄则是出于对建功立业的强烈渴望。这次出征特洛伊的英雄中就有赫拉克勒斯的朋友菲罗克忒忒斯。赫拉克勒斯在临死之时，将自己的毒箭赠给了他。祭祀说，假如没有这些毒箭，那么特洛伊城就不可能被攻克。非常多的英雄参加了这次远征，但还有一个人必须参加，那就是拉厄耳忒斯之子、伊塔刻岛的国王——聪明过人的奥德修斯。奥德修斯并不想离开伊塔刻，不久前，他刚和美丽的珀涅罗珀结了婚，才生下儿子忒勒玛科斯。他怎么愿意抛弃这样安宁的生活以及心爱的妻子儿子，到特洛伊城参加残酷的战争呢？更何况这一去还说不准能不能再回到故乡。所以当奥德修斯知道墨涅拉俄斯等人来到了伊塔刻，便决定欺骗他们。他假装自己疯了，给一头牛和一头驴套上犁去耕地，在地里播下盐粒。但奥德修斯的诡计被帕拉墨得斯看出来了，他决定迫使奥德修斯放弃这种装疯的行为。帕拉墨得斯将裹在襁褓中的忒勒玛科斯抱来，把他放在奥德修斯耕作时必定会经过的犁沟中。奥德修斯不得不停了下来。因此，无论他多么想留在伊塔刻，都不得不告别故乡伊塔刻岛和妻子儿子，踏上了远征特洛伊的旅途，这一去就是几十年。就是从那时起，奥德修斯对帕拉墨得斯怀恨在心，决心对帕拉墨得斯报仇。

阿喀琉斯

另外一位英雄也必须参加远征，那就是珀琉斯国王和神女忒提斯之子阿喀琉斯。祭祀卡尔卡斯曾对阿特里代兄弟作出预言，只有让阿喀琉斯参加远征，才能攻破特洛伊。这位英雄注定要在这里建立永不磨灭的卓越功勋，他必然会成为特洛伊战争中最伟大的一位英雄。尽管如此，他却不能生还，他在风华正茂之时，命中注定要在特洛伊城下被箭射死。神女忒提斯预知了儿子的命运，于是竭力帮助儿子免除厄运。在阿喀琉斯还裹在襁褓中的时候，忒提斯就把阿喀琉斯全身涂上神食，然后放到火上去烧，这样他就会成为一个无懈可击的永生的人。但是由于忒提斯将幼小的阿喀琉斯放在火上烧的时候,两手捏着他的脚跟,所以阿喀琉斯全身上下只有脚后跟非常脆弱。后来珀琉斯把阿喀琉斯交给自己的朋友——马人喀戎教养。喀戎用熊脑和狮肝把阿喀琉斯喂养大,因此阿喀琉斯才能长成一个强健的英雄。在他六岁的时候,阿喀琉斯就把凶猛的狮子和野猪打死过,还能不用猎狗就猎捕好几头赤牝鹿,他奔跑速度异常快疾,对各种兵器的使用都娴熟在行,无人能及。喀戎还教导他弹奏竖琴,也教他歌唱。

等到阿喀琉斯长成为一个英俊的小伙子,听到全希腊都在传播墨涅拉俄斯正在召集英雄,准备征讨特洛伊的消息。忒提斯明白厄运开始威胁到阿喀琉斯了,连忙将他藏到斯库洛斯岛上,藏进国王吕科墨得斯的王宫里。阿喀琉斯穿起了女子衣衫,和国王的几个女儿一同生活。谁都不知道阿喀琉斯躲在何处。但是祭祀卡尔卡斯告诉了墨涅拉俄斯阿喀琉斯的藏身之处。于是奥德修斯与狄俄墨得斯收拾停当,立刻上路往斯库洛斯岛赶去。为了找到阿喀琉斯,奥德修斯想出一条计策,他们假扮成商人,到了吕科墨得斯的王宫里。在各位公主面前摆出华贵的绫罗绸缎、金子制作的项链、手镯、耳环以及金丝编织的披肩,然后又把剑、头盔、盾牌、护腿、铠甲这些物品摆放出来。真正的公主们被金首饰和华丽的衣料吸引了过去,但阿喀琉斯的眼睛只在兵器上打转。这时宫外突然传来一阵战斗的呐喊,这都是狄俄墨得斯与奥德修斯的同伴们一边呐喊,一边用剑敲击盾牌制造出来的声音。公主们吓得慌忙逃跑,但阿喀琉斯却抄起了剑和盾迎着呐喊声冲了过去,他还以为敌人对吕科墨得斯的王宫发起了袭击。奥德修斯和狄俄墨得斯将阿喀琉斯认了出来。阿喀琉斯不得不答应参加特洛伊战争,而他的挚友——帕特洛克罗斯和明哲老人福尼克斯也跟随他出征。珀琉斯又把他与忒提斯结婚时众神送给他的盔甲给了阿喀琉斯,连喀戎赠给的长枪和海神波塞冬送的神马一同给了儿子。

特洛伊

特洛伊城是一座实力强大、坚固的城池。特洛伊城是伊罗斯建造的,他

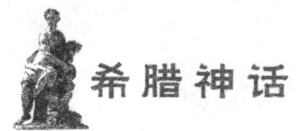

是宙斯之子达耳达诺斯和普勒阿得斯七姐妹中的厄勒克特拉的后代。从前达耳达诺斯离开阿耳卡狄亚投奔透克洛斯国王,透克洛斯把自己的女儿嫁给他,还把一部分国土作为嫁妆陪嫁,后来在这块土地上就建筑起了达耳达尼亚城。达耳达诺斯有一个叫特洛斯的孙子,正是他生下了伊罗斯。有一次,伊罗斯到佛律癸亚去参加英雄竞技比赛,并且接二连三地战胜了所有英雄,并获得了童男童女各五十个以及一头花母牛的奖励。佛律癸亚的国王要他跟着这头花母牛走,母牛在哪儿停下来,他就可以在哪儿建城。因为佛律癸亚国王知道,神示早已允诺让这座城取得巨大的光荣。伊罗斯遵从佛律癸亚国王的话,跟着花母牛一直走,等花母牛到了女神阿忒的山丘上时,就停了下来,于是他就在这个山丘上建起了未来的特洛伊城。第二天一早,当他走出帐篷时,发现一尊雅典娜的木雕神像矗立在他面前,这就成了新城的护城神像。伊罗斯治理这座城的时候,有城墙围绕的只有位于山丘上的这一部分城区,在山脚下那部分城区就没有城墙护卫了,后来波塞冬和阿波罗建成了环绕这部分城区的城墙,因为他俩是在众神的吩咐下,为特洛伊的国王——伊罗斯之子拉俄墨冬效力。这一段城墙坚不可摧,但其中英雄埃阿科斯代他俩砌的那部分却能被攻破。

就在希腊众英雄正在做征伐特洛伊的准备的时候,特洛伊由伊罗斯的孙子普里阿摩斯掌权。早在赫拉克勒斯将特洛伊城攻陷之时,国王拉俄墨冬的儿子就都被杀死了,只留下幼子普里阿摩斯一人。普里阿摩斯是个富有的人,他和妻子赫卡柏居住在富丽堂皇的宫殿中。他的五十个子女和普里阿摩斯住在一起,他的儿子赫克托耳拥有不凡的气度、超群的胆识、和过人的膂力。

特洛伊城实力强大,希腊英雄和骁勇善战的特洛伊人之间的战争必定会艰苦卓绝,假如将特洛伊人战胜,把特洛伊城攻下,那么希腊英雄们必定会威名远扬,缴获无数。

第三篇　史诗故事

希腊英雄在密西亚

　　希腊英雄带着军队在奥利斯港汇集，准备从这儿出发向特洛伊海岸驶去。海边聚集的这支庞大军队全副武装，军人有十万之多。他们共分乘一千一百八十六艘战船，向特洛伊城开赴。临起航，各路军队的首领一起聚集在一棵祭坛旁的百年梧桐树的树荫下，向众神献祭，希望保佑这次远航一帆风顺。就在这时，一个祭坛下突然爬出一条恐怖的血红色大蛇。这条大蛇缠着梧桐树向上爬，一会儿就到了树梢。树梢上有个鸟巢，巢里养着八只雏鸟和一只雌鸟。大蛇把雌鸟和雏鸟吞了下去，自己就变成了石头。这些英雄站在大树底下，各个都惊讶无比，他们无法理解众神的这个预兆。但祭祀卡尔卡斯为他们解释了这个预兆的含义。他告诉各位英雄，要想攻下特洛伊城必须用九年时间才行，因为大蛇吞掉了九只鸟。虽然时间漫长，但卡尔卡斯的话还是令希腊人无比兴奋。因为他们预知了此次远征的圆满结局，于是充满信心地纷纷推船下水。大船一艘又一艘地相继驶出奥利斯港。桨手们协调一致，奋勇划桨，庞大的船队向亚细亚海岸飞速驶去。

　　航行了没有多长时间，希腊船队就到达了密西亚的海岸边。这正是赫拉克勒斯之子忒勒福斯管辖的地方。船队在他的领地旁停靠，但希腊人还以为到了特洛伊海岸，就在忒勒福斯的领土上肆意毁坏。忒勒福斯召集队伍，率军战斗，捍卫自己的领地。朋友间展开了一场血腥的厮杀。帕特洛克罗斯在战斗中受了伤，但他顾不上伤痛，依然与阿喀琉斯英勇地并肩冲杀。

　　阿喀琉斯经过一夜艰苦努力，将忒勒福斯迫进城里，闭门固守。等到第二天早晨，才发现这是一场误会，他们并未与敌人交战，而是与盟友厮杀。众人禁不住深感悲伤。希腊人和忒勒福斯订下了约定，忒勒福斯答应给希腊人帮助，但他不愿和希腊军队一起出征特洛伊，因为他的妻子正是特洛伊国王普里阿摩斯之女，他不能和自己的岳父交战。

　　将阵亡将士的尸体掩埋后，希腊人告别了密西亚，向着特洛伊再次进发了。但是船队在辽阔的大海上遭遇了一场可怕的风暴，希腊船队迷航了。

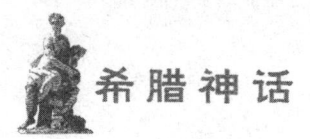
希腊神话

他们被风暴吹打了很久,最终还是回到了奥利斯港。希腊战船陆续回到了才告别的起航的港口,首次出征就以失败而告终了。

希腊人在奥利斯

希腊人的战船回到了奥利斯港,战船在海岸上摆开一个规模巨大的军营。再次出发远征特洛伊不知何时了。希腊军队必须要有一名到特洛伊去的向导才行。而这个任务唯有不久前刚刚和他们交战过的忒勒福斯能完成。但由于忒勒福斯在交战中被阿喀琉斯刺伤了大腿,久治不愈,伤势日益严重,疼痛变得越来越难以忍受。忒勒福斯实在无法忍受痛苦,到得尔福神庙向阿波罗寻求帮助。女祭祀皮提亚这样告诉他:找到刺伤忒勒福斯的人,那人会治愈他的创伤。于是,忒勒福斯决定请求阿伽门农说服阿喀琉斯来为他医治伤口。他换上破衣烂衫,拄着拐杖,假装成一个乞丐,到了迈锡尼,进入了阿伽门农的王宫。最先看见忒勒福斯的是克吕泰涅斯特拉——阿伽门农的妻子。克吕泰涅斯特拉摸清这个乞丐的身份后,给忒勒福斯出主意,让他等阿伽门农进屋时,把阿伽门农的儿子俄瑞斯忒斯抱出摇篮,跑到祭台旁以此威胁阿伽门农,跟他说,要是他不肯帮助医治伤口,就把他儿子的头撞碎在祭台上。为了拯救自己的儿子,阿伽门农赶忙答应帮助忒勒福斯。其实他本来就愿意给忒勒福斯帮忙,他还要忒勒福斯做希腊人到特洛伊去的向导呢。阿伽门农派人对阿喀琉斯讲了这件事。阿喀琉斯感到很惊讶,他一点儿医道也不懂,怎么治得好忒勒福斯的伤口呢?聪明的奥德修斯连忙对阿喀琉斯说,他用不着懂医术,只要从他那刺伤忒勒福斯的那杆长枪的枪尖上刮下一些铁屑,撒在忒勒福斯的伤口上,就可治愈伤口。众人赶忙照这样做了,果然,伤口马上就愈合了。忒勒福斯非常高兴,为了报答救治之恩,答应为希腊军队做向导,再也不拒绝了。

向导虽然已经找到,但是希腊船队仍然无法起航:海上一直刮着逆风。是女神阿耳忒弥斯刮起的逆风,她因为阿伽门农曾射杀了她的神兽赤牝鹿而记恨他。众英雄一直期盼风向改变,但始终无法遂愿,海上不但风向依旧，而且风力不减。英雄们聚在奥利斯整天无所事事。兵营中疾病开始肆虐，将士们怨声载道，长此下去，很可能会发生哗变。终于，祭祀卡尔卡斯给希腊军队的首领们这样一则神示：

"唯有将阿伽门农那个美丽的女儿伊菲革涅亚向女神阿耳忒弥斯献祭，女神才会结束对希腊军队的惩罚。"

阿伽门农得知这件事，心中十分悲伤。他不想牺牲心爱的女儿的性命，甚至想干脆退出远征特洛伊的行列。墨涅拉俄斯对阿伽门农反复劝说安慰，希望他服从阿耳忒弥斯的意志，经不住兄弟的再三请求，阿伽门农终于作出了让步。他派人到迈锡尼去通知克吕泰涅斯特拉，骗她说阿伽门农要将伊菲革涅亚嫁给阿喀琉斯，在出征之前要订婚。但是派出去往迈锡尼的人之后，阿伽门农心中非常懊悔。他避开众人眼目，悄悄地派另一个报信人去找克吕泰涅斯特拉，叫她不要把女儿带来奥利斯。但这个报信人被墨涅拉俄斯抓住了。墨涅拉俄斯认为阿伽门农的所作所为正是对共同事业的背叛。他没完没了地责备阿伽门农，兄弟之间激烈地争吵着。而正在这时，克吕泰涅斯特已经带着伊菲革涅亚与幼小的俄瑞斯忒斯来到了希腊人的军营，正在军营近旁的泉边进行休息。

阿伽门农感到深深的绝望。这时，墨涅拉俄斯看到兄弟痛苦不堪，也打算让兄弟放弃这个牺牲。然而阿伽门农心里清楚，总有一天全军将士会知道女神阿耳忒弥斯的要求，到那时众人必定会逼迫他牺牲伊菲革涅亚。因为就算卡尔卡斯不宣布女神的旨意，奥德修斯也会说出来，奥德修斯也能理解女神的旨意。

阿伽门农满腹悲伤，但仍然要装出快乐的样子来迎接妻子和女儿。但是伊菲革涅亚一眼就看出来父亲心中不快，她便开口向父亲询问，阿伽门农却闭口不言。就是对妻子，阿伽门农也一样守口如瓶，只是请求她快回迈锡尼去，他不想让妻子亲眼目睹女儿的牺牲。他只得离开妻子和女儿，到卡尔卡斯那里去寻找帮助，他想知道是否还有办法拯救女儿。

但这时候，克吕泰涅斯特拉已经从阿喀琉斯那里知道让伊菲革涅亚和

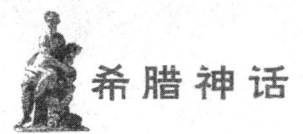

阿喀琉斯订婚是子虚乌有的，就在这时，阿伽门农第二次派往迈锡尼报信的信使来了，将一切都告诉了克吕泰涅斯特拉，于是她就质问阿伽门农。克吕泰涅斯特拉又惊又怕，她不愿就这样失去女儿。她跪倒在阿喀琉斯面前号啕大哭，抱住阿喀琉斯的两膝苦苦哀求。请他看在母亲忒提斯的面上救救伊菲革涅亚。克吕泰涅斯特拉如此绝望的悲伤，令阿喀琉斯心生同情，他以能预知未来的老海神涅柔斯之名发誓，一定会帮助她，不让任何人碰伊菲革涅亚一根毫毛。于是阿喀琉斯从阿伽门农的营帐匆匆离开，回去武装自己。等到阿伽门农回来，克吕泰涅斯特拉就愤怒质问他为何连自己的亲生女儿也要坑害。

阿伽门农无可辩解，只好将要用亲生女儿献祭女神阿耳忒弥斯的事情说了出来，这并非是他的本意，实在是迫于无奈。阿伽门农只能劝说妻子，如果他不答应这个要求，就会激怒希腊人，到时他和他的所有亲人都会被杀死，牺牲伊菲革涅亚是为了整个希腊的利益着想。

而此时，军营中出现了骚动。阿喀琉斯已经宣布，绝不允许把准备做他妻子的姑娘当成祭品献祭。但是密耳弥多涅人愤怒地几乎用石块将他砸死。奥德修斯手下的士兵也手持兵器向阿伽门农的帐篷冲来。阿喀琉斯守在帐篷门口，一手握利剑，另一手执盾牌，正准备为保护伊菲革涅亚浴血奋战。

就在一场血腥的厮杀即将开始时，伊菲革涅亚走了出来。她制止了骚乱，大声宣布，为了这项伟大的事业，她愿意牺牲自己。她不能违背伟大的宙斯之女阿耳忒弥斯的意志。就将她献祭好了，待希腊人攻破特洛伊城后，就将特洛伊的废墟作为她永恒的纪念碑。她向阿喀琉斯劝说，不要再保护她，不要再产生内讧和火并。伊菲革涅亚这种为了整体利益毅然决定自我牺牲的精神使得阿喀琉斯心中燃起了对她的熊熊爱火，但尽管他爱怜这位美丽的姑娘，却也只能服从她的意愿。

美丽端庄的伊菲革涅亚泰然自若地穿过多不胜数的士兵，朝女神阿耳忒弥斯的祭台走去。阿伽门农看着年少貌美的女儿，禁不住失声痛哭，他将宽大的斗篷撩起来,遮住自己的眼睛,以免亲眼看到女儿受死。伊菲革涅亚镇定地在祭台旁站立。在场的所有人都在传令官塔尔堤比俄斯的命令,保持着绝对的肃穆。卡尔卡斯拔出祭祀用的刀,正准备举刀向伊菲革涅亚刺去之时,刀尖刚刚触及姑娘的身体,就出现了一个惊人的奇迹:伊菲革涅亚并没有呻吟着倒在祭台上。女神阿耳忒弥斯把她带走了,一头垂死挣扎的赤牝鹿代她出现在祭台边,赤牝鹿被卡尔卡斯宰杀了,它的血染红了祭坛。所有将士都为奇迹所震惊,异口同声地高声呼喊起来。祭祀卡尔卡斯欢乐地高声呼唤:

"伟大的雷神宙斯之女阿耳忒弥斯!这就是她需要的祭品!希腊的将士们,你们欢呼吧,女神将会赐予我们航行一帆风顺,并且战胜特洛伊人。"

果然,赤牝鹿还未完全在祭台上焚化,风向就变成了顺风。希腊人急忙着手准备远征。整个军营笼罩在一片欢腾的气氛中。阿伽门农匆匆回到自己的营帐,对克吕泰涅斯特拉述说了祭台边发生的事情,让她赶快回到迈锡尼。

伊菲革涅亚被女神阿耳忒弥斯从祭台上带走以后,就把她送到了攸克辛海岸——遥远的陶里斯去了。伊菲革涅亚从此成为了女神的女祭司。

希腊人远航特洛伊

这一次希腊人远征特洛伊的旅途十分顺利。海面上的顺风推着船队劈波斩浪地飞速前进。雷姆诺斯岛海岸已经隐约可见,而就在距雷姆诺斯岛不远的地方,有一座叫克律塞的小岛。小岛的庇护者、神女克律塞的祭坛就建在这座荒凉的小岛上。希腊人曾听到过这样的预言:只有途中停靠在克律塞岛上岛献祭,他们才能成功地攻下特洛伊城。因此他们必须找到这个祭坛,然后在祭坛上向女神献祭,这个小岛的祭坛还是从前伟大的英雄伊阿宋率领着阿耳戈船英雄到科尔喀斯夺取金羊毛期间由伊阿宋建造的。宙斯的伟大儿子赫拉克勒斯因为受辱要报复拉俄墨冬,准备远征特洛伊的时候,也是在这个祭坛上献祭的。赫拉克勒斯的朋友菲罗克忒忒斯对这座祭

坛的位置很了解，他自告奋勇将诸位英雄带去祭坛。于是英雄们的各路首领跟随菲罗克忒忒斯一起去了。这个小岛荒无人烟，低矮的灌木丛四处蔓延。不一会儿，他们就看见了早已半瘫塌的祭坛。就在诸位英雄们向祭坛走去的时候，灌木丛中突然爬出了一条又粗又长的毒蛇，它是在这个祭坛的守卫，它狠狠咬了菲罗克忒忒斯的脚一口。菲罗克忒忒斯大叫一声，倒在地上。等英雄们跑到他身边时，蛇毒早已侵入体内。菲罗克忒忒斯难忍剧疼，日夜不停地呻吟。脓血不断从伤口中涌出，它的伤口中散发出阵阵恶臭，四周的空气被污染得臭不可闻。希腊将士不得安宁，大家纷纷抱怨。最后，希腊军队的首领们决定采纳奥德修斯的建议，将赫拉克勒斯这位不幸的朋友随便扔到某个海岸上。于是就在船队途经雷姆诺斯岛的时候，希腊军队的各位首领下令将处在昏睡中的菲罗克忒忒斯抬到雷姆诺斯岛那荒凉的海岸边。他们将菲罗克忒忒斯安置在山岩间，把他的弓箭以及衣物、食品摆到他身边。他们就这样抛弃了这位英雄，但因为缺少了这位英雄的弓箭，希腊军队就无法攻破特洛伊城了。足足过了九年，希腊人才不得不来到岛上找到菲罗克忒忒斯，向他寻求帮助，同时也结束了他在这荒凉的海岸上经受的苦难。但那已经是特洛伊战争进行到第十年的时候了。

撇下菲罗克忒忒斯后，希腊军队又继续前行，他们终于到达了特洛伊的海岸边，在那里，有无穷无尽的危难在等待着他们，而他们又注定在克服危难之后获得伟大的功勋。

九年攻特洛伊

希腊人发现到达了目的地，禁不住欢呼雀跃，终于要结束这漫长的航程了。然而等他们驶近海岸边，特洛伊国王普里阿摩斯那骁勇善战的儿子赫克托耳早已率领着强大的特洛伊军队站在海岸上严阵以待了。希腊军队该怎样才能靠岸登陆呢？在英雄的心中都很清楚，第一个登上特洛伊土地的人注定会死亡。尽管希腊将士渴望建立丰功伟绩，但没有人希望死亡，他们犹豫着，迟疑不决。聪明的英雄奥德修斯为了鼓励诸位英雄登陆，又能保证自己的安全,就把盾牌先抛到岸上,然后再从船上轻巧地跳到盾牌上。而英雄普洛忒西拉俄斯一见奥德修斯已经跳到岸上,就以为奥德修斯踩在了特洛伊的土地上。于是就以为奥德修斯是第一个踏上特洛伊土地的希腊人。普洛忒西拉俄斯的心中充满了对建立功勋的渴望,不顾一切地从船上跳到岸上,拔出利剑向敌群冲去。但是他遇上了身强力壮的赫克托耳。赫克托耳抖起手中沉重的长枪,给了年轻的普洛忒西拉俄斯致命的一击。普洛忒西拉俄斯立即倒下死去了,成为了第一个以自己的鲜血将特洛伊土地染红的人。这时希腊将士齐刷刷跳下战船,向敌军扑去。这一场打得天昏地暗,特洛伊军队节节败退,他们撤回了易守难攻的特洛伊城。到了第二天,双方商定暂时休战,用这个时间清理和安葬各自阵亡的将士。

希腊军队将所有死者安葬后,开始着手建筑坚固的营寨。他们把战船一个个拖上岸,在西革翁山和洛忒翁山间的海岸边摆开,构成一道长长的营垒。然后在面对特洛伊的这一边修建起土墙,又挖掘了壕沟,建起防御工事。而阿喀琉斯与大埃阿斯的营帐设在营寨两头,以便能够时刻监视敌军,来防止特洛伊军队的偷袭。阿伽门农被希腊人选为联军统帅,他豪华的中军大帐耸立在营寨中央。阿伽门农的营帐旁,有一块空地用来召开公民大会。足智多谋的奥德修斯也把自己的大帐设在了公民大会广场之旁,方便能够随时出席公民大会,全面了解军营内所发生的一切重大事情。虽然他当初并不愿意参加这次远征,但是现在他仍然成为了特洛伊人的敌人。因此他也希望希腊军队无论如何都要攻克特洛伊城,摧毁整个特洛伊。

希腊人修建加固了营寨后,就派墨涅拉俄斯国王与足智多谋的奥德修斯一起去与和特洛伊人谈判。明理的安忒诺耳将这两个人请到自己家中,并热情接待,并且为他们设下了丰盛的宴席。安忒诺耳是真心赞成双方能够和平解决的,他愿意满足墨涅拉俄斯的两项合理要求,签订和约。特洛伊国王普里阿摩斯一听到希腊联军的使者到来,立即准备召开公民大会,想要答应墨涅拉俄斯的要求。这次公民大会上墨涅拉俄斯与奥德修斯也有出席。墨涅拉俄斯在会上做了简短而有力的发言,说明了自己的合理要求,要

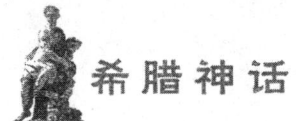

希腊神话

求特洛伊人将他妻子海伦以及被帕里斯窃去的珍宝归还。继墨涅拉俄斯之后，奥德修斯也作出了发言。这位足智多谋的伊塔刻岛国王那些鞭辟入里的语言，令特洛伊人各个都深受感动。他用生动的语言劝说特洛伊人满足墨涅拉俄斯提出的合理要求。于是，特洛伊人民便在公民大会上作出决定，准备接受墨涅拉俄斯提出的条件。如今，就连美丽的海伦也为自己当初的轻浮感到后悔，感到自己实在不应该为了帕里斯就离开丈夫墨涅拉俄斯和自己的家。安忒诺耳也劝说大家满足墨涅拉俄斯提出的要求。他很清楚，如果特洛伊人和希腊人间发生战争，那将会带来无数灾难。然而普里阿摩斯的几个儿子，特别是帕里斯，不愿与希腊人缔结和约。他不愿交出海伦！不要交出那些掳来的珍宝！他不服从公民大会的决定，而他的兄弟也站在他这一边。帕里斯收买了安提玛科斯，因此安提玛科斯要求特洛伊人把墨涅拉俄斯绑起来，斩首示众。然而普里阿摩斯与赫克托耳驳回了这个荒唐的想法，他俩不允许人们伤害这些受雷神宙斯庇护的使臣。公民大会上的意见始终无法统一。

就在这时，特洛伊城的祭祀、普里阿摩斯之子赫勒诺斯站了出来，他让特洛伊人不必害怕和希腊人发生战争，众神早已答应了要帮助特洛伊人。特洛伊人在赫勒诺斯的煽动下，拒绝了墨涅拉俄斯提出的要求。希腊使节一无所获地从特洛伊城离开了。事到如今，特洛伊人和希腊人之间的战争一触即发，一场血腥厮杀不可避免了。

最先，特洛伊人坚守着易守难攻的特洛伊城，一步不出，就连大英雄赫克托耳也不出城应战。在城下，是团团包围的希腊军队，他们先后发动了三次强攻，但一次也没成功。于是，希腊大军开始从扫清特洛伊城的外围着手，水陆并进，对所有与特洛伊结盟的城邦先予讨伐，将它们都攻占了。在这些征讨作战中表现最突出、最英勇善战的阿喀琉斯。忒涅多斯岛、勒斯玻斯岛以及珀达索斯和吕耳涅索斯等城邦都先后被希腊军队攻占了。特洛伊境内的许多其他城市也被希腊军队摧毁了，赫克托耳的岳丈厄斯提翁所统治的忒拜城也被占领了。安德洛玛刻的七个兄弟在一天之内都被阿喀琉斯斩杀了,国王厄斯提翁也战死了。阿喀琉斯并没有侮辱厄斯提翁的尸体,他怕招来众神的愤怒,把厄斯提翁的尸体好好安葬了。而安德洛玛刻的母亲成了俘虏,被希腊人带回营寨。阿喀琉斯从忒拜城内缴获了大量的战利品。他阿波罗的祭司克律塞斯那美丽的女儿克律塞伊斯被俘虏了,希腊将士把这个女孩儿分给了阿伽门农。

特洛伊城的四周都被希腊军队扫平了,特洛伊城成了一座孤城。特洛伊城内的人都不敢出城,一出城就有被杀死或俘获,被卖为奴隶的可能。

特洛伊城被围了整整九年,城里的居民在这期间受尽了苦难。无数英雄在此期间阵亡,城里的居民为此时常哀哭。但他们没有料到,最艰难的第十年即将到来,最大的苦难就要出现了,特洛伊即将沦陷。

经过九年的苦战,希腊军队也历尽艰辛,很多英雄都死在了敌人手中。连聪明超群的英雄帕拉墨得斯也命丧黄泉,但是他并非死于敌人之手。而是被智谋多端的奥德修斯在仇恨和嫉妒中害死了。帕拉墨得斯给希腊军队提出了很多高明的建议,不止一次给希腊军队提供了可贵的帮助。他寻找草药,为希腊将士们医治伤病,他还建立了灯塔,让出征作战的水军能够在漆黑的深夜也能顺利返回港口。帕拉墨得斯在希腊将士中深受敬重,将士们对他的建议言听计从。但是就因为如此,奥德修斯对他产生了憎恨。奥德修斯发现,希腊将士对帕拉墨得斯的信任和敬佩,远远超过信服他奥德修斯。更何况,奥德修斯当初为逃避加入征讨特洛伊的队伍而装疯卖傻时,也是帕拉墨得斯将他的诡计揭穿的。每次想到这里,他都会对帕拉墨得斯产生更加强烈的仇恨。因此,长久以来奥德修斯都处心积虑地想要谋害帕拉墨得斯。终于,他找到了一个机会。这时,帕拉墨得斯向希腊联军建议暂时终止战争,回到故乡。奥德修斯便利用这个机会,想出了一个非常阴险的计划。他趁着黑夜,把一袋金子悄悄塞进了帕拉墨得斯的营帐里,然后散布谣言说,帕拉墨得斯之所以建议希腊军队停止围攻特洛伊,不是无缘无故的,他出这种主意是因为早就被普里阿摩斯收买了。另外,希腊联军中也有一些人对帕拉墨得斯感到不满。在他们看来,要是听了帕拉墨得斯的建议停

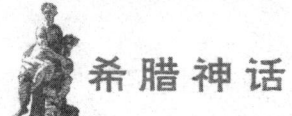

止攻城,那他们就会失去攻克特洛伊城后夺取大量战利品的机会。因此这些人乐于相信奥德修斯给帕拉墨得斯制造的谣言。看到越来越多的人逐渐相信帕拉墨得斯已经叛变,奥德修斯又散布了另一个谣言,以便让众人更加深信帕拉墨得斯确实被普里阿摩斯收买。然后他向阿伽门农报告,说一个佛律癸亚籍的俘虏是帕拉墨得斯和普里阿摩斯之间的联络员,而这个佛律癸亚人刚离开希腊人的军营要去特洛伊的时候,就被奥德修斯手下的士兵抓获,并处死了。原来,奥德修斯曾经假托普里阿摩斯的名义写了一封信给帕拉墨得斯,信里说到,普里阿摩斯把那袋金子作为送给帕拉墨得斯的礼物,就是他劝说希腊军队停止围攻特洛伊、撤回故乡的酬劳。奥德修斯把这封信给了佛律癸亚籍俘虏,让他把信给普里阿摩斯送去。就在这个佛律癸亚人刚从希腊人的军营做出去的时候,奥德修斯手下的士兵一拥而上,把他杀死,把信交给了自己的国王。奥德修斯拿起这封信匆匆来到阿伽门农的营帐中。阿伽门农看过信后,立刻将希腊各部分军队的首领召集到自己的营帐中。帕拉墨得斯也应召前来,但他预料不到自己面临着可怕的危险。奥德修斯当着诸位首领,以这封信为证据指控帕拉墨得斯叛变。帕拉墨得斯虽然竭力分辩,试图向众人说明自己从来没有叛变的念头,但只是徒劳而已。在奥德修斯的建议下,众人搜查了帕拉墨得斯的帐篷,结果真的在他的营帐里找到了一袋金子。于是所有人都对帕拉墨得斯是叛徒这件事深信不疑。当即成立了法庭,判处拉墨得斯死刑,处死他的方式就是用石块砸死。清白的帕拉墨得斯被套上了沉重的锁链,带到海边准备行刑。帕拉墨得斯苦苦恳求,向希腊将士解释它的清白,恳求大家不要对他这样一个毫无罪过的人施以如此凶残难堪的死刑,但解释是徒然无功的,没有人愿意再听他这个被扣上叛徒罪名的人的话。帕拉墨得斯临刑时没有发出一声呻吟,更没有抱怨一句,只轻轻向天空这样说到:

"真理啊,我替你感到惋惜,因为你在我之前就已经死亡了。"

这句话一说完,希腊最高尚、最英明的英雄就死去了,无论他为希腊人提供了多么多、多么重大的帮助,也不能将他挽救。不久后,希腊人就为杀死帕拉墨得斯付出了惨痛的代价。优卑亚国王瑙普利俄斯——帕拉墨得斯的父亲为儿子的惨死报复了希腊人。

阿伽门农痛恨叛徒,所以在处死帕拉墨得斯以后,还要让他的灵魂四处漂泊,永远无法安宁。他不准别人安葬帕拉墨得斯,将他的尸首暴尸于海岸,以便让凶禽猛兽前来撕食。不过大埃阿斯实在不忍心,他不相信帕拉墨得斯会叛变,于是为帕拉墨得斯举行了隆重的葬礼,将帕拉墨得斯体面地安葬了。

阿喀琉斯和阿伽门农不和

希腊军队围攻特洛伊城九年之后,具有决定意义、战况也最激烈的第十年来临了。这一年年初,克律塞伊斯的父亲,阿波罗的祭司克律塞斯来到了希腊人的军营。他来到所有希腊将士面前,先恳求他们的首领,把他的女儿克律塞伊斯还给她,他愿为此支付巨额赎金。众人被克律塞斯的恳求打动了,愿意用克律塞伊斯交换巨额赎金。但是强大的国王阿伽门农却因此勃然大怒,怒气冲冲地叫骂着,发誓绝不归还克律塞伊斯,然后把克律塞斯赶走了。

满怀恐惧地从希腊人的军营离开后,克律塞斯走向海边,他悲愤地站在海边,伸出双手向太阳神阿波罗祷告:

"太阳之神啊,请为你忠实的仆人结束苦恼吧!请你用你的箭向希腊人报仇,好解除我的忧伤和委屈。"

祭司克律塞斯的怨诉传到了阿波罗耳边。阿波罗胸中燃起熊熊怒火,他挎上自己的弓和箭筒,许多金箭在箭筒中威严可怖地震响,他离开光明的奥林匹斯山向这里飞来,向希腊人的军营飞去,他的脸色阴沉,比黑夜更阴暗。当他驰抵阿开亚人的军营前,立即从箭筒中取出一支金箭向军营中射去。阿波罗那银弓的弓弦接连不断地嗡嗡的威严响起,第二支、第三支箭……相继射出。箭如同闪电般,带着死亡的气息朝希腊人的军营中飞去。希腊军队中生出了可怕的疫病,很多希腊将士都倒下了。四处都有葬化的篝火在熊熊

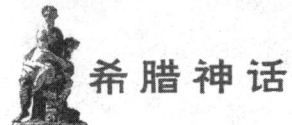

的燃烧,希腊人灭亡的时候似乎已经来临了。

瘟疫在军营中整整肆虐了九天。到了第十天,阿喀琉斯向赫拉寻求建议,根据赫拉的旨意,他将所有英雄召集在一起举行公民大会,一起商议一个能让众神开恩对策。等到所有将士到齐之后,阿喀琉斯就发言了,他先对阿伽门农说:

"伟大的阿特柔斯之子,我们必须要返航回故乡去了。现在你看到了,我们的将士不仅死在战场上,而且还会因为瘟疫毙命。我们应当先问问那些先知,他们或许会让我们知道,银弓之神阿波罗是怎样被惹怒了,为什么他要把这可怕的疫病降到我们的军队中来。"

阿喀琉斯的话音才落,曾无数次为希腊人展现了众神旨意的祭祀卡尔卡斯就站了起来。他说,他可以将银弓之神发怒的原因告诉大家,只不过有一个条件:阿喀琉斯一定要保证他的安全,令国王阿伽门农不能伤害他。阿喀琉斯向阿波罗发誓,他保证一定会让卡尔卡斯安全。于是卡尔卡斯说出了瘟疫发生的原因:

"神圣的阿波罗发怒的原因是:国王阿伽门农令他的祭司克律塞伊斯受到了侮辱,阿伽门农不仅不答应他以高额赎金赎回女儿的要求,还将克律塞斯驱逐出希腊军营。现在,我们唯一的办法是把黑眼睛的克律塞伊斯还给她父亲,然后还要用一百头公牛给阿波罗献祭,只有这样阿波罗才能宽恕我们。"

卡尔卡斯的这番话令阿伽门农燃起熊熊怒火,他也恨起了阿喀琉斯。但由于要保证整个希腊部队,他知道不能再拒绝把克律塞伊斯还给她父亲,万不得已就只得同意,但是他要求自己独占克律塞伊斯的所有赎金。阿喀琉斯便责骂阿伽门农自私贪财,这让阿伽门农更加生气。他扬言要利用自己的权利,将阿喀琉斯、埃阿斯或者奥德修斯三人中某人应当分得的赎金据为己有。

阿喀琉斯气得破口大骂。说阿伽门农是个奸诈无耻的财迷。他们平时分得的奖赏就从来比不上阿伽门农,现在阿伽门农还要把属于他们的一份夺走。希腊人到此作战并非是为了自己,都是为了帮助阿伽门农和墨涅拉俄斯。要是他还想从自己手中将那些因建立卓著的战功而应得的一份战利品夺走,那还不如回故乡佛提亚去,他们不愿意为了让他增加战利品和珍宝做战。

听了阿喀琉斯这番话,阿伽门农却不害怕。反而说阿喀琉斯是在无事生非,试图挑起争吵。他对自己手中的权力信心满满,他会将克律塞伊斯还给他的父亲,但也要惩罚这些人,让他们再也不敢违抗他的命令!

阿伽门农的这番恫吓,让阿喀琉斯暴跳如雷,这个忒提斯的儿子一把握住剑柄,将利剑从剑鞘中拔出一半,朝着阿伽门农冲过去。就在这时,阿喀琉斯感到有人正在轻轻地触摸他的头发。他回头一看,不禁吓了一个趔趄。在他身后,站着雷神宙斯的女儿雅典娜,除了他自己,没有人能看得见她。雅典娜是被赫拉派来的,赫拉不希望阿喀琉斯或阿伽门农中的任何一个死去,她对这两位英雄给予了一样的宠爱。阿喀琉斯降低声音,颤抖着问雅典娜:

"伟大的雷神宙斯之女,为什么你从光明的奥林匹斯山上离开?你是不是为了到这里看看阿伽门农是怎样逞狂的?看吧,他即将被自己的骄横葬送了!"

但是雅典娜告诉阿喀琉斯,他到这里来并不是为了这个。她是来为你止怒的,希望他能够服从奥林匹斯众神的意志。雅典娜让阿喀琉斯不要拔剑,就用唇枪舌剑狠狠地抨击阿伽门农。她要阿喀琉斯相信,不久的将来,他会在同一个地方,因为今天受到的委屈得到数倍的补偿。

阿喀琉斯顺从了众神的意志,将拔出的剑插回了剑鞘,雅典娜返回了光明的奥林匹斯山。

阿喀琉斯对着阿伽门农大喊,说了很多满含怒气的话,他咒骂阿伽门农!骂他是个吸血鬼、胆小鬼、恶心的臭狗。他甚至把自己的权杖扔到地上,以此发誓,总有一天阿伽门农会来求他帮助攻打特洛伊的,但是,那时阿伽门农再来求他就为时已晚了,就因为阿伽门农给了他凶残的侮辱。尽管英

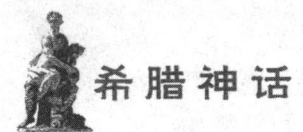
希腊神话

明睿智的皮罗斯老国王涅斯托耳努力在争吵的双方中调解,但却是白费功夫,阿伽门农听不进劝告,阿喀琉斯胸中燃烧着对阿伽门农的强烈愤恨,无论如何不肯和解。最后,阿喀琉斯和朋友帕特洛克罗斯一起,率领着英勇善战的密耳弥多涅人满怀怒气地回到了自己的营帐。

与此同时,阿伽门农吩咐奥德修斯率领一艘快船下海,带上献给阿波罗的祭品以及克律塞斯美丽的女儿,向厄斯提翁所在的城市忒拜进发。在军营中的希腊将士就按照神谕的指示向阿波罗献上大量祭品,以祈求太阳神的宽恕,将军中的瘟疫消除。

在忒拜,奥德修斯率领的海船在茫茫大海上劈波斩浪地飞速行进,终于驶抵了港口。希腊人在奥德修斯带领下,离船上岸,将克律塞伊斯护送去往她父亲的家。到了那里,奥德修斯请求克律塞斯向伟大的阿波罗祈求,希望他能够宽恕希腊将士,免除希腊人深重的灾难。

看到女儿归来,年老的克律塞斯惊喜万分,他紧紧地搂住克律塞伊斯,充满了怜爱。于是人们立即开始向阿波罗献祭。克律塞斯向银弓之神祷告,现在自己的女儿已经归来,希腊人认识到了错误,就请免除希腊人的灾难,将致命的瘟疫除掉!

克律塞斯的祈求奏效了,阿波罗制止了流行在希腊军营中的疫病。在向阿波罗献祭后,克律塞斯举行了盛大的宴会,请所有前来忒拜的希腊人开心地畅饮。许多英俊的少年在宴席上来回奔走,把客人们的酒杯斟得满满的。希腊的将士们高唱着赞美阿波罗的颂歌,那美妙的歌声满世界传扬。这个宴会一直持续到日暮才结束。第二天一早,奥德修斯和其余的希腊将士一觉醒来精神焕发,登上了回到大营的归程。阿波罗为他们派去顺风,让船如海鸥般在波浪之间飞驰,不一会儿就到了希腊人的军营。士兵们将船拖上岸,就各自返回了营帐。就在奥德修斯率队去忒拜期间,阿伽门农做出了他威胁阿喀琉斯时说过要做的事情。他将阿喀琉斯的女奴强行抢走了,阿喀琉斯感到悲伤失望,为希腊将士的前路担忧不已。

阿喀琉斯悲伤地落下了眼泪,从朋友身边离开,独自一人到了空旷的海岸边。他面对大海张开双臂,高声呼唤着母亲忒提斯,诉说自己心中的苦闷,气愤地控诉阿伽门农对自己的不公,请求母亲帮助自己解除痛苦。

阿喀琉斯的呼唤让神女忒提斯从海底深渊离开,她与涅柔斯那华丽的宫殿告别了,如同一朵轻飘的云彩般从泡沫飞溅的浪涛中轻盈地浮了上来。忒提斯来到海岸,在心爱的儿子身边坐下,将儿子搂在怀里,柔声安慰,询问发生了什么事。

阿喀琉斯对母亲诉说了阿伽门农是怎样粗暴地侮辱了他。他向母亲恳求,求她飞到光明的奥林匹斯山上去,让伟大的宙斯惩罚阿伽门农,让宙斯帮助特洛伊人把希腊军队赶回战船上去。这样,阿伽门农就会知道,对希腊最勇敢的英雄进行侮辱是多么不明智。阿喀琉斯对母亲说,只要对宙斯提到当初的往事——那时奥林匹斯众神妄图将宙斯推下王位,并且给宙斯戴上镣铐,而正是忒提斯请来了百臂巨人布里阿瑞俄斯才把宙斯解救出来。奥林匹斯众神被百臂巨人的威严震慑,再也不敢试图加害宙斯。阿喀琉斯认为,只要忒提斯对宙斯提起这件往事,那么宙斯就不能拒绝她的请求。他不断地央求母亲去找宙斯。

忒提斯听了心爱的儿子的讲述,心中也很痛苦。他对这个一生下来就注定寿命不会长久的儿子充满怜爱。她的儿子明明离生命尽头已经不远,但还要遭遇比别人更多的不幸。他答应儿子会到光明的奥林匹斯山上去,恳求宙斯给予帮助。还嘱咐阿喀琉斯一定要待在帐篷里,不要别去参加战斗。宙斯现在不在奥林匹斯山上,他和所有永生的神一同到埃塞俄比亚人举行的宴会上去了。必须要等到十二天之后才会回来,到那时,忒提斯就会请求宙斯帮助她的儿子!

就这样忒提斯告别了满腹忧愁的儿子,阿喀琉斯回到了英勇善战的密耳弥多涅人营帐中,闭门不出。从这一天开始,他没有出席首领会议,也没有参加战斗,尽管他渴望取得战斗荣誉,也只是愁苦地在自己的帐篷里坐着。

很快,就这样过去了十一天。到了第十二天一大早,忒提斯女神就裹在

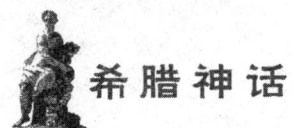

灰蒙蒙的云雾中从海底赶到奥林匹斯山。一到奥林匹斯山,她就在宙斯面前跪倒,紧抱着他的双膝,伸出双手一遍又一遍抚摸他的胡子,向他恳求,求他帮助自己为儿子复仇。

忒提斯讲述了儿子遭遇的粗暴与侮辱,请求宙斯向特洛伊人取胜,以便让希腊人不得不寻求阿喀琉斯的帮助,要重新对阿喀琉斯表示恭敬。

面对忒提斯的再三央求,宙斯久久沉默着,没有回答。过了很久,才长长地叹了一口气,威严地皱起眉头,连头上的毛发也都竖了起来,说到:

"忒提斯,我很想帮助你,但是这样一来,就会激起赫拉的愤恨。她本来就一直怪我偏袒特洛伊人。不过我会帮助你,你快从巍峨的奥林匹斯山离开吧,别让赫拉看见你。我一定满足你的要求,以表示我履行诺言。"

宙斯的声音令整座奥林匹斯山为之颤抖。忒提斯听到宙斯的承诺放了心,匆忙离开了奥林匹斯山,回到了海底。

但是赫拉看到忒提斯来找宙斯。于是在众神聚首畅饮的宴会上她责问他到底有什么阴谋。宙斯让赫拉不要随便打听这些事情,但是赫拉不肯服从,于是两人间爆发了激烈的争吵。幸亏赫菲斯托斯提起当年自己因帮助母亲而被宙斯贬为凡人的往事,才去劝阻了赫拉,使得奥林匹斯山回到了安宁的生活。

公民大会

而就在奥林匹斯山上的众神安宁祥和地入睡之时。雷神宙斯望着同样沉入酣梦之中的希腊人的军营与特洛伊城的军营,开始考虑如何帮助受辱的阿喀琉斯复仇。最后他决定先让阿伽门农做一个带有神谕的梦。宙斯将幻梦之神找来,让他潜入希腊人的军营,让阿伽门农做一个幻梦,鼓动他带着希腊将士投入战斗。欺骗他说,今天他一定能将特洛伊城攻占下来,就说因为赫拉将所有的神都说服了,没有人帮助特洛伊军队。特洛伊城现在已在毁灭的面前了。

梦神化为阿伽门农最敬重的长老涅斯托耳,潜入阿伽门农的梦中,把宙斯吩咐他的话一一告诉了阿伽门农。阿伽门农醒后,梦中听到的言语在耳边不断回响。伟大的迈锡尼国王匆匆起身,穿上华丽的衣衫,手执着金权杖,来到了希腊战船搁置的海岸上。此刻朝霞满天,天空中一片灿烂。阿伽门农让传令官将所有将士召集到一起,召开公民大会。他在涅斯托耳的战船旁,对各部分军队的首领讲述了那个带有神谕的幻梦。

首领们于是一致同意展开战斗。不过阿伽门农还想在军队开赴特洛伊城外的战场之前,先对他们试探一番,他首先在公民大会上提议返回故乡。而正在诸位首领商议的时候,无数士兵来到了会场。公民大会的会场上聚集了数不清的人,嘈杂声不断,好像山洞中飞出来的蜂群吵闹。传令官们竭尽全力,才维持好秩序,让大家都安静下来,好让诸位国王——宙斯的后裔们可以发言。第一个发言的是阿伽门农,他手持权杖站起身,对众人谈起战争为国家和人民带来了沉重负担,何况对特洛伊城围困九年也未能取胜,看来希腊人攻破坚固的特洛伊城无望,所以只好无功而返,撤回祖国了。似乎这也正是众神的希望。阿伽门农在会上这样一说,激起了希腊将士们的思乡之情,他们大声喊叫着,争先恐后地向战船冲去。大地被他们奔跑的脚步声震动着,滚滚的尘土腾空而起。军营四处都传出高声的呼喊,大家急急将战船推下水,都期望早点返航回故乡。

希腊将士呼喊着,呐喊声一直传到了奥林匹斯山上。赫拉很怕希腊人不再围困特洛伊城,连忙派雅典娜到希腊人的军营离去,阻止他们撤离。雅典娜像狂风一般,飞快地从奥林匹斯山飞到了希腊人的军营中,在奥德修斯前现身,询问他为什么要离开这里。难道他们一致决定不再进攻,难道希腊人要把美丽的海伦永远留下,好让普里阿摩斯与全体特洛伊人都高兴?她让奥德修斯快去说服大家,不要放弃围困特洛伊!

女神威严的声音令奥德修斯震惊,他马上扔掉斗篷,跑到战船旁边。一把夺过迎面而来的阿伽门农手中那代表最高权力的权杖,把所有的首领和士兵拦住,劝说他们不要将战船推下水返航,要快回去继续参加公民大会。奥德修斯挥舞着权杖殴打那些吵闹得特别厉害、急于返回家的士兵。人们

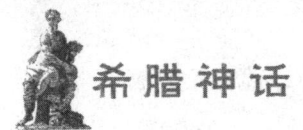
希腊神话

只好回到原先集会的场所。人群高声呼喊着,像飓风袭来的大海上的浪涛,不断拍击着海岸上的山岩,雷鸣般轰隆隆地发出巨响。大家只好回到自己的位置上,再次安静下来。唯有一直仇视奥德修斯和阿喀琉斯的忒耳西忒斯一人继续在大叫大嚷。他尖声喊叫着,辱骂阿伽门农,说阿伽门农在战争中捞足了战利品和女奴,明明是士兵俘虏了特洛伊的贵族,但是阿伽门农却从中大捞赎金。忒耳西忒斯在人群中造谣,呼喊着让大家尽快返回故乡,让阿伽门农一个人留在特洛伊城下。以便让阿特柔斯的这个儿子知道,是士兵在战斗中给他帮了大忙。忒耳西忒斯竭尽所能将阿伽门农大骂一顿,而且谴责阿伽门农对阿喀琉斯进行了粗暴的侮辱,还指责阿喀琉斯是个胆怯畏缩的家伙。奥德修斯被忒耳西忒斯吵闹得怒火满堂,威严地挥起了权杖,对着忒耳西忒斯的背上猛击。忒耳西忒斯的背上顿时鼓起一道血红的印痕,他疼得泪如雨下,不禁吓得瑟瑟发抖,再也不敢说话。在场的人被忒耳西忒斯这副样子逗得忍不住大笑起来,他们称赞奥德修斯,尽管他在会场与战场上建立过很多丰功伟绩,但这是他最伟大的功绩。他制服了饶舌的忒耳西忒斯!这下再不会有人辱骂受到宙斯宠爱的国王们了。

　　接着,奥德修斯在公民大会上发言,由雅典娜化身的传令兵就站在他身旁。奥德修斯对希腊将士说,如果就这样从特洛伊撤离返回故乡,就不光是阿伽门农蒙受耻辱,所有人都会被耻笑。敌人会嘲笑他们因胆怯而逃回家乡?又重申了卡尔卡斯的预言,以及当初在奥利斯港宙斯降下的预兆,劝说希腊将士忍耐。在战争进行到第十年,希腊人就会攻克特洛伊城。奥德修斯的话又将大家建立战功的强烈欲望激起来了。希腊将士对奥德修斯的话高声赞同,就在这时,智慧的长者涅斯托耳从人群中站出来,人们立刻安静下来。涅斯托耳提出希腊军队留来与特洛伊人继续战斗的建议,并且提议在作战中要按部落或家族编组军队,以便相互支援。如此一来,便可对部落的首领和将士的勇敢和畏怯了解的一清二楚。特洛伊城至今尚未攻克的原因也就会清楚了。阿伽门农赞同这个意见,下达了让将士们先去吃饭休息,然后就准备投入到无法歇息的血腥战斗中的命令。而那些待在战船旁边逃

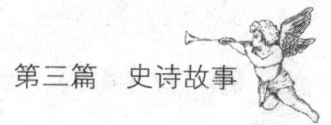

避参战的人,就倒霉去吧,让恶狗和猛禽把他们吃掉。

公民大会就在全军将士的齐声高喊声中结束了,希腊将士纷纷赶回营帐,升起袅袅炊烟。准备在投入战斗前先饱餐一顿,以增强体力。每个人都向神献祭,祈求在血战时得到神的保护。阿伽门农首先向宙斯敬献了祭品。他与希腊著名的英雄们站在四周,祭台旁摆上一头肥壮的公牛,向宙斯祈求保佑希腊人取得胜利。但是阿伽门农的祈祷没有被伟大的宙斯接受,这一天他为骄傲的迈锡尼国王安排好了了很多挫折。等到献祭结束,筵席完毕,涅斯托耳就催促各部首领率军向战场行进。

各位首领匆匆赶回了自己的部队中。将所属将士编成了战斗队形,然后开赴至特洛伊城下。在士兵和战马脚下的大地不断呻吟。整个斯卡曼德洛斯河谷都布满了军队。将士们的心中燃烧起与特洛伊人厮杀的欲望。雅典娜不停地穿梭在队伍中,给士兵们的心中灌输百折不挠的勇气,以便激励他们能够勇敢地投入战斗。阿伽门农率领着各部首领乘坐着战车,在部队前头行进,他威严出众,如同雷神宙斯一般。士兵们迈着整齐的步伐,一列又一列紧紧跟随,向着特洛伊城下开赴。

墨涅拉俄斯与帕里斯决斗

特洛伊人得到希腊大军向城下逼近的消息,于是赫克托耳立即召开大会。

特洛伊军队和盟国军队披挂整齐,拉开战斗队形,将特洛伊城门打开,军队浩浩荡荡地从各座城门一批批依次开出,他们高声呐喊着,如同排排迁飞的大雁一般。但是希腊军队安静威严,静悄悄地降临特洛伊城下,唯有大军行进卷起的尘土遮蔽了整个原野。

两军才相遇时,并没有交战。英俊的帕里斯身披着豹皮斗篷,肩挎起弓与箭筒,一把锋利的宝剑佩带在腰间,手里握着两杆长枪,从特洛伊军队中走了出来,向希腊军队挑战。他要求对方找出一位英雄和他单独对战。而他的仇人墨涅拉俄斯一见帕里斯,二话不说就从战车上跳下,手握着寒光闪

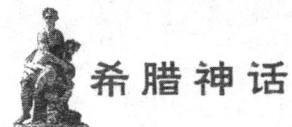

希腊神话

闪的兵器冲他走了过去。墨涅拉俄斯的表情就像一头雄狮突然发现寻找已久的猎物,眼中闪着光,正视帕里斯,现在他终于可以向拐走妻子海伦的仇人复仇了。

帕里斯被墨涅拉俄斯的神情吓坏了,心头禁不住猛地颤动起来,他被死亡的威胁吓坏了,急忙又退回了本方的战阵里。赫克托耳生气地责骂弟弟胆怯。

帕里斯被哥哥这样一说,决定马上与墨涅拉俄斯决斗。

赫克托耳见帕里斯这样说,便命令特洛伊军队停止前进。而希腊人则准备向赫克托耳放箭,其中有些人已经向他投掷了石块。但阿伽门农制止了他们,让赫克托耳上前对他讲话。

不久,双方军队都安静了下来,赫克托耳告诉阿伽门农,帕里斯打算用单独决斗来解决这场因海伦而起的争端。墨涅拉俄斯同意以这种方式停止血腥的战争。等他和帕里斯厮杀,而其中一人死掉后。双方就签订和约。但是在他们向众神献祭后,就要让普里阿摩斯在决斗前发誓。

墨涅拉俄斯提出的建议,令所有人都同意了。赫克托耳马上就派传令兵去请普里阿摩斯。

就在这时,女神伊里斯化作普里阿摩斯之女——美丽的拉俄狄刻邀请海伦登上斯开亚城门上的城楼。而以普里阿摩斯为首的各位特洛伊元老就聚集在城楼上,打算观看帕里斯与墨涅拉俄斯的决斗。海伦衣着华丽,被两名女仆搀扶着,匆匆走来。此时,海伦心中思念前夫,想念着故乡,想念可爱的斯巴达,于是忍不住落下了颗颗泪珠。特洛伊的元老也被海伦的美貌惊呆。他们交头接耳,窃窃私语道:

"的确,由这样一位美丽绝伦的女人引发的血腥战争,既不能怪希腊人,也不能怪特洛伊人。她拥有无比的美貌,但尽管她如此美丽,也还是让她回希腊去最好,只有这样,特洛伊人才能不再受死亡的威胁。"

普里阿摩斯将海伦叫到身边,请她介绍一下城墙下的那些希腊英雄的情况。于是海伦就把阿伽门农、奥德修斯、大埃阿斯,以及克里特国王伊墨

第三篇 史诗故事

纽斯都对普里阿摩斯作了介绍。普里阿摩斯被这些英雄们英俊的面容与威武强健的体魄惊呆了。正在这时,赫克托耳派人请普里阿摩斯前往两军阵前。

老普里阿摩斯受到了阿伽门农和奥德修斯的起立迎候。他们一同向奥林匹斯众神敬献了祭品,庄严的立下遵守和约的誓言。然后普里阿摩斯返回了特洛伊城。因为他不愿观看到儿子帕里斯和强健的墨涅拉俄斯之间的决斗,他知道这次决斗中谁会丧命。

普里阿摩斯离开战场以后。赫克托耳和奥德修斯共同量出了决斗的场地,接着做好了写有两方人名的阄放到头盔中。他们晃动起头盔,看谁的阄先掉出来,谁就先投掷长枪。后来帕里斯的阄先掉了出来。

帕里斯与墨涅拉俄斯全副武装进入了决斗场,抖动起手中沉重的长枪。眼中闪起阴森恐怖的亮光,眼睛里燃烧起仇恨和愤怒的烈焰。帕里斯手一抖,把长枪向墨涅拉俄斯投去。长枪沉重地击中了墨涅拉俄斯那宽大的盾牌,但却没有把它击穿。当尖利的枪尖碰到包覆在盾牌表面上的铜皮时就弯曲了。墨涅拉俄斯就在这时向宙斯大声呼喊,祈求给他帮助,让他得以向帕里斯复仇,以便让今后的人都知道:不应当对殷勤好客的东道主恩将仇报。

墨涅拉俄斯接着举起长枪,用力掷出。长枪击中了帕里斯的盾牌,穿过盾牌,将帕里斯身上的铠甲洞穿,还刺破了他的长衣。幸好帕里斯跳到了旁边,不然一定会丧命。紧接着,墨涅拉俄斯将宝剑拔出来,对准帕里斯的头盔猛力砍去,但因为用力过猛,宝剑一下断成了四截,被头盔震飞了。墨涅拉俄斯又徒手向帕里斯扑去,一把抓住帕里斯的头盔,把他拉倒在地,向着希腊人的战阵拖去。头盔的皮带紧紧勒住了帕里斯的脖子。幸亏爱神阿佛洛狄忒赶来及时救助了她的宠儿,她扯断了头盔上的皮带,要不然墨涅拉俄斯一定会将帕里斯拖回到希腊人的军队里。墨涅拉俄斯想再反身举起长枪将倒在地上的帕里斯刺死,然而阿佛洛狄忒降下了浓雾,将帕里斯遮蔽起来,把他匆匆带回了特洛伊城中。墨涅拉俄斯找不到帕里斯了,他变成了

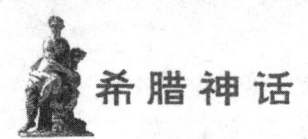
希腊神话

一头凶猛的野兽,冲进特洛伊人的队伍中四处搜寻,但尽管所有特洛伊人恨着帕里斯,但谁也没有把帮墨涅拉俄斯找出普里阿摩斯的儿子。此时,阿伽门农高声对敌军喊道:

"特洛伊人以及希腊人都请听好!你们大家都亲眼见证了墨涅拉俄斯的胜利!现在把海伦以及被帕里斯掳去的珍宝赶快还给我们,然后向我们进贡吧。"

但阿伽门农的话并没有激起对方的半点反应,战争早已注定并不能因此结束。

狄俄墨得斯的胜利

就在墨涅拉俄斯和帕里斯进行单独决斗之时,众神聚拢在宙斯的宫中一边饮酒,一边俯视着特洛伊。为他们斟酒的是青春女神赫柏。为了侮弄赫拉,宙斯故意说要在墨涅拉俄斯取胜之时,中止特洛伊人和希腊人间的战争。不过赫拉向宙斯提出派战神雅典娜到特洛伊军中,劝说某个人将誓约撕毁的请求。宙斯便假装不情愿地同意了赫拉的请求。命令雅典娜化作一颗明亮的星星从奥林匹斯山上陨落到特洛伊人的军中。这个预兆令特洛伊人各个震惊不已,不理解这一兆示到底意味着血战重开,还是应当签订和约。雅典娜化身成安忒诺耳之子拉俄多科斯,来到名箭手潘达洛斯身边,花言巧语地劝说他对准墨涅拉俄斯射出了一箭。这只箭射中了墨涅拉俄斯身上被双层护甲保护的位置。利箭穿透护甲,刺入了墨涅拉俄斯的身体。虽然造成的伤口不深,但是血流不止。阿伽门农一见兄弟受了伤,害怕极了,赶忙请来医生玛卡翁给墨涅拉俄斯检查了伤口,敷上药。就在阿伽门农与其他希腊英雄为救治受伤的墨涅拉俄斯奔忙之时,特洛伊人开始向他们发起了攻势。阿伽门农连忙赶回军中,将队伍整好,进行了战前鼓动。

希腊军中唯有首领们的口令声此起彼落地响起,士兵们都在默默行进。而特洛伊军队大声呐喊,向前冲了过去。雅典娜统率着希腊军队,而暴烈的战神阿瑞斯则指挥着特洛伊军队。格斗展开了,呐喊声连成一片。

第三篇　史诗故事

特洛伊军队在希腊军队的逼攻下节节败退,希腊军队却更加齐心协力地进攻。阿波罗作为特洛伊军队的保护神,被此情此景激起了胸中愤怒的烈火,他高声吼叫着,激励特洛伊将士大胆前进!告诉他们勇敢的阿喀琉斯正怨恨地待在自己的营帐里没有参战。

在阿波罗的鼓舞下,特洛伊军队不断前进。战斗越来越残酷了,双方都有很多英雄阵亡。雅典娜也在希腊将士中不停地鼓劲,并且在这次战斗中,赋予了狄俄墨得斯不可战胜的力量。特洛伊军队很快就支持不住了。

但是狄俄墨得斯被神箭手潘达洛斯射了一箭,射伤了他的肩膀,不过雅典娜在狄俄墨得斯面前现身,赐给他巨大的力量以及无敌的勇气,帮助他更勇敢地投入战斗。嘱咐他要勇敢,但除了可以向女神阿佛洛狄忒投掷长枪外,不要冒犯永生的神祇。狄俄墨得斯成为了一头受了轻伤的雄狮,用十倍的力量与疯狂投到战斗中去了。

为了阻止狄俄墨得斯,英雄埃涅阿斯劝说潘达洛斯迎战狄俄墨得斯。英勇无畏的潘达洛斯与埃涅阿斯一同登上战车,共同前去对付狄俄墨得斯。

狄俄墨得斯的朋友斯忒涅罗斯向他建议,避开埃涅阿斯和潘达洛斯,不要与之硬拼。狄俄墨得斯拒绝了,他认为这是对他的侮辱。潘达洛斯乘着埃涅阿斯的战车飞驰起来,挥起手向狄俄墨得斯投出了长枪。那长枪将狄俄墨得斯的盾牌击穿,刺中了他的铠甲,铠甲却保护了狄俄墨得斯。就在潘达洛斯为他的胜利欢呼时。狄俄墨得斯向潘达洛斯投出了自己的长枪,潘达洛斯就倒地身亡了。而埃涅阿斯迅速地跳到了地上,一手举起盾牌,另一只手握住粗长的长枪,想要保护潘达洛斯的遗体。但却被狄俄墨得斯抬起一块巨石砸中了大腿。幸好他母亲女神阿佛洛狄忒用自己的战袍遮盖住了埃涅阿斯,否则他必死无疑。

这时候,阿佛洛狄忒正想带自己的儿子离开战场但狄俄墨得斯又冲了过来,掷出长枪将女神柔嫩的手臂刺伤了。阿佛洛狄忒无法忍受疼痛,只得松开了怀中的埃涅阿斯。不过阿波罗赶来用黑雾将埃涅阿斯笼罩住了。

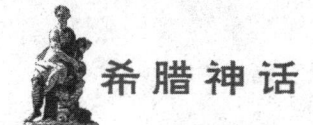

希腊神话

狄俄墨得斯用威严的声音将女神阿佛洛狄忒赶走了,但他还想继续攻击埃涅阿斯。不过在连续三次向埃涅阿斯进攻都无法成功后,阿波罗将他叫醒,让他别再冒犯永生的神祇!于是狄俄墨得斯撤了回去。阿波罗把埃涅阿斯带回自己位于特洛伊城的神庙中,制造了一个埃涅阿斯的假像留在战场上,让双方围绕假像展开激烈的争夺战。而女神勒托和阿波罗的孪生姐妹阿耳忒弥斯在神庙内埃涅阿斯治伤。

离开战场的阿佛洛狄忒女神痛苦不堪,找到战神阿瑞斯,借来他的战车,然后乘车向奥林匹斯山飞去,到那里去寻找母亲狄俄涅,她向母亲哭诉,说狄俄墨得斯刺伤了她。狄俄涅为她擦净伤口,治好手臂。雅典娜和赫拉在雷神宙斯面前说了很多嘲笑阿佛洛狄忒的话,宙斯便劝说阿佛洛狄忒别再考虑喧嚣的战争。

而在阿波罗布下的埃涅阿斯假像周围,战斗继续激烈地进行。阿波罗让阿瑞斯前去制服狄俄墨得斯。已经血迹斑斑的战神就化作色雷西亚英雄阿卡玛斯,到特洛伊军队中去了。不久,埃涅阿斯伤愈,回到了战场上。特洛伊将士为埃涅阿斯的安然无恙欢欣不已。特洛伊大军混乱的队伍再次齐整起来,于是又一次向希腊人逼近。而希腊军队如同狂风都无法驱走的浓重乌云,全副武装地等待特洛伊军队的到来。大小埃阿斯、奥德修斯与狄俄墨得斯一起不断地为希腊将士鼓劲,阿伽门农将光灿灿的甲胄穿戴整齐在军队中巡视。激烈的战斗在一次打响。无数将士接连不断地倒地身亡,死神的阴影在他们头上盘旋。赫克托耳在战神阿瑞斯与会战女神、严厉可怕的厄倪俄帮助下身先士卒,率领特洛伊军队冲杀。而狄俄墨得斯在阿瑞斯的威胁下不断后撤。

特洛伊军队愈加猛烈地冲向希腊军队。赫拉克勒斯之子特勒波勒摩斯让宙斯之子萨耳珀冬的长枪刺中,倒地身亡,萨耳珀冬也让特勒波勒摩斯的长枪刺中了大腿。当他被人从战场上抬下来时,还向经过他身边的赫克托耳高声呼唤,请求他给予希腊人迎头痛击。赫克托耳勇猛地投入战斗,挥舞手中长枪将许多希腊英雄刺死。特洛伊军队的进攻越来越猛烈了。

女神赫拉被战场上的这种情况惊呆了,忙让雅典娜和她一同整装参战,以便制服阿瑞斯。在赫柏的协助下,两位女神登上了豪华的战车。雅典娜穿戴好铠甲,将沉重的头盔戴在头上,她一手握住镶有女妖美杜莎头颅的神盾,另一只手紧握长枪,与女神赫拉共同登上车子,她们从巍峨的奥林匹斯山驰离了,半路发现宙斯正独自坐在一个高高的山冈上。赫拉便问宙斯她是不是可以将阿瑞斯制服,宙斯给了他肯定的答案,告诉她女战神雅典娜一定会重创阿瑞斯。

然后赫拉和雅典娜来到了战场上,用一片黑雾将马车罩住。赫拉变幻成拥有洪亮声音的男子斯屯托耳,鼓励希腊将士勇猛地与特洛伊人作战。而雅典娜走到狄俄墨得斯身边。狄俄墨得斯因为牢记着雅典娜对他的吩咐,不要与永生的神祇交战。所以没有与特洛伊人厮杀,但雅典娜告诉他现在不用再害怕任何神明。自己会亲自当他的助手。让他快去和阿瑞斯对阵。因为阿瑞斯不久之前还答应要帮助希腊人,然而现在却毁了誓言帮特洛伊人作战。

听了这番话,狄俄墨得斯用战车带着雅典娜到前线而去,雅典娜扬鞭策马向阿瑞斯冲去,阿瑞斯无法看见雅典娜,他只看到了在雅典娜身旁的狄俄墨得斯,于是将手中的长枪向堤丢斯之子掷去。但雅典娜令他的长枪偏离了方向,与狄俄墨得斯擦身而过。雅典娜又令狄俄墨得斯掷出长枪刺中了阿瑞斯,并且从伤口中将长枪拔出。阿瑞斯撕心裂肺地高声喊叫,把所有特洛伊将士和希腊将士都震撼了。阿瑞斯飞回奥林匹斯山,对宙斯控诉雅典娜对他的残酷行为,但宙斯严厉地斥责了儿子的好战成性。暴烈的阿瑞斯只好不再诉苦。于是宙斯找来医术高超的医生派安治好阿瑞斯的伤,又让赫柏为阿瑞斯洗净身体,重新穿上华贵的衣服,就这样赫拉与雅典娜将百战不厌的战神阿瑞斯制服了。

特洛伊城下的激战仍在不断地进行。阿伽门农、埃阿斯、狄俄墨得斯和墨涅拉俄斯率领希腊军队再次进攻特洛伊军队,将很多著名的特洛伊勇士杀死,还把死者华丽的铠甲剥了下来。这时普里阿摩斯之子——祭祀赫勒

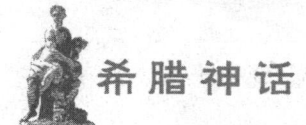

诺斯,建议赫克托耳和阿佛洛狄忒之子埃涅阿斯先对特洛伊人的士气进行鼓舞,然后再赶回特洛伊城重重地祭祀雅典娜,向她请求开恩。赫克托耳听从了兄弟的建议。

赫克托耳与埃阿克斯决战

赫克托耳匆匆忙忙地由斯开亚城门进入特洛伊城。他没有理会那些围住他向他打听自己的丈夫或者父亲生死的妇女和儿童,只是吩咐众人向奥林匹斯山的众神献祭祷告。然后就往普里阿摩斯的王宫匆匆赶去。进入宫中,他也没有理会母亲赫卡柏要他休息的要求,请母亲将特洛伊妇女召集到一起,共同向雅典娜献上华丽的衣袍以及大量祭品,请她帮忙制服凶猛的狄俄墨得斯。看到他们立即照自己的要求去办了,赫克托耳又连忙赶往帕里斯的寝宫,劝说帕里斯放弃休息,与众位将士一同浴血奋战。海伦劝说赫克托耳在他家中休息,但赫克托耳没有答应,他急于返回家中,要赶在重返战场前去看望一下自己妻子,因为他无法预料今后还能否再看到他们,或许众神早已订下了让他死在希腊人手下的命运。

但是赫克托耳没能在家中见到自己的妻子安德洛玛刻和儿子。因为当他的妻子听说希腊人对特洛伊人发动了进攻,他就连忙带着儿子跑到城墙上,站在那里遥望远方,默默洒泪。

赫克托耳向斯开亚城门赶了过去,就在城门口遇上了安德洛玛刻,她的贴身女仆在他身后,抱着他们如星辰般闪耀的儿子阿斯堤阿那克斯。安德洛玛刻流着泪挽住赫克托耳的手,请求他不要出城作战,要求他将特洛伊军队调到无花果树那一段城墙上,因为唯一能被攻破的只有那里的城墙。

但赫克托耳没有答应妻子的要求,他妻子所说的一切正是赫克托耳所担心的。如果留在城内袖手旁观,不参加战斗,这对他将是莫大的侮辱。但是他的心里清楚,神圣的特洛伊城不久就会毁灭,但真正令他感到悲伤的是妻儿的命运,与其看到妻子将来的遭遇,还不如就让他在场上战死。

赫克托耳说完这番话，就向儿子走去，想要抱一抱他，然而幼小的阿斯堤阿那克斯哭喊着向奶妈的怀中躲去，他被赫克托耳头盔上那飘动的马鬃盔饰吓坏了。这对夫妻对着婴儿温存地微笑。赫克托耳将自己的头盔摘下来放到地上，把阿斯堤阿那克斯抱在怀里亲吻着，又将儿子高高举起，向雷神宙斯及奥林匹斯山众神祈求保佑自己的儿子。

而后，赫克托耳戴好头盔，悲伤地告别了妻儿，急匆匆地走向了斯开亚城门。就在斯开亚城门中，赫克托耳的兄弟帕里斯赶上了他。帕里斯穿戴着亮闪闪的铜铠甲，正往战场上赶。

他们两人结伴走出斯开亚城门。特洛伊将士因两位英雄的出现感到欢欣鼓舞。他们再次振作起精神，展开了激烈的战斗。在战场上，赫克托耳、帕里斯与格劳科斯共同杀死了很多希腊英雄，希腊军队节节败退。宙斯之女——女战神雅典娜看到这种情况，飞快地往特洛伊飞去。在田野边上的一棵百年橡树下，她遇见了阿波罗。他们商定应当携手制止这场战斗。于是想出主意，想办法煽动赫克托耳要求和希腊英雄中最著名的一位英雄单独决斗。而两位神祇的主意才一定下，普里阿摩斯的儿子，能预见未来的赫勒诺斯马上就猜透了他们的心思。他们来到他的兄弟赫克托耳面前，告诉他自己听到两位神祇决定要这样做，而且听到神祇说，会这次决斗中保护赫克托耳的安全。于是建议由赫勒诺斯提出让他和一位希腊英雄单独决斗。

然后赫克托耳向特洛伊军队下达了停止战斗的命令，阿伽门农也命令希腊军队停下战斗。喊杀声震天的战场顿时寂静了下来，那些疲乏不堪的将士席地而坐。雅典娜与阿波罗如同两只凶猛的鹞鹰腾空飞起，降落在那棵百年橡树上，向特洛伊与希腊双方军中静静观望。就在这时，赫克托耳高声叫喊着，向希腊军队挑战，让派一位英雄出来与他单独决斗。而且他保证在将对手杀死后，绝不侮辱它的尸体，也不会把死者身上的盔甲剖下来，并且他要求对方取胜后也要保证这样。听了赫克托耳的挑战，希腊人无人应声，没有人敢走出来和赫克托耳决斗。墨涅拉俄斯一见，顿时大发雷霆，立即要亲自与赫克托耳决斗，但是阿伽门农将他拦了下来，他担心自己的兄

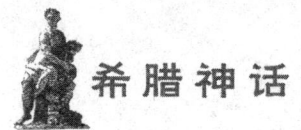

弟被赫克托耳杀死，因为即使是阿喀琉斯也不敢轻易与赫克托耳战斗。智慧的长者涅斯托耳愤怒地谴责这群胆小的希腊人。他愤怒的话音才落，就从希腊军队中站出了九位英雄，他们是阿伽门农和狄俄墨得斯，加上大小埃阿斯、伊多墨纽斯、和墨里俄涅斯、欧律皮罗斯、托阿斯以及奥德修斯。于是涅斯托耳提出提议，他们需要以抓阄来确定谁将要和赫克托耳决斗。最后，大埃阿斯中选了。大埃阿斯是个武艺高强的人，他很为自己的中选高兴，他全副武装，雄赳赳气昂昂地迈步向决斗的场地走去。大埃阿斯魁梧、强壮而且威严，如同战神阿瑞斯一般。他将硕大无比的青铜盾牌举到胸前保护着自己，手中抖动起沉重的长枪。大埃阿斯的威严气势令特洛伊人胆战心惊，即便赫克托耳也感到不安。两位斗士面对面站着，威武雄壮地望着对方。首先赫克托耳向大埃阿斯投出长枪，可是长枪没能将大埃阿斯的盾牌击穿，反而被弹开了。接下去，大埃阿斯掷出它的长枪，那长枪将赫克托耳的盾牌刺穿了，刺入了他的铠甲，将他的衣服划破了。不过赫克托耳飞速地闪到一边，逃脱了死亡的命运。于是两位英雄将长枪拔了出来，进行新一轮的决斗。赫克托耳的长枪再次刺到大埃阿斯的盾牌上，但是枪尖弯了。而大埃阿斯的长枪将赫克托耳的盾牌再次击穿，并将他的头颈划破了。赫克托耳没有停下决斗，他将一块巨大的石块举起来，朝大埃阿斯的盾牌上砸去，巨大盾牌当时发出一声清脆的巨响。大埃阿斯也举起另一块更大的巨石，将赫克托耳的盾牌砸碎了，也将赫克托耳的脚砸伤了。赫克托耳倒在了地上，阿波罗冲上去把他扶了起来。

两位英雄又拔出各自的宝剑，准备另一场恶战，但就在这时传令官赶到了，用权杖隔开了双方。

两方传令官要求先暂时停止战斗，因为黑夜已经来临，应当休息一夜，明天再战。

两位英雄答应暂时休息。但是他们对彼此都怀有敬意，因此决定在分别前互赠礼物，来纪念这次决斗。以便将来特洛伊与希腊双方的将士能够这样想到他们：着两位英雄虽然在决斗场上是一对仇敌，但是私下却是一

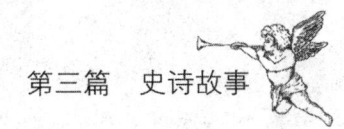

对好友。

于是，赫克托耳将自己镶银的宝剑解下送给了大埃阿斯，大埃阿斯也把自己贵重的紫红色腰带作为礼物赠给赫克托耳。两位英雄就这样暂时中止了决斗。回去后，双方军队分别为各自的英雄举行了巨大的庆祝宴会。

第二天，智慧长者涅斯托耳在希腊人的庆祝宴会上提议，休战一天，以便安葬阵亡英雄，而且要在军营和战船周围建筑起带箭楼的寨墙，还要在墙边挖一条深深的壕沟，增强自己的防御工事。首领们同意了涅斯托耳的建议，趁着黎明还没有到来，各自返回了营帐。

而在特洛伊一方，首领们也召开会议。安忒诺耳在会上提议把海伦以及掠夺来的珍宝一同还给希腊人。不过帕里斯说什么都不肯答应，他只愿意交还从墨涅拉俄斯家夺取来的珍宝，还愿意添上一份他本人赠送的厚礼。于是国王普里阿摩斯只好这样提议：决定第二天一早，将一名使者派到希腊人的军营中，转达帕里斯的愿望，要是希腊人不赞成这个建议，那他们也只好继续打下去，直到奥林匹斯山上的神祇把最后的胜利赐予一方。特洛伊的各位首领对普里阿摩斯的建议表示赞成。于是第二天清早，特洛伊人就派出了一名使者到希腊人的军队中去，可是希腊人拒绝接受帕里斯的条件，只答应暂时休战一天，来安葬阵亡将士。

第二天太阳还没有生起，特洛伊人与希腊人就一起动手，将阵亡的将士们的尸体运了回来，点燃篝火将这些尸体焚化了。然后，希腊人就利用这一天的时间，建成了一堵环绕军营的带箭楼的高墙，又在墙外挖了一道深深的壕沟。这项浩大的工程连奥林匹斯山的众神也为之惊叹不已。但因为希腊人在筑墙之前没有向众神献祭，所以海神波塞冬非常生气。不过宙斯将波塞冬的愤怒平息了，他向波塞冬建议日后再把希腊人筑起的寨墙摧毁，让海岸重新恢复为沙滩的面貌。

希腊将士结束工程后举行了盛大的饮宴，宴会结束后整座希腊军营都沉入了梦乡。

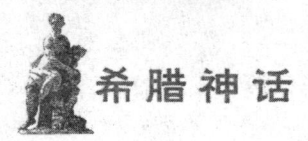
希腊神话

特洛伊人的胜利

第二天一早,随着晨光女神厄俄斯升上天空,彤红的霞光从东方燃起来了,宙斯在此时召集众神到光明的奥林匹斯山上。他对众神宣布:

"永生的众神,你们听好!今天谁都不准从光明的奥林匹斯山离开,不管是帮助希腊人还是特洛伊人都不行。如果谁敢违抗我的命令,我就将他打入最底层的地狱,让他知道我是众神中最厉害的。要是你们还想与我抗衡,那你们就试一试,找一根金链,把它垂到地面上,你们也都站到地面上去,一起用力,试试用这根金链能不能把我拉下奥林匹斯山。我只需要一只手抓住金链,就能将你们所有人连同大地和海洋一起提上来。"

听了宙斯这番威胁性的话语,奥林匹斯山的众神各个胆战心惊。但女神雅典娜告诉宙斯众神们为希腊人悲伤。因为这种情形似乎注定他们要灭亡。

但是宙斯对他的女儿给予了回应,他说自己不会坑害所有希腊人。

宙斯说完这句话后,就乘着金马车,扬鞭催马,飞向了高高的伊得山的山巅,他就在那里观察着希腊人和特洛伊人的战争。

双方军队很快就再次爆发了惊心动魄的战斗。那是正午,宙斯取出来一个金天平,把特洛伊人与希腊人命运的筹码放到天平上称量。发现特洛伊人命运的筹码翘了上去,希腊人命运的筹码一直沉到了底儿,这揭示出在战争中,特洛伊人会有好运,希腊却会遭遇失败。伟大的宙斯在伊得山上发出一真惊雷,把闪闪的电光投到希腊人军中,希腊将士惊恐不已,四处逃窜,争先恐后地躲到了营寨里面。唯有涅斯托耳留在了战场上。他的座驾被帕里斯的箭射伤了,马站立起来在原地打转。涅斯托耳想要砍断挽具,不过没有成功。这时,赫克托耳驾着车向他驰来。涅斯托耳眼看即将丧命了,就在这时,狄俄墨得斯赶来将他救了下来。又向着赫克托耳掷出了长枪,将赫克托耳的驭手杀死了。赫克托耳只得扭头逃跑。假如希腊人能看到狄俄墨得斯节节胜利,也许他们就会停下败退。但是宙斯把一道闪电扔到狄俄墨得斯的战马前面,耀眼的电光吓得战马掉头就跑。狄俄墨得斯听从了涅斯托耳的劝告,策马奔向溃逃的希腊人群。特洛伊人喊声震天,向希腊人射出无数密集的箭。赫克托耳一直在狄俄墨得斯的身后嘲笑他,尽管狄俄墨得斯多次试图反击,但宙斯用可怕的雷鸣将他震慑住了。赫克托耳带领着特洛伊人步步紧逼,不一会儿,激烈的战斗就推进到了希腊人军营的寨墙前。阿伽门农在赫拉的提醒下把希腊将士的士气重新鼓舞起来。同时向宙斯祈求帮助,恳求他不要让希腊人被特洛伊人伤害得太严重。宙斯动了恻隐之心,为希腊人送出这样一个吉兆:一只苍鹰爪子中抓着一头小鹿,飞到宙斯的祭台上空,把小鹿扔到祭台上。这个吉兆令希腊众将精神大振,精神鼓舞地向特洛伊军队发起了反攻。而狄俄墨得斯表现的最勇猛,独自击退了很多特洛伊英雄。而其他的希腊英雄也在战斗中表现的异常勇猛,但就在希腊人正处于胜利反攻的时候,宙斯又激起了特洛伊将士的士气,再次将希腊军队逼退到战船边。赫克托耳在敌军队伍中奋勇冲杀,势不可挡。而赫拉开始怜悯起希腊将士,她劝说雅典娜前去相助。雅典娜穿上铠甲,与赫拉结伴乘车从光明的奥林匹斯山驰往希腊人的阵营。宙斯在高高的伊得山顶上看到两位女神,心中不禁充满愤怒,他命令众神的使者伊里斯将两位女神拦下来,扬言要惩罚她们。赫拉和雅典娜因为惧怕宙斯,再次满腹悲愁地回到了奥林匹斯山。没有多久,宙斯也回到了奥林匹斯山。不过为了安慰两位女神,平息她们的悲伤,宙斯告诉赫拉,在阿伽门农没有给予阿喀琉斯丰厚赠礼、表示歉意,并且与他和解之前,特洛伊人一直都会取胜的。

太阳下山以后,夜色笼罩了大地。血腥的战斗暂时停止了。在赫克托耳的命令下,特洛伊军队没有撤回特洛伊城,他们就在战场上安营宿营,特洛伊城的保卫工作就由少年和老人负责。赫克托耳希望在第二天就可以取得彻底的胜利,将希腊军队彻底赶出特洛伊。于是,这个夜里,特洛伊人就在战场上燃起了数不清的篝火,火光如同群星闪烁在茫茫暗夜中。

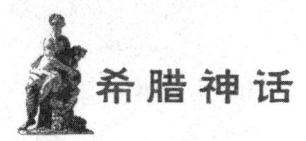
希腊神话

阿伽门农与阿喀琉斯和解

特洛伊军队不断获胜,令阿伽门农满腹忧愁,他将各部分军队的首领召集在一起商议对策。而聪明智慧的涅斯托耳建议阿伽门农去找阿喀琉斯,对自己从前的粗暴行为道歉,并与阿喀琉斯和解。为了改变这种连连失败的状况,阿伽门农决定听从涅斯托耳的建议,于是在所有首领面前,他宣布,他将要向阿喀琉斯道歉,还要送给他大量礼物,并且将夺走的女奴还给他,还要等到凯旋归国以后把自己的一个女儿嫁给他,并且将自己拥有的城市划出一批作为嫁妆。诸位首领对阿伽门农的决定一致赞同,让大埃阿斯、奥德修斯和福尼克斯,以及传令官欧律巴忒斯与荷狄俄斯共同前往阿喀琉斯的营帐,和他谈判。因为这几位英雄深受阿喀琉斯的喜爱。临出发前,涅斯托耳对这些人面授机宜,作了许多指点。

当阿伽门农的使者来到阿喀琉斯的营帐,阿喀琉斯正和朋友帕特洛克罗斯弹奏着竖琴,唱着颂歌。对于来访的诸位英雄,阿喀琉斯热情地接待,并且设下了丰盛的宴会招待他们。筵席之后,奥德修斯介绍了希腊军队被赫克托耳率领下的特洛伊军队步步进逼,详细说出了阿伽门农送给他的礼物。希望他能够与阿伽门农和解。并且提醒阿喀琉斯千万别忘记出征时父亲对他的叮嘱,他父亲曾告诫他一定避免内讧的发生。但是阿喀琉斯仍无法忘却之前阿伽门农对他的侮辱,拒绝和迈锡尼国王阿伽门农和解。阿喀琉斯个性倔强耿直,尽管有为希腊军队的命运深深担忧的福尼克斯那苦口婆心地劝说,大埃阿斯又假装招呼奥德修斯随他一起回去,将阿喀琉斯的态度向全体首领通报。但阿喀琉斯依然不肯同意,他只是说,要是赫克托耳把希腊人的战船烧毁了,打到了他的营帐和战船旁,他才会再上战场。

无奈之下,诸位英雄只得默默离开,回到了阿伽门农的营帐里,把阿喀琉斯的回答转告给了诸位首领。首领们听了默然不语。只得在狄俄墨得斯的建议下暂时不去打扰阿喀琉斯,阿喀琉斯因为阿伽门农向他道歉,并答应给他一些礼物,更平添了目空一切的傲慢。希腊军队的官兵美美地吃上

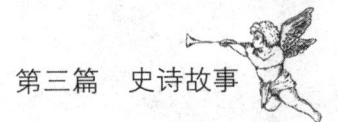

第三篇 史诗故事

了一顿，又睡了一觉，好好休养，以备第二天继续大战。

尽管希腊将士们都已陷入梦中，但阿伽门农心中为希腊人的命运感到深深的忧虑，一直不能成眠。起身披上狮皮，想到涅斯托耳那里寻求帮助。半路正巧遇到了同样无法入睡的墨涅拉俄斯。于是，弟兄二人决定再召集一次首领会议。他们将涅斯托耳、奥德修斯、狄俄墨得斯召集到一起，众人坐到寨墙外边的田野上。涅斯托耳便提议派几名士兵潜入特洛伊的军营中，探听他们下一步是打算继续向希腊人进攻，还是想要撤回特洛伊城里去。于是狄俄墨得斯自告奋勇去执行这项危险的任务，并且提议选出一名英雄与他同行。很多英雄自告奋勇。阿伽门农便吩咐狄俄墨得斯亲自选出一名同伴。于是狄俄墨得斯选中了奥德修斯。因为奥德修斯机智多谋、灵敏善断，所以有他在，就算陷入火海也不用担心。狄俄墨得斯和奥德修斯参加会时没有带兵器，于是诸位首领把自己的兵器给了狄俄墨得斯和奥德修斯。

希腊人派人潜入特洛伊军营打听虚实，同时特洛伊人也派出了探子偷偷进入希腊军营探听他们的戒备情况。这项任务就由欧墨得斯之子、有名的奔跑健将多隆去执行。他拿上武器，披上狼皮，打算直接潜入希腊人的战船边，以便窃听希腊军队首脑会议的内容。但是多隆刚刚走向希腊人的营寨，立刻就被狄俄墨得斯和奥德修斯发现了。狄俄墨得斯和奥德修斯伏击了多隆，将他捆绑起来详细盘问。多隆为了保命，说出了自己前往希腊军营的目的，还给他们指明了拥有神马与金盔甲的色雷西亚国王瑞索斯在不久前率领着色雷西亚军队前来驻扎的地点。尽管如此，狄俄墨得斯和奥德修斯还是没有放过多隆。他们剥下了多隆的头盔与狼皮铠甲，把他的兵器夺走，在一旁摆好，然后两位英雄就朝着色雷西亚人的营地快步走了过去。

他俩悄悄摸入色雷西亚人营地，狄俄墨得斯神勇无比地砍杀了十二个色雷西亚勇士，同时也将国王瑞索斯砍死。奥德修斯解开瑞索斯那些神马的缰绳，把它们从色雷西亚人的营地牵出来。狄俄墨得斯又想偷走金盔甲的战车，不过女神雅典娜阻止了他，让他警惕特洛伊人醒来。

听了女神的话，狄俄墨得斯纵身跃上瑞索斯那些神马中的一匹，而奥

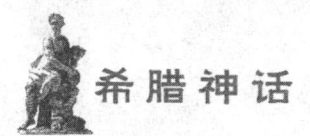

德修斯跨上另一匹，两位英雄急忙赶回了希腊人的军营。

这一切都被阿波罗看到了，他立刻唤醒了特洛伊人，又把瑞索斯的亲戚希波科翁唤醒了。希波科翁醒来看见神马失踪，立即去喊瑞索斯，但是没有得到回答。特洛伊人的军营中一片混乱，众人被眼前的惨象震惊得无法开口。狄俄墨得斯和奥德修斯在回去的路上捡起了多隆的兵器，回到了希腊军队首领开会的地方。奥德修斯将他俩的经历讲述了一遍。诸位英雄赞扬了狄俄墨得斯和奥德修斯。他俩立下的功绩使得希腊所有将士的精神为之欢欣鼓舞。人们把瑞索斯的神马拴到了狄俄墨得斯的营帐旁，奥德修斯把缴获的多隆的武器搬到了自己的战船上。

第二天天才亮，宙斯就将纷争女神派到了希腊人的军营。女神鼓起了将士们心中对厮杀的渴望。阿伽门农穿戴起华丽的铠甲，将手中沉重的长枪不停晃动，高声鼓舞英雄们投入战斗。双方将士开赴战场，在战场上勇猛厮杀，如同一群群凶猛的豺狼般凶狠。纷争女神看着战场上刮起的腥风血雨，心中十分欢畅。而其他神祇也从战场上离开，在返回奥林匹斯山上的路上，他们不断抱怨着宙斯对特洛伊军队的偏袒。但宙斯毫不理会，喜气洋洋地观战。阿伽门农在战斗中表现得勇猛顽强，用手中沉重的长枪刺死了很多特洛伊英雄，又杀死了伊索斯和安提福斯，他们是普里阿摩斯的儿子，也没有放过安提玛科斯的两个儿子。尽管安提玛科斯的两个儿子苦苦哀求，但是因为他们的父亲安提玛科斯曾经受帕里斯贿赂，要杀死出使特洛伊的墨涅拉俄斯。阿伽门农十分痛恨他们的父亲，于是杀了他俩，向着战斗最激烈的地方冲去。阿伽门农接二连三地将特洛伊英雄砍倒，就像大火吞噬了森林一般。阿伽门农将车上的英雄挑下车来，只剩下战车在战场上轰隆隆地奔驰。特洛伊军队不由得动摇了，纷纷逃跑，直到斯开亚门前才稳住了阵脚。

宙斯为了帮助特洛伊军队，女神伊里斯告诉赫克托耳，让他一看见阿伽门农受伤，就立即投入战斗。而且告诉他，宙斯会赋予他无人能及的力量，让他将希腊军队逼退到战船旁边。因此赫克托耳跳下了战车，来到特洛伊人中间鼓舞士气。就在这时，阿伽门农遇上了安忒诺耳的长子科翁，他挥舞着长枪把阿伽门农的肘部刺伤了,不过阿伽门农挥剑将他的头颅砍了下来。阿伽门农难忍伤口的剧痛,无法坚持战斗,只好退出了战场。

赫克托耳一见阿伽门农受伤败退,又率领军队投入了战斗。赫克托耳奋勇杀敌,甚至将奥德修斯和狄俄墨得斯都打败了,帕里斯放箭射伤了狄俄墨得斯,不由得心花怒放。在奥德修斯举起盾牌,掩护着狄俄墨得斯拔出身上的箭。不久,奥德修斯也受了伤,他们无法继续作战,只得相互搀扶着撤离了战场。而勇敢的大埃阿斯在战斗中,用长枪将特洛伊的多名将士刺伤了。但是宙斯令他心生恐惧。大埃阿斯以巨大的盾牌作掩护,慢慢地撤离了战场,但是在途中。又被帕里斯的箭射伤了。幸好希腊人赶来救援,大埃阿斯才安然无恙地撤回了营寨。

此时在军营中,阿喀琉斯看到涅斯托耳把负伤的玛卡翁运了回来。阿喀琉斯派出的使者帕特洛克罗斯到了涅斯托耳的营帐中,看清负伤的是玛卡翁,立即打算回去向阿喀琉斯报告。但是涅斯托耳把特洛伊人与希腊人的战争情况,以及希腊英雄受伤的情况都详细地讲述给了帕特洛克罗斯,向他请求劝说阿喀琉斯出兵救援。他还建议帕特洛克罗斯向阿喀琉斯去借盔甲,穿戴好盔甲,假冒阿喀琉斯投入战斗,这样就可能暂时停止战斗。帕特洛克罗斯听从了涅斯托耳的建议,下定决心回去说服阿喀琉斯允许他参战。帕特洛克罗斯在回去的路上,还帮腿上还留着敌人射出的箭、伤口还在冒血的欧律皮罗斯处理了伤口。

战斗持续不断地激烈进行着。寨墙与壕沟已很难再保护希腊将士。但是特洛伊军队仍然无法立即跃过壕沟,进入希腊士兵的营地。赫克托耳试图乘战车越过壕沟,但因为战马不敢跨越,只得掉头跑向一边。于是特洛伊军队在英雄波吕达玛斯的指导下,分成五个大队,将战车留在战壕边,徒步投入了战斗。没有下车的只有英雄阿西俄斯。他想要趁着追击败退的希腊人,率领自己的大队突入希腊军营,一举攻到战船旁。但是就在寨墙旁,他遭遇了波吕波厄忒斯与勒翁透斯两位拉庇泰英雄的反击。这两位英雄英勇地反击来袭的敌人,将阿西俄斯的进攻击退,也消灭了许多特洛伊英雄。就

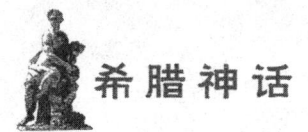
希腊神话

在赫克托耳与波吕达玛斯率领着大军向寨门再次逼近的时候。宙斯降下一则神示。一只抓着蛇的苍鹰出现在特洛伊军队上空,那条蛇在扭动中咬中了鹰的胸脯。在苍鹰的惨叫之下,蛇被扔到了特洛伊大军中,眨眼间消失得无影无踪。波吕达玛斯一见,于是向赫克托耳建议暂停休战。但赫克托耳没有听从他的建议,仍旧率领军队进抵寨墙跟前。

宙斯在这时刮起了一阵可怕的狂风,希腊人在狂风中英勇地坚守着自己的营寨。特洛伊人开始拆除寨墙。但是希腊将士拿起石块、箭矢与长枪反攻。希腊英雄严密的防守,令特洛伊军队无法攻下寨墙,但希腊人也不能把他们赶走。双方僵持着。直到最后,赫克托耳举起一块巨石,把希腊军营的大门砸穿,突入了希腊军营。特洛伊军队紧随其后,也进入了希腊军营。希腊将士一见寨墙被攻破,纷纷逃窜,向战船冲去。营寨内一片混乱的惊惶。

于是,在海船旁又发生了一次战斗。宙斯深信神祇不敢再帮助希腊军队,于是袖手观战了。海神波塞冬看清战况后,马上从他观战的色雷西亚的山顶离开,来到战场上,化身为卡尔卡斯,为大小埃阿斯注入无穷的力量,令他们斗志昂扬地投入战斗。海参波塞冬还一个个走过希腊将士身边,为他们激起勇猛作战的信心。而特洛伊人也在赫克托耳的率领下再次发起了进攻。

两军之间的激烈战斗再次展开。希腊的许多英雄都在战斗中阵亡,连波塞冬的孙子安菲巴科斯也牺牲了。波塞冬于是大怒,鼓动克里特国王伊多墨纽斯上战场给他的孙子复仇。伊多墨纽斯便和要去取长枪的墨里俄涅斯一起拿过长枪,两位英雄便一起奔赴希腊军队,在战场上展开了勇猛的厮杀。

而大小埃阿斯就与赫克托耳为了保卫战船展开厮杀。希腊人和特洛伊两方的军队都异常勇猛无敌,一时难定胜负,战场上喊杀声震天,血光四溅,战况十分激烈。

涅斯托耳和受伤休养的玛卡翁正一起在营帐里坐着,他被冲天的呐喊声吸引出来,拿着盾牌与长枪走出营帐去找阿伽门农。就在这时,他遇到了因为受伤而拄着长枪行走的阿伽门农、狄俄墨得斯与奥德修斯三人。他们见到战场已推近到了战船旁,那些原先修筑的用来保卫自己,同时抵御特洛伊人进攻的寨墙已被摧毁,心中十分焦虑不安。阿伽门农几乎准备下令将战船推下水以防被烧了,但被奥德修斯劝住了,奥德修斯担心,如果这样做,那么希腊士兵就再也无法战斗了。在狄俄墨得斯的提议下,大家穿好铠甲走到军队中去,鼓舞士气,但不要直接参加战斗,以免再次受伤。

而女神赫拉为了帮助希腊人,施计让宙斯沉入梦乡,趁他睡着时,把这消息告诉了海神波塞冬。

听了这个消息,波塞冬十分高兴,为希腊人鼓起战斗的精神。三位受伤的首领亲自将希腊军队编排战阵。希腊军队便在海神波塞冬的亲自率领下,狠狠地反击了特洛伊军队。大海在不断地沸腾,浪涛汹涌地咆哮,希腊军队如同滚滚的波涛一般向特洛伊军队发起进攻。再度展开了惊心动魄的战斗。赫克托耳与大埃阿斯进行了战斗,大埃阿斯投出一块巨石击中赫克托耳的胸部,赫克托耳立刻像一棵被宙斯的霹雳击中的橡树那样轰然倒在了地上,希腊将士蜂拥而上,不过特洛伊的英雄们抢出了赫克托耳,抬回去为他医治。看到大埃阿斯的胜利,希腊将士更加同心协力地扑向特洛伊人。战斗越来越激烈。双方都有很多英雄在这次作战中牺牲。特洛伊军队开始节节败退,一直退到了希腊军营的寨墙外才稳住阵脚。

在伊得山顶上,宙斯惊醒了。他看到这个情况,心中非常恼怒。严厉责骂了赫拉,但狡猾的赫拉却不承认,她以天地与斯堤克斯河的名义立下誓言,她没有鼓动波塞冬去帮助希腊人。

随后,赫拉回到奥林匹斯山的宴会上,奉劝众神遵从宙斯的意志。并且告诉战神阿瑞斯,伊福玻斯杀死了他的儿子阿斯卡拉福斯。听到这个消息,阿瑞斯悲愤不已,立即要奔赴战场报仇。但雅典娜将他拦住了。宙斯又命令伊里斯传话给波塞冬,命令他立刻离开战场。波塞冬不服气地听从了,不过他威胁宙斯,要是再帮助特洛伊人,他就会与宙斯永远为敌。

然后,宙斯找来阿波罗,让他拿起神盾去威吓希腊人,再帮助赫克托耳

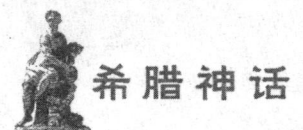

恢复体力。于是阿波罗给赫克托耳的身体输入了无比强大的力量。赫克托耳再次出现在战场上,特洛伊将士无不欢欣鼓舞。但希腊人却各个大惊失色。两军间的又一次战斗开始了,浴血的战斗越来越残酷。特洛伊人重整队伍,向希腊人步步紧逼。希腊将士英勇无畏,坚强的反击特洛伊人的进攻。就在这时,阿波罗在希腊军中挥动起了宙斯的神盾让希腊人心中充满了惧怕,纷纷溃逃。在特洛伊人乘机追击之前,阿波罗为他们填平了寨墙外将近投射长枪么远距离的一段壕沟,给追击铺平了道路。而希腊人被迫撤到战船边才停下来,智慧老人涅斯托耳向宙斯祈求:

"伟大的宙斯,你应当记得希腊人一直对你恭敬有加,请你让他们幸运地返回故乡。奥林匹斯众神啊,保佑希腊人吧!不要令特洛伊人取得最终的胜利!"

宙斯为答复涅斯托耳的祈求,从天顶上投下了雷霆,这被特洛伊人当成吉兆,排山倒海般向希腊人冲过去。在战船边展开了一场激烈的战斗。众英雄英勇无比,奋勇无敌地四处冲杀。战场上喊杀声震天,战船四周血流成河。希腊人勇猛战斗,用盾牌筑起一道铜墙,来保护自己的战船,各路英雄奋勇杀敌,取得了很大的战绩。但特洛伊人进攻势头有增无减。最勇猛的大埃阿斯尽管拼尽全力,也拦不住赫克托耳。特洛伊人的火把在手中熊熊燃烧,因为将希腊人的战船烧毁,正是宙斯的意志。就这样,普洛忒西拉俄斯的战船被特洛伊人点燃了,希腊人面临着全军覆没的危险,就在这个千钧一发的时刻,希腊军队获得了不曾想到的帮助。

帕特洛克罗斯见特洛伊军队攻入了希腊军营,惊惧得高喊起来,泪流满面地冲入阿喀琉斯的营帐。向阿喀琉斯祈求帮助希腊人,还说要是阿喀琉斯不愿相助,那么自己就率领他带领的密耳弥多涅人参战。他要穿戴上阿喀琉斯的盔甲,好让特洛伊人把自己误认为伟大的英雄,以便停止战斗。帕特洛克罗斯向阿喀琉斯这样苦苦恳求,但他不知道,死亡就在前方等待着他。

阿喀琉斯看到战场上的惨烈状况,心里开始着急了,他也不希望希腊军队失败。于是答应将自己的武器和铠甲都借给帕特洛克罗斯,还说好,如果他自己的战船受到了威胁,帕特洛克罗斯就立即投入战斗,但是阿喀琉斯坚决不允许帕特洛克罗斯率领密耳弥多涅人到特洛伊城下去,他担心自己的挚友会受伤害。

正在这时,阿喀琉斯属下的一艘战船被赫克托耳点燃了。于是帕特洛克罗急忙假扮成阿喀琉斯,但是阿喀琉斯的长枪过于沉重,除了阿喀琉斯没有人能拿得动,因此帕特洛克罗没有佩戴这武器。阿喀琉斯将密耳弥多涅人的队伍整顿好,这些士兵早已渴望在战斗中建立功绩,一个个就像随时准备扑向小鹿的凶残豺狼。阿喀琉斯还鼓动自己的属下一定英勇战斗,多立战功,给阿伽门农看看,让他知道当初侮辱了希腊最伟大的英雄是一件多么无知轻率的事情。于是,在帕特洛克罗斯的率领下,密耳弥多涅人高声呐喊着杀向敌军,战场上喊杀声震天。特洛伊将士见到身穿阿喀琉斯铠甲的帕特洛克罗斯,还以为阿喀琉斯与阿伽门农和好如初,率大军拯救希腊军队了。这样一来,特洛伊人再也没有勇气战斗,只想逃跑了。帕特洛克罗斯冲入战斗最激烈的地方,奋勇作战,吓得特洛伊人连连后撤。

但特洛伊人只是从战船边撤离,还没有撤离希腊营寨。在希腊人的反攻下,许多特洛伊英雄在此丧生。终于,特洛伊人越过了壕沟,向自己的营地撤回。大埃阿斯在赫克托耳身后紧紧跟随,他发誓要杀掉赫克托耳。赫克托耳不甘心让到手的胜利再次丧失,仍然竭力阻挡反攻特洛伊军队的希腊人。但最后也只得力不从心地退却。

帕特洛克罗斯勇猛的追击,为希腊将士鼓起了勇气,同时也引起了宙斯之子萨耳珀冬的注意,他命令属下的吕喀亚人停下,稳住阵脚。打算和这个假的阿喀琉斯决斗。萨耳珀冬与帕特洛克罗斯一同跳下战车,如同岩顶上争夺猎物的两只老鹰那样的撕扯。宙斯想要保护自己的儿子萨耳珀冬不受伤害。但被女神赫拉劝住了,她对宙斯说,在特洛伊城下作战的有许多神祇的儿子,而且很多都已经阵亡了。要是宙斯救了自己的儿子,其他神祇也会纷纷拯救自己的儿子,这样就一发不可收拾了。假如萨耳珀冬的命中注

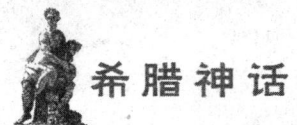
希腊神话

定死亡,那宙斯也只能服从。宙斯只好听从赫拉的劝告,在特洛伊田野上洒满染血的露水,以此悲悼注定死在帕特洛克罗斯手中的儿子。

果然,帕特洛克罗斯投出的长枪正中萨耳珀冬胸部。伟大的吕喀亚国王如同一棵被樵夫齐根伐倒的橡树那样訇然倒地。临死前,萨耳珀冬大声呼唤朋友格劳科斯为自己复仇,但格劳科斯身负重伤,无法作战,只得祈求神祇为他医治。阿波罗将格劳科斯的伤口治愈了,格劳科斯将吕喀亚人和特洛伊的英雄埃涅阿斯、阿革诺耳、波吕达玛斯以及赫克托耳召集到一起,打算夺回萨耳珀冬的尸首。这时两个埃阿斯也赶来支援帕特洛克罗斯,于是围绕着萨耳珀冬的尸体,双方又展开了一场激烈的战斗。宙斯在这场黑暗上空布下了一片阴云,使这场战争显得更加惨烈。

宙斯望着战场,目不转睛,他在思考:到底是就这样让帕特洛克罗斯死在自己儿子的尸体旁边,还是让他把特洛伊人逐到城墙脚下,好再建立一些伟大的功绩。最后,宙斯决定让帕特洛克罗斯再建立一些更重大的功绩,他唤起了赫克托耳内心的恐惧,让他逃跑,于是其他将士也就跟随他逃跑了。帕特洛克罗斯吩咐希腊人剥下萨耳珀冬穿戴的盔甲,送回战船。而宙斯命令阿波罗拖回萨耳珀冬的尸体,清洗干净,再涂上香膏,穿戴好华丽的衣裳。再由睡神与死神两兄弟把萨耳珀冬的尸体送回到吕喀亚去,好让死者得以被隆重地安葬。

不多久,帕特洛克罗斯就将特洛伊人逼退到了城墙脚下,但他不知道自己正迎着死亡飞奔。他一路上又杀死了很多特洛伊英雄。帕特洛克罗斯冲到特洛伊城下,三次向特洛伊城墙上攀登,但三次都被阿波罗击退。当他第四次向城墙的攀登的时候,阿波罗用威严告诉他,让他赶快撤离城墙!因为阿喀琉斯才是注定摧毁伟大的特洛伊城的人。

帕特洛克罗斯被远射之神阿波罗的威严震慑,不由得后撤了。

而赫克托耳撤回斯开亚城门,勒住了战马。他犹豫着,不知道是应该与帕特洛克罗斯对抗,还是应当撤军进城坚守。而阿波罗假扮成赫卡柏的兄弟,建议赫克托到开阔的地上对帕特洛克罗斯发起进攻。于是赫克托耳立即拨转马头，向帕特洛克罗斯冲去。两人之间立刻展开了一场激烈的战争，他们勇猛地战斗着，血腥地相互厮杀。希腊人与特洛伊人间的厮杀如同东风神欧洛斯和南风神诺托斯在峡谷山林中的激烈拼杀。两军激战许久，直到太阳西斜。帕特洛克罗斯三次向特洛伊军队冲击，每一次都将九名特洛伊英雄刺死，就在他发起第四次冲击的时候，阿波罗站到了帕特洛克罗斯身后，向他的背与双肩连续猛击，令帕特洛克罗斯眼前一阵发黑。然后，阿波罗将他头上那伟大的珀琉斯曾带过的头盔击落了，帕特洛克罗握着的长枪也折断了，沉重的盾牌也掉在了地上。阿波罗又将帕特洛克罗斯的铠甲解开，让手无寸铁的帕特洛克罗斯丧失了一切保护，终于被特洛伊英雄欧福耳玻斯与赫克托耳联手杀死了。但帕特洛克罗斯知道是阿波罗陷害了他，因此，在临死前，警告赫克托耳死神已在他身边悄悄潜伏下来。赫克托耳命运注定会被阿喀琉斯杀死。

但赫克托耳毫不在乎，认为也许阿喀琉斯反而会被他杀死。

而希腊英雄墨涅拉俄斯绝不会容许特洛伊人侮辱英雄的遗体，他如同一头威猛的雄狮，一手执盾，另一手紧握沉重的长枪，在帕特洛克罗斯的尸身四周严密守护。

但是曾掷出长枪将帕特洛克罗斯脊背刺中的欧福耳玻斯想将帕特洛克罗斯的尸体抢回来。他举起长枪，与墨涅拉俄斯展开了异常激烈的战争，随后赫克托耳与大埃阿斯都赶来支援各自的一方。赫克托耳和欧福耳玻斯先逼得墨涅拉俄斯一点点退后，他们又将帕特洛克罗斯穿戴着的阿喀琉斯的铠甲扒了下来，穿戴在赫克托耳身上，但大埃阿斯在这时赶到了。特洛伊人只好撇下尸体撤离。但是在格劳科斯的责备下，赫克托耳又一次披挂上阵。宙斯掩着赫克托耳，可怜他死到临头还不知不觉。自豪地穿戴上令万人恐惧的英雄铠甲。为了安慰他的妻子安德洛玛刻，宙斯决定再给他一次奖赏。

赫克托耳投入了战斗，浑身充满了不可抑止的力量与勇气。与希腊英雄厮杀到了一起。这时，战场上的战斗更加惨烈，尸横遍野，血流满地。战火如同燃烧一切的烈火那样猛烈。宙斯又让黑暗笼罩在帕特洛克罗斯尸体的

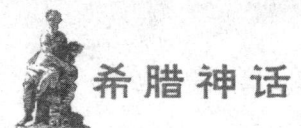

周围。四处一片漆黑,空中的日月无光。但事实上,他只在帕特洛克罗斯尸体四周布满了黑暗,战场上其余的地方仍旧阳光普照,万里无云。帕特洛克罗斯尸首的争夺战就在黑暗中持续进行。

在后方,阿喀琉斯已经知道了自己最亲爱的朋友的牺牲,因此悲痛不已。大埃阿斯向墨涅拉俄斯请求,派遣涅斯托耳之子安提罗科斯去当传令官,派他通知阿喀琉斯的朋友帕特洛克罗斯早已阵亡的消息,并且告诉他帕特洛克罗斯的尸体有可能被特洛伊人抢去。安提罗科斯被这个消息吓呆了,他流洒着悲痛的泪水急忙去找阿喀琉斯。经过一段艰苦卓绝的战斗,大埃阿斯终于在墨涅拉俄斯与墨里俄涅斯的帮助下将帕特洛克罗斯的尸体牢牢地保护了起来。

阿喀琉斯听到帕特洛克罗斯阵亡的噩耗,一股难以形容的哀痛控制住了他的内心。他痛苦地哭喊着倒在地上,将灶坑中的灰烬捧起来,撒在自己头上,落满了他全身的衣服。给他带来消息的安提罗科斯也在哭泣。他们的悲痛,连阿喀琉斯的母亲——神女忒提斯也听见了,她不禁随之号哭起来。她的那些姐妹也匆匆赶到她身边,跟她一起恸哭。

忒提斯与众姐妹一起来到号啕大哭的阿喀琉斯面前。流着泪将心爱儿子的头搂在怀中,问清了儿子痛哭的原因,阿喀琉斯发誓要向赫克托耳报仇,假如他不能亲自杀死赫克托耳,那么他就不愿意再活在人间。

不过忒提斯担心:如果这样,自己的儿子也会像帕特洛克罗斯一样丧命!

但是阿喀琉斯早已下定了决心,要是他不能为自己最爱的朋友报仇,那么他现在就应当让自己死去!他决定忘却曾经与阿伽门农之间的愤恨,要再上战场,将赫克托耳杀死。

"我从不惧怕死亡!死亡是谁也无法避免的,连伟大的赫拉克勒斯——即使他深受父亲宙斯宠爱,也不能逃脱死亡。假如命运注定我要死去,那我就接受,但在我死之前一定要取得最伟大的光荣。母亲,请你不要再阻拦我!你也无法阻拦我!"

阿喀琉斯这样对母亲说着。神女忒提斯看见无法拦阻儿子，于是求他答应一件事：上战场之前，一定要等到她从赫菲斯托斯那里取回专门为他打造的新铠甲，否则千万不要参加战斗。

于是，忒提斯亲自登上了巍峨的奥林匹斯山上，向赫菲斯托斯请求：帮自己的儿子打造兵器。

这时，战场上的战况仍然进行得十分激烈，阿喀琉斯在伊里斯的建议下不穿铠甲，赤手空拳地登上了希腊军营的寨墙，但是，雅典娜将神盾放在了他的肩膀上，又用金色的云彩和奇异的金光罩在他的头上，阿喀琉斯头上射出了直冲天空的金光，阿喀琉斯在寨墙上威严地发出一声怒吼，而雅典娜也伴随着他的吼声高声呼喊。特洛伊军队被吓得惊惶不已，战马再也不听从召唤，四处逃散。接下来，阿喀琉斯威严地连喊三声，每一次大喊都令特洛伊全军陷入极度的慌乱。这一片慌乱又令十二名特洛伊英雄失去了生命。而希腊人将帕特洛克罗斯的尸体抬到担架上，大声痛哭着，抬起担架向阿喀琉斯的帐篷中走去。而阿喀琉斯在人群后面跟随，为他亲自派上战场的朋友，放声痛哭。

太阳神赫里阿斯在女神赫拉的命令下提前降落，黑夜提早来临，战争暂时停息，希腊将士进入梦乡中休息了。但特洛伊人在野外聚集起来商议，因为害怕阿喀琉斯的袭击，所有人都站着，不敢坐下。波吕达玛斯为了保护特洛伊军队不遭阿喀琉斯的进攻，建议将军队先撤回特洛伊城中。不过赫克托耳没有采纳波吕达玛斯的建议，他仍然抱有再度袭击希腊人的战船、将希腊军队驱逐出特洛伊地区的幻想。因此下令军队在旷野中设营，只是派出岗哨在营帐前做警卫。赫克托耳还当众宣称，要是阿喀琉斯决定加入战争，那么他就必定会与阿喀琉斯决一死战，唯有两人中取胜的那个能够凯旋。雅典娜将特洛伊人的理智蒙蔽了，于是大军在野外安营扎寨。

然而在希腊营寨里，阿喀琉斯正在为自己朋友的悲惨命运痛哭不已。他就像是一头被猎人掳走了幼狮的母狮，在他觅食归来才知道窝中的幼狮不见了，所以它高声哀嚎着在林中到处走动，悲愤地寻觅将它的子女掳走

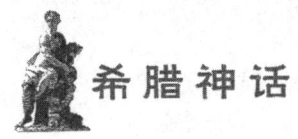

的猎人的足迹。

阿喀琉斯向众神高声祈祷,为亲爱的帕特洛克罗斯呼喊祈求。高声发誓要报仇!

阿喀琉斯与朋友们一同将帕特洛克罗斯身上的血污清洗干净,然后涂上香膏,再将帕特洛克罗斯的遗体停放在一张华丽考究的床上,先用一层薄麻布盖上,然后盖上一件豪华的罩袍。所有的密耳弥多涅人都为帕特洛克罗斯哀哭了,就连曾经被阿喀琉斯与帕特洛克罗斯掳获的特洛伊妇女与达耳达尼亚妇女也陪着整整哭了一夜。

与此同时,神女忒提斯已经进入了赫菲斯托斯的铜宫里面。忒提斯曾在赫菲斯托斯被赫拉抛下奥林匹斯山时救过他一命,因此他同意忒提斯,为她儿子铸造武器,他答应为阿喀琉斯筑制一套能够抵御所有进攻的装备。

赫菲斯托斯开始打造武器了,他把风箱接到火炉上,风箱在赫菲斯托斯的命令下往炉中送风,时而平稳、时而急促,不一会儿,炉中就腾起了熊熊烈焰。然后赫菲斯托斯把铜、锡以及其他一些贵重的黄金投进炉膛。然后安好了铁砧,拿出自己那巨大的铁锤与铁钳。他先为阿喀琉斯锻制的是一面盾牌,在盾牌上铸着大地、海洋,还镶有太阳、月亮以及星星等天空图案。在上面的群星中包括了昴星团、毕星团、猎户座与大熊星座。然后在盾牌上铸造出两座不同的城市,其中一座城市,正举行这一场隆重的婚礼。大街上的迎亲队伍轰轰烈烈向前,少男少女们翩然起舞,妇女们就站在自己家门口欢笑的观看。而在广场上,一场公民大会正在举行,两个公民在会上为谋杀罪的罚金而争论。其余公民就分为两派,各自支持一方,争论不休。另外有几个报信人正想方设法平复公民的情绪。城邦的元老在广场上围坐成一圈,手执权杖一一陈述自己对问题的看法。在圈子中央,有两大篮金子放在那里,那些是给最终作出公正判断的人的奖赏。而另一座城市正被敌人围困。被围城市由妇女、儿童以及老人守卫,而青年男人就在城外设伏,准备偷袭。而威武雄壮的阿瑞斯与雅典娜是设伏将士们的统领。另有两名暗探在前方潜伏，以便监视敌情。就在他们的前方，被敌人掠夺的畜群出现了。设伏的人们走上前将被抢的牛羊夺了回来。而敌营中的士兵被呐喊声惊动了，赶紧跑来支援。一场血腥的厮杀展开了，掌管仇恨纷争的女神伴随着可怕的死神奔跑在激战的士兵中间。在盾牌上，赫菲斯托斯还铸出一片耕地，那里有很多农夫在扶犁耕作。耕做到田边地头的农民，就有仆人们为他们端上鲜美的葡萄酒。另外，盾牌上还铸打着一片丰收的盛况。有一些人在地里割麦子，另外一些人将麦子打捆扎好，孩子们将麦穗一一拾起。而田地的主人就站在一旁，满怀喜悦地望着这一片快乐的丰收景象。而旁边的一些妇女就在给割禾人准备午餐。在这个旁边，还铸就出一副采摘葡萄的快乐景象。许多少男少女挎着篮子采摘葡萄。有一个英俊的小伙子快乐地弹奏着竖琴，而他的身边有一群青年男女正在跳舞。赫菲斯托斯又在盾牌上铸起一群牛羊，有两头狮子向畜群发起了袭击。牧羊人竭力驱赶狮子，然而牧羊狗却不敢追扑狮子，只在一旁汪汪狂吠。但是一旁有群银白色的绵羊，悠闲地在谷地上吃草，牛栏、羊圈以及牧人住的窝棚清晰地闪现。最后，赫菲斯托斯又铸上一圈手拉手跳起环舞的男女青年，在一旁还有农民在观看。最后，赫菲斯托斯还在盾牌四周铸起了围绕大地缓缓流动的大洋河。在盾牌铸造好以后，赫菲斯托斯又分别给阿喀琉斯打制出了向明亮的火焰那般熠熠发光的胸甲，还有带着金羽饰的沉重头盔，以及用具有柔韧性的锡制成的护腿甲。

赫菲斯托斯把这些装备都交给忒提斯。忒提斯立刻飞快地离开了奥林匹斯山，飞速地朝着特洛伊城下的战场飞去，在第二天清晨，就将铠甲送到了儿子的手中。

阿喀琉斯仍然为了朋友的牺牲而悲伤，守在帕特洛克罗斯的尸体旁痛哭。忒提斯温柔地安慰着儿子，把带来的铠甲拿了出来。铠甲实在太耀眼，密耳弥多涅将士中无人敢正视铠甲。而阿喀琉斯却两眼发光，被铠甲深深地吸引住了。当即决定奔赴战场向特洛伊人报仇。但是他担心天气炎热，帕特洛克罗斯的尸体会腐烂变形。不过神女向儿子保证，自己一定会好好地保护尸

希腊神话

体,把仙酒与神食灌到尸体里面,以便使帕特洛克罗斯的皮肤会加柔嫩有光泽。然后,她就建议儿子去和希腊军队的诸位首领们讨论作战方案。

阿喀琉斯将所有的希腊将士召集起来,共同参加公民大会。于是,所有人都走出了帐篷和战船,到阿伽门农的营帐旁边聚集了起来。就连受伤的奥德修斯、阿伽门农和狄俄墨得斯也一瘸一拐地走来。阿喀琉斯等到全部将士都到齐,并且安静下来,就在众人的面前提出打算与阿伽门农和解。他还鼓励大家立刻投入与特洛伊人的战斗。希腊将士看到阿喀琉斯和阿伽门农终于冰释前嫌,各个精神都备受鼓舞。阿伽门农这时已经充分意识到了自己的过错,他站了起来,向阿喀琉斯道了歉,并且答应把从前为求和解而允诺给阿喀琉斯的所有礼物都送给他。但阿喀琉斯表示自己不要礼物,他所考虑的只有战斗,唯一想到的就是向赫克托耳复仇,他在会上大喊,鼓励大家马上投入战斗。不过,足智多谋的奥德修斯向阿喀琉斯建议,千万不要匆忙从事,要先让所有的将士吃饱喝足,好好休整,养足精神再投入战斗。而现在,阿喀琉斯应当做的就是接受阿伽门农的礼物,然后把他的女奴也接回来。终于,在众人的劝说与阿伽门农的真诚道歉下,阿喀琉斯接受了阿伽门农的礼物。不过阿喀琉斯拒绝赴宴,在他的心中,只想着率领希腊人立刻投入战斗,攻打特洛伊人,以便为死者复仇,等战争胜利后,再一起开怀畅饮。不过他还是听从了奥德修斯的劝说,同意推迟战斗的开始时间。

随后,众人回到了各自的帐篷。密耳弥多涅人将阿伽门农送来的礼物抬起来,运回了战船。阿喀琉斯也和自己的属下一同回到战船去了。没有多久,希腊军队的诸位首领便来探望阿喀琉斯,希望他多少吃一点东西,好增加自己的体力,但阿喀琉斯依旧拒绝了。而以阿伽门农为首的希腊英雄,包括墨涅拉俄斯、奥德修斯、涅斯托耳、伊多墨纽斯以及福尼克斯等人都留在了阿喀琉斯身边,不住地劝说,想方设法宽慰这位希腊最伟大的英雄。只是阿喀琉斯心中只是为了帕特洛克罗斯而感到忧伤,他不住地哀叹着:

"帕特洛克罗斯,亲爱的帕特洛克罗斯啊,从前在每次战斗前,你都与我一同进食,然而现在,你冰冷地僵卧在这里。你可知道,就算是我父亲逝世的噩耗，就算是我自己那被留在斯库洛斯岛的时候，最心爱的孩子涅俄普托勒摩斯死去的噩耗，都无法让我如此悲痛。我一直以为我会一人在异乡战死，你会安全地返回佛提亚，还指望你带上我那年少的儿子一同回到佛提亚去呢。"

阿喀琉斯不住地痛哭，围在他身边的英雄们心中也充满了悲伤，他们都想到了自己那留在故乡的亲人。而宙斯从高高的奥林匹斯山上看见了阿喀琉斯悲痛欲绝的模样，忙命令雅典娜前往英雄居住的营帐，将仙酒神食浇洒在阿喀琉斯的胸膛上，以免他的体力会被伤痛耗尽。

阿喀琉斯与特洛伊人交战

经过一阵休息，希腊人全副武装，一队又一队从军营中开出。他们就如同在大风中飘扬的团团雪花，向战场上飞速前进。希腊将士浩浩荡荡，闪亮的头盔、长枪与盾牌被阳光照射着，发出夺目的光彩。战士们有力的步伐将整个海岸都震动了。珀琉斯之子阿喀琉斯也早已整装完毕。他穿戴着赫菲斯托斯为他制造的铠甲，肩挎上利剑，手中紧握那如圆月般放射光芒的盾牌，然后又从枪架上取下了那支唯有他自己可以使用的沉重长枪。最后，戴好灿若星辰的头盔，从营帐中走出去。阿喀琉斯的眼中放射出愤怒之光，在他的内心，无法平息的痛苦和愤怒仍然煎熬着他。驭手为阿喀琉斯套好车，奥托墨冬和阿喀琉斯一起跳上了战车，手中紧握马鞭和缰绳。就在出战的途中，阿喀琉斯向神马请求他们保佑自己能够活着从战场上回来，不要像帕特洛克罗斯那样，抛尸在战场上！

赫拉赐予了神马克珊托斯可以预测未来的能力，开口对阿喀琉斯说了话：

"伟大的英雄阿喀琉斯，今天我们一定会载着你活着从战场归来，但是你的末日已经临近。帕特洛克罗斯的阵亡也不是我们的过错，是箭神阿波罗害死了他，阿波罗要让赫克托耳得胜。尽管我们能像仄费洛斯一样飞驰，但是你注定要死在阿波罗和凡人男子的手下。"

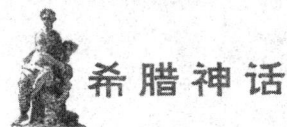
希腊神话

但是，因为神马预言了他的死亡，阿喀琉斯非常愤怒，发誓不为帕特洛克罗斯报仇雪恨，就绝不离开战场！

说罢，阿喀琉斯催马奔赴战场。而此时希腊将士早已在田野上列成阵势，准备冲击驻守在特洛伊城外高地上的那些特洛伊军队。

而在奥林匹斯山上，宙斯派女神忒弥斯将众神召集到一起商议。所有神祇——就连河川与水泽之神都聚到了宙斯的宫中。雷神宙斯告诉在座的众神说，这场战争他自己不会再介入，只在奥林匹斯山上观战。而其他神祇都可以参与战争，在战争中支持任意一方。宙斯做出这种安排是因为担心特洛伊人会在阿喀琉斯猛烈的逼攻下全面溃败，他怕阿喀琉斯会违反命运的安排将特洛伊城摧毁。此话一出，众神立即前往地面。赫拉和雅典娜首当其冲站在希腊人一边，而波塞冬、赫耳墨斯与赫菲斯托斯也和他们同一战线，但以阿佛洛狄忒和阿耳忒弥斯为首的，包括勒托、阿瑞斯、阿波罗，以及河神克珊托斯等成为了特洛伊人的支持者。

这是一场非常严重的战争，奥林匹斯山的众神才一靠近双方军队，厄里斯女神马上就点燃了战火。雅典娜进入希腊军队中，不断地奔走着，威严地喊叫。而战神阿瑞斯那些如同狂风怒号的吼声也同时响起。两军相遇时，宙斯投出的惊雷在天空轰隆隆地响起。海神波塞冬将起整个大地摇撼。群山从山顶到山脚都剧烈的摇动着，就连坚固的特洛伊城墙、以及希腊人威武的战船也不断摇动。冥国的主宰哈德斯惊恐不已，立刻从宝座上跳了起来，他担心大地会裂开，将冥国的恐怖惨象暴露在阳光下，那是一些就连永生的神祇看到都会不寒而栗的惨象。但是更加惨烈的战争爆发了，阿喀琉斯满心希望与赫克托耳直面厮杀。

阿波罗化身为普里阿摩斯之子吕卡翁，到埃涅阿斯面前鼓动他参战，阿波罗对埃涅阿斯说，作为女神阿佛洛狄忒之子，用不着害怕和卑微的海中神女忒提斯之子阿喀琉斯交战。埃涅阿斯听了，勇气倍增，英勇地向前冲去。因为看见阿波罗在埃涅阿斯身后帮助他作战，女神赫拉感到很害怕。但海神波塞冬却建议众神不要马上介入战斗，就先坐到赫拉克勒斯曾经建筑的海边土堤上，直到阿瑞斯与阿波罗全部参战之后再投入战斗。帮助希腊人的神祇对波塞冬的意见表示同意，就在远离战场的地方暂时坐下。而支持特洛伊人的众神就在卡利科罗涅山的岩石上坐下。

在战场上，埃涅阿斯遭遇了英雄阿喀琉斯。才一见面，阿喀琉斯就嘲笑安喀塞斯的儿子，建议说让这个自己的手下败将赶快躲到本方的阵营中去。但埃涅阿斯不甘示弱，对阿喀琉斯反唇相讥，笑话阿喀琉斯拿他当婴儿来吓唬，这纯属徒劳。埃涅阿斯骄傲地对忒提斯的儿子说，一定要记住他埃涅阿斯的家族是个英雄辈出的庞大家庭。埃涅阿斯渴望尽快交战，于是举起有力的手臂，猛地将长枪超阿喀琉斯掷出去，不过长枪无法击穿阿喀琉斯的盾牌，赫菲斯托斯铸造的盾牌不是靠着人手臂的力量就能击穿的。随后，阿喀琉斯也刺出长枪，他的长枪击穿了埃涅阿斯的盾牌，向埃涅阿斯飞去，埃涅阿斯躬身躲过这一枪，却被这从自己头顶上方划过的长枪吓得两眼发黑，要知道他才刚刚逃离了死亡的威胁。紧接着，阿喀琉斯拔出了利剑，埃涅阿斯急忙抱起一块巨石。幸好海神波塞冬不想让埃涅阿斯死去，于是急忙赶来救助埃涅阿斯。波塞冬将阿喀琉斯的长枪捡起来，放到他脚下，又在阿喀琉斯眼前布上一重浓浓的黑暗，然后用强劲有力的手揪起埃涅阿斯，把他远远地抛离喧闹的战场。波塞冬告诉埃涅阿斯，只要阿喀琉斯还活着，他就绝不允许埃涅阿斯到前线去。然后波塞冬将阿喀琉斯眼前笼罩的黑暗驱散了。忒提斯之子看见自己的长枪回在了脚边，但埃涅阿斯却消失了，他顿时明白，有神明在保护埃涅阿斯，但他也同样深信，埃涅阿斯此后再也不敢和他交战了。

阿喀琉斯在战场上勇猛冲杀，把许多特洛伊英雄都刺死了，不过，他一直都在寻找赫克托耳。阿波罗禁止赫克托耳与阿喀琉斯交战，只允许他在后方的队伍中呆着。而就在此时，普里阿摩斯之子波吕多洛斯死在了阿喀琉斯的长枪之下。特洛伊国王幸存的儿子中，波吕多洛斯是最年轻的那个，深受父亲宠爱。赫克托耳看到弟弟丧生，将阿波罗的嘱咐抛到了脑后，朝着阿喀琉斯飞快地冲了过去。阿喀琉斯见到赫克托耳冲过来，眼中闪耀着喜

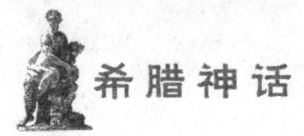

悦的光芒。

"看呐,他正是给我的心带来深重哀伤的家伙!"阿喀琉斯大喊。"好了!如今我们俩在战场上相遇,不能够再回避了。快到我的面前来,好让我早日打发你到哈德斯的冥国去报到!"

但是赫克托耳毫不服输,他认为神祇早已告诉了他,自己将是最后获胜的那个人,于是毫不畏惧地冲到阿喀琉斯面前。

赫克托耳向阿喀琉斯投出长枪,但是被雅典娜吹出的气,吹得偏离了方向,当啷一声掉落到阿喀琉斯脚边。阿喀琉斯使出全身力气朝着赫克托耳扑去,赫克托耳的危险就在眼前了,幸好阿波罗及时赶来,吹起一团浓雾将赫克托耳裹在里面。阿喀琉斯在三次投掷长枪都未刺中赫克托耳以后,又发动了第四次冲击,他威严地怒吼,愤怒地朝其他特洛伊英雄扑去,英雄一个接一个倒毙在他致命的长枪下。阿喀琉斯如同一团狂暴的烈火,将特洛伊人的军队彻底摧毁。敌人的身体、盾牌和头盔好像打麦场上脱粒时,纷飞四溅的麦粒,被阿喀琉斯的战马踏得碎裂飞散。阿喀琉斯疯狂了,他浑身熊熊燃起对战斗荣誉的强烈渴望,他的双手被鲜血浸透。特洛伊军队在他面前不堪一击。在斯卡曼德洛斯河边,阿喀琉斯追上了特洛伊军队,还把大军拦腰截断。有一部分特洛伊人试图逃进特洛伊城,但却被赫拉降下的浓雾挡住了视线,无法看清逃跑的道路。而另一部分特洛伊人只得向河岸跑去,许多人为了求生跳入河中。士兵们不断向河中涌入,激起了斯卡曼德洛斯河上的层层波浪。在跳河的人中,一部分想要泅水逃命,另一部分则竭力向陡岸底下躲藏。阿喀琉斯手执利剑,跃入河中,拼命地挥剑砍杀着逃跑的特洛伊人。他将十二名特洛伊小伙子生擒活捉,将他们的双手用皮带缚住,然后让密耳弥多涅士兵把他们押回营中,自己又翻过身,继续追杀特洛伊败军。

在斯卡曼德洛斯河边,阿喀琉斯遇到了曾在葡萄园中被他俘获,然后卖到雷姆诺斯岛为奴的吕卡翁——普里阿摩斯年轻的儿子。吕卡翁紧紧抱着阿喀琉斯的双膝,苦苦祈求宽恕,并且为了感恩,愿意支付给阿喀琉斯巨额赎金。然而这时,阿喀琉斯满心只想着要为自己的朋友帕特洛克罗斯复仇,对吕卡翁,他毫无怜悯之心。既然他最亲爱的朋友、帕特洛克罗斯早已身亡,而他自己也会在被敌人的长枪击中而丧命,那他为什么还要对吕卡翁有所怜悯?珀琉斯之子高举利剑,将它刺入了吕卡翁的脖颈,吕卡翁立刻倒地身亡。然后,阿喀琉斯一把抓住吕卡翁的脚,把他的尸体抛到斯卡曼德洛斯河中喂了鱼。

阿喀琉斯越战越猛。他不断地杀死特洛伊人,将他们的尸体接连不断地抛进斯卡曼德洛斯河中,鲜血将河水染红了,无数特洛伊英雄的尸体浸泡在河中。克珊托斯——斯卡曼德洛斯河的河神发怒了,站在漩涡中威严地高声呼喊:

"阿喀琉斯!你要杀特洛伊人就到原野上去杀,别在我的河里杀!特洛伊人的血水将我的河水染得发臭了,他们的尸体将我出海的通道堵住了。快走!别继续在我的河水中屠杀特洛伊人了!"

阿喀琉斯高声回应河神:"克珊托斯,只要不把他们赶回特洛伊城,只要我没有将赫克托耳杀死,我就无法停止杀戮!"。

克珊托斯转身寻找阿波罗,向他大声呼喊:

"银弓之神啊,你怎么不执行宙斯让你执行的命令!宙斯不是曾经命令过你,要在夜幕笼罩的山峦与原野前好好保护特洛伊人吗?"

说话间,斯卡曼德洛斯河水沸腾汹涌,不断地发出可怕的吼声,那些死者的尸体被浪涛不断地冲上河岸,另外那些活着的特洛伊人就被河神藏到河边的洞穴中。波浪猛烈地拍打着阿喀琉斯,令他站立不稳。阿喀琉斯伸出手,紧紧抓住生长在河岸上的一棵小树,但是树木立刻就被斯卡曼德洛斯河的浪涛冲倒,横在了河水中间,好像一座独木桥。阿喀琉斯顺势跳上岸,跑上了原野。但是河神并没有因此放过他,可怖的浪涛在他身后穷追不舍,似乎要将阿喀琉斯吞没。阿喀琉斯无法制服浪涛,终于失去力量,只得面对苍天哀叹,向众神寻求帮助。

为了帮助他,波塞冬与雅典娜在他面前出现了。这两位神安慰阿喀琉

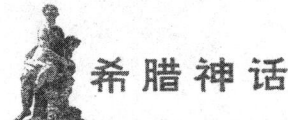
希腊神话

斯,为他重新振作起精神,叮嘱他要勇敢战斗,一定要相信能够将特洛伊人赶回城去,能够杀死赫克托耳。而且告诉他,在这场战争中一定能取得胜利,凯旋而归。随后,雅典娜又往阿喀琉斯体内注入了不可战胜的力量。就连河神斯卡曼德洛斯也不能独自抵抗阿喀琉斯了,但是他又向他的弟弟西摩伊斯小河神寻求帮助。于是,一阵更高的、夹杂着无数水藻的巨浪向阿喀琉斯袭来。巨浪如一堵高墙般,将阿喀琉斯包围起来。女神赫拉为了保护阿喀琉斯,派自己的儿子赫菲斯托斯前去帮忙,于是,赫菲斯托斯在原野上点燃起了熊熊烈火,那些死在阿喀琉斯手下的特洛伊人尸体也被点燃了。西摩伊斯掀起的浪涛曾打湿了荒野,但那里很快就干燥了。赫菲斯托斯又在河里放了一把火,河两岸的树木全都起火了,甚至湿润碧绿的芦苇和睡莲也都在烈火中熊熊燃烧。鱼儿在水里四处逃窜,为逃避这能将一切烧毁的烈焰,深深地躲入水底。西摩伊斯认输了,他向赫菲斯托斯大声求饶:

"伟大的赫菲斯托斯,你拥有任何一位神祇都无法超越的力量!我一向都不敢和你较量!请把大火扑灭吧,我发誓永远不会再帮助特洛伊人!让珀琉斯的儿子将他们全部消灭吧!"

然后,河神又向女神赫拉哀求,请求她制止儿子。河神以众神的名义发誓,绝对不会对特洛伊人施以援手,即使希腊人纵火将特洛伊城焚毁。于是赫拉劝阻了儿子,赫菲斯托斯将蔓延的大火熄灭了。

而在众神之间,一场激烈的纷争产生了,他们一个个向战场冲去,将大地践踏得呻吟不止。看着众神间激烈的互相厮杀,宙斯禁不住面露笑容。战神阿瑞斯与雅典娜之间爆发了争斗,他发誓向雅典娜复仇,就因为雅典娜曾经帮助过英雄狄俄墨得斯把他刺伤。阿瑞斯的长枪被雅典娜的神盾阻挡下来,雅典娜举起一块巨石,将阿瑞斯的脖子砸中,把他砸倒在地。而爱神阿佛洛狄忒前来帮助阿瑞斯,她将阿瑞斯搀扶起来,想帮助他离开战场。但雅典娜的长枪又把阿佛洛狄忒的胸膛刺中了,阿佛洛狄忒一下子就倒在了地上。而另一方面,海神波塞冬又要与阿波罗挑战,但是银弓之神阿波罗并没有应战,他不敢和宙斯的兄弟、海神波塞冬抗争。于是,女神阿耳忒弥斯责怪兄弟阿波罗是个胆小鬼，嘲笑他逃避和波塞冬的战斗。赫拉被她的责备激起了强烈的怒火。赫拉一把抓住阿耳忒弥斯的双手，把她的弓夺了下来，用这张弓起劲地殴打她。阿耳忒弥斯眼泪汪汪地逃走了。她的母亲女神勒托捡起弓箭，连忙去追赶女儿。神祇们纷纷返回了奥林匹斯山上，其中的一些神因为胜利而满心欢喜，但是另一些神却满腹怨恨。阿波罗回到了特洛伊城，因为他担心希腊人会无视命运安排，将特洛伊城现在就摧毁。

年迈的普里阿摩斯站在高高的城楼上，看着阿喀琉斯在战场上四处追杀特洛伊人，为自己人民的命运感到忧虑，他下令打开城门，好让特洛伊将士回到城里躲避。但是阿波罗赋予了英雄阿革诺耳那大无畏的英勇气概，激励他回到战场和阿喀琉斯厮拼，而阿波罗用一团浓雾裹住了自己，在他一旁站好，准备随时帮助他抵挡阿喀琉斯的袭击。阿革诺耳将手中的长枪抖起，而等到阿喀琉斯一接近，就猛一挥手，向阿喀琉斯掷出长枪，但是长枪被阿喀琉斯的护腿甲弹飞了。就在这时，阿喀琉斯猛扑向阿革诺耳，而阿波罗扯来一团黑雾将阿革诺耳罩住，帮助他从死亡的袭击下逃了出来。然后阿波罗化身成阿革诺耳，撒开腿奔跑在原野上了。阿喀琉斯不了解其中的奥妙，迈开腿就去追赶阿波罗。阿波罗就这样将特洛伊人拯救了出来，为他们赢得了撤回特洛伊城里的时间。

特洛伊众将士躲进了城中。激烈的战斗与拼命的奔逃令他们感觉非常疲惫，但是他们现在可以休息一下了，他们站在城墙上喝水解渴，将身上的汗水擦干净。只有赫克托耳一人留在战场上，不可避免的命运似乎将他紧紧束缚，在斯开亚城门口站了下来。

阿喀琉斯与赫克托耳决斗

阿喀琉斯被阿波罗耍弄了一番，心中充满怒火，然后转身朝着特洛伊城下飞奔而去。而年迈的国王普里阿摩斯一见阿喀琉斯向城下飞奔而来，慌忙哀求赫克托耳赶快撤回城中以保证安全，赫克托耳那老迈的母亲赫卡柏也对儿子苦苦哀求，希望他赶快撤回城里。她向儿子述说着她对他的哺

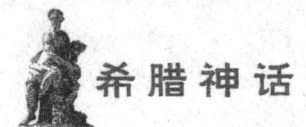

育与关爱。他祈求赫克托耳不要让她亲眼看着他丧生,不要让他亲眼看到自己儿子的尸体被密耳弥多涅人拖到战船边让野狗撕食,不要使得她和安德洛玛刻都无法为他举哀送葬。

不过赫克托耳丝毫不为所动,他把盾牌靠在城楼突出的地方,将身体倚在盾牌上,静静地等着仇敌前来。赫克托耳已经不能回避与阿喀琉斯的决战。因为他担心特洛伊人会责怪他高估自己的力量,将伟大的特洛伊城葬送。在阿喀琉斯还没有投入战斗的时候,波吕达玛斯就向他提出过坚守特洛伊城不出的建议。如今,赫克托耳唯有和阿喀琉斯进行决战,如果不能取胜那么就只有死亡。在赫克托耳的脑海里,曾有一瞬间闪过这样的念头,放下武器,向阿喀琉斯妥协,把美丽的海伦归还给希腊人,将帕里斯当初从墨涅拉俄斯那里掠夺来的珍宝还回去,还要把伟大的特洛伊所拥有的财富分出来一半送出去。但是,这个念头只闪现了一瞬间,立即就被打消了。他很清楚,阿喀琉斯不会答应和他讲和,只可能像对付一个手无寸铁的女人那样把他这个赤手空拳的人杀死。

看着阿喀琉斯逐渐走近,赫克托耳心中的恐惧越来越沉重,他拔腿逃跑,想要逃离威严的阿喀琉斯。他绕着特洛伊城不断地奔逃,阿喀琉斯发疯一样地在身后紧紧追赶,他们围着特洛伊城奔跑了整整三圈。

两位英雄不断地飞跑着。好几次赫克托耳都想躲到城墙下面,好让特洛伊人的箭矢将阿喀琉斯逼退,但是阿喀琉斯不给他接近城墙的机会。幸好阿波罗为赫克托耳鼓起精神,不然伟大的阿喀琉斯早就把普里阿摩斯的儿子追上了。就在他俩第四次从斯卡曼德洛斯河的源头跑过时,宙斯把他们生命的砝码分别投入了金天平的两个秤盘中。赫克托耳的砝码深深的沉入了哈德斯的冥国。阿波罗不再理会赫克托耳,雅典娜来到了阿喀琉斯的身旁。她要求阿喀琉斯停下追逐的脚步,而且保证让他打败赫克托耳。接着,雅典娜化身为赫克托耳的弟弟得伊福玻斯,到了赫克托耳身边,劝说赫克托耳和阿喀琉斯决一死战,并且答应将要助他一臂之力。于是赫克托耳也停下了脚步,两位英雄终于相遇了。赫克托耳首先开了口:

"珀琉斯之子,我不再逃跑了。就让我们进行一场决斗,看看到底是你死还是我亡。但是在我们进行决战前,我希望众神能来作证!假如宙斯让我获胜,我保证决不在你死后侮辱你的遗体。并且希望你也能遵守这个协定。"

不过阿喀琉斯非常蛮横,他不答应与仇人建立约定,只希望尽快决战,为朋友帕特洛克罗斯讨还这笔血债。

于是,阿喀琉斯猛然发力,向赫克托耳掷出长枪。赫克托耳将身体伏倒在地上,躲过了这致命的一击。雅典娜立刻把阿喀琉斯的长枪捡起来,然后递给阿喀琉斯。赫克托耳投出的长枪正中阿喀琉斯的盾牌中心,但那长枪就像一根轻飘飘的芦苇那样,一碰到赫菲斯托斯亲手打造的盾牌就被弹飞了。赫克托耳的长枪消失了,他只得痛苦的大声呼喊着,向得伊福玻斯求救,但四处都不见他的踪影。赫克托耳终于明白,雅典娜将他欺骗了,他注定要死在这里。赫克托耳拔出佩戴的利剑朝阿喀琉斯扑去,这是他最后的力量。而阿喀琉斯也毫无畏惧地扑向了赫克托耳,举起长枪刺中了赫克托耳的头部。赫克托耳受了这致命的一击,跌倒在了地上。但他挣扎着,对得意洋洋的阿喀琉斯做了最后的请求,他请求阿喀琉斯为他的亲人和他自己着想,将赫克托耳的遗体还给他的父母,并且答应他们会给你无以计数的赎金。

"办不到!你只是一条卑鄙的恶狗,你的哀求对我来说只是白费口舌!"阿喀琉斯这样说道。他仍然怒不可遏,即使给他送上再多的礼物,哪怕送上和赫克托耳体重相等的黄金,他也不会将尸体换回去,普里阿摩斯与赫卡柏永远没有机会为他举哀送葬!

于是,绝望的赫克托耳开始诅咒阿喀琉斯,大声咒骂他的铁石心肠,要他警惕众神的怒气!他发誓帕里斯将在阿波罗的帮助下,在斯开亚城门口用箭射死阿喀琉斯。

说完这番话,赫克托耳便咽气了。他的灵魂不断抱怨着不幸的命运,朝着哈德斯的冥国飞去了。

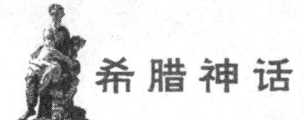
希腊神话

而希腊人正在阿喀琉斯的带领下庆祝这一场胜利。人们不断折磨着赫克托耳的尸体。得意忘形的阿喀琉斯甚至想出了一个恶毒无比的主意。他将赫克托耳双脚上扎出两个小孔,然后用结实的皮带从两脚的跟腱之间穿过,把尸体倒拴在战车上。阿喀琉斯跳上战车,高举起从赫克托耳身上剥下来的铠甲,在原野上策马奔驰。赫克托耳的尸体被车子拖着,在车后的地上不断地磕碰着地面。原野上飞扬着滚滚尘土,赫克托耳那个曾经英俊美丽的头颅被灰尘沾染得乌黑。

而特洛伊人看到阿喀琉斯这样作践他们伟大英雄的尸体。全都痛苦不已,一个个号啕大哭。无法形容的悲痛将他们的心一片片地撕碎,无数人为失去这个特洛伊城最伟大的保卫者而失声痛哭。

在那之后,阿喀琉斯回到了自己的营帐,为自己牺牲在战场上的朋友举行了隆重的葬礼,而后,他策马驱车,继续拖着国王普里阿摩斯那个不幸的儿子的尸首,围绕着珀特洛克罗斯的坟墓飞驰了整整三圈。最后他扔下了尸体,回到自己的帐篷去了。

普里阿摩斯在阿喀琉斯的营帐里

阿喀琉斯作践赫克托耳尸体的行为被奥林匹斯山上的众神看到了,众神打算派赫耳墨斯把赫克托耳的尸体夺回来。不过却遭到了女神赫拉、雅典娜和海神波塞冬的竭力反对。于是众神间又爆发了一场争吵。最后还是宙斯决定让女神忒提斯向阿喀琉斯转达宙斯亲自颁布的命令:阿喀琉斯将赫克托耳的尸体交还给普里阿摩斯,但是普里阿摩斯要以高昂的赎金来交换才行。因为在特洛伊人中,宙斯对赫克托耳是最喜爱的。

忒提斯得到了宙斯的命令,当即换好黑色的丧服,来到她儿子的帐篷内。她在依旧忧郁的阿喀琉斯身旁坐下,充满怜爱地抚摸儿子的手,对他说,众神都在为赫克托耳的事而怨恨他,这样下去他也不会获得快乐,于是劝他听从宙斯的命令,同意让普里阿摩斯把赫克托耳的尸体赎回。于是,阿喀琉斯便答应了这个条件。

第三篇 史诗故事

　　与此同时,普里阿摩斯也得到了宙斯的命令,而且宙斯的使者伊里斯向他保证,一定会取回赫克托耳的尸体,而且赫耳墨斯会亲自送他到希腊军营中去。

　　普里阿摩斯听了女神的话,立刻从地上站起来,吩咐几个儿子预备好装礼物的马车以及他要乘的战车,接着就走进了自己的宫殿,对亲爱的妻子赫卡柏诉说了这一切,告诉她,自己打算到希腊的军营中去。但是赫卡柏十分害怕,她怕丈夫是前去送死的,但普里阿摩斯安慰了她,告诉她自己是在奥林匹斯众神的命令下,去见阿喀琉斯的,希腊人不会反抗众神的意志。说完,普里阿摩斯亲自挑选好大量礼物,迅速做好了出发的准备。他还责备自己的儿子动作太拖拉,还不把一切准备好。他的儿子们怕老国王发火,慌忙把骡子套到车上,又快速地把一个个装满礼物的大箱子抬到车上安置好,之后又为战车套好了马匹。普里阿摩斯登上了战车,扬鞭策马,向希腊人的军营进发。而在他战车前面,行进着由骡子拉的礼物车,使者伊代俄斯是这辆车的驭手。特洛伊城的军民为普里阿摩斯送行,他们各个痛哭流涕,都以为普里阿摩斯此去必死无疑。

　　等到普里阿摩斯出城来到旷野以后,宙斯的儿子赫耳墨斯前去迎接他。赫耳墨斯脚穿着有飞翼的鞋,手执着能将凡人双眼合上的权杖,向特洛伊城飞驰而来。他到达的时候,普里阿摩斯正在一条河边饮马饮骡,于是赫耳墨斯摇身一变,装成一个英俊的凡人青年来到他面前。看到这个突然出现的青年,普里阿摩斯心中非常害怕,还以为这个青年是为了将他杀死;夺取他的礼物而来。不过赫耳墨斯温柔地安慰他,对他说自己是阿喀琉斯手下的仆人,是前来接普里阿摩斯到希腊军营中去的。老人一听感到非常高兴,拿出一个非常贵重的酒杯想送给赫耳墨斯,赫耳墨斯拒绝了,他和普里阿摩斯一同登上了车,快马加鞭来到了希腊军营的大门前。在大门口站着许多卫兵,赫耳墨斯一挥手中的权杖,他们就都睡着了。他悄悄地打开门闩,将营门敞开,把普里阿摩斯神不知鬼不觉地送入了军营。之后。他又依法打开了密耳弥多涅人的营门,将普里阿摩斯送到了阿喀琉斯的营帐门

231

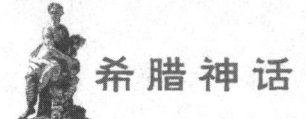
希腊神话

口,直到这时,赫耳墨斯才说出自己的真实身份,嘱咐老国王放心大胆地进入营帐。听了这些话,普里阿摩斯让伊代俄斯留下看守礼物,自己壮起胆子走进了阿喀琉斯的帐篷。而阿喀琉斯才吃过饭,正在休息。普里阿摩斯悄无声息地走了进来,流着泪在阿喀琉斯面前跪倒,不断地向他诉说自己心中的痛苦,请求他也想一想自己的父亲母亲,以便理解他现在的痛苦,希望他能够给自己和年迈的妻子施以同情,收下他送来的大量赎金,将儿子的尸首还给他们,让他们至少能把这个儿子好好安葬。

普里阿摩斯这一番话唤起了阿喀琉斯对自己父亲的怀念。阿喀琉斯想到父亲,也忍不住痛哭失声。普里阿摩斯连忙伸出自己的双手,伏倒在地为儿子大声哀哭。过了许久,伟大的英雄阿喀琉斯站起身来,将年迈的普里阿摩斯搀扶起来,并对他说:

"你这不幸的人,在你的一生中经历过那么多的苦难!可你竟然有勇气独自一人来到将你许多儿子都杀死的仇人的营帐中祈求!看吧,在你胸中,有一颗坚强如铁的心啊!没关系,请你放心吧,快不要继续哭泣了,到这里来坐下。众神早已注定,在人们的一生中要经受许许多多的苦难,从来感受不到悲伤的只有他们那些永生的神。不要再流泪了,眼泪无法令赫克托耳死而复生。起来吧,快坐到我身边来!"

但是普里阿摩斯坚决地告诉阿喀琉斯,要是不把他儿子的遗体还给他,他就不会坐下。他请求对方快收下礼物,将赫克托耳还给自己。

这让阿喀琉斯生气了,他怒气冲冲地看着普里阿摩斯,告诉他自己会将赫克托耳的尸体还给他。他的母亲忒提斯已经告诉他这是宙斯的旨意,而且他还知道是神将普里阿摩斯带到这里来的。他让普里阿摩斯住嘴,然后便走出了营帐。

阿喀琉斯叫来自己的朋友,他们一起把普里阿摩斯拉车的马和骡子卸了套,又将伊代俄斯领进营帐。阿喀琉斯还吩咐自己的女仆把赫克托耳的遗体清洗干净,给他换上华丽的衣服。然后他自己亲自抱起尸体,将他安放到装饰豪华的灵床上,还与朋友们一起把灵床抬到马车上。阿喀琉斯向帕特洛克罗斯的灵魂祷告,希望不要因为自己将赫克托耳的遗体还给他的父亲而生气,向朋友解释了自己这么做的原因,并且允诺将普里阿摩斯带来的很多礼品都献给帕特洛克罗斯。等到这一切都完成后,阿喀琉斯回到了营帐中,为老国王普里阿摩斯备下一桌丰盛的晚餐,以帮助他恢复体力。晚宴上,普里阿摩斯被这位像神一般英俊威武的伟大英雄阿喀琉斯所惊呆了,而阿喀琉斯也被这位老人花白的头发、可敬的相貌,以及充满智慧的言谈所震动。

晚餐结束之后,阿喀琉斯又安排在自己营帐前为普里阿摩斯和伊代俄斯设置两张舒适豪华的床榻,以便让他们好好地睡上一觉,解解长久以来的困乏,而且询问普里阿摩斯准备用几天时间安葬儿子。普里阿摩斯回答说需要十天。于是阿喀琉斯向他保证,在这十天之内,自己绝不会发动进攻,而且还要想方设法阻止希腊军队对特洛伊城的进攻。普里阿摩斯感动不已,不知说什么才好,而阿喀琉斯亲切地紧紧握住普里阿摩斯的手,安慰了老者一番,然后与他告辞了。

等到整个世界都沉入了梦境,赫耳墨斯叫醒了普里阿摩斯和伊代俄斯,劝说他们赶快从希腊军营中离开,不然的话很可能别人发现,会扣留他,这样的话他们就不得不为自己缴纳昂贵的赎金。赫耳墨斯帮普里阿摩斯套上马和骡,悄悄地将他们带出希腊军营,然后一直将普里阿摩斯送到了斯卡曼德洛斯河边才离开。

第二天清晨,普里阿摩斯的车马来到特洛伊城下。他的女儿卡珊德拉第一个看见了他。卡珊德拉抚摸着赫克托耳的尸体,放声痛哭起来,哭声将所有的特洛伊人都吸引了出来。他们号哭着,为赫克托耳的灵车闪开一条路,让普里阿摩斯一行入城。

赫克托耳的妻子安德洛玛刻为命运而放声大哭,赫克托耳的母亲赫卡柏也为心爱之子的死亡而号哭洒泪。

海伦也禁不住痛哭失声。赫克托耳从来不曾对她有过责备或埋怨。善解人意、性情温和的赫克托耳总在人前为她辩护,正因为有了他的庇护,她

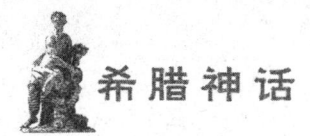

才没有受到其他人欺侮。特洛伊城中,人人都仇视她,而如今,她那唯一的朋友与安慰者也已经离世了。

普里阿摩斯吩咐立即准备火葬的篝火。特洛伊人用了整整九天,从伊得山运来一捆捆木柴。到了第十天,他们将赫克托耳的遗体放到篝火上焚化了,然后将骨灰装入金罐,安放到挖好的墓穴中,最后在墓穴上盖上石板,筑起一座高高的坟丘。一切完成之后,普里阿摩斯在自己的宫殿里举行了一场盛大的葬后宴。

就这样,伟大的赫克托耳被安葬在了特洛伊城中。

与亚马孙人和埃塞俄比亚人作战

赫克托耳死后,特洛伊人再没有比较强悍的保卫者了,似乎他们最艰难的时日已经到来。特洛伊人再也不敢出城,不敢与希腊人厮杀。然而这时,一支援军出乎意料地出现了——亚马孙女王彭忒西勒亚为了赎清自己失手误杀姐妹的罪过,骑着快马,率领着英勇善战的亚马孙女兵从遥远的攸克辛海来到了特洛伊。彭忒西勒亚是阿瑞斯的女儿,她扬言要将希腊所有的英雄都消灭。

亚马孙人穿戴着闪闪放光的铠甲,率领着特洛伊大军出城迎战希腊人。普里阿摩斯能做的只有向天空举起双手,向众神祈求赐予本方的胜利。但是这注定是个不会被众神理会的请求。双方展开了血腥的战斗。一开始,彭忒西勒亚率领其他亚马孙女将在希腊人中如一股狂风那样冲杀冲杀,许多英雄接连倒在他们的枪下,但是就在彭忒西勒亚将希腊军队逼退到战船旁的时候,阿喀琉斯与大埃阿斯突然出现了。他们原本只是张着双手在帕特洛克罗斯的墓丘旁静静躺着,为失去的朋友感到悲痛,所以一直没有参加战斗,但是战斗的喧杂声惊醒了他们,两人立刻披挂上阵,如同两头凶猛的雄狮在战场厮杀,亚马孙人与特洛伊人的联合队伍抵挡不住了。彭忒西勒亚还试图与强壮的阿喀琉斯对抗,但被阿喀琉斯飞出一枪刺中了胸脯。在彭忒西勒亚还想挣扎的时候,强健的阿喀琉斯又一枪将她连人带马一同刺死。然而等到阿喀琉斯将彭忒西勒亚的头盔摘下以后,就为战神阿瑞斯之女那超凡脱俗的美貌震惊了。彭忒西勒亚死后那平静安详的脸庞如同女神阿耳忒弥斯那般美丽。阿喀琉斯呆呆地站着,感到自己心中涌起了对死者的强烈爱意,他被这爱征服了。但是忒耳西忒斯走到他身边,不断地责骂阿喀琉斯,故意侮辱和嘲笑阿喀琉斯的感情,还用长枪把美丽的彭忒西勒亚的眼睛扎破。阿喀琉斯愤怒不已,狠狠地给了忒耳西忒斯脑袋一拳,但谁也没有料到,这一拳竟然将忒耳西忒斯当场打死了。而狄俄墨得斯见阿喀琉斯把他的亲戚打死,就要与阿喀琉斯决斗。幸好得到了众多希腊将士的竭力劝解,才避免了内讧。

阿喀琉斯将彭忒西勒亚与其他十二个亚马孙人的尸体、以及他们的武器装备一起还给了特洛伊人,特洛伊人将死者厚葬,将尸首放在篝火上焚化,还举行了一场隆重的葬礼。

而聪明过人的奥德修斯奉阿波罗之命,帮助阿喀琉斯洗刷了因杀害忒耳西忒斯而落下的罪责。

在亚马孙人失利后,特洛伊人对抵抗希腊人的进攻更加难以抵挡。然而普里阿摩斯的亲戚,晨光女神厄俄斯和提托诺斯之子门农率领一支庞大的埃塞俄比亚军队赶来支援特洛伊人。他们是从环绕整个陆地的、灰蒙蒙的大洋河岸来的。门农样貌英俊非凡,没有凡人能够与之相比。他身穿的金盔甲由赫菲斯托斯亲自制造,在特洛伊大军中,如同天空的启明星一般灿烂夺目。

门农和阿喀琉斯的交战真称得上棋逢敌手。于是特洛伊城下再次展开了一场激烈的恶战。不过阿喀琉斯一直没有正面和门农交手。因为他的心里很清楚,要是他把门农杀死,自己也会立刻被阿波罗的箭射死。门农向智慧老人涅斯托耳发起攻击。但是年老力衰的涅斯托耳怎么可能抵挡得住年轻力壮的门农的厮杀?

所以涅斯托耳掉转马头向军营逃跑,但帕里斯拉弓搭箭,将涅斯托耳战车上其中的一匹战马射中,车不能继续行进。眼看死亡在身后步步紧逼,

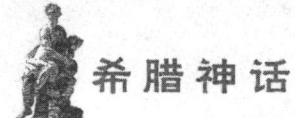

希腊神话

涅斯托耳连忙向儿子安提罗科斯呼唤帮助。忠实的儿子连忙赶来,他宁愿牺牲自己的性命,也要救助父亲。安提罗科斯举起一块巨石,砸向门农。但是门农的头盔由赫菲斯托斯亲手打造,怎么会这样不堪一击?门农毫发无损,挺枪一刺,正中安提罗科斯的心脏,安提罗科斯为保护父亲,倒在战场上,献出了自己的生命。涅斯托耳因儿子的阵亡悲伤不已,禁不住号啕大哭。这时,涅斯托耳的另一个儿子特拉绪墨得斯和他的朋友斐柔斯也朝门农攻去,但门农毫不理会,只是要将安提罗科斯身上的铠甲剥下来。但涅斯托耳奋勇地冲上前,将儿子的尸体护在身下。门农不忍心加害一个老人,于是没有对涅斯托耳发动攻势。为了争夺安提罗科斯的尸体,希腊人和埃塞俄比亚人之间展开了猛烈的拼杀。就在战斗最激烈的时候,阿喀琉斯听到安提罗科斯阵亡的消息,在帕特洛克罗斯死后,他最亲密的朋友就是安提罗科斯了,因此,他非常惊讶和愤慨。于是他将一切抛诸脑后,甚至忘了自己杀死门农后,就会遭到死亡的威胁,他冲入战场,与门农展开了正面对决。门农一见阿喀琉斯向自己冲来,便举起一块巨石朝他掷去,但巨石落在阿喀琉斯的盾牌上,被弹得远远的。阿喀琉斯立即掷出长枪将门农的肩膀刺伤了,但门农不顾伤痛,与阿喀琉斯拼杀到了一起。两位英雄都是女神的儿子,同样穿着由赫菲斯托斯亲手打造的铠甲,他们势均力敌,旗鼓相当,他们一手执盾,掩护自己,另一手挥剑砍杀。众神在高高的奥林匹斯山上观看这场决斗。他们的母亲——厄俄斯与忒提斯都在为自己的儿子向宙斯求情。但宙斯沉默着,拿出金天平,将两位英雄的命运砝码放在天平上称量。门农的砝码沉下去了,命运已经注定他要在阿喀琉斯手下死去。厄俄斯女神不禁失声痛哭,她最亲爱的儿子就要永远地离她而去了。而在战场上,阿喀琉斯举起了自己沉重的长枪,将它深深刺入门农的心脏。厄俄斯用一团表示哀痛的黑雾将自己遮掩起来。派出自己其他几个儿子——诸位风神飞向战场,把门农的尸体运回遥远的埃塞波斯河岸边。许多年轻的神女为他哀哭,给他建造了一座华丽的陵墓。

其他埃塞俄比亚人被众神变成飞鸟。自那时起,这些飞鸟每年都会飞到埃塞波斯河边——门农的墓地去,以便哀悼自己的国王。

安提罗科斯被希腊人隆重地厚葬了。他的骨灰被放入一个罐里,后来又把骨灰罐埋入了阿喀琉斯与帕特洛克罗斯之间一个墓丘。

阿喀琉斯之死

在阿喀琉斯的内心,对特洛伊人的仇恨越来越强烈。他因为朋友帕特洛克罗斯以及安提罗科斯的死,他发誓要对特洛伊人进行无情地报仇。阿喀琉斯冲入特洛伊军中,如同一头暴怒的雄狮,勇猛冲杀,将身边的敌人接二连三地砍倒。特洛伊将士吓得仓皇逃窜,慌忙撤入特洛伊城内躲避。处于疯狂中的阿喀琉斯在敌人身后追击。他被无情的命运驱赶着,向着无可避免的死亡狂奔而去。他在特洛伊大军身后追击,一直来到了斯开亚城门口。

这时,阿波罗来了。银弓之神阿波罗站在阿喀琉斯前面,威严地大喝了一声,试图阻止他向城中冲击,但是阿喀琉斯没有服从阿波罗的命令。他还在为阿波罗几次三番帮助自己的仇敌赫克托耳和其他特洛伊人而常常怨恨。因此,阿喀琉斯不但不停下,还扬言要用长枪将阿波罗打到。那无情的命运让阿喀琉斯的愤怒埋没了理智。他开始向阿波罗发起进攻。这令阿波罗勃然大怒,将自己当初在珀琉斯与忒提斯的婚礼上发下的永远保护阿喀琉斯的承诺抛到了脑后。他唤来一团黑云将自己裹住,让任何人都无法看见他,然后帮助帕里斯射出一只箭,这只箭射中了阿喀琉斯唯一的弱点——脚踵,这位伟大的英雄顿时受伤了,并且是一次致命伤。阿喀琉斯感到死亡的临近,他拔出箭,倒在了地上。他愤怒地斥责阿波罗将他害死了,他心里清楚,假如不是神在帮助,没有凡人猜得出他的弱点,没有人能杀得了他。阿喀琉斯拼尽自己最后的力量,摇摇晃晃地从地上站起来,在临死前继续砍杀了许多特洛伊人。但是,最终他还是支撑不住了,他感到四肢越来越冷,失去了直觉,躺倒在了地上,锻造之神为他亲手打造的武器也和他一起跌落在尘埃中,将整个大地都震得颤动不止。

阿喀琉斯死了,他躺在战场上一动也不动。即便如此,特洛伊人仍然恐

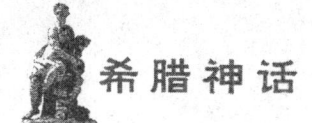
希腊神话

惧着他，连他的尸身都不敢接近，就是看一眼也会魂飞胆丧。希腊人为了夺回自己国家最伟大的英雄的遗体又与特洛伊人展开了一场残酷的搏斗。所有强健的英雄都加入到这次战斗中来了。无数的尸体在阿喀琉斯身边堆积起来，而他那魁梧的身体静静地躺着，一动也不动，不论战斗的呐喊与喧杂声多么强烈，他也不会听见了。参战者的脚将大地踏得尘土飞扬，鲜血不住流淌，蜿蜒成河。这场战斗似乎永远不会止息了。就在这个绝望的时刻，宙斯投出一道霹雳，平地上卷起狂风阵阵，特洛伊人在风沙中迷失了。宙斯爱惜阿喀琉斯，不愿意让他的尸体落到特洛伊人手中。强健有力的大埃阿斯趁着这时夺回了阿喀琉斯的尸体，奥德修斯掩护着他，越过密如乌云的箭矢和投枪，慢慢撤回了战船。

大埃阿斯将阿喀琉斯的尸体抱回到战船旁。希腊将士们一起把尸体洗净，为他抹上香膏，将这位英雄安放到装饰华丽的灵床上面。希腊人在灵床，为自己最伟大的英雄痛苦地哀哭着，阿喀琉斯的母亲忒提斯也和自己的姐妹——海中神女一同来到儿子身边，为他的不幸撕心裂肺地哀号起来，这些人为阿喀琉斯哀哭了整整十七天。诸位缪斯女神从巍峨的奥林匹斯山来到这里，为悲悼死者高唱哀歌。而奥林匹斯山上永生的众神也都在哀悼这位英雄。然后，人们将阿喀琉斯的尸体在篝火上焚化。为他献上很多祭品。举行了有史以来最庄严的葬礼。这些结束后，他们把阿喀琉斯的骨灰收集起来，装到狄俄尼索斯赠送给忒提斯的金罐里——这只金罐已装有帕特洛克罗斯的骨灰。他们把阿喀琉斯、帕特洛克罗斯与安提罗科斯三人安葬在一个墓穴中。在坟上垒起高大的墓丘，就算在海上相距甚远也能看清这座坟墓，这是希腊人为了表明在这个墓丘下长眠的英雄们曾立下无上的光荣。

葬礼结束之后，为了缅怀死者，希腊人举行了竞技大会。竞技获胜的英雄得到的奖品就是忒提斯从海里送来的贵重礼物。那都是些珍惜的宝物，即使伟大英雄阿喀琉斯仍然活着，他也要为这些宝物震惊不已。

大埃阿斯之死

在阿喀琉斯死后，赫菲斯托斯亲手打造的那副金铠甲就留下了。忒提斯认为，这副铠甲应当属于为保护阿喀琉斯遗体立下最大功劳的那位英雄。

因此，得到这副铠甲的不是大埃阿斯，就是奥德修斯。两位英雄都希望自己得到这铠甲，因此发生了争执。这个问题难以裁决，因为两位英雄都配得到这份奖品。为了解决这场争执，众人决定让被俘的特洛伊人投票定决。这个时候，雅典娜又来了，她宠爱着奥德修斯，希望他得到这铠甲。于是雅典娜暗中协助阿伽门农与墨涅拉俄斯将大埃阿斯的签偷偷调换了，并且在票数上做了弊，这样一来，奥德修斯就得到了铠甲。大埃阿斯的内心十分悲愤。他闷闷不乐地回到自己的帐篷，暗自打算要向阿特柔斯的两个儿子以及奥德修斯报复。

于是，在整座希腊军营都沉入酣梦的深夜里，大埃阿斯手持利剑，悄悄走出帐篷，计划把阿伽门农与墨涅拉俄斯都杀死。但女神雅典娜一直都对大埃阿斯心怀怨恨，因为他过于自信，总是拒绝众神的帮助。因此她令大埃阿斯发了疯。被疯狂控制的大埃阿斯冲进了畜群，在茫茫夜色下，大肆砍杀牲畜，还以为是在砍杀自己的仇敌。然后，他又把剩下的牲畜都赶回到自己的帐篷中去，还以为自己带回去的是俘虏。他躲入帐篷，对这些牲畜进行了残酷的折磨，看着它们被折磨而惨死，大埃阿斯心中快乐无比。但是，大埃阿斯终于渐渐清醒了。他一醒来就看到帐篷中到处充满了死掉的牲畜，他不知道发生了什么，心中无比惊惧。连忙向其他人询问到底出了什么事。于是，人们告诉了他发生过的事情，在这位伟大的英雄心里，顿时充满了无以言表的痛苦和羞愧。他无法忍受这样的耻辱，决心以死来为自己证明清白。就这样，他将自己的儿子欧律萨刻斯，以及随同他到特洛伊来的萨拉弥斯众将士托付给了兄弟透克洛斯，自己则带上从赫克托耳那里得到的宝剑向海边走去，他告诉众人自己是去祈求众神的宽恕，要把宝剑当作祭品献给

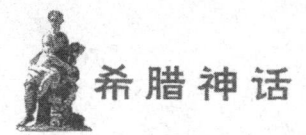

哈德斯与黑夜女神。

第二天一早，希腊军营中四处流传着大埃阿斯前一晚的所作所为。被打死的牛羊与牧人的尸体血淋淋地暴露着。聪明的奥德修斯根据血印查出来正是大埃阿斯所为。于是阿伽门农与墨涅拉俄斯不禁发了怒，决心要惩罚大埃阿斯。

就在这时，透克洛斯派来了报信人。这个人对大埃阿斯的朋友们说，今天无论如何都要保护这位伟大的英雄安然度过，因为死亡就只在今天对他是严重的威胁，一旦今天安然度过，那么以后大埃阿斯就不会再受到任何危险的威胁。没过一会儿，透克洛斯亲自前来。听说自己的兄弟去了海边，他马上担心了，他担心大埃阿斯会发生不幸，立即跑去寻找。然而，他在海边找到的已不是活着的兄弟，而是大埃阿斯的尸体了。大埃阿斯已经饮剑自尽，如此一来，继阿喀琉斯之后，希腊英雄中最强健勇猛的大埃阿斯也死去了。

但是墨涅拉俄斯与阿伽门农仍然没有原谅这位英雄，他们不让透克洛斯安葬大埃阿斯的尸体。透克洛斯非常生气，眼看要与阿特柔斯两个儿子展开公开的敌对，那样的话，希腊军营中就会立刻发生内讧。幸亏奥德修斯出面调解，劝说阿伽门农和墨涅拉俄斯允许透克洛斯安葬这个帮助希腊人建立过卓著功勋的英雄大埃阿斯。就这样，在阿喀琉斯的墓丘旁，又耸起了一座威武的新坟，这座墓中安息着忒拉蒙之子大埃阿斯。

菲罗克忒忒斯——特洛伊的末日

因为缺少了阿喀琉斯与大埃阿斯两位英雄，尽管希腊军队仍旧围攻着特洛伊，但是再也无法以武力攻破这座城。后来奥德修斯在埋伏中将普里阿摩斯之子——祭祀赫勒诺斯俘获，通过他的预言了解到，要想攻克特洛伊城，唯有让带着赫拉克勒斯毒箭的菲罗克忒忒斯与阿喀琉斯那还年少的儿子涅俄普托勒摩斯都加入到希腊军队中来才行。于是奥德修斯立即决定踏上遥远的路途，将两位英雄找回来。

首先，奥德修斯到了斯库洛斯岛，找到了英俊的涅俄普托勒摩斯，他和自己的父亲一样，渴望建立伟大的功绩，于是奥德修斯毫不费力就说服了阿喀琉斯之子加入战斗，一同攻打特洛伊城。涅俄普托勒摩斯立即和奥德修斯一同上路了，但是他的母亲得伊达弥亚一直在劝说他，含着眼泪祈求他不要去。

但劝说菲罗克忒忒斯就不那么容易了，当初，出征特洛伊城的英雄将他扔到了雷姆诺斯岛附近荒凉的克律塞岛上，这十年来，他孤身一人在一个荒凉的山洞中居住，这个山洞有两个洞口，一个朝东，另一个朝西。冬季，太阳同时从这两个洞口照射进来，把洞内晒暖；到了夏天，风就从这两个洞口中吹进来，将洞中的暑热吹散。虽然住得还算舒适，菲罗克忒忒斯却常常需要挨饿。他只好举起弓箭涉猎野鸽当食物，但是野鸭不多，获取食物非常艰难。而且脚上的伤口总是用疼痛时刻折磨着他，不幸的菲罗克忒忒斯只好勉强移动起脚步到附近取水，要想击石取火就更加困难。就是这样，菲罗克忒忒斯在这荒岛上苦苦忍受着诸般艰难困苦的折磨，足足熬了十年。即使偶尔有船在克律塞岛停靠，也没有人愿意带他回到希腊去。而且菲罗克忒忒斯知道，造成他现在这样苦难的罪魁祸首正是阿特柔斯的两个儿子以及奥德修斯，因此在菲罗克忒忒斯心中怀有对他们的刻骨仇恨。他常常恨不得用箭把他们统统都杀死。

奥德修斯很清楚，要是菲罗克忒忒斯看见自己，自己肯定难逃一死，因此他想了一个计策来劝服菲罗克忒忒斯。奥德修斯叫来年轻的涅俄普托勒摩斯，让他去见菲罗克忒忒斯，假装成自己刚从特洛伊城回来，就说自己痛恨希腊的首领，希腊军队的首领们曾经侮辱他，因此他不愿再围困特洛伊城。这样一来，菲罗克忒忒斯一定会请求涅俄普托勒摩斯带上他，一起回希腊去，如此一来就能够把他连人带弓箭一齐骗上船，神不知鬼不觉地前往特洛伊城。但是涅俄普托勒摩斯不想用这种卑鄙的欺骗手段行事，可是奥德修斯一直劝说他，要他相信唯有这个办法才能将菲罗克忒忒斯骗上船，唯有这样才有可能获得胜利。无奈之下，涅俄普托勒摩斯也就只好答应这

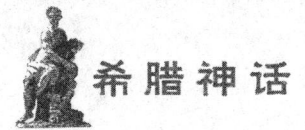

么做了。

等到战船来到了克律塞岛,奥德修斯让涅俄普托勒摩斯率领几名亲兵上了岸,到菲罗克忒忒斯生活的山洞中去寻找他。然而这时菲罗克忒忒斯却不在洞中,但是他没一会儿就回来了。

菲罗克忒忒斯不断地呻吟着,回到了山洞,伤口的疼痛仍旧令他时刻忍受着强大的折磨。看到有人来到这里,他很是高兴。而等他知道来的人就是阿喀琉斯之子涅俄普托勒摩斯的时候,就更加喜出望外了。涅俄普托勒摩斯照着奥德修斯交给他说的谎话告诉了这位被苦难折磨着的人,然后又告诉他,阿喀琉斯与帕特洛克罗斯和大埃阿斯等人不幸身亡的消息。菲罗克忒忒斯听到他最亲密的几位朋友已经牺牲,心中感到无比的悲痛。他请求涅俄普托勒摩斯把他带回希腊去,还把自己的弓箭交给了阿喀琉斯的儿子,让他替自己保管,嘱咐他千万提防奥德修斯,不要被这个奸诈的人偷走。菲罗克忒忒斯不断地催促涅俄普托勒摩斯赶快起航到希腊去。

这时,一名士兵突然冲进来报告,说英雄福尼克斯和忒修斯的两个儿子已经在朝着这里来的路上了,他们要动用武力,把菲罗克忒忒斯绑到特洛伊城中去。这个消息令菲罗克忒忒斯十分恐惧,几乎要晕倒在地,尽管如此,他仍拖着一条伤腿,向海边匆忙地挪动。涅俄普托勒摩斯看着菲罗克忒忒斯被痛苦折磨得十分悲惨,再也不忍心蒙骗他,便把实情对菲罗克忒忒斯全盘托出,而且还准备把弓箭还给他,而就在这时,奥德修斯从藏身之处冲了出来,拦住了涅俄普托勒摩斯。一见奥德修斯,菲罗克忒忒斯就想转身逃跑,他试图从悬崖顶上跳进大海里,他不愿意帮助与自己不共戴天的仇人奥德修斯和阿特柔斯的儿子们,宁死也不屈服。不过奥德修斯紧忙令手下的士兵将菲罗克忒忒斯抓住,把他押回了战船。菲罗克忒忒斯感到绝望了,而涅俄普托勒摩斯无法忍心看着他继续被折磨下去,就把弓箭还给了这个不幸的人。这样一来,奥德修斯的整个阴谋都破产了,他只得赶快撒腿逃命,他清楚得很,要是赫拉克勒斯的毒箭射中了他,那他一定会死得很痛苦。

而涅俄普托勒摩斯还在试图再次劝说菲罗克忒忒斯,让他同意和自己一起前去特洛伊,以帮助希腊军队将该城攻克。但是菲罗克忒忒斯始终无法原谅阿伽门农、墨涅拉俄斯以及奥德修斯曾给他带来的巨大痛苦,因此断然拒绝了。看来奥德修斯一行人只好无功而返了,他们开始绝望,认为特洛伊城就如同所说的那样永远无法被攻克。

但就在这个时刻,赫拉克勒斯出现了,他全身闪烁着永生神祇的光彩,来到了菲罗克忒忒斯面前。他告诉菲罗克忒忒斯,在特洛伊城下他会遇到一位最伟大的英雄,那位英雄一定会为他治好他那经久不愈的创伤,还发誓他一定会在攻打特洛伊城的战斗中建立起巨大的功绩。菲罗克忒忒斯听从了朋友的建议,自愿登上了仇敌奥德修斯的战船,与他们一同起程到特洛伊去,在那里,伟大的功勋正在等待着他去建立。

到达特洛伊城下后,涅俄普托勒摩斯凭借着阿喀琉斯之子那无人能及的力量与胆魄,建立了许多卓著的功绩。很多特洛伊英雄都被涅俄普托勒摩斯杀死了。在一场惨烈的决战中,他杀死了赫拉克勒斯的后代——忒勒福斯之子欧律皮罗斯。欧律皮罗斯如神祇般英俊,在门农死后,他就是特洛伊城最英勇的守卫者。

另一方面,菲罗克忒忒斯来到了特洛伊城下,没有多久,就用箭把引起特洛伊战争的罪魁祸首——帕里斯射伤了。因为菲罗克忒忒斯射出的正是赫拉克勒斯留下来的毒箭,所以帕里斯所受的箭伤无法医治,箭头的毒汁侵入了他的肌体,并且日益深重,他整日被巨大的痛苦折磨着,离开特洛伊城,进入了自己还是个普通的牧人时,无忧无虑地生活过的森林里,在受尽痛苦的折磨后死在了森林里。后来,牧人们发现了他的尸体,他们为这位昔日伙伴的死亡失声痛哭。他们堆起巨大的篝火,把帕里斯的尸体放在篝火上焚化了。牧人们把他的骨灰收集起来,装进了罐子中,埋入坟墓。

虽然希腊军队又得到英雄的相助,但是一直没能够用武力将特洛伊城攻克。于是奥德修斯决定乔装改变,冒险潜入城中。他先举起鞭子在自己的脸上抽打,让自己变得面目全非,就连最亲近的人也无法将他辨认出来。然

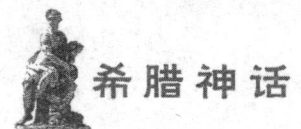
希腊神话

后换上了一身破衣烂衫,假扮成一个乞丐,偷偷潜入特洛伊城,准备探听特洛伊人的下一步行动。特洛伊人看到奥德修斯,还以为这只是个可怜的老乞丐,然而海伦却认出了他的身份。海伦将他领回到了自己家中,为他把身体清洗干净,还发誓绝对不会把他的真实身份向特洛伊人透露。奥德修斯偷偷地在特洛伊城中大厅寻访,没过多久就把一切都打听清楚了,然后又杀死了很多守城的卫兵,顺利地回到了希腊军营。之后奥德修斯又与狄俄墨得斯一起,共同进行了一次更大的冒险:两人偷偷潜入特洛伊城,来到雅典娜的神庙里。看见神殿中矗立着的一尊天神赐予的护城木雕神像。而正是因为这尊神像在特洛伊城里,所以希腊人才无论如何都无法攻破特洛伊城。然后,这两位英勇无畏的英雄冒着巨大的危险把神像偷走了。他们返回的途中杀死了很多特洛伊人,最后两人回到了军营。

木马屠城

护城神像被希腊人偷到了手中,但是希腊军队仍然无法攻破特洛伊城墙。狡猾的奥德修斯想出了一条计策,他建议希腊人智取。他对希腊人说,众人建造一匹木马,这不是普通的马,而是一匹能够能在马腹中藏起很多强健英雄的巨大木马。而另外的希腊军队就统统从特洛伊海岸上撤离,造成败兵回国的假象,但却是偷偷躲到忒涅多斯岛的背面去。等特洛伊人把木马拖入到城中后,藏在马腹内的英雄就趁着深夜,偷偷从马腹中溜出来,再帮助秘密返回的希腊大军将特洛伊城的大门打开。奥德修斯非常肯定,这种方法一定可以夺取特洛伊城。

祭祀卡尔卡斯因为看到过宙斯降下的征兆,因此也劝说希腊人采用这个计策。于是希腊人开始着手准备。女神雅典娜帮助著名画师厄珀俄斯以及他的徒弟一同设计出了巨大的木马,在希腊将士的共同努力下,一匹巨大的木马建造起来了。以涅俄普托勒摩斯和菲罗克忒忒斯为首,其他几位英雄,如墨涅拉俄斯、伊多墨纽斯以及狄俄墨得斯、小埃阿斯、墨里俄涅斯和奥德修斯等英雄统统钻到了木马里面。木马的肚子里挤满了全副武装的勇士。而厄珀俄斯等到这些英雄进入马腹之后,就把入口封好,严严密密地遮蔽起来,没有人能看得出这里有开口,也就更加想不到在马腹内竟会藏有众多的勇士。完成以后,希腊人就把军营里所有的建筑烧毁殆尽,然后大军就登上了战船,离岸向外海驶去。

特洛伊人战在高高的城墙上,看着希腊将士们不停地四处走动,不一会儿还从希腊的军营生起滚滚浓烟,战船也开走了。一开始他们还不敢相信希腊人从特洛伊撤离了。但是后来看到希腊人的军营真的成了空营,特洛伊人终于放心了。他们相信,战争已经结束了,一切灾难都过去了,从今以后,大家就可以在和平的笼罩下一心劳动了。

但是没过多久,特洛伊人就被那个巨大的木马惊呆了。他们仔仔细细地查看木马,却弄不清这奇特的设施到底是为了什么建造的。于是一些人建议把这个东西推到大海里去,但是另一些人认为这是希腊人向众神献祭的祭品,所以应当将它拉回城里,安放到卫城之上。持有两种意见的人们各自争执不休,这时,阿波罗的大祭司拉奥孔发表了自己的意见,他认为这个木马是希腊人的阴谋,在马腹内一定隐藏着危险,不但不能运回城里,并且要把它彻底摧毁。不过众神将特洛伊人的心窍紧紧地蒙住了,他们毫不理会拉奥孔的意见,最终决定把木马运回城里。于是命运的安排很快就要兑现了。

就在原本围绕在木马四周的特洛伊人准备将木马拖进城里的时候,一对牧人押着一名被紧紧捆住的俘虏走来了。这个人是希腊人西农,他是故意自投罗网而来的。特洛伊人将他团团围住,不住地侮弄他,嘲笑他。西农只是默默地在一旁站着,装出胆怯的眼神,眼泪汪汪地打量着四周的特洛伊人。过了好一阵,他才开腔,向周围的人高声抱怨起了自己的命运,他言语悲伤,一边说着一边淌下了眼泪。他悲伤的泪水激起了普里阿摩斯和所有特洛伊人的同情。他们安慰他,详细地盘问他到底是怎么一回事儿。这时候他就将奥德修斯事先给他编好的谎言,一五一十地告诉了特洛伊人。他说,自己原本是伊塔刻国王奥德修斯最记恨的帕拉墨得斯的亲属,因此,奥

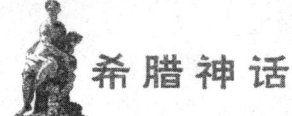

希腊神话

德修斯一直都在想方设法地陷害他。在希腊人决定不再围攻特洛伊后，奥德修斯对卡尔卡斯花言巧语地述说了一番，让他当着所有希腊人宣示，说只有将西农向众神献祭，希腊人才能够保证顺利地返回故乡。在这样的预言之下，希腊人就把他捆绑起来向祭台押去。但是他在半路上挣断了绳索，从死亡的命运中逃脱了。他躲在茂密的芦苇丛中，一直藏了很长时间，等看到希腊人从特洛伊城撤离，返航回国，才从藏身之处走了出来，自愿被牧人俘虏。普里阿摩斯又详细询问他这个木马是怎么一回事。西农正在等着这个问题。他先向众神发誓，自己所说的句句属实。他说出了一个更加恐怖的谎言：他说，希腊人留下这个木马是为了向战神雅典娜祈求宽恕，因为希腊人曾经将特洛伊城的护城神像偷了出来，这激起了她的怒火。接着西农又告诉特洛伊人，要是特洛伊人把这匹木马拖进城里，那么它就会成为特洛伊城最强大的保卫者。希腊人一番狡猾的谎言取得了特洛伊人的信任，西农巧妙地完成了奥德修斯给他派定的角色。

为了使特洛伊人对西农说的话坚信不疑，雅典娜又在他们面前行了神迹：她派两条巨大的毒蛇浮出海面，朝岸边飞快地游来，不断扭动的蛇身在浪涛间一圈圈盘旋着，蛇头上高高耸起了血红的肉冠，双眼中冒出强烈的火光。这两条毒蛇上了岸，将拉奥孔的两个儿子紧紧缠住。拉奥孔还想要去救儿子，但就连自己也让这两条巨蛇给缠住了。毒蛇张开嘴，将尖利的毒牙刺入了拉奥孔和他儿子的体内。拉奥孔父子因为违背了神的意志，试图拯救自己的国家，结果却为自己和两个儿子都招来了杀身之祸。咬死拉奥孔父子之后，两条毒蛇就爬走了，钻进雅典娜神像的托板下边消失不见了。

这一下，特洛伊人对西农说的话更相信了。由于木马太大，无法通过城门，因此他们拆毁了一段城墙，把木马运了进去。特洛伊人锣鼓喧天，载歌载舞，找来粗绳将木马紧紧拴住，便朝着城内走了去。经过城墙的豁口时，木马先后四次碰撞在城墙上，停了下来，而躲在马腹内的希腊人的武器不断地碰撞，发出了清晰的鸣响，然而特洛伊人的耳朵被音乐和欢呼声蒙住了，什么都没有听见。他们最后终于把木马拖进了卫城。具有预见未来能力的卡珊德拉见到这匹木马，感到特洛伊城毁灭的日子就要来到了，不过命运早已注定，没有人会相信她的预言。

希腊英雄们藏在马腹内，大气也不敢出，他们竖起耳朵，集中精力倾听着外面传来的每一声动静。海伦在木马外面，模仿起他们妻子的嗓音，不停地呼喊着他们的名字。奥德修斯紧紧捂住身边一位英雄的嘴，才令他没有答话。英雄们听到特洛伊人高声欢呼，听到他们为庆贺战争结束举行了酒会，听到城里四处都在举杯把盏的庆贺。终于，黑夜来临了，一切归于沉寂，特洛伊全城都深深地沉入了梦乡。英雄们听到西农贴着木马悄悄地说话，他来向英雄们报告，现在大家可以走出马腹了。

而在木马被拖入城中的时候，西农就在特洛伊城门前点燃了一堆熊熊燃烧的篝火，这是为了告诉那些在忒涅多斯岛背后隐藏着的希腊人：他们应当立刻赶到特洛伊城来了。在奥德修斯和厄珀俄斯的带领下，马腹里的英雄悄无声息地走了出来，他们小心翼翼，尽量避免弄出什么响声。很快，英雄们就分散到了被美酒和甜梦笼罩起来的城内的每一条大街上，他们点燃火把，将房屋烧着了，冲天的血红火光将整个特洛伊城都照亮了，预示了它行将毁灭的命运。而其他希腊英雄也回到了城下，他们跨过城墙的豁口，冲进了城内。对特洛伊人进行了血腥的屠杀。特洛伊人还沉浸在欢乐的盛宴中，被这样的景象吓得惊慌失措，随手抄起家什进行自卫。但是再也没有用了，特洛伊人民就这样纷纷倒在了希腊英雄的长枪和利剑下。就连老国王普里阿摩斯以及他的妻子和众多的儿女也无一幸免，纷纷倒在了国土四周。墨涅拉俄斯冲入宫中将还在熟睡的得伊福玻斯杀死了，而海伦就躺在他身边——在帕里斯死后，海伦与他结婚了。墨涅拉俄斯杀红了眼，看着海伦，心中无比愤怒，举手就要将她也杀死，但是被阿伽门农阻止了。女神阿佛洛狄忒一见，急忙在墨涅拉俄斯胸中重新唤起了他对海伦的爱情，然后，他便愉快地带着海伦回到了自己的战船。

而普里阿摩斯那个可以预知未来的女儿卡珊德拉，躲进雅典娜神庙，寻求女神保护。但是小埃阿斯发现了她。粗暴地将卡珊德拉连同雅典娜的

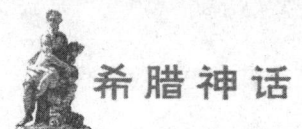

神像一同摔倒了地上，把神像和卡珊德拉一同打碎了。从此小埃阿斯激起了希腊将士的痛恨，女神雅典娜也十分恨他，后来她对小埃阿斯实施了残酷的报复。

在所有特洛伊英雄中，得以幸免于难的只有两个人，一个是埃涅阿斯，他在年老的父亲安喀塞斯不知情的情况下，带着年幼的儿子阿斯卡尼俄斯，偷偷逃出了特洛伊城。另一个就是安忒诺耳。因为他自始至终都主张特洛伊人把拥有非凡美貌的海伦，以及被帕里斯偷走的墨涅拉俄斯的珍宝归还希腊人，所以希腊人宽恕了他。

特洛伊城的大火久久地延烧着。熊熊火光和滚滚浓烟直冲上云天。奥林匹斯山众神也因伟大的特洛伊城的毁灭而万分悲痛。特洛伊城的大火将整个天空都映得通红，周围的人民知道，长期以来都作为亚细亚最强大的城邦而存在的特洛伊城，如今已经覆灭了。

希腊人返回故乡

希腊人在特洛伊城内掠夺到大量的战利品，这些战利品正是对他们这十年来，在战争中遭受到了种种苦难的一种补偿。在希腊人返航的战船上，装满了金银财宝和无以计数的美丽女俘。

在返程途中，战船在赫勒斯滂彼岸暂时停靠的时候，在这里，阿喀琉斯要求希腊人将普里阿摩斯那个美丽的女儿波吕克塞娜作为祭品送给他。但是阿伽门农不愿意让出波吕克塞娜，最后在奥德修斯的坚持下，波吕克塞娜决定将自己献祭给阿喀琉斯，这样一来，也就可以避免日后在异乡被迫经受沉重的奴役。于是波吕克塞娜镇定自若地自动走向祭坛，自己动手将胸前的衣衫撕开。由涅俄普托勒摩斯亲手将剑刺进了她的胸膛，她那鲜红的热血将祭祀阿喀琉斯的祭台都染红了。

这以后，希腊人继续踏上遥远的归途。一路上他们又经受了很多磨难，又有很多英雄在看见故乡的海岸前丧生在异乡。

而就在攻克特洛伊城的时候，盛怒的雅典娜就在希腊将士以及阿特柔

第三篇　史诗故事

斯的两个儿子之间挑起了纷争。墨涅拉俄斯想要立刻起程返回希腊，但阿伽门农却要求希腊人暂时留在特洛伊，等到向雅典娜献祭并且得到她的宽恕以后再回去。但阿伽门农并不知道，无论用什么办法，都已经无法平息雅典娜心中的怒火。两兄弟不断争吵，整整持续了一天。到了第二天一早，涅斯托耳、狄俄墨得斯，涅俄普托勒摩斯、伊多墨纽斯和菲罗克忒忒斯首先率领着一部分希腊战船载着大量的战利品，离开了特洛伊地区。没过多久，墨涅拉俄斯也从特洛伊城撤离，在勒斯玻斯岛上，他们赶上了狄俄墨得斯与捏斯托耳。之后，奥德修斯也起航从特洛伊地区离开，但又在忒涅多斯岛和同伴发生了争吵，于是又返会特洛伊与阿伽门农再次会合。

在勒斯玻斯岛会聚的那部分英雄们起程向优卑亚岛驶去，他们先在岛上的赫菲斯托斯海角祭祀了海神波塞冬，然后才继续航行。四天后，狄俄墨得斯回到了阿耳戈斯，捏斯托耳地达了皮罗斯。伊多墨纽斯、以及菲罗克忒忒斯与涅俄普托勒摩斯等人也纷纷顺利返回了故乡。

而此后，墨涅拉俄斯还经历了很多的磨难。先是在位于阿提刻东部的苏涅斯海角那里，阿波罗把墨涅拉俄斯的舵手佛戎提斯用箭射杀了。因此墨涅拉俄斯只好停船靠岸，隆重地祭奠以及厚葬了他的舵手，才得以继续航行。而就在他的船队航行到拉科尼亚西南端的伯罗奔尼撒海角之时，宙斯又令海面上刮起了飓风。风暴引得海上巨浪滔天。墨涅拉俄斯率领的一部分战船被风暴卷到了克里特岛，在海岸边的山岩上撞碎了，而船上的希腊人在历尽了千辛万苦后才得以活命。剩下的那些战船，也包括墨涅拉俄斯乘坐的战船，迷失了航向，在海上漂荡了许久，终于在埃及的海岸边停靠了下来。而墨涅拉俄斯经过整整七年在异国他乡的流浪，收到了各国人送出的大量礼物，积攒了大笔财产。而当他们从埃及返回故乡的途中，得到了海神普罗透斯之女厄多忒亚的帮助。厄多忒亚告诉墨涅拉俄斯，只有抓住海神普罗透斯，才能从他那里听到众神的意愿。第二天一早，厄多忒亚用四张海豹皮将墨涅拉俄斯和他带来的三个同伴们裹了起来，为了避免他们闻到海豹皮的腥臭，为他们每个人的鼻子上都涂了一层神油。墨涅拉俄斯和

249

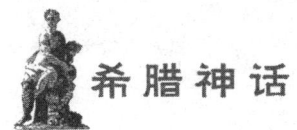

他的同伴就裹着这海豹皮，在海岸上躺着一动不动。直到普罗透斯带领一群海豹浮出海面，不一会普罗透斯在沙滩上睡着了。于是，墨涅拉俄斯就和同伴扑向普罗透斯，将他牢牢抓住，强迫他说出了众神的旨意，然后尊照普罗透斯的吩咐，先返回埃及向众神献祭，等到众神给他送来了顺风，他就顺利地回到了故乡斯巴达，从此安稳地生活在了那里。墨涅拉俄斯与海伦夫妇死后，被众神送往福岛，他俩便在那里无忧无虑地幸福生活着。

恩在阿伽门农返乡途中也遭遇到了千难万险。开始，他和同伴们安全抵达了优卑亚海岸，一路顺风。然而这个时候，女神雅典娜让这个岛的赫拉海角刮起了一场巨大的风暴，女神因为雕像被毁所以痛恨希腊人，尤其憎恨亲手毁掉自己雕像的小埃阿斯。在这场风暴中，许多战船触礁沉没了。小埃阿斯的战船受伤最严重，被海浪拍到岩石上撞得粉碎。但是海神波塞冬怜悯小埃阿斯，命令海浪把他送到赫拉海角的礁石上面，但是因为小埃阿斯的狂妄，并不知道感谢众神，于是引起了众神的愤怒，他那些粗暴无礼的话传入了亲手拯救他的海神耳中。波塞冬愤怒了，高高举起三叉戟，将小埃阿斯站立的山岩劈成两半，山崖发出惊心动魄的轰隆，和小埃阿斯一同坠入了大海。小埃阿斯将自己葬送在了刚刚被波塞冬救离的大海中。阿伽门农带领着船队好不容易避开了风暴，终于抵达了故乡的海岸。然而，返回拥有无限黄金的迈锡尼并未让阿伽门农得到快乐，他的妻子克吕泰涅斯特拉早已变了心，为了摆脱阿伽门农，她设下的毒计，无情地将他虐杀了。

第三篇 史诗故事

奥德修斯的故事

奥德修斯与神女卡吕普索

特洛伊战争后，奥德修斯回到了故乡伊塔刻，归途中经历了许多沉重灾难的折磨，遭遇了很多九死一生的艰险。他所有的部属都丧生了，所有的同伙都在途中遇难，除了他自己，没有任何人逃脱厄运。经过长期漂泊，奥德修斯来到神女卡吕普索居住的俄古癸亚岛。奥德修斯被颇有魔力的女巫师卡吕普索所迷惑，在那里度过了漫长而痛苦的七年。到了第八年，奥德修斯怀念故乡，思念妻儿，哀求卡吕普索能让他回到故乡，但卡吕普索说什么都不答应。直到后来，奥林匹斯众神可怜他，宙斯在众神的会议上，听从女儿雅典娜的请求，不顾仍在四处追逐奥德修斯的海神波塞冬，等待机会为儿子报仇，决定把他送回故乡——奥德修斯曾经把波塞冬之子、独目巨人波吕斐摩斯的双眼弄瞎，因此惹怒了波塞冬，遭到了波塞冬的追捕。

求婚者胡作非为，侵吞奥德修斯的财产

在众神决定将奥德修斯送回故乡以后，女战神雅典娜就从光明的奥林匹斯山上离开，来到位于伊塔刻岛的奥德修斯家。她变成塔福斯人的国王门忒斯，进入了他的家。在奥德修斯家中，她看到一群狂暴的人，这些人想

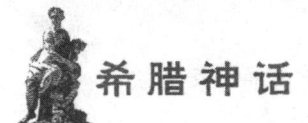

希腊神话

要奥德修斯的妻子珀涅罗珀嫁给他们。这些人在宴会厅里坐着,一边掷着色子,一边等着奴仆为他们备好酒席。奥德修斯之子忒勒玛科斯一见雅典娜化身成的门托耳,急忙将雅典娜领进屋内,单独安排在距求婚者稍远的一张桌子上。不久,宴会就开始了,求婚者放肆地大吵大闹,把宴会大厅糟蹋得不成样子。忒勒玛科斯忧伤的低声向假门托耳控诉求婚者为这个家带来的灾难。他一直等待着父亲回来,他相信只要父亲回来,这些所有的灾难都将结束。雅典娜听了忒勒玛科斯的述说,建议他到伊塔刻岛去,向那里的居民寻求保护,在那里召开公民大会,寻求一个处置求婚者的办法。然后,雅典娜又建议忒勒玛科斯前去皮罗斯和斯巴达,向年老的涅斯托耳以及墨涅拉俄斯两人打听父亲奥德修斯的下落。在雅典娜说完这些后,就变成一只鸟,飞走了,一瞬间就从忒勒玛科斯的视线中消失了。这时忒勒玛科斯知道,刚刚与他交谈的是一位神。

而奥德修斯的妻子珀涅罗珀被嘈杂声引地走了出来,他要求这些人停下喧闹,但是求婚者没人理会她。忒勒玛科斯将母亲劝回内室,请她不要为家中的事情操心。于是珀涅罗珀服从了儿子,返回了内室,独自一个人在屋中,思念起了奥德修斯,在悲伤的哭泣中进入了酣甜的梦中。

忒勒玛科斯警告求婚者不要继续糟蹋他家的财产,说要召集公民大会以制止他们这种行为,并且用众神的怒火来威吓求婚者。但这帮求婚者毫不在乎,依然大喊大叫着又唱又跳,直到夜深之后,才各自离去。

奥德修斯忠实的女仆、从小就照料他们一家的老欧律克勒亚将忒勒玛科斯送回了卧室。忒勒玛科斯虽然躺在床上,但一整夜都不能合眼,雅典娜给他出的主意一直回响在他身边。

于是第二天大清早,忒勒玛科斯就令传令官召开公民大会。等到公民们到齐之后,忒勒玛科斯手持长枪在公民大会上出席,他英姿勃勃地坐到父亲从前坐过的位置上。控诉了那些试图侵吞他家产的求婚者的纷扰,要求公民们凭借宙斯与司法女神忒弥斯的名义来帮助他。

忒勒玛科斯那怒气冲冲的话音未落,就有人反驳。求婚者之一的安提诺俄斯站了起来,不但不承认自己的错误,还谴责珀涅罗珀实在太奸诈,逃避从求婚者中选出一位结婚。因为她曾经对求婚者许诺,只要一织好华贵的嫁衣,就从求婚者中选出一位做丈夫。但是珀涅罗珀白天在织嫁衣,但一到夜里她就把白天织好的全拆掉。安提诺俄斯在大会上扬言,要是珀涅罗珀若还不肯选出一位求婚者做丈夫,那所有求婚者就永远不离开奥德修斯家。他甚至蛮横地要求忒勒玛科斯把母亲驱逐出家门,好借此威胁美丽的珀涅罗珀家人。但是忒勒玛科斯拒绝了这个无理的要求,他向宙斯呼喊,请为他自己所遭受到的求婚者的侮辱与迫害作证。宙斯也因他的话而降下神示。两只苍鹰出现在公民大会会场上空,它们互相扑啄,直撕斗得胸脯与头颈鲜血流淌,没过多久,就消失了。祭祀哈利忒耳塞斯能根据飞鸟预卜未来,他立即向与会者宣告,这正预示着奥德修斯即将归来,到那时,这些蛮横的求婚者都将遭殃。等奥德修斯回来的时候,谁也无法认出他来,他会残酷地惩罚那些试图掠夺他家产的强盗。哈利忒耳塞斯这样警告与会者,但求婚者狂妄的宣称,自己什么都不惧怕,不管忒勒玛科斯、抑或是占卜师用飞鸟来吓唬他们,他们一概不怕。

忒勒玛科斯不再费口舌劝说这些人了。他向公民大会要求给他一艘快船,以便他出海到皮罗斯去找涅斯托耳,他希望涅斯托耳能够告诉他父亲的消息。但是,只有奥德修斯的朋友、冷静理智的门托耳一人支持忒勒玛科斯;他谴责所有公民胆小懦弱,听任那群打着求婚者旗号的强盗胡作非为。但是公民们静静坐着,默不作声。而求婚者中间的勒俄克里托斯站了起来,嘲笑忒勒玛科斯,并且擅自解散了公民大会。

忒勒玛科斯离开公民大会,满腹悲伤地来到了海边,祈求雅典娜的帮助。女神再次变成门托耳出现在他面前,吩咐他现在暂时不要理会那些求婚者,这些冥顽不化的人,必将自食恶果,用不了多久就会完蛋。女神告诉忒勒玛科斯,会为他找一艘船,将他送到皮罗斯去。然后吩咐他赶快回家去,好将远航必需的一切都准备好。

于是忒勒玛科斯回到家中,准备远航所需的物品。他只告诉了欧律克

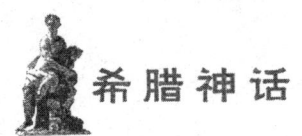

勒亚一人自己将要去皮罗斯的事,请她在自己出门期间多多照顾母亲。这个忠实的女仆担心奥德修斯的儿子会客死他乡,希望忒勒玛科斯不要从伊塔刻离开。但忒勒玛科斯打定了主意,说什么也不会不会动摇。

之后,雅典娜再次化身为门托耳,带着忒勒玛科斯以及自己亲自挑选出来的十二个水手,踏上了遥远的路程。

忒勒玛科斯拜访涅斯托耳和墨涅拉俄斯

因为女神雅典娜的力量,忒勒玛科斯这次航行一帆风顺,第二天一大早,就抵达了皮罗斯城。忒勒玛科斯找到涅斯托耳,告诉他自己是奥德修斯的儿子,这次来到皮罗斯是为了向他打听父亲的下落。涅斯托耳一听,简直喜出望外。足智多谋的奥德修斯是他最敬重的英雄。涅斯托耳观察着忒勒玛科斯,发现这个小伙子不仅外貌和他的父亲十分相似,并且也拥有和他父亲一样的智慧。涅斯托耳把希腊英雄返航途中所遭遇的种种灾难都告诉了忒勒玛科斯,但是他确实并不了解奥德修斯的情况。涅斯托耳对胡作非为的求婚者给予忒勒玛科斯的凌辱和侵害既同情又愤慨。智慧的老人希望忒勒玛科斯能够尽快回家,但是在回家之前还是应当去拜访最晚回国的墨涅拉俄斯,他可能会有一些关于奥德修斯的消息。

黑夜来临,涅斯托耳将忒勒玛科斯留在自己的宫中过夜,门托耳也建议忒勒玛科斯留下来,但是他自己则要回船,还要去向考科涅斯人催讨一笔旧债。说音刚落,假门托耳就突然化作一只海鹰,从惊讶不已的皮罗斯人面前消失了。于是,涅斯托耳与所有在场的人都明白,这是女神雅典娜亲自给忒勒玛科斯以帮助。

第二天早晨,忒勒玛科斯在涅斯托耳最小的儿子皮西斯特拉托斯的陪同下一起上了车,向着墨涅拉俄斯的家飞驰而去。

马车跑得飞快,傍晚十分,他们在英雄狄俄克勒斯居住的斐赖城暂作休息,狄俄克勒斯将皮西斯特拉托斯和忒勒玛科斯留在自己家中过夜,第二天清晨,两人继续前行,傍晚就抵达斯巴达城。

斯巴达这个时候，正在举行盛大的婚礼。墨涅拉俄斯的女儿与阿喀琉斯之子涅俄昔托勒摩斯结婚了，这是一门早在特洛伊城下就被众神见证过的婚事，婚宴上的客人欢乐地畅饮。忒勒玛科斯与皮西斯特拉托斯就在这时来到了墨涅拉俄斯的王宫门口。墨涅拉俄斯热情地邀请他们进宫。让两人在漂亮的浴室中洗过澡，再换上干净的衣服，进入宴会厅。忒勒玛科斯与皮西斯特拉托斯被这座不同寻常、豪华富丽的王宫所震惊。墨涅拉俄斯对他们十分热情，招呼他们坐在自己的身旁。

正在大家坐在宴会上欢乐畅饮的时候，美貌无比的海伦走了进来。一群手拿金纺锤与装满毛线的金边银匣子的女仆在她身后跟随。海伦看到桌子上的外乡人，发现忒勒玛科斯酷似奥德修斯，于是感到很惊讶。接着就把自己这个发现向墨涅拉俄斯讲了出来。这样一说，皮西斯特拉托斯便直言告诉她，坐在宴席上的年轻小伙子忒勒玛科斯正是奥德修斯的儿子。这个消息令墨涅拉俄斯高兴非常，他兴高采烈地谈起了奥德修斯建立的功绩，也谈起了希腊人在攻打特洛伊城那十年中所遭受的不幸。而海伦也充满敬佩地谈起了奥德修斯。他们对奥德修斯的回忆令忒勒玛科斯不禁热泪滚滚。他告诉斯巴达国王，自己此次前来就是要打听父亲的下落。而墨涅拉俄斯先向奥德修斯之子讲述了自己的种种奇遇，又把海神普罗透斯透露给他的关怀，与其他希腊英雄从特洛伊离开之后的命运讲述了一遍。根据这种情况，奥德修斯现在应当被神女卡吕普索困在岛上。而墨涅拉俄斯所能说的，也仅此而已。忒勒玛科斯听到这消息，心急如焚，拒绝了斯巴达国王要他留在自己宫中十二天的要求，赶快回家了。

奥德修斯离开神女卡吕普索

雅典娜帮助忒勒玛科斯安然地返回了故乡，从求婚者的袭击下逃离；而另一方面的赫耳墨斯就要去俄古癸亚岛，向神女卡吕普索传达众神的旨意，让她放了奥德修斯。

赫耳墨斯眨眼间就从奥林匹斯上来到了俄古癸亚岛。俄古癸亚岛是个

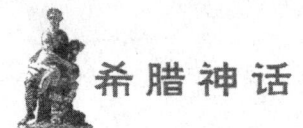
希腊神话

美丽的海岛，岛上被各种树木覆盖，一片茂密的葱绿。柔嫩的青草在大地上轻柔地蔓延，紫罗兰和百合花在草丛间散发着迷人的芳香。有四股清泉为全岛灌溉，而由清泉形成的小溪逶迤地穿行在树林之间。岛上有个山洞，洞口爬满葡萄藤，藤上挂着一串串熟透的葡萄，洞中十分清凉。神女卡吕普索和奥德修斯就居住在这里。赫耳墨斯进入洞，只有卡吕普索独自一人，她坐着，拿着一把金梭在织一幅图案奇妙的魅力披肩。奥德修斯却不在洞中，他正孤身坐在海边山岩上，对着大海极目远眺。他眼中淌下热泪，思念着故乡伊塔刻。奥德修斯就这样忧愁而孤独地打发过了一天又一天。

赫耳墨斯将众神与万物之王宙斯的旨意转达给了神女卡吕普索。卡吕普索知道自己一定要与奥德修斯分手了，禁不住神色黯然。她爱着奥德修斯，本想把奥德修斯永远留在岛上，赐予他永生。但她无论如何不能违抗宙斯的意志。

卡吕普索送走了赫耳墨斯，找到奥德修斯，答应放他回到祖国去。她让奥德修斯拿起斧头去砍树，自己做一个结实的木筏乘坐上去，届时她会为奥德修斯送去顺风，帮助他离开这座小岛，踏上回乡的路途。

但是奥德修斯不肯相信卡吕普索，一定要女神以众神的名义发誓，表示自己真的不想坑害他，奥德修斯才敢登上木筏，进行航行。

卡吕普索只好以斯堤克斯的河水向奥德修斯发誓，绝不会害他。

第二天一大早，奥德修斯就着手建造木筏。他砍倒树木，将他们的枝杈剥去，把一根根原木捆扎起来，然后钉上木板。一连干了四天，木筏总算扎好了，最后奥德修斯在木筏上支起桅杆，挂上白帆。卡吕普索赠送给他很多路上的必需品，悲伤地与他告别了。奥德修斯张起帆，卡吕普索为他鼓起顺风，木筏向大海飞速地驶去。

借助昴星团和大熊星座，奥德修斯得以辨认航向，在海上航行了十八天以后。一片陆地终于在远方出现了，这正是淮阿喀亚人生活的斯刻里亚岛。而波塞冬在这时看到了奥德修斯的木筏。于是大海的主宰在海上掀起一阵可怕的风暴。天空中乌云密布，四下一片漆黑。巨浪在狂风的帮助下，从四面八方向奥德修斯袭来,将奥德修斯卷进了大海。他深深地沉入了海底,又好不容易浮出海面。湿透了的衣衫沉甸甸的,拖着他往下沉。

他挣扎着浮出水面,连忙吐出了呛进的海水,朝着破碎的小船游去。他费尽气力才抓住小船,随着小船漂流。正在危急之时,海洋女神洛宇科忒阿看到他。洛宇科忒阿又叫伊诺,也就是卡德摩斯的女儿。女神非常同情他,从海底升上来,坐在破碎的小船上对他说:"奥德修斯,请听我的劝告!快脱去衣服,离开小船,用我的面纱裹住你的身体,然后朝前游去!"奥德修斯接过面纱,女神突然不见了。他虽然不相信她的话,但他仍然听从她的吩咐。他像骑马一样骑在一块漂浮的木板上,脱去了卡吕普索送给他的衣服,用面纱围在身上,跳进汹涌的海浪中。

波塞冬看到这勇敢的人真的跳进海中,不由得摇了摇头说:"好吧,你就在风浪中漂流吧!你得遭受更多更大的痛苦!"说完,海神波塞冬回到他的宫殿去。奥德修斯在海上漂了两天两夜,终于他又看见一处满是树的海岸,波涛冲击着礁石发出阵阵轰鸣。他还来不及考虑,不由自主地被一阵海浪冲上了海岸。他用双手紧紧地抓住一块岩石,可是一个波浪又把他冲回了大海。他只得使劲划动双臂朝前游去。经过一段时间,他漂进了一处浅浅的海湾。这里是一条河流的入海口。他祈求河神。河神同情他,平息了波浪。奥德修斯终于游到河岸,精疲力尽地倒在河岸上,口鼻流水,失去了知觉。

一阵冷风把他吹醒。他从身上解下面纱,怀着感激的心情把它扔到海里,归还女神。他光着身子,在风中感到阵阵寒气。他看见附近有座满是树林的小山,于是爬上山去,发现两棵树叶交错的橄榄树。橄榄树枝叶茂密,能够避风挡雨,还能防止阳光曝晒。他用树叶铺上一张床,躺了下来,用一些树叶盖在身上。不久,他就沉沉睡去,忘却了一切磨难。

奥德修斯和瑙西卡

在奥德修斯钻在树叶堆中睡觉的时候,雅典娜则去了淮阿喀亚人的城市中。

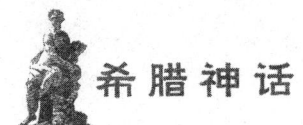
希腊神话

女神赶到了舍利亚岛，淮阿喀亚人在岛上建筑了一座城市。女神走进贤明的国王阿尔喀诺俄斯的宫殿，来到国王的女儿瑙西卡的内室。瑙西卡生得美丽、端庄，如同一位漂亮的女神。她睡在宽敞而又明亮的卧室里，门外有两个侍女看守。雅典娜如清风似的走到姑娘的床前。她变形为姑娘的侍女，出现在姑娘的梦中，对她说："你这个懒姑娘，你的母亲会笑话你的，你美丽的衣服还放在橱里没有洗净呢，如果你明天和人订婚了，那你怎么办呢？你将没有一件干净的衣服穿。起来，快去洗衣服。我陪你去，帮你一起洗，让你尽快把衣服洗完。"

姑娘突然醒来，急忙起了床，走到父母那里。她的母亲正和女仆们坐在炉子前纺织紫线，国王却在门口遇到了女儿。瑙西卡抓住父亲的手，撒娇地说："亲爱的父亲，叫人给我准备一辆马车吧，让我到河边去洗衣服，我把你和我的兄弟们的衣服都带去洗。"

姑娘羞于说到自己订婚的事，所以只好这么说。她的父亲知道女儿的心事，微笑着说："去吧，我的孩子，我命仆人为你套车！"瑙西卡从房里取出衣服，放在马车上。母亲把甜酒给她装在皮袋内，又给她送上面包和别的食品。她还给女儿一瓶香膏，让女儿和女仆们沐浴后可以搽抹身体。瑙西卡亲自执缰挥鞭，架着马车来到河边。她们卸下马，让马儿在草地上吃草，然后拿起衣服在专供洗衣的小沟里洗濯。沟里注满了河水。姑娘们将衣服搓洗并捶击干净，在清水里过了一下，然后把衣服一件件晾在被河水冲刷得干干净净的河岸上。洗完衣服，她们在清水里沐浴，涂上香膏，愉快地吃着带来的食品。大家在草地上尽情地戏耍，等待衣服在阳光下晒干。

姑娘们快乐地抛着球，享受着美好的时光。瑙西卡一边抛球，一边唱歌，大家跟着她一起唱了起来。这时，瑙西卡向她的女伴掷去一球。隐身在一旁的女神雅典娜把球引向河水的急流中。姑娘们一阵喧闹，把睡在橄榄树下的奥德修斯惊醒了。他欠起身，心想：我在什么地方？我刚才确确实实听到了姑娘们欢乐的笑闹声。

他一边想，一边拉断一根树叶浓密的树枝，遮盖自己光着的身体，然后从树丛里走出来。他的身上仍然沾着海草和海水的泡沫,看上去像个野人。姑娘们以为遇上了海怪,吓得四处逃窜。只有阿尔喀诺俄斯的女儿站在原地,因为雅典娜给了她勇气。

奥德修斯寻思是上去抱住姑娘的双膝,还是虔诚地站在远处,恳求她赐给一件衣服,并指点他去寻找人们居住的地方。想来想去,他觉得还是后一种做法比较合适,于是他在远处对她大声说:"喂,我不知道你是女神还是人间女郎,但无论你是谁,我都要向你恳求援助!如果你是女神,那么你一定是阿耳忒弥斯,因为你像她一样端庄美丽。如果你是人间女郎,那么我要赞美你的父母和兄弟们,因为他们有你这样可爱的女儿和姐妹,一定很满意。能够娶你为妻的人该有多么幸福啊!请你怜悯我吧,我受尽了人间少有的折磨。二十天前我离开了俄奇吉亚岛,我被海浪卷入大海。最后我这个可怜的落难人被冲上了这儿的海岸,我在这里没有一个认识的人。请给我一件遮身的衣服吧!告诉我,你住在哪座城里?愿神保佑你万事如意,使你有一位好丈夫,一个美满的家庭,过上幸福的生活!"

瑙西卡回答说:"外乡人哪,看上去你像个高尚的人。你既然来到我们的国家,来到我的面前,那么你就不会缺少衣食。我愿意告诉你我们住在哪里,告诉你关于我们民族的事。居住在这里的是淮阿喀亚人,我是国王阿尔喀诺俄斯的女儿。"说完,她唤来逃散的女仆们,并安慰她们,告诉她们不要害怕这个外乡人。女仆们仍然惊恐地站在那里。当奥德修斯在隐蔽的小河里冲洗干净后,她们才听从女主人的吩咐,给他送上长袍和紧身衣。他穿上衣服,正合身。奥德修斯的保护神雅典娜使他显得更加健美,威武,气宇轩昂,神采奕奕。他从树丛里走出来,坐在略离开姑娘们的地方。

瑙西卡惊讶地打量着眼前这个俊美的男子,对身边的女伴们说:"一定有个神在保护他,并把他带到淮阿喀亚人居住的地方。刚才他又脏又丑,现在却像自天而降的神一样。如果我们民族有这样一个出色的人,而且命运之神选他作我的丈夫,那我多么幸福啊!好了,姑娘们,去吧,给外乡人送上美酒和食品吧!"女伴们立即照她吩咐的做了。奥德修斯又吃又喝,在忍受

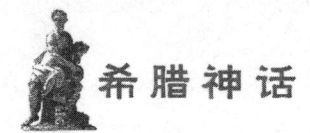
希腊神话

了长久的饥渴后,他第一次愉快地享用了一顿美餐。

现在,他们把晒干的衣服放在马车上。她们套上马,瑙西卡仍然执着缰绳,她让这个外乡人跟女仆们一起步行跟在后面。"这里离城不远,"她抱歉地对奥德修斯说,"城池有高高的城墙,只是临海的一面没有,那里是一个宽阔的海港,港湾仅有一条狭窄的入口。那里有市场,还有海神波塞冬壮丽的神庙,神庙附近是制造、出售缆绳、帆布、桨橹和其他船具的地方。淮阿喀亚人是勤劳的从事海上作业的民族。现在我们离城不远了,因此我要避免别人说闲话。在经过市场时,一个遇到我们的农民,会嘲笑地说:'唷,瑙西卡身后的那位漂亮的外乡人是谁呀?他大概是瑙西卡的丈夫吧!'听到这种闲语,我会十分尴尬的。所以,当我们到了城前那棵献给雅典娜的白杨树圣林时,请你在那里稍待一会儿。等你估计我们已经进了城,你就赶紧跟上来。你很快会从许多住房中找到我父亲的宫殿。进了宫殿,你抱住我母亲的双膝,如果她喜欢你,那你一定可以得到她的支持和帮助!"

瑙西卡说着,缓缓地赶着马车,使奥德修斯和女仆们可以跟得上。来到雅典娜的圣林时,奥德修斯一人留下,他虔诚地向他的保护女神雅典娜祈祷,女神听到了他的祈祷。

奥德修斯在国王阿尔喀诺俄斯宫中

瑙西卡回到王宫,兄弟们出来迎接她,帮她卸下骡子,把装衣服的篮子搬进去。瑙西卡回到内室,她的保姆已经为她准备好丰盛的晚餐。

奥德修斯离开圣林,而雅典娜一路上都在帮助他。为了防止自负的淮阿喀亚人伤害他,雅典娜用浓雾罩住他,但奥德修斯自己却毫无察觉。当快到城门的时候,雅典娜化身为淮阿喀亚姑娘,手里提着一只水罐,走到奥德修斯面前。奥德修斯向她打听该怎么到阿尔喀诺俄斯王宫去,这个小姑娘就自愿送他前往,但是一路上,都没有人能看得见奥德修斯。奥德修斯默默地跟在雅典娜身后,高兴地欣赏着码头、船只、高大的城墙。终于,他们来到了王宫前面。在离别前,雅典娜说出了与瑙西卡一样的话,也劝他应当首先找王后阿瑞忒求助。

　　繁华的市容早已令奥德修斯无比惊讶,如今,面前那富丽堂皇的阿尔喀诺俄斯宫殿更让他震惊不已。高大的殿堂金光灿烂,如同太阳放射着光芒。宫门两边是镶铜的宫墙。内廷有黄金大门,银制的门柱,门楣也是银铸的,底座则是黄铜的,门扣是金的。门的两旁立着由赫淮斯托斯铸造的金狗银狗,好像守卫王宫的武士一样。奥德修斯走入大厅,他看到一排软椅,椅上铺着富丽而精致的坐垫。王侯和贵族坐在这里饮宴。在高高的托架上立着金童像,他们手中举着火把,饮宴时照得如同白昼。宫中有五十个女仆,有的磨面,有的织布,有的纺线。这里的妇女善于纺织,就像淮阿喀亚男人长于航海一样。宫廷外是一个果园,砌有围墙,园内种着梨树、无花果、石榴、橄榄和苹果树。淮阿喀亚国一年四季吹着温暖的西风,不管冬天还是夏天都有水果。在同一季节,有些树木在开花,而有些树木则已结果。果园旁边是葡萄园。在阳光下,晶莹的葡萄闪闪发光。有的葡萄已经采摘了,有的则刚刚绽出花蕾。花园的另一边花团锦簇,芳香沁人心脾。一道泉水蜿蜒流经花园,另一道泉水则从宫门旁流过,这里的居民们都在这里汲水。

　　奥德修斯被这一切惊呆了,过了很久,他才回过神来,迈步进入宴会厅。这时淮阿喀亚的显贵阿尔喀诺俄斯和阿瑞忒等人正在宴饮。他们正用芬芳的美酒向神祇赫耳墨斯举行祭礼。奥德修斯在浓雾的包围中穿过人群,来到国王和王后面前。雅典娜一举手,他周围的浓雾立刻消失了,他上前跪在王后阿瑞忒的脚下,抱住她的双膝,哀怜地恳求王后能够对他这个可怜的漂泊者施以援手。说完之后,他向后退了几步,试图像平时一样,坐到炉边的灰烬上——专属求助者的位置。然而淮阿喀亚人中最年长的一位老人向阿尔喀诺俄斯提出建议,让这个人坐到桌上,于是她扶起奥德修斯,让他坐在自己身边的椅子上。这里原来坐着国王的爱子拉俄达马斯,他给客人让出了位置。在向宙斯举行了祭礼后,宴会散了。国王邀请宾客第二天再来参加去为这名流浪者举行的盛大宴会,他没有问这个人是谁,因为他把奥德修斯当作了一位神祇。不过奥德修斯向阿尔喀诺俄斯表明自己的凡

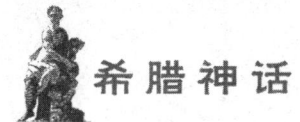
希腊神话

人身份,并且告诉国王,他从神女卡吕普索居住的海岛离开后,一路上经受了太多的磨难,而他之所以能够活着来到这里,是因为在海边遇上了公主瑙西卡,瑙西卡帮助了他。阿尔喀诺俄斯认真地听着奥德修斯的讲述,他被奥德修斯的聪明勇敢而打动了,禁不住高声喊道:

"奥林匹斯山的众神啊,如果安排你这样的人娶我的女儿为妻,我是多么愿意啊!我愿意给你宫殿和财产!但我不会强迫你留在这里。明天,我将给你海船和水手,使你可以回到家乡去。我尽力帮助你。无论多么艰险遥远的海路,淮阿喀亚人都不会惧怕!"

奥德修斯非常感谢他的盛情。他告辞出来,睡在王后阿瑞忒吩咐仆人准备好的一张柔软的床上,消除了疲劳和困乏。

第二天早晨,阿尔喀诺俄斯将所有的淮阿喀亚人召集起来,商议如何将奥德修斯送回家乡。雅典娜亲自扮作传令官,走遍全城,把所有公民都召集到了广场上。阿尔喀诺俄斯把客人也带到广场上。大家都惊奇地打量着拉厄忒斯的儿子,雅典娜已赐予了他非凡的品貌与威严。国王郑重地把这位外乡人介绍给他的人民。他要求市民们准备一艘大海船和五十二名淮阿喀亚年轻的水手。同时,他还邀请在场的贵族共赴招待外乡人的宴会,并命令阿罗波曾赋予音乐天才的歌手特摩多科斯在席间献艺。

阿尔喀诺俄斯的话刚一说完,年轻的水手们立即准备了一艘坚固的大船。他们竖上桅杆,挂上船帆,用皮带缚紧船桨。一切准备停当后,他们来到国王的宫殿。宫殿的大厅和庭院里挤满了应邀的贵宾。仆人们杀了十二只羊,八只猪和两头公牛。宴会结束后,盲歌手以嘹亮的歌喉歌唱扬名四海的特洛伊英雄。其中最著名的两位英雄是人所皆知的阿喀琉斯和奥德修斯。这段吟唱勾起了奥德修斯心头那些悲伤的往事,两眼忍不住淌下泪珠。但他为了不让别人看到他在流泪,不得不用披风遮住脸。下一曲,得摩多科斯又吟唱起英雄们在特洛伊城下建立起的功勋,奥德修斯再次热泪盈眶。这一切都被坐在一旁的国王注意到了,他苦苦思索了很久,最后终于稍稍猜到了客人流泪的缘由。

宴会结束后,阿尔喀诺俄斯把所有人召集到广场去参加竞技比赛。在广场上,淮阿喀亚的青年们举行了跑步、摔跤、跳跃、拳击、掷铁饼等等各种项目的竞技。就在竞技大会临近尾声时,英俊强健的欧律阿罗斯向国王之子、英姿卓越的拉俄达摩斯建议,请他邀请那个看来身体强健的流浪人一同比赛。拉俄达摩斯思索了一阵后,同意了,他彬彬有礼地来到奥德修斯面前,希望能够有幸邀请他和自己国家的人一同比试。一开始奥德修斯婉言谢绝,他的心情因思念家乡而十分沉重。但欧律阿罗斯听说奥德修斯不想参加比赛,就讥笑着说道:

"流浪人! 你的讲话不像出于一个战士之口。你可能是一位优秀的船长或者聪明的商人。但你不是一位英雄。"

奥德修斯听到这话不高兴了,他皱起眉头,威严地对欧律阿罗斯说:

"我的朋友,这可不是一句好听的话。我并不是竞技场上的无能之辈。在年轻时,我总是跟最强的对手较量。现在不同了,多年的战斗和海上的风浪已使我疲惫不堪。但你既然向我挑战,我就去试试把!"

说完这番话,奥德修斯抓起一块又大又厚的铁饼,用力将它掷了出去。铁饼呼呼地响着在空中飞过。附近的人忙弯下腰,朝后退,铁饼远远地超过了标志线。雅典娜变形为一个淮阿喀亚人,在铁饼落地的地方做了个标记,然后大声说:"连盲人也看得出,你比任何人都要掷得远。在这项比赛中,没有一个淮阿喀亚人能超过你!"

奥德修斯听了这话心花怒放,高声说道:

"各位淮阿喀亚的青年,你们也努力把铁饼掷到我刚才所扔的那么远的地方吧!要是有谁能赶上我,我愿意再掷一次,尽力比第一次掷得更远。而你,刚才讥讽我的那位青年,请到这里来,你还想举行哪些比赛呢?我愿奉陪,决不退缩!不过,我是不会跟拉俄达马斯比赛的。客人怎能和款待他的主人竞赛呢?"

场上的年轻人静默不语,国王阿尔喀诺俄斯微笑起来,对奥德修斯说:

"外乡人,你对我们显示了你的力量。从现在起,没有人不佩服你。当你

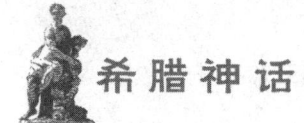

希腊神话

回到家里跟妻儿团聚时,请别忘了对他们讲起我们的风范和道德。我们在拳击和角力方面也许并不出色,但在航海和奔跑方面还是相当出色的。至于弹琴、跳舞,我们都有这方面的行家。我们有最美丽的首饰,最舒适的浴池,最柔软的床榻,这些你都看到了。现在,让我们展示自己唱歌、跳舞的艺术才能吧,让艺术家们给这位外乡人表演一下,献出你们的技艺!别忘了把特摩多科斯的竖琴也带来。"

一个使者取来了竖琴。九个年轻人收拾好场地,准备表演舞蹈。琴手走到中间。舞蹈表演开始了。奥德修斯惊叹不已,他还从来没有看过如此美妙的舞蹈。接着,歌手唱起一首动人的歌,歌颂神祇欢乐的生活。跳过轮舞后,国王命令他的儿子拉俄达马斯和伶俐的哈利俄斯跳对舞。一个人手上捧了一只小球,仰身把球往空中掷去,另一人跳起来在空中把球接住。他们敏捷地换着舞步,轻快地跳跃。一旁观看的人有节奏地拍着手,为他们助兴。奥德修斯看着表演者,由衷的赞美着,这优美的舞姿令他惊羡不已。

表演结束后,阿尔喀诺俄斯令所有长老给奥德修斯送上一套华贵的衣服以及一大篮黄金作礼物。另外,欧律阿罗斯还把一柄象牙剑鞘与银柄宝剑赠给奥德修斯,为自己语言的轻慢向奥德修斯道歉。

而奥德修斯笑着原谅了他,并且希望他永远不要为把宝剑送给自己而感到后悔。

太阳落山后,人们急忙返回了阿尔喀诺俄斯的王宫。国王阿尔喀诺俄斯向王后要了一只精致的箱子,把衣服和黄金装在箱内,然后把箱子送到奥德修斯的住处。国王还送了他许多衣袍和一只贵重的金杯。奥德修斯小心地关上箱盖,用喀尔刻教给他的一种奇妙绳结将箱子捆绑结实。然后他沐浴更衣,赶往宴会厅。就在门口,他遇上了瑙西卡公主。公主心中充满了离别愁恨,对奥德修斯说到:

"高贵的客人,愿你健康幸福!希望你归国后也能时常想起我!不要忘记我曾救过你的命。"

"啊,美丽善良的瑙西卡!"奥德修斯对她说。"尊敬的瑙西卡,如果众神保佑,让我平安地回到故乡,我一定把你当做神祇一样供奉祈祷,因为你是我的救命恩人。"

奥德修斯说完就他进入大厅,在国王身边坐下。仆人们正忙着倒酒,分肉。盲人歌手得摩多科斯被带了进来,奥德修斯请他唱一曲关于希腊人用木马计攻陷特洛伊城下的歌曲。得摩多科斯的表演令奥德修斯再度落泪。阿尔喀诺俄斯在一旁注意到了,于是止住了歌手的歌唱。他问奥德修斯,怎么每次在听到关于攻打特洛伊城的英雄们的赞歌时他都要洒泪。他希望外乡人告诉自己他到底是什么人,他的父母都是谁。为了让奥德修斯放心,阿尔喀诺俄斯发誓,不论他是谁,淮阿喀亚人都会把他送回故乡。尽管国王心里清楚,海神波塞冬曾威胁过淮阿喀亚人,要是他们敢送流浪人回乡,他就会让护送这个人回乡的船在山岩撞得粉碎,还会用大山将淮阿喀亚人的城池永远地封锁起来。尽管阿尔喀诺俄斯完全清楚这后果,但依然决心将奥德修斯送回故乡。不过现在,他只想知道这个外乡人到底是谁。

"尊贵的国王阿尔喀诺俄斯,"奥德修斯回答,"你想弄清我经历过的一切磨难,你想了解我的身份、籍贯与我父母的姓名。那我就坦白地告诉您吧,我是奥德修斯,是拉厄耳忒斯之子,是伊塔刻岛的国王。我从女神卡吕普索居住的海岛离开后的经历,你已经十分清楚,既然这样,我现在就把自己从特洛伊城起航返乡后所遭遇的所有艰险告诉给你听。请您慢慢地听我讲吧!"

接着奥德修斯开始讲述起了自己那不平凡的遭遇。

奥德修斯述说自己离开特洛伊后的遭遇

喀孔涅斯人和食忘忧果的民族

离开特洛伊之后,我们的船被一阵大风从伊利翁一直吹到伊斯玛洛斯,那里是喀孔涅斯人的都城。我们攻占了那座城,杀死了守城的男人,然后瓜分了妇女和其他的财物。我建议我的朋友们赶快离开那里。可是我的

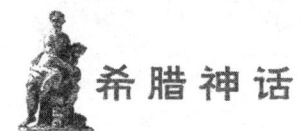

同伴们听不进我的话。他们贪图战利品,并留下来饮酒作乐。那些逃走了的喀孔涅斯人从内地搬来了救兵,乘我们欢宴时突然向我们发起攻击。我们寡不敌众,可怜我的六个同伴还没有站起身就被杀死在餐桌上,其余的人幸好逃得快,才幸免于难。

我们向西航行,庆幸逃脱了死神的威胁,可是心里却为死去的同伴感到悲哀。后来,宙斯从北方吹来一阵飓风。海上顿时波涛汹涌,战船陷于一片黑暗中。我们忙着放下船桅,可是还没有等船桅放下,两根桅杆已经折断,船帆被撕成碎片。我们好不容易才驶到岸边,在这里停泊了两天两夜,才把桅杆修好,配制了新的船帆。然后,我们又启航了,满怀着回乡的热切希望。然而,我们刚到伯罗奔尼撒南端的玛勒亚时,北方吹来的一阵飓风,又把我们送回了浩瀚的大海。我们在风浪中颠簸了九天九夜。到了第十天,我们来到洛托法根人的海岸。这是一个食忘忧果的民族。我们上岸汲足了淡水,并派两个同伴在一个使者的陪同下去打探情况。他们发现食忘忧果的人正在召开国民大会。他们受到隆重而热情的接待。主人捧出忘忧果,请他们品尝。这种忘忧果具有奇特的作用,比蜂蜜还甜,吃过的人就会忘记忧愁,乐而忘返,希望永远留在那里。我们派出去的人都不愿意再回到船上,无奈之下,我们将他们强行拖上船。

奥德修斯在库克罗普斯的岛上

我们又继续航行,经过很长时间,来到了凶残成性,不知王法的库克罗普斯人居住的地方。他们不耕不织,一切听从神的安排。库克罗普斯是些在山洞中穴居的巨人,他们没有法律,也不召开国民大会。他们都住在山上的岩洞里,和自己的妻儿生活,从不与邻人往来。我们没有随随便便就登上他们的海岛,而是先驶入附近一个小岛的海湾中。这是个无比富饶的小岛,可此前从没有人来过。许多野山羊生活在岛上,它们没见过人类,所以看我们上岸一点也不害怕。我们将船靠岸,上岸睡了一个安稳的好觉,第二天清晨就猎山羊来吃。我们抓到很多野山羊,每一艘船都能分到九只,我自己的那艘船还分了十只羊。然后,我们就坐到岸边又吃又喝,休息了整整一天。接下来那天早晨，我和十二个可靠的同伴乘坐我那艘船上了库克罗普斯岛，探查风土人情。渡过一条不太宽阔的海峡以后，我们很快就上了岛。在水边有个山洞，洞口到处长着月桂树，周围还绕着一堵巨石砌成的围墙。我们带上食物以及盛酒的皮囊，进入了库克罗普斯居住的山洞，这里居住着一个凶残得可怕的库克罗普斯人，他离群索居，不接触其他人，独自放羊。他是个力大无比、额上只长一只眼睛的巨人，不同于其他的库克罗普斯和其他民族的人。当我们到那里的时候，巨人出去放羊还没有回来。

山洞里一筐筐的摆着着很多干奶酪，还有一只只盛满凝乳的木桶和大杯，牲口棚里挤满了羊羔和大羊。同伴们都说拿上干奶酪，把最肥美的羊羔和母羊赶走，回到船去，要是我当时听了他们的话该有多好！但我一心想看看那个独眼巨人，坚持留了下来。没过多久，独眼巨人就回来了。他把一大捆木柴扔到洞口旁边的地上。我们被他吓得躲到了洞里最阴暗的角落。库克罗普斯把放牧的羊赶回洞里，找到一块巨石将洞口挡住，然后就坐下挤羊奶。而这一切都干完之后，他便点燃火堆准备做饭。火光将我们的藏身处照亮了，他发现了我们。巨人粗暴地高声吼叫：

"你们都是谁啊？从什么地方来的？恐怕你们就是在海上四处漂泊、无恶不作的强盗吧？"

"我们是希腊人，"我壮起胆子回答，"刚从特洛伊的战场上下来。路遇风暴迷失在这里。我们请求您的帮助，希望您能热情地招待我们。您要知道，宙斯会严厉地惩罚那些对漂泊者默然对待的人。"

"看得出，你确实是来自异国他乡的旅人，"库克罗普斯发出恐怖的吼声，"你还不知道我是谁，你以为我会对你们敬奉的神有所畏惧吗？宙斯怎么能管束我？我可不怕宙斯的愤怒！我才不想要怜悯你们！我愿意怎么样就怎么样！快告诉我你们的船藏在什么地方？"

我清楚他为什么这么问，所以就说了谎话，我说：

"我们的船在狂风的袭击下，撞到岸边礁石，早就粉身碎骨了，众神保佑我与我的同伴们死里逃生。"

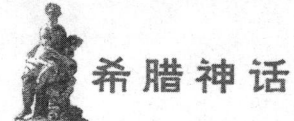

希腊神话

　　库克罗普斯听了以后,一声不响。突然伸出两只大手,将我的两个同伴抓住,狠狠地扔到地上摔死。然后他把两具尸体烤熟,撕成一块块的吃掉了。我们吓得战战兢兢,只能恳求宙斯的拯救。库克罗普斯巨人饱餐一顿,仰面朝天地躺在地上,鼾声如雷。我想趁这个时候杀了他,但是我拔出利剑正要动手时,又看见了堵在洞口的巨石,于是明白杀了他也救不了我们,就只好等待。第二天一早,独眼巨人又找了我的两个同伴把他们杀死,然后就将羊群赶出山洞放牧去了,临走前又挪动巨石把洞口堵死。我趁他不在,想出了一个脱身的办法。于是我在洞内四处寻找,找到了一根像桅杆那么大小的原木,可能是库克罗普斯打算做棍子用的。我用自己的剑把原木的细端看下来,削得很尖,然后放到炭火上烤焦,再将它藏好。等到黄昏,库克罗普斯赶着羊群回到了洞中。他再次拿我的两个同伴美美地饱餐了一顿晚餐,就在他要躺下睡觉的时候,我走到了他身旁,恭敬地献给他一大杯酒。喝完了这一杯,他还想喝,于是对我说:

　　"再给我来一杯,把你的名字告诉我,我会给你准备一份礼物。"

　　然后,我又给他倒了一杯,喝完以后他又要,我给他斟满第三杯,对他说:

　　"你想知道我叫什么?我叫做'没有人'。"

　　"好!'没有人',你听好,我给你的奖赏就是最后吃你!"库克罗普斯高声大笑着对我说。

　　等第三杯酒也喝完,他倒在地上沉入了梦乡。这时我给同伴们发出了行动的信号,我们一同扛起那根白天被我削尖的原木,把它在火堆上烧得通红,用它把独眼巨人那唯一一只眼睛烫瞎了。独眼巨人疼得连声惨叫,他从眼窝中拔出这根还在冒烟的尖木,向其他独目巨人求救。其他人跑来问他:

　　"波吕斐摩斯,你出了什么事儿?是有人伤害了你,还是有人把你的羊群抢走了啦?你为什么把我们都吵醒?"

　　波吕斐摩斯尖声喊叫着回答:

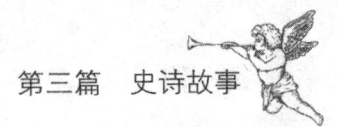

"没有人伤害我!"

其他的独眼巨人都生气了,他们责怪波吕斐摩斯既然没有人伤害他,他就应当安静下来,别再继续尖叫。然后,剩下的库克罗普斯就离开了。

第二天天一亮,波吕斐摩斯还要去放牧,他捂着眼睛大声呻吟,将堵在洞口的巨石搬开,逐一抚摸着那些羊的背,一只只地向洞外放羊。我们为了出去,把羊三只三只地绑到一起,而后我们将自己绑在中间那只羊的肚子下。将同伴都安排好以后,我自己就用双手抓住了波日斐摩斯最喜欢的那只大绵羊浓密的羊毛,吊在他的肚子下面。我的伙伴们一个个出了洞。而将我藏身的那只羊走在最后头。波吕斐摩斯把这只羊拦住,慢慢地抚摸了一阵,大声抱怨着自己的不幸,痛骂"没有人"坑害了他。最后他让这只羊也出了洞。我们就这样从几乎不可避免的死亡里逃了出来。我们急匆匆地将波吕斐摩斯的羊群赶到船边,船上的伙伴们一直都在盼望我们回来。没时间让同伴们为此次丧生的战友哀悼了,我们立即将波吕斐摩斯的羊群赶上船,解缆离岸。等到船驶到了安全距离,但声音还能传到岸上的时候,我就对着山洞高声叫喊,大声嘲笑波吕斐摩斯道:"'没有人'没有伤害你,伤害你的是希腊英雄奥德修斯。"但是我这个傲慢的举动为大家招来了后来更多的不幸。波吕斐摩斯向他的父亲波塞冬祈祷,要求报复我这个叫做奥德修斯的人,因此波塞冬唤起巨浪和大风,将我的船吹离了回家的航线,并在后面遭遇了更多艰险。

奥德修斯在埃洛斯的岛上

不久以后,我们来到了希波忒斯的儿子埃洛斯居住的海岛。他是众神的好友。这座岛像是浮在海上一样,周围铜墙环绕,砌在陆地边缘的陡峭山岩上。埃洛斯在岛上建造了一座宫殿。他有六个儿子,六个女儿,每天和妻子儿女饮宴作乐。这位好心的国王招待我们在岛上住了足足一个月。他饶有兴趣地向我们打听关于特洛伊城、希腊英雄和他们返乡的情况。我详细地回答了他的问题。最后,我恳请他帮助我们回国,他也一口答应了,并赠给我鼓鼓的皮袋。这是用九岁老牛皮制成的,里面装着各种各样的风,都是

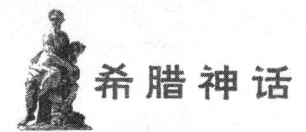

可以吹遍世界的大风，因为宙斯让他掌管各类风，他有权叫风儿吹起或停息。他亲自用银绳把风袋捆在我们的船上，把袋口扎紧，不让一点儿风漏出来。但是他没有把所有的风都装进去，当我们出发时，西风轻轻吹起船帆，送我们回乡。如果不是我们的冒失和愚蠢，我们本可平安地回家的。

我们在海上航行了九天九夜。到了第十天的晚上，我们已经来到家乡伊塔刻岛的附近，连岛上燃烧着的烽火也看得清清楚楚。偏偏在这时，我由于连日劳累，不禁睡着了。乘我睡着时，我的同伴们纷纷猜测埃洛斯国王送给我的皮袋内装着什么礼物。他们一致认为袋里一定是金银珠宝。一个心怀妒嫉的人自言自语地说："这个奥德修斯无论到哪里都受到重视和尊敬！看看他一个人从特洛伊带回多少战利品啊！可我们呢，我们一样冒险和吃苦，却落得两手空空。埃洛斯这次又送给他满满一口袋金银财宝。怎么样，让我们看看里面到底有多少？"其他人听了他的建议都赞成。他们刚解开袋口，所有的风都呼啸而出，将我们的船又吹进了波浪汹涌的大海中。

我被风声惊醒。当我看到我们遭到的不幸时，恨不得跳进海里，让波浪把我埋葬。可是我平静下来，决定逆来顺受。肆虐的大风又把我们送回埃洛斯的海岛。我让同伴们留在船上，只带了一个朋友和一个使者去国王的宫殿。国王和妻子儿女们正在用午餐。他们看到我们又回来了，感到很惊异。当他听说了我们转回来的原因时，管理风的埃洛斯生气地从椅子上站起来，大声说："真是可恶的人，众神会惩罚你的！滚出去！"他把我赶了出去。我们悲伤地回到船上继续航行。

奥德修斯在莱斯特律戈涅斯人处

我们在海上漂泊了七天，仍然没有看见陆地的影子，都感到绝望了。最后，我们看到一处海岸，岸上有一座碉楼众多的城堡。后来听说，它叫忒勒菲罗斯城，是莱斯特律戈涅斯人居住的地方。我们当时还不知道这些，而且也看不清城里有什么古怪之处。我们驶进山岩包围的港口。港内海水平静如镜。船停泊后，我登上山岩，放眼四望，看不到一块耕地，也看不到牛羊。我只看见城头青烟升上天空。我派出两个朋友和一名使者前去侦察。

他们沿着一条林间小道向冒烟的地方走去,来到城墙附近,遇到一位年轻的妇女。她是莱斯特律戈涅斯国王安提法忒斯的女儿,正要到阿尔塔奇亚的泉水那儿去汲水。姑娘高大得使他们吃惊。她友好地给他们指点去父亲宫殿的路,并满足了他们的愿望,介绍了关于城市和居民的情况。他们真的进了城,并走进宫殿,看见莱斯特律戈涅斯人的王后,高大得如同一座山峰站在他们面前时,三人都惊得目瞪口呆。看来莱斯特律戈涅斯人也是吃人的巨人。王后急忙叫出丈夫,他立即抓起使者,国王下令将他洗净,烹煮,当做他的晚餐。其余两人吓得拼命逃跑。国王下令追击。一千多全副武装的莱斯特律戈涅斯巨人追了上来,用巨石朝我们的船砸来,四周响起船板破碎和垂死者的呻吟声。我早已把自己的船停在一块岩石的后面,可怕的巨石砸不到这儿。其他的船都被砸沉了。后来我带着幸存下来的少数伙伴,驾着这仅有的一只船从港口逃离。看到海面上漂浮着的死尸,实在是惨不忍睹。

奥德修斯在女巫师喀耳刻的岛上

我们挤在一只船上,继续航行。过了几天,到了埃埃厄岛。美丽的女神喀耳刻住在这里。她是太阳神和海神女儿珀耳塞所生的孩子,是国王埃厄忒斯的妹妹。喀耳刻在岛上有一座漂亮的宫殿。当我们驶进港湾时,并不知道谁住在这里。我们停泊后,因过分疲劳和悲哀,就躺在岸边的草地上睡着了,一直睡了两天两夜。第三天清晨,我佩着剑,执着长矛,出发去探询情况。不久,我发现了一缕青烟从宫中升起,不禁想起不久前发生的可怕的事情,因此决定还是回到朋友们的身边。当时我们快要断粮了,一定是神祇可怜我们,在我回来的途中突然发现一头高大的雄鹿。我用长矛掷去,击中它的背部,枪尖从肚子上透出来。雄鹿尖叫一声倒在地上死了,我拔出长矛,用柳条编成绳索,捆住鹿脚,然后将它背在背上,朝船走来。

同伴们看到我肩上扛回了一头漂亮的猎物非常高兴。我们将鹿肉烤得喷香,又找出剩下的一点点面包和酒,坐下来大吃。我给他们讲起宫中冒出青烟的事,可是他们都没有勇气去侦察,因为他们还记得库克普罗斯人的山洞和莱斯特律戈涅斯国王的海港。只有我一个人还没有丧失勇气。于是我把同伴们分为两队。我率领一队,欧律罗科斯率领另一队。然后我们在战盔里抽签,结果欧律罗科斯中签,于是他带着二十二名伙伴出发。他们心惊胆战地朝着我所看见有烟冒出的地方走去。

不久,他们到了一座华丽的宫殿,这宫殿座落在绿荫遮蔽的山谷里,四周绕着漂亮的围墙。这儿就是女仙喀耳刻居住的地方。他们走近宫门,突然看见宫院里有许多野狼和猛狮在奔跑。野狼露出尖尖的牙齿,狮子抖动着蓬乱的鬣毛,他们怕得正想逃跑时,那群野兽已将他们团团围住。奇怪的是那些野兽很温和,只是慢慢地走过来,像向主人摇尾乞怜的狗一样。我们后来才知道,它们原来都是人,是被喀耳刻用魔法变成了野兽。

因为这些野兽没有伤害他们,所以他们又鼓起勇气,走近宫殿的大门。他们听到宫殿里传来喀耳刻美妙的歌声,她一边唱歌,一边赶织一件神奇而漂亮的衣裳。只有仙女才有这种本领。我的一个最要好的朋友波吕忒斯最先看到她,感到很高兴。在他的建议下,我的朋友们一齐唤她出来。喀耳刻走到门外,友好地请他们进去。除了欧律罗科斯外,大家都跟她进去了。欧律罗科斯是一个很谨慎的人,他吸取了以往的教训,怀疑其中有诈。

喀耳刻把其余的人领进宫殿,请他们坐在华丽的椅子上。她端来了乳酪、面粉、蜂蜜和醇厚的美酒,把它们掺和在一起,调制成可口的糕点。乘他们不注意时在里面搀进了一些魔药。吃了这种糕点的人,就会神志迷乱,忘记他们的故乡,并变成动物。我的同伴们刚咬了一口,就变成了全身长毛的公猪,并发出了猪叫声。这时喀耳刻把他们赶进了猪圈,扔给他们一些僵硬的橡实和野果。

欧律罗科斯从远处把这一切都看在眼里。他连忙转身向船上奔来,想向我报告朋友们的悲惨遭遇。他跑得气喘吁吁,到了船上,吓得一时说不出话来,只是流泪。在我们一再催逼下,他才说出了这件恐怖的事。我一听,连忙佩上宝剑,拿起弓箭,要他带我去宫殿。可是,他用双臂抱住我的双膝,恳求我留在这里,不要自投罗网。"请相信我,"他呜咽着说,"你不但救不了朋友们,连自己也不能回来。还是让我们赶快离开这个该死的海岛吧!"我让他留下来了,独自去救我的朋友们。在路上,我遇到一个年轻人,他向我举起金杖,因此,我很快认出他是神祇的使者赫耳墨斯,他友好地抓住我的手说:"可怜的人哪,你在这里干什么?你的朋友们全被迷人的喀耳刻变成了公猪,关在猪圈里。你想救出他们吗?弄不好你会像他们一样。我在这里送你一样防身的东西。你只要带上这种药草,……"他说着从地上拔起一株开着白花的黑根草,告诉我这草是魔草。"你只要带上这种草,她就不能伤害你。她会给你调制一种甜蜜的酒,并乘机加进魔药。但这种草却可以保护你,使她不能将你变成一头猪。如果她用长长的魔棒来触你,你就抽出宝剑朝她奔过去,装出刺杀她的样子。这时,她就会求饶,你要迫使她发誓,保证不伤害你。以后,你就可以放心地和她住在一起。等你和她熟悉后,她就不会拒绝你的要求,相反会答应把你的朋友恢复成人!"

赫耳墨斯说完后,就离开了,消失得无影无踪。于是,我朝喀耳刻的宫殿走去。到了宫门口,我大声呼唤她。她走出来,友好地招呼我进去,请我坐在华丽的椅子上,并在我的脚下放了一张搁脚凳,然后在一只金碗内调酒。还没等我把酒喝完,她就迫不及待地用魔杖触我,并且毫不怀疑她的魔力。她说:"到猪圈里去找你的朋友吧!"我抽出宝剑,朝她奔去。她惊叫一声,倒在地上,伸出双手抱住我的双膝,向我哀求:"可怜可怜我吧!伟大的人,你是谁?我的魔药对你也失效了,从来没有人能抵抗我的魔力。莫非你就是奥德修斯?许多年前,赫耳墨斯向我预言,说你从特洛伊回国时必经此地。如果真是这样,就请你收起宝剑,让我们成为朋友吧!"可是我并没有放下宝剑,回答她说:"喀耳刻,你把我的随从骗进宫殿,用魔法将他们变成猪,你怎能要求我做你的朋友呢?我不可能做你的朋友,除非你在这里发誓,保证不伤害我。"她像我要求的那样发了誓。现在我才放了心,安安稳稳地睡了一夜。

第二天清晨,她的四个侍女忙着整理屋子。她们都是美丽而高雅的仙女。第一个仙女在椅子上铺上紫色的华丽的坐毯。第二个仙女搬来了银桌,

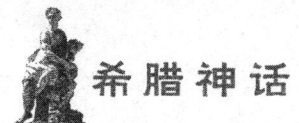
希腊神话

摆上了金篮。第三个仙女在银碗里调酒,然后倒在金杯里。第四个仙女汲来了清澈的泉水,倒入火上的三足鼎里。等水烧热后,我就沐浴,抹香膏,穿上华丽的衣服,然后和喀耳刻共进早餐。桌子上摆满了美味佳肴,然而我并未进食,只是默默地坐在漂亮的女主人的对面,满面愁容。她禁不住问我,为什么如此忧郁。我对她说:"一个人在自己的朋友遭了难时,他哪有心绪高兴地饮宴呢?如果你要我高高兴兴地和你用餐,就请你把我的朋友恢复人形!"

喀耳刻立即拿起魔杖,离开了屋子,把我的朋友们从猪圈里赶了出来。他们都围着我,看上去都像九年的老猪一样。喀耳刻用另一种魔药一个个地涂抹他们,突然猪毛脱落,他们又变成了人,而且比以前更年轻,更英俊。这时女神殷勤地对我说:"我满足了你的愿望,请你也满足我的一个愿望吧。把你的船拉上岸,将船上的货物都运到岸边的山洞里,你和你的朋友们都留在我这里愉快地生活吧!"

喀耳刻殷勤的话赢得了我的心。我很快回到海上去见留守的朋友。他们以为我早就死了,现在看到我,都欢呼着奔了过来。我建议他们把船拉上岸,然后都到喀耳刻那里住一段时间。除了欧律罗科斯,大家都同意了。欧律罗科斯说:"你们真的愿意和女巫住在一起?你们也想变成狮子、野狼和猪仔,为她看守她的宫殿。你们怎么会有这么大的兴趣,心甘情愿地走向毁灭?你们忘了奥德修斯头脑发热时让我们落到库克罗普斯人的手里,我们所遇到的危险?"当我听他讲这话时,我恨不得拔剑朝他砍去,尽管他是我的亲戚。朋友们看到我手按宝剑,连忙冲过来抓住我的手,使我又变得理智了。

我们收拾停当,便出发了。欧律罗科斯也被我的举动唬住了,不得不跟大家一起走。这时,喀耳刻已为宫中我的朋友们备好热水。他们洗过澡抹上香膏,穿上华丽的衣服。当我们到了宫殿时,他们正高高兴兴地用早餐。朋友们别后重聚,互相拥抱,高兴得流泪。女仙请我们放心,并热情地招待我们。所以我们的心情一天比一天快乐,在她那里,我们整整住了一年。朋友们劝我动身回国。我也产生了思乡之情。当天晚上,我抱住喀耳刻的双膝,恳求她履行诺言,放我回去。喀耳刻回答说:"你说得对,奥德修斯。我不能强迫你留在这儿。可是在你回家前,你必须先到地狱去,到哈德斯和珀耳塞福涅的阴间王国去,向底比斯的预言家提瑞西阿斯的幽灵询问未来的事。老人虽然死了,但珀耳塞福涅仍然让他保留了预言未来的本领。"

我听到她的话,不禁毛骨悚然,并哭了起来。我害怕去见死去的人。于是,我问她,谁当我的向导,因为还没有一个活人游历过地府。"别担心,"喀耳刻回答说,"你只要竖起桅杆,张起船帆,一阵风将会把你吹到那里。当你渡过包围地球的海洋,到达俄刻阿诺斯海滩时,你就在长着一排排白杨树和柳树的地方登陆。这就是珀耳塞福涅的圣林,在这里你将找到地府的入口处。这里是两条黑河,即菲律弗勒格通河和库奇托斯河流入阿赫隆河的地方,两条黑河其实是冥河的支流。在山谷的一块岩石边,你会发现一个裂口。你必须在那里挖一个小洞,供上蜂蜜、牛奶、水和面粉,给亡灵献祭,并且许愿回到伊塔刻后再给他们献祭。当然,你应该给提瑞西阿斯献祭一头黑山羊。你还应该献祭一公一母两头黑羊,在你的同伴们献祭牲口焚烧祭品,并向神祇祈祷时,你就从岩石缝里望着里面的溪水。这时你会看见死者的幽灵,这些幽灵会争相涌来,想尝尝祭品的鲜血。你必须用剑把它们挡住,在向提瑞西阿斯打听前程前别让它们靠近。他很快就会出现,并给你指点回家的路程。"

她的话使我稍感安慰。第二天早晨,我把朋友们召集在一起,准备动身。可是他们中有个最年轻的人埃尔朋诺尔,既无勇,又无谋,昨晚他多喝了喀耳刻的美酒,离开了大家,外出呼吸新鲜空气,独自一人躺在宫殿的屋顶上。他在那儿睡着了,过了整整一夜。当朋友们忙着动身的喧哗声把他惊醒时,他跳起来,却不知自己在何处。他没有朝楼梯走去,反而朝屋檐走去,结果从屋顶上栽下来,摔断了脖子,下了地府。我把同伴们召到我的周围,对他们说:"你们一定以为,尊贵的朋友们,我们现在动身直接回家了。可是情况却不是这样。因为喀耳刻建议我们走另外一条路。我们必须往下走,到

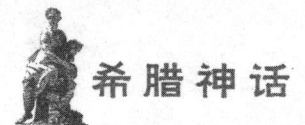

哈德斯的地府里去,到那里向底比斯预言家提瑞西阿斯的幽灵询问我们的归程!"同伴们听到这话,心都要碎了。他们纷纷抱怨,扯着自己的头发。但这些抱怨都无济于事。我命令他们立即跟我一起到海船上去。喀耳刻已在我们前面,把献祭的羊送上了船,还为我们准备了充足的蜂蜜、美酒和面粉。我们到海边时,她就悄悄地走了。我们把船推到海里,竖桅张帆,然后心情沉重地坐下来摇桨。喀耳刻给我们送来一阵顺风,鼓起船帆。不一会,我们又在大海上航行了。我们必须尽快出发踏上遥远的路途,前往大地的尽头,去往哈德斯的冥国。

奥德修斯前往哈德斯的冥国

我向自己的同伴说明了这次的任务,他们听了都吓坏了,但是仍然服从了我的命令,向着遥远的北方驶去了。太阳落进了大海,一阵大风把我们送到世界的尽头——奇墨里埃人的海岸。这里终年浓雾,是阳光永远也照不到的地方。我们按照喀耳刻的吩咐,来到两条黑河汇合处的山岩前。然后,我们献祭。当羊血刚从切开的喉咙里流入我们掘开的土坑时,死者的幽魂就从岩缝里涌出来,男女老少都有,还有许多战死的英雄们,带着伤口,披着血染的战袍。他们成群结队,大声呻吟,在祭供的土坑上面飘荡。我非常惊恐,但很快我便依照喀耳刻的吩咐命令同伴们焚烧祭羊,并祈求神祇保护。我抽出宝剑,把幽灵赶开,在提瑞西阿斯的灵魂出现之前,不让他们舐食羊血。

但这时我的朋友埃尔朋诺尔的幽灵却出现在我的面前;他的遗体还躺在喀耳刻的宫殿里没有安葬。他含着泪水向我悲诉他的厄运,请我回到埃埃厄岛的时候将他隆重埋葬。我答应了他的请求,于是,他就坐在我的对面。我们就这样伤心地坐着交谈,一边是厄尔珀诺耳的幽灵,一边是手握宝剑、不让幽灵舐食祭品鲜血的我。不一会,我的母亲安提克勒亚的灵魂也来到我的面前。当年我出发远征特洛伊时,她还健在。看到她时,我不由得失声痛哭。可是我仍然守护着祭品,不让她走近舐血。

提瑞西阿斯的灵魂终于出现了,他右手拄着一根金杖,立刻认出了我,对我说:"尊贵的拉厄耳忒斯的儿子,你怎么离开了阳间,来到了令人恐怖的阴间?请把宝剑从土坑上移开,让我喝一口祭供的鲜血,然后我告诉你未来的事情。"听到这话,我往后退了一步,把剑推入剑鞘。他俯下身,舐着黑色的羊血,然后说道:"奥德修斯,你希望我告诉你回归祖国的可喜消息。可是有一位神祇在阻拦你,你不能逃脱他的手掌。他是海神波塞冬。你曾经深深地得罪过他,把他的儿子波吕斐摩斯的眼睛戳瞎。因此,你的归程不会平安。但你不必失望,最后你仍能回到故土。你首先在特里纳喀亚岛登陆。如果你不动太阳神养在那里的圣牛和圣羊,你就能平安回家。如果你伤害了它们,你的船和你的朋友就会遭殃。即使你一个人侥幸逃出,也要孤独可怜地过上许多年才能乘外乡人的海船载回故乡。你回家后,仍然悲愁和烦恼,因为骄横的男人在挥霍你的财产,向你的妻子珀涅罗珀求婚。你将用计谋或武力杀掉他们。不久,你又得漂流,来到一个地方。那里的人不知道大海,不知道船只,也不知道在食物中放盐调味。在那个遥远的国家里,有人会奇怪地问你为什么在肩上扛一把木铲。这时,你就把船桨插在地上,并向海神波塞冬献祭,请求海神谅解。你把航海知识传给异国的民族,这时海神将会息怒。然后,你重新回家。你的王国从此繁荣昌盛,你也可以活到老年,在一个离开大海很远的地方离开世间。"

这就是他对我的预言。我感谢他,并问:"瞧,我母亲的幽灵坐在那里,可是她默默无言,也不看我一眼。请告诉我,我该怎样使她认出自己的儿子呢?"

"让她喝些祭供的鲜血,她就会开口说话了。"提瑞西阿斯回答说。说完,他的阴魂消失在黑暗的阴间王国里。我母亲的阴魂走近我,并吮吸鲜血。突然,她认出我来,流着泪对我说:"亲爱的儿子,你怎么活生生地来到这死人的王国?你从特洛伊回国一直在海上漂流吗?"我把情况详细地告诉了她,然后问她是怎么死的,并打听家中的情况。她回答说:"你的妻子仍在家中,坚贞不渝地等你回去。她日日夜夜地为你流泪。你的儿子忒勒玛科斯管理着你的财产。你的父亲拉厄耳忒斯在乡下居住,不愿到城里去。整个冬

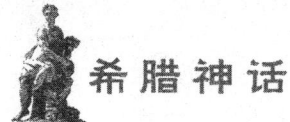

天,他像仆人似的躺在炉边的稻草上,衣衫褴褛,生活很苦;夏天,他露宿野外,躺在树叶上,他是因为悲叹你的命运才过这种生活的。我的可爱的儿子,我也是因为想念你而死的。"

我听了深受感动,张开双臂,想去拥抱母亲,可是她像梦中的幻影一样消失了。现在许多阴魂涌过来,全是著名英雄的妻子。她们都吮吸祭品的鲜血,向我诉说各自的命运。她们的幻影也消失了。我抬起头来,看到了令我激动的幻影。那是大统帅阿伽门农的阴魂。他慢慢地走近土坑,吮吸鲜血。然后,他抬起头,认出了我,悲痛得哭了起来。他朝我伸出双手,但无法够到我。我急忙问起他的情况。"尊贵的奥德修斯哟,"他说,"也许你以为是海神把我淹死的,其实不是如此。我妻子克吕泰涅斯特拉和她的情人埃癸斯托斯乘我沐浴时谋杀了我,在我怀着对妻儿的想念之情从远方归来时被他们杀害了。为此,我也劝你,奥德修斯,千万要小心,不要太相信自己的妻子,不要因为她的热情而把秘密都告诉她。但是我忘了你的妻子是聪明而贤淑的!尽管如此,我仍然劝你悄悄地返回伊塔刻,因为能够完全相信的女人几乎是没有的啊!"

说完这些晦涩的话,他就转身消失了。接着,阿喀琉斯和他的朋友帕特洛克罗斯的阴魂来到我的面前,后面跟着安提罗科斯和英雄大埃阿斯。阿喀琉斯先俯下身去吮吸鲜血,他认出了我,觉得很奇怪。我对他说明了到这儿来的原因,并说他生前像神一般受人尊重,死后也一定是伟大的阴魂,过得幸福。他听了忧伤地回答说:"奥德修斯哟,不要对死者说安慰话了!我宁愿在人间当奴仆,也不愿在阴间当君王。"我忍住悲伤,对他讲起他的儿子涅俄普托勒摩斯的英雄业绩。他听了满意地离开了。

其他死者的阴魂吸了鲜血后都和我交谈,只有埃阿斯除外。我在特洛伊城前与他争夺阿喀琉斯的武器,我赢了,他因此自杀,所以他对我很痛恨,冷冷地站在一边。我温和地对他说:"忒拉蒙的儿子哟,你难道到了地府还不能忘掉我们的争斗吗?这是命运女神的安排啊。因此,高贵的王子,请你跟我说话吧!"可是他仍然默默无言,转身消失在黑暗中。

我看见那些死去的英雄的幽灵都涌到我的身边,突然感到害怕了。我赶紧和我的同伴们离开了裂口,朝我们的大船走去。于是,我先履行对厄尔珀诺耳的诺言,起锚扬帆朝喀耳刻居住的海岛驶去。

途经海妖塞壬的海岛,通过斯库拉与卡律布狄斯之间的水道

第二天,我们在埃埃厄岛火化并且安葬了厄尔珀诺耳的尸体,然后给他建了一座坟。喀耳刻依然对我们以礼相待,并为我们准备了充足的食品。临行时,她警告我们途中有险。

途中第一个险遇发生在塞壬女妖们居住的海岛上。她们专门以美妙的歌喉迷惑航海的人。她们坐在绿色的海岸上,看见船只驶过,就唱起动听的魔歌。被歌声吸引而想登陆的人总是遭到死亡。因此,这儿的海岸上尸骨成堆,显得恐怖而阴森。我们的船在女妖海岛旁突然停了下来,因为吹动我们前进的顺风突然停息了。海面平静如镜。我的朋友们放下船帆,将它们卷起来,开始摇桨前进。这时,我想起了喀耳刻的预言,她说:"当你经过塞壬女妖居住的海岛时,女仙们会用歌声引诱你们,你必须用蜡把朋友们的耳朵塞起来,不让他们听到歌声。如果你自己想听听她们的歌声,你就叫朋友们先把你的手脚捆住,绑在桅杆上。你越是请求他们放下,他们就得把你捆得越紧。"

我马上割下一块蜂蜡,将它揉软,然后把它塞住我的朋友们的耳朵。他们也照我的吩咐,把我捆在桅杆上,然后又用力摇桨。塞壬女妖们看到船只摇近,都变作媚人的美女,来到海岸上用甜蜜而清脆的嗓音唱道:

"来呀,奥德修斯,你这荣耀的希腊人,

停下来,请停下来,倾听我们的歌声!

任何一只船都无法驶过美丽的塞壬岛,

除非你们聆听我们这美妙的歌声。

美妙的歌声为你们增添欢乐与智慧,

保佑你们能够平安地航海前进。

塞壬女妖最清楚,在特洛伊的原野上的生活,

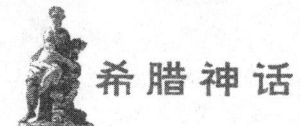
希腊神话

众神令双方的英雄备受痛苦的磨难。

我们的睿智如日月,将天下一切普照

最能了解人间发生的争斗与爱情。"

我听着,听着,突然心里产生了一股抑制不住的愿望,想奔到那儿去。我用头向朋友们示意,请他们放开我。朋友们什么也听不到,只是用力地摇桨前进。其中有两位朋友,欧律罗科斯和珀里墨得斯牢记我的吩咐,他们走过来,把我捆得更紧。直到我们平安地驶过塞壬岛,完全听不见她们的歌声了,朋友们才取出耳中的蜡条,并把我从桅杆上解下来。我很感谢他们毫不动摇地前进,摆脱了塞壬女妖的引诱。

我们刚刚驾着大船向前平稳地航行了没多久,就听见一阵可怕的涛声从远方传来,同时一股烟雾升了起来。卡律布狄斯就要到了。我的同伴们惊慌不已,将手里的船桨放下,不敢再向前了。我来到了他们身边,替他们壮胆鼓劲。

我对自己的同伴说,"我们曾经历过无数的艰难险阻,但是我们都克服了,如今面前的危险并没有更可怕。伙伴们,请鼓起勇气,奋力向前划桨!宙斯一定会保佑我们摆脱死亡。伙伴们,尽量让船远离那水雾冲天、涛声如吼的水域上,贴着山岩航行!"

同伴们听了我的鼓舞,用尽全力划起船桨。我只字未提斯库拉的事。我很清楚,斯库拉会令我的六个同伴牺牲,但要是卡律布狄斯,我们就可能全体丧生。我把喀耳刻的告诫抛到脑后,手中紧握长枪,穿上铠甲,等着斯库拉的袭击。

船已接近卡律布狄斯大漩涡,它真像火炉上的一锅沸水,波浪翻腾,激起漫天雪白的水花。当潮退时,海水混浊,涛声如雷,惊天动地。这时,下面黑暗的泥泞的岩穴便可一眼见到。当我们惊恐地注视着这一可怕的景象时,当舵手正小心地驾船往左绕过漩涡时,突然海怪斯库拉出现在我们面前,她有十二只不规则的脚,有六个蛇一样的脖子,每个脖子上各有一颗可怕的头,张着血盆大口,露出三排毒牙,随时准备把猎物咬碎。斯库拉把她的一半身子潜伏在山洞里,而把六个头伸出洞外,一下就叼去了我们的六个同伴。我看见他们在妖怪的牙齿中间扭动着双手和双脚,挣扎了一会儿,他们便被嚼碎,成了血肉模糊的一团。在这些人的牺牲下,我们终于闯过了卡律布狄斯与斯库拉这道险关,向着特里那喀亚岛——太阳神赫里阿斯的海岛平稳前行。

奥德修斯在特里那喀亚岛上。 奥德修斯的海船沉没

船航行在平静的海面上,不久之后,太阳神特里纳喀亚岛出现在我们的眼前。岛上阳光明媚,生意盎然。那里传来神牛的哞哞叫声和绵羊的咩咩声,它们是太阳神的牧群。不幸和灾难使我们变得聪明多了。我想起了喀耳刻和提瑞西阿斯的警告,便连忙吩咐同伴们避开太阳神的海岛,但我的同伴们听到这话却很不高兴。欧律罗科斯恼怒地说:"奥德修斯,你是一个狠心的人。我们已经精疲力竭了,你难道真忍心不让我们休息一下吗?不让我们上岛去吃一顿,喝一口吗?难道我们必须整夜在漆黑的海上航行吗?如果夜晚飓风突然袭击我们,我们该怎么办?就让我们在岸上过一夜吧!瞧这里的海岸多么可爱,多么迷人!"

我的意见遭到他们的强烈反对,我知道一定有一个和我敌对的神想要毁灭我们。于是,我只得说:"欧律罗科斯,你们不该逼我上岸。我是唯一反对上岸的人。不过,我可以对你们让步。只是你们先得庄严发誓,决不可宰杀太阳神的一头牛,一只羊。你们只能吃喀耳刻送给我们的食品!"他们都愿意发誓。于是,我们便驾船驶入海湾。这是河流的入海处。我们离船上海岛,并用了晚餐。用完餐,我们又想起被海妖斯策拉吞掉的六个同伴,心里都很悲痛,禁不住流下泪来。后来我们都因疲劳不堪,倒地睡着了。

后半夜时,宙斯突然吹起一阵可怕的飓风。天亮时,我们很快把船驶到山岩下避风。我知道天气骤变定有缘故,便再次警告同伴们,千万不能杀害太阳神的牛羊。出乎我们的意料之外,这次大风使我们在那里逗留了足足一个月。海面上有时刮南风,有时刮东风。东风和南风对我们都是不利的。同时,我们还面临着一种威胁:喀耳刻送给我们的食品渐渐吃完了,我们开

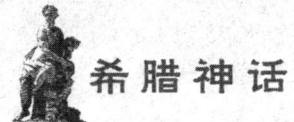
希腊神话

始挨饿了。这时同伴们只好捉鱼捕鸟,用来充饥,我忍不住顺着海岸走去,希望能遇到一个神祇或凡人能为我们解难。我在远离朋友们的地方找了块浅滩,走近海边,把双手伸进海水里洗干净,以便伸出一双洁净的手向神祈祷。我虔诚地伏在地上,祈求神给我们一条生路。但神却使我昏昏沉沉,进入梦乡。

当我不在时,欧律罗科斯向我的朋友们提了一个极危险的建议。"朋友们,你们听着,"他说,"死有各种各样,但活活饿死是最难受的。我们为什么不去杀几头牛,把最好的肉献祭给神,而把剩下的肉用来填饱我们的肚子呢?我们将来回到伊塔刻时再给太阳神建造一座漂亮的神庙,请他宽恕。如果他真的恼恨我们,要给我们降下风暴,使我们沉船落水,那么好吧,我宁愿在海里淹死,也不愿活活饿死。"

饥肠辘辘的同伴们听到这话都很高兴。他们即刻从太阳神的牧群中选了几头肥牛,把它们赶过来,并对神祈祷,然后将牛杀死,把牛油裹着内脏的牛肉献给神。因为船上的酒早已喝完了,他们只好用清水代替酒浇在祭品上,给神举行灌礼。他们把剩下的一大堆牛肉穿在铁叉上烧烤,这时,他们围成一团,撕着牛肉,吃得津津有味。我醒了,在远处就闻到牛肉的香味。我大吃一惊,仰望苍天,大声呼喊着:"万神之父宙斯哟,你为什么让我睡着了?我的朋友们犯了何等的罪孽啊!"

太阳神听说了在他的圣地上所发生的事后,恼怒地来到奥林匹斯圣山,向神们申述这件亵渎神灵的罪孽。太阳神威胁说,如果偷牛的罪人们得不到惩罚,他就把太阳车赶到地府去照耀死人,永远不给大地送去光明。宙斯愤怒地从神位上站了起来。"赫利俄斯,你还是用阳光照耀神和凡人吧!"他说,"我将用雷霆把他们的船击得粉碎,使它沉入海底。"这些话是高贵的女神卡吕普索事后告诉我的,她是从神的使者赫耳墨斯那里听来的。

我回到船边,见到我的朋友们,把他们狠狠地责备了一顿,但这一切都已经晚了,神牛已被杀死,牛肉堆放在我的面前。可怕的预兆表明他们犯了大罪:剥下的牛皮自己走动,就好像活着一样;在铁叉上的烤牛肉哞哞鸣叫,跟活牛的鸣叫一样。可是,我的那些饿昏了头的同伴们仍然不顾这些预兆,他们大吃大嚼,整整六天,到了第七天,风势减弱,他们登上船,向大海航行。海岸渐渐看不见了,最后完全看不见了。这时,宙斯在我们头上堆起重重乌云,海水也变得越来越黑。突然吹来强劲的西风,船桅上的两根缆绳断裂了,桅杆轰然倒下,舵手当场被砸死,天空中又射来一道闪电,轰击船只,空中充满硫磺烟火的气味。我的朋友们都跌落水中,在波浪中挣扎,最后被波浪吞没了。船上只剩下我一人,在甲板上徘徊。船的两舷裂开,并脱落了,飘到水里。残破的船体像片树叶在波浪中翻滚。但我还没有失去理智,我顺手抓住荡在桅杆上的皮绳,把桅杆和船体捆结实,做成一只小舢板。我坐在上面,随着波浪颠簸漂荡。

暴风终于平息了。海面上吹起阵阵南风,这使我又产生了新的恐惧,因为我又会被吹进斯策拉的岩洞和卡律布狄斯大漩涡里去。这事果真发生了:拂晓时,我看到斯策拉的岩洞和可怕的卡律布狄斯大漩涡。我还没有来得及思考,船就被卷进漩涡里,只有桅杆顶留在水面上。我连忙抓住悬岩上一棵下垂的无花果树的树枝,像蝙蝠一样吊在空中。当我看到桅杆和船体做成的舢舨又从漩涡里冒上来时,马上落到舢舨上,用双手当船桨,拼命划动,离开了大漩涡。天哪,要不是宙斯开恩,把我的舢板从海妖斯策拉的岩洞旁引开,让我安全渡过隘口,我早就成了海妖的美餐了。

我在茫茫的大海里漂了九天九夜。在第十天夜里,神们可怜我,把我推上俄奇吉亚岛。这里是高贵而威严的女神卡吕普索居住的地方。她收留了我。

哦,尊敬的国王,最后这件事,昨天,我已经对你和王后说过了,我就不赘述了,不然你们一定会感到非常的乏味。

奥德修斯回到伊塔刻

第二天早晨,淮阿喀亚人把赠送的礼物送到船上。阿尔喀诺俄斯把礼物小心地放在水手的座位下面,免得它们妨碍水手摇桨。最后,国王在宫中

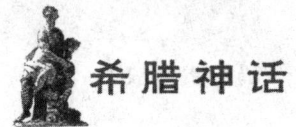

希腊神话

举行了盛大的告别宴会。他们先给宙斯献祭,然后宾主开怀畅饮。但奥德修斯急不可耐地盼着黄昏来临,渴望早点启程。眼见暮色越来越浓重,奥德修斯心中充满了快乐。默默地登上船,静静地躺下睡了。水手们也坐在各自的位置上。最后解缆起锚,船随着船桨有力的击水声欢快地前进。大船飞快而平稳地在海面上航行。当晨星显耀在天空时,就抵达了伊塔刻的海岸,那里有一个水泽神女居住的山洞附近。淮阿喀亚人在山洞附近上岸。他们把奥德修斯连人带床抬到洞前树下的沙地上,并把国王阿尔喀诺俄斯和其他王子们赠送的礼物都放在稍远的不使人注意的地方,免得路过的行人乘主人熟睡时偷去。他们不敢把奥德修斯唤醒,因为他们相信熟睡是神们送给奥德修斯的礼物。他们悄悄地告别了他,又上了船,划桨向家乡驶去。

海神波塞冬对淮阿喀亚人在雅典娜的帮助下胆敢夺走他的猎物非常恼怒。他向万神之父宙斯要求报复淮阿喀亚人。宙斯同意了。当船只来到舍利亚岛正向故乡驶去时,波塞冬突然从波浪中跳出来,朝着大船猛击一掌,然后又沉入海底。顿时,船只和船上的一切都变成了石头,像生了根似的停在那里。淮阿喀亚人正在岸边迎接,他们看到这情景都大吃一惊。

淮阿喀亚人赶忙去准备祭品,向海神献祭,并且发誓再也不会违背海神的意愿。

与此同时,奥德修斯在伊塔刻的海滩上醒了过来。他离家太久,已经认不出这块地方了。况且,雅典娜降下浓雾,将他团团围住,她不愿意让他冒冒失失地回到他的宫殿里去,因为求婚者仍在他的宫殿里胡作非为。奥德修斯坐起来,用拳头敲敲自己的额头,痛苦地叫起来:"我是多么不幸啊,又到了一个陌生的国家。我在这里又遇到什么新的怪物呢?我要是留在淮阿喀亚,和淮阿喀亚人生活在一起,该多好啊!他们是那么友好,但现在他们好像也骗了我。他们答应把我送回伊塔刻,却把我扔在这块陌生的地方。但愿宙斯惩罚他们。他们一定也偷去了我的礼物!"

奥德修斯向四周张望,他看到铜三脚鼎、大锅、黄金和衣服都整齐地堆放在那里。奥德修斯点了一遍,发现什么也没有少。他沉思着在海滩上徘徊。女神雅典娜变形为一个牧人,朝他走来。他友好地问他,这是什么地方。"你一定是从远方回来的人,因为你还不知道这是什么国家。"女神说,"告诉你吧,这是世界有名的海岛。它叫伊塔刻!"

奥德修斯听到他日思夜想的祖国的名字,心里多高兴啊!可是他仍然很留神,没有对牧人说出自己的名字。他假装说,他带了一半财物从克里特岛过来,另一半的财产留在那里给了儿子们。他还编造说,克里特岛的强盗企图抢劫他的财产,他不得已才逃了出来。他说完他的故事,雅典娜微微一笑,爱抚地摸了摸他的脸颊,突然变成了一个高大而美丽的年轻姑娘。"的确,"她温柔地说,"你是一个狡黠的人,即使神要胜过你,也必须极其精明才行!你回到了自己的祖国,却仍然不说真话,我们不谈这些了;如果说你是凡人中最聪明的,那么我就是众神中最明智的。你还没有认出我,而且还不知道正是我帮助你度过了种种难关,并使你受到淮阿喀亚人的友好接待。我现在特地赶来,想帮助你隐藏这些财物,并要告诉你,你回宫后必将遇到的困难和考验。"

奥德修斯听了大吃一惊,他抬起头,仰望着女神,回答说:"你是尊敬的宙斯的女儿,你可以变换成各种模样,一个凡人怎能认出你来?自从特洛伊陷落后,我还一直没有看到你的真身。现在,请求你告诉我:我真的回到了可爱的祖国吗?你不是在安慰我吗?"

"你用自己的眼睛去看吧!"雅典娜说,"你看,这不是福耳基斯海湾,那不是橄榄树吗?你不是曾经在前面的仙女洞里献祭了不少的祭品吗?这长满高大树木的涅里同山,你也许没有忘记吧?"雅典娜一面说,一面拂去他眼前的层层迷雾,使他清楚地看到家乡的山水。奥德修斯兴奋地伏在地上,吻着大地,并向保护地方的仙女们祈祷。雅典娜帮他把带回来的礼物藏在山洞里,并在一切藏匿停当后,推来一块巨石拦住洞口。接着,他和雅典娜坐在橄榄树下,商量回宫后对付和消灭求婚者的办法。雅典娜对他说出了求婚者的无耻行径,并称赞他妻子的贤惠和忠贞。

"天哪,"奥德修斯听到这事后,望着苍天大叫一声,"仁慈的女神,如果

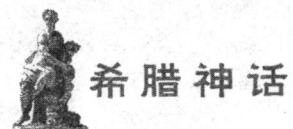

你没有把这一切都告诉我,那我回家以后一定会像回到迈肯尼的阿伽门农一样惨遭杀死。如果你愿意援助我,即使我面临三百个敌人也不会害怕。"

女神听了微微一笑,回答说:"请放心,我的朋友,我绝不会离开你。现在,我首先要让岛上的任何人都认不出你来。你魁梧的身材必须缩小,炯炯有神的目光必须变得黯淡,头上棕色的头发全部脱落。我让你穿上褴褛的衣服。这样,你不仅在求婚者面前,即使在你的妻子和儿子面前也只是一个又老又丑的外乡客。你第一个要找的是你忠实的仆人,他现在是牧猪人,在阿瑞图萨山泉附近的柯拉克斯山麓牧猪,你要坐到他的身旁,向他打听家中所发生的一切事情。我利用这段时间赶到斯巴达去,召回你的儿子忒勒玛科斯,因为他到墨涅拉俄斯国王那儿打听你的消息去了。"

女神说完,用她的神杖轻触奥德修斯,他的肌体顿时收缩干枯,成了一个衣着褴褛的乞丐。女神给他一根棍子和一个背在肩上的破口袋。然后她就隐去了。女神还要赶往斯巴达,接奥德修斯之子忒勒玛科斯回到伊塔刻。

奥德修斯和牧猪人欧迈俄斯

奥德修斯来到自己牧猪人欧迈俄斯居住的地方,欧迈俄斯正一个人坐在门口干活。他的看门狗看见奥德修斯,狂吠着纷纷扑了上来。幸好欧迈俄斯跑来将群狗驱散,不然一定会把奥德修斯撕成碎块。

欧迈俄斯见这个乞丐实在可怜,于是把奥德修斯让到屋子里头好好招待他吃了一顿饭。在饭桌上,欧迈俄斯一面忙碌着,一面气愤又哀伤地向他诉说那些罪恶的求婚者疯狂的行径。奥德修斯认真地听着欧迈俄斯的诉说,在心中计划着要如何向这群恶棍复仇。进餐时奥德修斯询问欧迈俄斯主人的情况,牧猪人就说自己的主人已经不在了。但奥德修斯却发誓,向他保证他的主人还活着,而且很快就会回家。但欧迈俄斯无法相信。欧迈俄斯问这个老乞丐是什么人,于是奥德修斯就把早已编好的苦难经历详详细细说了出来。

他说自己本是有钱人家的少爷,但是分遗产时兄长们欺侮他,让他一点遗产也分不到,后来他的妻子继承了很多遗产,他们便成了富豪。他也曾在特洛伊作战,但是返乡途中漂泊到了埃及。但因为他的同伴洗劫了埃及人的城市,因此埃及人几乎把他所有同伴都杀死了。他苦苦哀求,得到了埃及国王的宽恕,留下他的性命。在埃及痛苦地熬过了七年以后,又渡海到了腓尼基。在那里,他遇上一个腓尼基人,他们一起到了利比亚,但没想到,在途中他们的船被宙斯用霹雳击毁,唯有他一人死里逃生,被海浪冲到了忒斯普洛托斯人居住的海岸。岛上的忒斯普洛托斯人的国王曾经对他说过,奥德修斯正携带着大批礼物往故乡返回。后来,他搭乘忒斯普洛托斯人的商船到杜里支亚去。但是差一点儿被忒斯普洛托斯人卖为奴隶,幸亏他趁着船在伊塔刻岛停靠的时候逃脱了。欧迈俄斯听了奥德修斯编造的故事,非常相信,除了忒斯普洛托斯人国王提到奥德修斯的那一部分。他觉得这位老乞丐编造了奥德修斯的情况,目的是为了从奥德修斯的亲人手中骗到一些赏赐。但是奥德修斯向天发誓,说要是自己欺骗他,奥德修斯没有回来,那自己就活该被牧猪人联手,从山岩顶上投到大海里,好警告流浪汉们以后再也不敢编造谎言。

没多久,其他的牧猪人也赶着猪群逐一回来了。他们杀死一头肥猪做晚餐,在餐桌上,欧迈俄斯把这位老乞丐当做上宾,为他献上最肥美的肉块,最先给他的酒杯中斟满酒。

他们在屋里无忧无虑地吃喝,但外边突然刮起了风暴,大雨瓢泼而下,天气变得很冷。不过奥德修斯却连一件晚上睡觉时遮盖的斗篷都没有。为了提醒这些牧猪人们给他一件斗篷,奥德修斯讲了一个故事。

"欧迈俄斯,以及诸位,大家请听我说。"奥德修斯开口了。"有一回,我跟墨捏拉俄斯、奥德修斯共同率军在特洛伊城下一个芦苇丛中设伏。那个深夜非常寒冷,鹅毛大雪从天而降,我没有带斗篷,身上很冷,就把这个情况告诉了奥德修斯。他马上帮我想了一个办法。他悄悄起身,把在身旁卧着的战士摇醒,说自己刚才做了个恶梦,醒来以后觉得十分不安,他们现在离

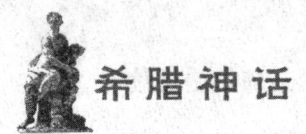
希腊神话

舰船太远,应当派一个人向阿伽门农去讨援兵才安全。听到这些,一个士兵马上站起来,将身上的斗篷抖落在地,匆忙赶回舰船去搬援兵。于是我就把斗篷拾起来,盖在了身上,安安稳稳的一觉睡到了天明。"

欧迈俄斯懂得了这个暗示,他在灶炕旁边为奥德修斯铺好了床铺,用羊皮垫上,还把自己冬天用来御寒的斗篷给奥德修斯盖上。于是奥德修斯美美地睡着了。但是欧迈俄斯没有待在屋子里,他配好剑,拿起长枪,披好斗篷,到山岩底下照看畜群。

忒勒玛科斯回到伊塔刻

而当女神雅典娜与变成乞丐模样的奥德修斯告别之后,又急忙来到了斯巴达。她进入墨涅拉俄斯的宫中,进入了忒勒玛科斯与皮西斯特拉托斯安睡的卧室。这时,皮西斯特拉托斯早已睡着了,但忒勒玛科斯却翻来覆去无法入睡。因为忒勒玛科斯即便在梦中,也深深地思念着父亲,为父亲而悲伤担忧。雅典娜来到奥德修斯之子的床边,吩咐他应当回到家中去了。于是第二天清晨,忒勒玛科斯便踏上了回家的路。临行前,墨涅拉俄斯和海伦送给他很多的礼物。

忒勒玛科斯与皮西斯特拉托斯先回到了涅斯托耳居住的地方,但是皮西斯特拉托斯担心自己的父亲涅斯托耳再耽搁忒勒玛科斯,便催促他慌忙上路,就在船要开的时候,犯下杀人罪正要出逃的预言家忒俄克吕摩诺斯来了,他苦苦哀求忒勒玛科斯将带回伊塔刻,以保住他的性命。忒勒玛科斯答应了。

第二天早晨,忒勒玛科斯回到了伊塔刻。遵照雅典娜的吩咐,他叫水手们先进城去,自己则上岸去找牧猪人。他答应给水手们重赏,并在第二天设便宴招待他们。

忒勒玛科斯把忒俄克吕摩诺斯托付给自己可靠的朋友克吕蒂沃斯的儿子庇埃俄斯,然后边说自己要回王宫去。

他们正说着,一只雄鹰从面前飞过,它的利爪抓住一只鸽子。预言家忒俄克吕摩诺斯把忒勒玛科斯拉到一旁，凑近他的耳朵，悄悄地说："孩子，如果我的观察不错，这便是你们家庭的一种吉兆。别人永远也不能统治伊塔刻。你们始终是这块土地的主人！"

忒勒玛科斯在和忒俄克吕摩诺斯分别前又为他介绍，在自己回城之前，由他接待这位预言家。

说完，他挥手跟大家告别，步行到乡下去。这时，奥德修斯和牧猪人正在草棚里准备早餐，别的牧人忙着把猪赶出去。他们刚坐下来用早餐，突然听到门外的脚步声和狗吠声，但不是狂吠，倒好像是在迎接它们的主人。"一定是个朋友或熟人来看你，"奥德修斯对牧猪人说，"这些狗对陌生人不会是这样的。"

他的话刚说完，他就看见他的儿子忒勒玛科斯站在门口了。牧猪人高兴得连忙放下杯子，朝他的年轻的主人迎上去，并拥抱他，吻着他的手，眼泪也不禁淌下来，好像他的一个亲人死而复生一样。一位年老的父亲看见他的晚生的儿子在外漂流十年重回故土，也不会比牧猪人更高兴。忒勒玛科斯没有马上进来，直到听仆人说家里没有发生什么事时，他才把长矛交给牧猪人，走进草棚。

奥德修斯正准备让座，忒勒玛科斯连忙挥手阻止他，并说："请坐下，外乡人，欧迈俄斯会给我准备位置的。"

这时，欧迈俄斯用树叶和树枝给年轻的主人铺了一张柔软的座位，并在上面盖了一块羊皮。忒勒玛科斯坐了下来。牧猪人端上烤肉，递上面包，并用木碗斟上酒。三个人坐着就餐时，忒勒玛科斯问迈勒俄斯，面前的外乡人是什么人。牧猪人把奥德修斯编造的故事简单地说了一遍。"现在，"他结束时说，"他已从忒斯普洛托斯的船上逃了出来，来到这里，我把他交给你，随你去安排他。"

"你的话使我感到为难，"忒勒玛科斯回答说，"在目前的情况下，我怎么保护一个外乡人呢？你还是把他留在这里吧。我将送给他紧身衣和长袍，还送给他一柄长剑，以及足够的食品，使他不至于增加你和你同伴的负担。

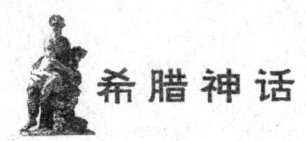

但他决不能被求婚者看见,因为那些人蛮横地待在我的家里,即使一个有权势的人也对付不了他们。"

奥德修斯作为一个外地来的乞丐,十分不理解。他奇怪地问,这些求婚者怎么敢反对主人的儿子。"是不是人民仇恨你,"他又问,"还是你和你的兄弟起了内讧?或者你甘愿别人如此欺侮你?如果我像你一样年轻,而且是奥德修斯的儿子,或者是奥德修斯本人,顺便说一句,奥德修斯是有希望回来的,那么,我宁愿和他们拼命,死在自己的家中,也不愿屈辱地在一旁观望!"

忒勒玛科斯冷静地说:"亲爱的客人,人民并不恨我;我也没有兄弟,所以也没有兄弟间的争夺,我是家中的独子。可是有许多心怀恶意的男人,从伊塔刻和附近的岛屿涌来向我的母亲求婚。她一直回避他们,可是他们硬留下来,整日饮宴,赶也赶不走。不久,我的家产就要被他们挥霍一空了。"然后他转身对牧猪人说:"你是我的朋友,像慈父一样,请帮助我吧,请你进城给我的母亲捎个口信,告诉她,我在这里。不过要小心,别让任何求婚者知道这件事。"

"我是不是先绕道去找你的祖父拉厄耳忒斯?"欧迈俄斯问,"自从你去了波洛斯,听说他焦急得不吃不喝,十分悲伤。"

"尽管如此,"忒勒玛科斯回答说,"我也不愿你走太远的路,这太费时间。我希望让母亲尽早知道我回来的消息!"

牧猪人立即穿上鞋子,把鞋带束紧,然后手执长矛,匆忙离去。

奥德修斯对忒勒玛科斯表明身份

女神雅典娜正等着欧迈俄斯离开草屋。他刚走,她便化做一个美丽的女人站在门口,不过她只让奥德修斯和猛狗看到她。猛狗并不吠叫,只是低声叫着跑到一边去了。女神向奥德修斯使了个眼色,他立即会意并走到门外。雅典娜站在墙边,对他说:"奥德修斯,你现在不必向儿子隐瞒自己了。你应该和他一起进城去,我随后就来;因为我在心里也燃烧着一股怒火,很想惩罚这帮求婚者！"说着,女神用金杖在他身上点了点,即刻奇迹出现了,奥德修斯顿时变得年轻高大,像以前一样。他面色光润,双颊饱满,头发和胡须浓密。随后女神消失了。

奥德修斯又回到草屋,他的儿子惊讶地注视着他,以为遇到了神,便虔诚地垂下头,说道:"外乡人,你的模样突然变了。你一定是天上的神！让我向你献祭,请你保护我们！""不,我不是神,"奥德修斯说,"你该认出我来,儿子,我是你的父亲！"说着,奥德修斯流着泪跑上前去,拥抱儿子,吻着他。忒勒玛科斯仍然不敢相信。"不,不,"他连连喊着,"你不是我的父亲奥德修斯！一定是凶恶的魔鬼在欺骗我,只是为了使我感到更失望。一个凡人怎么能以自己的力量改变面貌呢？"

"我真的是你的父亲,"奥德修斯说,"我离家整整二十年,现在回到了故乡。我就是奥德修斯。是女神雅典娜先将我变为乞丐,然后又恢复了我的原形。对众神来说,这是很容易的事。"

现在儿子鼓起勇气含着热泪,拥抱父亲。后来,忒勒玛科斯问父亲是怎样回到家乡的。奥德修斯长叹一声,把途中的险遇都告诉了儿子。最后,他说:"现在我到了这里,我的儿子。女神雅典娜要我们商量一个办法,杀死那些无耻的求婚者。你先把他们的名字告诉我,看看我们两人的力量是否可以对付他们,或者是不是该到附近去寻求援兵。"

"父亲,你光荣的伟业我早就听说过,"忒勒玛科斯回答说,"我知道你有勇有谋,可是,我们两个人是无法对付这么多的求婚者的。他们不是一二十人,他们的人比这多得多,光从杜里其翁就来了五十二个勇敢的青年,他们带了六个仆人。从萨墨岛来了二十四个人；查契斯二十人；伊塔刻十二人；此外,还有使者墨冬,一个歌手,两个厨师。因此,我们必须尽可能地请求援兵。"

"你别忘记,"奥德修斯说,"雅典娜和宙斯在援助我们。我的计划是这样的:你明天进城去,跟求婚者在一起,装做什么事也没有发生的样子。我仍然会变为一个老乞丐,由牧猪人领我进宫。不管他们在大厅里怎样侮辱

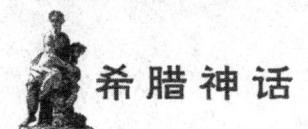

我,即使他们朝我掷东西,或者把我拖到门外,你都得竭力忍住。到关键的时候,我给你使一个眼色,你就把大厅里的各种武器都搬走,藏到内廷去。如果求婚者发现了,问起他们的武器和盔甲,你就告诉他们,武器都搬到外面去了,因为武器离炉子太近,被烟熏黑了。不过,你要给我们两个留下两把利剑,两根长矛和两面牛皮盾。别让任何人知道奥德修斯回来了,包括祖父拉厄耳忒斯和牧猪人,甚至包括你的母亲珀涅罗珀。同时,我们要试探一下,看仆人中有谁还能忠诚地站在我们这一边。"

"亲爱的父亲,"忒勒玛科斯回答说,"我一定照你吩咐的去做。可是我想,你要求试探仆人,这要花很多时间。宫中的女仆由我去考验她们,其余散居在各处的男仆,等你重登王位后再去考验他们吧。"

奥德修斯认为儿子说得有理,很赞成他的意见,并为他有主见而感到高兴。

载着忒勒玛科斯和他的同伴从皮洛斯归来的船已到达伊塔刻的港口。他们派了一个使者前往宫殿,向珀涅罗珀报告。

而牧猪人也同时进宫报告同样的消息。报信人当着女仆的面,大声向珀涅罗珀禀报她儿子归来的消息。而却趁周围无人时,悄悄地向她传达了年轻的主人吩咐的话。他还请她速派人把这消息告诉他的祖父拉厄耳忒斯。牧猪人办完事后,又急忙赶了回去。求婚者从饶舌的女仆那里知道忒勒玛科斯回来了,他们怏怏地坐在一起商量。安提诺俄斯提议把忒勒玛科斯杀死,这样他们唯一的障碍就解除了。但求婚者中最高贵的安菲诺摩斯却不同意这样做。他建议先祈求神意:如果宙斯同意他们这样做,他愿意亲自杀死忒勒玛科斯;如果神明不同意,那么就放弃这个计划。他的意见得到求婚者的赞同,他们推迟了行动计划,回到宫殿。

他们的使者墨冬把自己听来的消息赶紧报告了王后。墨冬是王后珀涅罗珀安插在求婚者中的内线。珀涅罗珀想到这些伪善的求婚者这么狠毒,心里很痛苦。她回到内廷,伏在床上放声大哭。她为自己的丈夫哭泣,直到女神雅典娜使她昏昏睡去。

与此同时，欧迈俄斯回到自己的茅舍。女神雅典娜挥舞起金杖把奥德修斯变回流浪者的样子，以免欧迈俄斯会把他认出来。这位牧猪人把在城中发生的事情说了一遍，给大家举火做了晚饭。吃过晚饭以后，大家躺了下来进入了梦乡。

奥德修斯扮成老乞丐回到王宫

第二天，天边一放亮，忒勒玛科斯就准备进城去。临走前他嘱咐欧迈俄斯将那位老乞丐进城，好让他能够讨到一点吃的。老奶妈欧律克勒亚一见忒勒玛科斯回家，兴奋不已，流着泪将忒勒玛科斯搂在怀中。女仆们闻声出来了，欢迎奥德修斯的儿子。而珀涅罗珀听见儿子回来，也迎了出来。她紧紧搂住了儿子，问他这一趟外出有了什么收获。但是忒勒玛科斯什么都没说，他急着到市政广场去将忒俄克吕摩诺斯接回家。

忒勒玛科斯一到市政广场，就被求婚者团团围住，争先恐后地向他欢呼，然而他们的心中却想着如何害死他。没一会儿，忒俄克吕摩诺斯和庇埃俄斯也来到了广场。

忒勒玛科斯将忒俄克吕摩诺斯请回到自己家中，他们先在豪华的大理石澡堂内洗完澡，之后就坐下来一起进餐。珀涅罗珀也走出来，坐在了他们桌边。这时，忒勒玛科斯把自己在皮罗斯和斯巴达之行的情况向母亲一一讲述。珀涅罗珀听说忒勒玛科斯一点儿都没打听到父亲的消息，感到十分悲伤。但忒俄克吕摩诺斯对珀涅罗珀施以了安慰，要她相信，奥德修斯就在伊塔刻境内，他或许正在某处躲藏着，筹划着向求婚者复仇的好办法。因为神祇曾在忒勒玛科斯临回家时降下了吉兆，因此忒俄克吕摩诺斯坚信，奥德修斯一定回到了伊塔刻。

就在珀涅罗珀和忒勒玛科斯以及忒俄克吕摩诺斯谈心的时候，求婚者却在院子当中投掷铁饼与标枪来取乐。不一会儿，牧人们赶来了肥羊，供求婚者们大吃大喝。于是求婚者一窝蜂似的拥进了奥德修斯家中，动手宰杀这些羊，烤羊肉吃。使者墨冬将他们唤进了宴会厅。

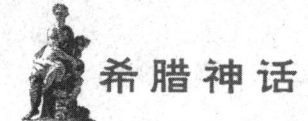

希腊神话

这时,欧迈俄斯和他的客人也出发到城里来。奥德修斯背着破口袋,手里拿着牧猪人给他的讨饭棍。他们来到城里的一口水井边,突然遇到牧羊人墨兰透斯和他的两个助手,他们正赶着几只肥羊,给求婚者送去,让他们享用。牧羊人看到牧猪人和衣衫褴褛的乞丐,便辱骂他们,嘲笑他没有用。他一面说,一面朝奥德修斯的屁股上踢了一脚。奥德修斯突然挨了一脚,几乎栽倒在地。他心里很气愤,几乎要把对方打翻在地,但最后还是忍住了。

牧猪人欧迈俄斯却怒不可遏,严厉地斥责这个牧羊人,然后他转过脸去,对着水井说:"神圣的水泉女仙哟,如果我的主人以前向你们献祭过许多宝贵的礼物,请容许我祈求你们,保佑我的主人平安地回来吧!让他惩罚这个无赖。他是世界上最恶劣的牧人,只知道整日在城里鬼混,是个游手好闲的家伙!"

"你这个猪猡,"墨兰透斯骂道,"你只配卖到对面的岛上当奴隶。但愿阿波罗的弓箭和求婚者的利剑杀掉你的忒勒玛科斯,使他跟奥德修斯一样下地府,因为他是庇护你的人!"他骂骂咧咧地从两人面前走了过去。到了宫殿,坐到了求婚者的餐桌上,因为他是求婚者所宠爱的人,他们经常让他和他们一起用餐。

奥德修斯和牧猪人也来到宫殿。这位大英雄看到久别的故居时,心里不由得激动起来。他抓住同伴的手,对他说:"天哪,欧迈俄斯,这里就是奥德修斯的宫殿吧!多么华丽啊!多么坚固啊!里面一定在举行宴会吧,因为我闻到了肉的香味!"

他们商量了一阵,决定由牧猪人先进去观察情况,奥德修斯则暂时留在门外。这时,躺在门外的一条老狗突然站了起来,竖起耳朵。这条狗名叫阿耳戈斯,是奥德修斯亲自喂养大的。以前,它经常随英雄外出打猎,现在老了,无人看顾,只能伏在门外的垃圾堆上,身上肮脏不堪。它看到了奥德修斯,虽然他变了模样,但阿耳戈斯仍然认出了主人。它向他垂下耳朵,摇着尾巴。可是它太衰弱了,无力向他奔过来。奥德修斯抱起他,这只狗等了自己的主人二十年，今天终于如愿以偿，便把头伏在前爪上，心满意足地死去了。

忒勒玛科斯看到欧迈俄斯走进宴会厅，招呼他在自己身边坐下来。随后奥德修斯也走了进去，但是他没有坐到桌子旁，只是背靠着大门坐在门口。忒勒玛科斯吩咐人将餐具送给奥德修斯，而且让他放心大胆地向宾客们乞讨。于是奥德修斯站起身，逐一向客人们乞讨，所有人都给了他施舍，除了安提诺俄斯。但奥德修斯一定要他施舍不可，这举动激怒了残暴粗鲁的安提诺俄斯，他把奥德修斯撵走了。从他身边走开时，奥德修斯轻声地讥笑他缺乏头脑，于是安提诺俄斯更加生气，抓起身边板凳向奥德修斯奋力掷去，正中奥德修斯的脊背。尽管受到奥德修斯这样猛烈的一击，但他如山岩般纹丝不动地屹立，随后，他威严地摇了摇头，坐回到了门口，说如果复仇女神愿意保护他这个老乞丐，那将会有葬礼而不是婚礼在等待着安提诺俄斯。

奥德修斯这番话更令安提诺俄斯怒不可遏，但是其他求婚者害怕这个老乞丐是由永生的神祇扮成的，所以责备他不应当欺侮这个的老乞丐。忒勒玛科斯看着父亲备受欺凌，尽管心中悲愤不已，但因为牢记着事先的约定，还是强压下了内心的怒火。

珀涅罗珀知道了这件事，对粗暴的安提诺俄斯更增添了痛恨。她听欧迈俄说奥德修斯曾经在老乞丐的父亲家中做客时，将要将老乞丐找来，要向他打听奥德修斯的下落。不过奥德修斯拒绝了，他请求晚上再见珀涅罗珀，因为他不希望为自己带来求婚者更强烈的愤恨。于是珀涅罗珀同意了。

求婚者在宴席上越闹越厉害。

就在黑夜降临时，一个乞丐突然出现在门口，正是伊塔刻全岛好吃懒做最出名的酒鬼伊洛斯。他想要轰走奥德修斯，但是奥德修斯没有理会他，反而将这个无赖狠狠教训了一顿，求婚者们因此无比兴奋，因为他们也非常讨厌伊洛斯。于是纷纷上前向奥德修斯表示友好，最为和善的安菲诺摩斯为他敬上了一杯酒，奥德修斯知道他常常阻止其他求婚者胡作非为，而

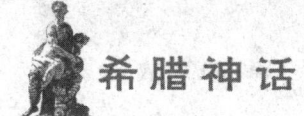

且自始至终都在保护忒勒玛科斯。因此，他想要挽救安菲诺摩斯，于是对他说奥德修斯很快就要归来，那时所有求婚者都有死亡的危险，劝他离开这群求婚者回到父亲身边去。但安菲诺摩斯听不进奥德修斯的忠告，依旧向着死亡走去了。

这时，雅典娜劝说珀涅罗珀做到大厅见那些求婚者一面，令求婚者心中与她结婚的欲望燃烧得更强烈，也让奥德修斯与忒勒玛科斯更加了解她的忠贞与爱情。于是珀涅罗珀走了出去，雅典娜将她装饰得比平时更加光彩照人。求婚者惊呆了，心中的热情更加沸腾起来。珀涅罗珀责备忒勒玛科斯不该在自己家中听任别人欺侮一个不幸的老乞丐。忒勒玛科斯温顺地听任母亲的责怪。在求婚者中的欧律玛科斯不断赞美珀涅罗珀的美貌。但珀涅罗珀只说，自从奥德修斯离她而去，她就再也没有美貌了。唯有当奥德修斯归来时，她才会恢复从前的美丽。她还谴责求婚者的所作所为。可是求婚者却无动于衷，他们只是漠然听着，然后打发仆人取来了很多礼物，试图通过送礼来打动珀涅罗珀的心。珀涅罗珀答应收下礼物，和女仆一起回内室去了。

天渐渐黑了下来，女佣们在厅堂里摆了三个火盆，里面放了松木，点燃后供照明用。奥德修斯让仆人们去忙别的活儿，灯光就由他来照管。但是其中一个女仆墨兰托却嘲弄奥德修斯。墨兰托是由珀涅罗珀亲手抚养长大的，如同她的亲生女儿一般，现在却已成了求婚者欧律玛科斯的情妇。奥德修斯对这个狂妄的女仆发出威胁，说要让珀涅罗珀惩罚她。于是她们才安静下来，离开了宴会厅。奥德修斯开始照管灯台的灯火。欧律玛科斯为了给求婚者取乐，开始讥笑奥德修斯。奥德修斯却只是平静地警告他要注意自己的言行，用不了多久奥德修斯就会回来，那时他就要倒霉了。"

欧律玛科斯非常生气，于是又在宴会厅里大闹了一场。其他人十分恼火，将争吵不断的过错都推到了这个老乞丐身上。忒勒玛科斯向他们劝说，解释说这是因为大家都喝醉了，应当回家睡觉去了。于是这些求婚者又斟满一杯，喝完后，便纷纷从宴席上撤离了。

过了不久,就只有奥德修斯和忒勒玛科斯留在宴会厅里了。他们把宴会厅里的武器搬走。又吩咐忠诚的欧律克勒亚,把所有女仆都紧锁在各自的房间里,免得被她们看见武器已经搬走,一切完成后,奥德修斯向珀涅罗珀的寝室走去了。珀涅罗珀正在心急如焚地盼望这位老乞丐的到来,急着向他打听奥德修斯的消息。而忒勒玛科斯则回到了自己的卧室,很快就安然入睡了。

奥德修斯与珀涅罗珀

在忒勒玛科斯离开后,珀涅罗珀领着女仆到宴会厅来收拾宴会后的杯盘刀叉。女仆墨兰托又把奥德修斯痛骂一顿,要将他赶出门,还威胁说,要是他不赶快离开,就用着火的木头砸他。但是珀涅罗珀把墨兰托狠狠教训了一顿,还吩咐女仆给奥德修斯在炉火旁设座。等他刚刚坐好,她就向他详细打听奥德修斯的消息。老乞丐告诉她说,他曾亲手招待奥德修斯,当时,奥德修斯在去特洛伊的途中遭遇了风暴,被迫在克里特岸边停靠。珀涅罗珀听到这老乞丐曾见过奥德修斯,禁不住失声痛哭。而为了证实他的消息,珀捏罗珀问他,奥德修斯当时做什么打扮。对这位老乞丐来说,这正是在描述自己的穿着,那真是易如反掌。他就把奥德修斯当初的衣着作了一番详细的描述,珀涅罗珀便相信了他。老乞丐安慰珀涅罗珀,要她相信,奥德修斯仍然活着。他在不久之前刚刚到过忒斯普洛托斯人的国土,又从那里乘船到多多那去祈求神示。

"奥德修斯很快就会回来的!"这位老乞丐说。"用不了多久,奥德修斯就会出现在你面前。"

珀涅罗珀当然愿意相信他的话,然而她不敢完全相信,因为她已经等了很多年,但奥德修斯直到今天也没有回来。珀涅罗珀让女仆给老乞丐准备好暖和舒软的床铺。奥德修斯道了谢,又提出希望老女仆欧律克勒亚帮他洗脚的请求。

为这位老乞丐洗脚没有令欧律克勒亚为难,因为他的身材、相貌,甚至

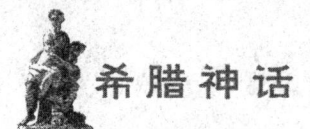

希腊神话

嗓音,在她眼中都和她亲自哺育过的奥德修斯十分相像。于是欧律克勒亚将铜盆中打好水,俯身准备帮老乞丐洗脚。但就在这时,她发现了老乞丐脚上的伤疤。这是一道她很熟悉的伤疤。当初奥德修斯与奥托吕科斯的几个儿子结伴在帕耳那索斯山上打猎,有一头野猪在奥德修斯的脚上咬了一道口子,然后才落下这道伤疤。根据这道伤疤,欧律克勒亚认出了奥德修斯。她吃惊地打翻了铜脚盆。热泪盈眶,激动得浑身颤抖,哆哆嗦嗦地说道:

"是你吗?奥德修斯,眼前的你是我亲爱的孩子吗?怎么我一直没有认出来呀!"

欧律克勒亚想马上让珀涅罗珀知道她丈夫回来了的消息,但奥德修斯赶快捂住了她的嘴,嘱咐她千万不要把这秘密泄露出去,不然会给他带来灾难。

欧律克勒亚发誓会保守秘密。她为奥德修斯的归来兴奋异常,连忙又端来一盆水,给主人洗了脚。但是女神雅典娜把珀涅罗珀的注意力控制住了,她对这些毫无察觉。

奥德修斯坐回火炉旁,珀涅罗珀悲叹着向他抱怨自己悲惨的命运,把自己不久前做过的梦细说了一遍。她梦到有一只老鹰把她家中的所有白鹅都撕碎了,而所有伊塔刻女人都和她一起为这些白鹅痛哭。不一会儿,那只鹰飞了回来,又落在了王宫屋顶上,开口说了人话:"珀涅罗珀,这并非是梦,是就要发生的现实。白鹅代表着求婚者,而我就是奥德修斯。我不久就会回来。"

奥德修斯告诉珀涅罗珀,这个梦如同她亲眼所见一般的清楚明白,用不着再去思索了。但珀涅罗珀仍然无法相信,她无法相信奥德修斯仍然会回来。她告诉老乞丐,自己已经决定要在第二天用奥德修斯的弓试一试求婚者,看看他们谁能这把弓箭射中预设的靶子,射中的人就可以做她的丈夫。老乞丐希望珀涅罗珀赶快进行这场比试,然后又说到:

"奥德修斯会在求婚者射中靶子之前回来的。"

珀涅罗珀和老乞丐这样交谈,丝毫想不到她面前的就是奥德修斯。珀涅罗珀虽然很想与老乞丐通宵交谈,但还是不得不回到了自己的卧室。女神雅典娜帮助他她进入酣甜的睡梦。

奥德修斯把牛皮床垫和羊皮褥子都铺好,躺在了床上,但却难以入眠。他一直在考虑该怎样向求婚者复仇。女神雅典娜到了他的床边,温柔地安慰他,保证会帮助他,确定会将他的一切灾难都马上结束。

奥德修斯终于在雅典娜的帮助下睡着了。但睡了没一会儿,珀涅罗珀的哭喊声就把他吵醒了,珀涅罗珀抱怨众神没有让奥德修斯回到故乡。奥德修斯站了起来,将床铺整理好,走到院子中央,祈求宙斯为他降下吉兆,就让他把今天早上最先听到的话作为预兆。宙斯接受奥德修斯的祈祷,在天空中响起了滚滚的雷声。到了早晨,磨面女奴说的话最先传到了奥德修斯的耳朵里。她祈求今天是最后一天,是最后一次让求婚者在奥德修斯家大吃大喝。奥德修斯兴奋无比。因为,他清楚雷神宙斯要帮助他向求婚者复仇。

奥德修斯诛戮求婚者

第二天一早,女仆们来到了宴会厅,开始收拾打扫,为将要进行的求婚者准备宴会。欧律克勒亚将女仆们分别派下了挑水、清洗地板、把椅罩换成新的紫红色还有洗濯餐具的任务。过了一会儿,忒勒玛科斯从卧室中出来,向欧律克勒亚打听那位老乞丐在夜间休息的情况,随后直奔市政广场而去。欧迈俄斯、菲罗提俄斯以及墨兰提俄斯等人为求婚者赶来了为宴席准备的猪、羊、牛。欧迈俄斯和与菲罗提俄斯很可怜这位无家可归的流浪人,热情有礼地问候老乞丐。看着他,菲罗提俄斯想到了自己的主人奥德修斯,他可怜自己的主人或许也会这般衣衫褴褛的流浪。于是他和欧迈俄斯不住地向众神祈祷,祈求众神让奥德修斯早日回到家乡。奥德修斯试图安慰这两位忠实的仆人,便以宙斯和自己宫中的圣火发誓,告诉菲罗提俄斯,奥德修斯很快会回来,并且会严惩那帮狂暴的求婚者。

然而粗鲁的墨兰提俄斯再一次地侮辱了这个老乞丐,威胁他说,要是他还不离开奥德修斯家,就把他活活打死。奥德修斯一言不发,只是威严地

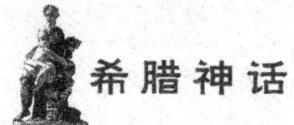

紧皱起眉头。

接下来,求婚者络绎不绝接连进入奥德修斯家。他们仍然盘算着害死忒勒玛科斯,但神在他们心中降下恐惧,令他们不敢下手。这些求婚者坐到桌边,宴会再次开始了。忒勒玛科斯将奥德修斯安排在门边,给他摆了一张桌子和一把凳子,又命人为他端来食物和酒,奥德修斯这年轻的儿子威严地高声说:

"老乞丐,你就在这儿安心地与这些客人们一同吃喝吧!请你放心,在我的地盘上绝不不允许有谁敢欺侮你!我的家可不是那种让恶棍们任意来去的酒馆,这是国王奥德修斯的王宫。"

忒勒玛科斯的一番话,激起了安提诺俄斯的不满,他骄横地叫嚷着:

"各位朋友,就让忒勒玛科斯随便吓唬我们吧。要不是有神的偏袒,我们早就把他制服了,还容得了他在这儿唠唠叨叨地惹人讨厌!"

对这种威吓忒勒玛科斯丝毫没有理睬。他坐在那里默不作声,只等奥德修斯发出行动的信号。女神雅典娜为了让奥德修斯胸中复仇的欲望燃烧得更强烈,不断地煽动着求婚者心里一股狂妄和蛮横。求婚者克忒西波斯在她的煽动下,抓起一只牛脚袭击了奥德修斯,被奥德修斯闪身躲过。而忒勒玛科斯威严地斥责了克忒西波斯。这番斥责令求婚者默不作声,阿革拉俄斯也劝说他们停止欺侮老乞丐。

突然之间,女神雅典娜剥夺了求婚者的理智,让他们发出一阵疯狂的哄笑。这些求婚者高声大笑,直笑得脸色苍白,双目流泪,心头逐渐的郁闷,就像被巨石紧紧地压着。在疯狂的控制下,他们不断地讥讽忒勒玛科斯,就像一群野兽围攻在吞食着小牛犊。可是忒勒玛科斯只是静静地坐着,好像听不到他们的讥笑。在内室的珀涅罗珀也能清晰地听到求婚者于盛宴上发出的疯狂喊叫。这一次女神雅典娜与身为珀涅罗珀丈夫的奥德修斯所设下的待客宴会,恐怕在世上绝无仅有。

不久,珀涅罗珀进入了存放奥德修斯宝物的库房中。她拿出欧律托斯之子伊菲托斯赠给奥德修斯的一张硬弓,又拿起装满箭的箭筒进入了宴会

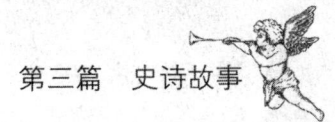

第三篇 史诗故事

厅。她在圆柱的旁边站好，对求婚者说：

"听我说，这是奥德修斯的弓。如果你们谁把这把弓拉开，并且射出一直能够穿过十二个圆环的箭，我就嫁给他。"

珀涅罗珀先将弓交到欧迈俄斯手中。欧迈俄斯看到主人用过的弓，禁不住失声痛哭，他将弓拿给求婚者。这时，忠实的菲罗提俄斯也不由得落泪了。求婚者们见到他们为奥德修斯掉泪，非常生气。另一边的忒勒玛科斯把十二个挂着圆环的竹竿深深地插到土里，把它们排成一排竖齐。他想先拉开弓试试，但努力了三次都没有办法拉开。就在他还想要第四次再拉的时候，奥德修斯对他点了点头，忒勒玛科斯就放弃了尝试。求婚者们议定试着去将这张硬弓拉开。勒伊俄得斯第一个冲出来试，但这弓实在是太硬了，即使他用尽全力也不能叫弓稍微弯一下。接下来的是安提诺俄斯，他让墨兰提俄斯找点脂油把弓全部涂抹一遍，因为他认为弓要是擦过脂油就会容易拉开。但是不管求婚者做了什么努力都没能奏效，他们谁也没有将弓拉开。

在求婚者努力的时候，欧迈俄斯与菲罗提俄斯一起走出了宴会厅，奥德修斯跟在他们身后也出去了。院子里他把两位忠实的仆人叫住，将脚上因野猪咬伤而留下的疤痕展示给他们看，让他俩了解了自己的身份。两位忠实的仆人非常高兴，一个劲儿地亲吻奥德修斯的手和脚。奥德修斯急忙安慰他们。紧接着告诉欧迈俄斯，只要他奥德修斯一接过弓，他就赶快吩咐欧律克勒亚将所有女仆都锁在房里，一个也不许放出来。然后又命令菲罗提俄斯将王宫大门牢牢关紧。一切都完成后。奥德修斯回到了宴会厅，安然地坐到了门旁边的位子上。

在奥德修斯返回宴会厅的时候，求婚者们已经放弃了尝试拉弓，他们决定先把弓留在这儿，等明天再想办法，眼下还是痛痛快快地吃喝要紧。于是奥德修斯站了起来，向他们提出自己来试着将这张弓拉开的请求。求婚者们虽然纷纷挖苦奥德修斯，不过还是有点儿怕这个老乞丐会让他们出丑。然而珀涅罗珀坚持要让这个老乞丐试一试。忒勒玛科斯这时将母亲劝回到了内室，他吩咐欧迈俄斯将弓拿给奥德修斯。求婚者们却在欧迈俄斯

301

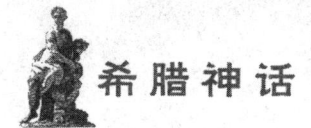

正要交弓的时候,不停地大喊大叫。欧迈俄斯害怕了,但忒勒玛科斯正色命令他赶快把弓交给奥德修斯。欧迈俄斯把弓交到奥德修斯手中,赶快找到欧律克勒亚,向她转达了奥德修斯的吩咐。而此时,菲罗提俄斯将宫门紧紧地关闭起来了。

奥德修斯接过弓,像歌手演唱前要抚弄自己的竖琴般细细打量,温柔地抚摸了一阵。然后毫不费力就将弓拉满了,他绷紧了弓弦,又伸出指头轻轻弹了弹,看它仍然充满弹性之后,就抓起一支箭,此时天空一阵电闪雷鸣,这正是宙斯给奥德修斯的暗示。求婚者们吓得一个个脸色苍白。奥德修斯心中满怀喜悦。他就坐在凳子上,都没有起身,放箭向目标射了过去。箭应声离弦,连穿过十二个圆环。奥德修斯转过身,向忒勒玛科斯高声叫喊:

"忒勒玛科斯,看呐,你这位客人没有令你蒙羞!我没有费劲就把弓拉开了。不过,我还没使出最大的力气!现在我们再来为求婚者准备一顿与众不同的盛宴。在宴会上,就找另一把竖琴来伴奏吧!"

奥德修斯皱紧了眉头,冲忒勒玛科斯一使眼色。忒勒玛科斯明白了,他佩上利剑,将长枪握在手中,穿起熠熠发光的铜铠甲,走到奥德修斯身旁站好。

奥德修斯把身上的破衣服脱掉,站到了门槛上,把箭筒中的箭一股脑地倒在了脚边的地上,对着求婚者怒吼,向银弓之神阿波罗祈求,帮助他射中自己将要射向的目标。

说毕,奥德修斯立即射出了一箭,这一箭穿透了正打算将杯中酒一饮而尽的安提诺俄斯的喉咙。安提诺俄斯顿时血流如注,他身子一歪,将桌子撞翻在地,自己也倒地身亡了。其他的求婚者一见,纷纷咆哮着跳了起来,他们冲向周围的墙上,想要去取自己曾挂在那里的武器,但武器都不见了。这时奥德修斯又冲他们威严地吼道:

"哼,你们这些卑鄙的家伙!你们真觉得我永远回不来了?你们这样的胡作非为难道能逃脱惩罚吗?看吧,你们现在就都要完蛋了!"

欧律玛科斯向奥德修斯苦苦哀求,希望能够饶恕他们,对于自己曾侵吞的奥德修斯的财物，他们愿意加倍偿还，但是奥德修斯对他们的祈求毫不理睬。复仇的强烈渴望在他的内心熊熊燃烧。当求婚者看清楚祈求只是白费力气，便试着自保。他们将佩剑紧握在手中，藏到桌子后面以抵挡奥德修斯射出的箭矢。欧律玛科斯握紧佩剑，向奥德修斯冲去，但奥德修斯一箭便将他的胸部射穿，他立即倒在地上死了。紧接着，安菲诺摩斯又对奥德修斯发起进攻，却被忒勒玛科斯掷出的长枪刺中，倒地身亡。忒勒玛科斯将安菲诺摩斯刺死后，又慌忙将武器取来。他跑进库房，取出了头盔和盾牌各四件，又取出八杆长枪，这些武器是要提供给奥德修斯与自己，还有欧迈俄斯和菲罗提俄斯四人使用的。而在他到库房取武器的时间里，奥德修斯仍然不断地向求婚者射出箭去，每射出一支箭就有一个求婚者应声而倒，随着箭接二连三地射出，求婚者不断倒下。不一会儿，忒勒玛科斯就把武器搬来了，与奥德修斯，以及欧迈俄斯、菲罗提俄斯全副武装，并肩抵抗求婚者。

但是，忒勒玛科斯取武器的事情被求婚者的仆人墨兰提俄斯看见了，他跟在忒勒玛科斯身后偷偷潜入了库房，看到忒勒玛科斯因为太急着将武器送到父亲等人手中，所以忘了把库房的门锁上时，他就急忙从里面偷出了盾牌与长枪各十二支。转瞬之间求婚者们也一个个全副武装起来了，这时，奥德修斯也感到几分慌乱。他心里清楚这些武器是有人偷偷给他们送来的，但他不知道是谁。但没过一会儿，就在墨兰提俄斯从库房往外面运兵器时被欧迈俄斯看到了，欧迈俄斯把这个情况告诉给了奥德修斯。然后，他和菲罗提俄斯在奥德修斯的命令下，悄悄接近兵器库，趁着墨兰提俄斯正专心将武器往兵器库外边运的时候，突然上前将他扭倒在地，将他双手双脚反捆着绑在一起，把他高高地吊到了库房的房梁上。然后，欧迈俄斯和菲罗提俄斯又将他讥讽嘲笑了一番，就拿起武器，离开了库房，他们正赶着去帮助与求婚者们激烈对战的奥德修斯和忒勒玛科斯。

看到这情况，雅典娜化作门托耳到奥德修斯身边来了。奥德修斯请求门托耳赶快帮忙，然而求婚者竟然威胁门托耳，说他要是敢帮助奥德修斯，他们就把他杀死。

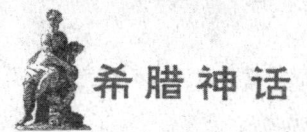
希腊神话

这让雅典娜愈加痛恨求婚者。她不但责备奥德修斯对求婚者太宽容,还变做了一只燕子,在求婚者头顶上方的房梁上飞落下来。这时,求婚者接连不断地向奥德修斯进攻,朝他和忒勒玛科斯以及两位忠实的仆人投过长枪,但是都在雅典娜的神力下投偏了。不过奥德修斯和同伴每次都将四名求婚者击中。菲罗提俄斯投出的长枪扎在了总是逞凶的克忒西波斯身上,他兴高采烈得大声喊道:

"你这以口舌还人的恶棍,如今终于能闭嘴了!你曾经客气地送给过奥德修斯那个牛脚,现在我就回敬给你一份更好的礼物。"

求婚者们被接二连三地击中,不一会儿就遍地死尸。雅典娜在这些人的头顶上方,将它那张恐怖的神盾抖了几下。求婚者立刻被吓得发疯一般的到处逃窜,如同夏日牧场上遭到牛虻袭击的公牛。奥德修斯和忒勒玛科斯以及欧迈俄斯、菲罗提俄斯如同鹞鹰捕捉白鸽那样将求婚者一一追杀。求婚者上天无路,入地无门。勒伊俄得斯跑到奥德修斯面前,乞求他宽恕,可是奥德修斯毫不留情地挥剑砍下了他的头颅。在忒勒玛科斯请求下,奥德修斯只饶恕了违心为求婚者助兴的歌手斐弥俄斯,和在牛皮底下躲藏的求婚者的使者墨冬。奥德修斯吩咐他们俩先到院子里等他,然后奥德修斯仔细地检查了一番,以防求婚者中是否有人漏网,最后发现他们确实都已死亡了,没有一人逃得掉。

这时候奥德修斯将欧律克勒亚叫了进来,欧律克勒亚看见主人浑身上下沾满了血污,在求婚者的尸体中间威武地站立着,如同一头刚刚撕食了公牛的雄狮。奥德修斯让欧律克勒亚叫那些曾经同情过求婚者的十二名女仆亲手把求婚者的尸体都搬出去,在宫殿的柱廊里堆成一堆,这些女仆边干边痛苦地大声哭泣。等她们把尸体收拾好,又把宴会厅都擦洗干净以后,奥德修斯就下令把她们全都处死了。背叛奥德修斯和珀涅罗珀的女仆都被吊死了,死亡将她们曾犯下的罪行洗清了。粗鲁的墨兰提俄斯最后也受到了凌迟处死的刑罚。

不忠实的女仆们以及墨兰提俄斯都受到了应得的惩罚以后,奥德修斯命令欧律克勒亚取出熏香来，把整个宴会厅的血腥味和陈腐味都驱散。然后，忠实于奥德修斯的全体女仆走了出来，她们把自己的主人团团围住，不住地吻着他的手和脚，为主人的归来真心高兴。奥德修斯终于和自己的家人团聚了，他忍不住掉下眼泪。

奥德修斯与珀涅罗珀相认

家人们纷纷向奥德修斯致以问候，欧律克勒阿急忙来到女主人的内室，走到珀涅罗珀的床前，欣喜地唤醒正在熟睡的珀涅罗珀，并对她说："可爱的女儿，快快醒来。你日夜盼望的人已经回来了！奥德修斯已经回来了！他已将那些让你担惊受怕的求婚者全都杀死了！"珀涅罗珀睡眼惺忪地说："欧律克勒阿，你在说胡话吧？你为什么用这种话把我惊醒呢？"

"王后，请你别生气，"欧律克勒阿说，"他们在大厅里所嘲弄的那个外乡人，那个乞丐就是奥德修斯，其实，你的儿子忒勒玛科斯早就知道了，可是，在完成对求婚者的复仇之前，他必须保守秘密。"

这时，王后一骨碌从床上跳起来，抱住了老人，眼泪扑簌簌地滚落下来。"这是真的吗？如果奥德修斯真的在宫里，他一个人怎能对付得了那么多的求婚者？"

"这我既没有看到，也没有听到，"欧律克勒阿回答说，"我们女仆都被关在内廷。后来，你的儿子来叫我时，我看到你的丈夫正站在一堆尸体中间。现在尸体已拖出去了。我把整个房子用硫磺熏了一遍。你不用怕，现在可以去了。"

"那么，让我们去吧！"珀涅罗珀说，她因满怀着恐惧和希望而颤抖。她们走出大厅。珀涅罗珀默默地站在奥德修斯的面前，炉火在熊熊燃烧。奥德修斯垂着头，看着地上，等待她先说话。王后又惊又疑，仍然没有开口。过了一会儿，她好像觉得那是她的丈夫，但又感到他仍是一个外乡人，一个衣服破烂的乞丐。忒勒玛科斯忍不住了，几乎是恼怒地，但仍然带着微笑地说："母亲，你为什么一动不动地站在那里？坐到父亲身边去，仔细看看他，并且

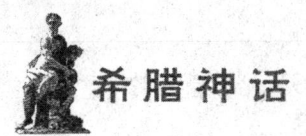

问他呀！哪有一个女人跟丈夫分别二十年后，看到丈夫回来，还像你这样无动于衷的？难道你的心硬似石头，没有感情吗？"

"呵，亲爱的儿子，"珀涅罗珀回答说，"我已经惊讶得呆住了。我不能说话，不能问他，甚至也不能看他！可是，如果这真的是他，是我的奥德修斯回来了，我们自会互相认识的，因为我们都有别人不知道的秘密标记。"奥德修斯听到这里，朝儿子转过身子，温和地微笑着说："让你的母亲来试探我吧！她之所以不敢认我，是因为我穿了这身讨厌的破衣服。但我相信她会认出我的。现在，我们首先得考虑一下其他的事情。如果一个人在国内杀死了一个同族的人，那他就得弃家逃走，即使他的权势大，不怕有人来替死者复仇。现在，我们杀死了国内和附近海岛的许多年轻的贵族，那可不是一件小事。我们该怎么办呢？"

"父亲，"忒勒玛科斯说，"你是世界上最聪明的人，这得由你作出决定。"

"我愿意告诉你们，"奥德修斯回答说，"最明智的办法应该是这样的：你，还有两个牧人，以及屋里所有的人，都应该先去沐浴更衣，而且要穿上最华丽的衣服。女仆们也该穿上最漂亮的衣服。然后，歌手弹琴奏乐。这时从门外走过的人一定以为我们这里还在举行庆宴。求婚者被杀的消息便不会传出去。同时我们准备到乡下的田庄去，以后的事，神祇一定会告诉我们该怎么做。"

不一会，宫里传出一片琴声和歌舞声，门外的大街上挤满了人，他们猜测说："一定是珀涅罗珀选定了她的丈夫，宫里正在举行婚礼呢！"直到傍晚时，人群才渐渐散去。

奥德修斯在这段时间里沐浴更衣，并抹上香膏。雅典娜使他神采奕奕，矫健俊美，头上鬈发乌黑，看上去像神祇一样。他回到大厅，坐在妻子对面。

"真是奇怪的女人哟，"他说，"一定是神祇给了你一副铁石心肠。其他的女人，当她看到丈夫受尽折磨重回故乡时，肯定不会这样固执地不认她

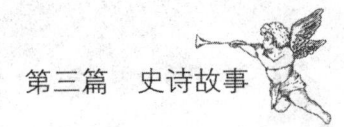

的丈夫。"

"不理解女人的男人哪,"珀涅罗珀回答说,"我不敢认你,既不是因为骄傲,也不是因为轻视。我清楚地记得,二十年前奥德修斯离开伊塔刻时的样子。好吧,欧律克勒阿,从卧室搬张床出来,铺上毛皮,让他就寝。"

珀涅罗珀这么说,想试探一下她的丈夫。但奥德修斯却皱起了眉头,看着她说:"你在侮辱我。我的床没有一个人能搬得动。它是我自己建造的,这里有一个秘密。在我们建造宫殿时,这地方中间有一棵橄榄树,粗大得像根柱子。我没有砍掉它,这棵树正好在我卧室里。等墙砌好后,我削去枝叶,留下树干,上面盖上天花板。后来,我把树干磨得光洁,用它做了床的一根支柱,又安上雕着花纹、镶着金银和象牙的床架,再用牛皮绳做成绷子。这就是我的床,珀涅罗珀!我不知道它是否还在那里。可是我知道,如果有人想搬动它,就得把橄榄树齐根锯断。"

珀涅罗珀听到他说出了只有他们两人才知道的秘密,激动得双腿发抖。她哭泣着从椅子上站起来,朝丈夫奔去,一把抱住他的脖子,连连吻着他,说:"奥德修斯哟,你永远是个最聪明的人。请别生我的气!不朽的神祇使我们遭受了多少苦难和厄运,因为我们年轻时生活欢乐,过分幸福,使他妒忌了,请你不要怪我,没有立即温柔地投入你的怀抱,没有立即欢迎你。我的一颗可怜的心始终怀着戒备,担心有一个假冒的人来骗我。现在,我完全相信了,因为你说出了只有你和我才知道的秘密!"奥德修斯高兴得心都在发颤,他也泪流满面,紧紧抱住可爱而忠贞的妻子。

这天晚上,夫妻两人互诉衷肠,各自谈起别后二十年的苦难。珀涅罗珀直到她的丈夫把他的漂流故事说完,才平静下来。两人上床就寝,屋里笼罩着一片甜蜜温馨的气息。

奥德修斯在拉厄耳忒斯家

第二天一早,奥德修斯就作好了出门的准备。他对珀涅罗珀说:"我们两人已经饮完人生的苦酒,现在,我们久别重逢,并重新成了宫殿的主人。

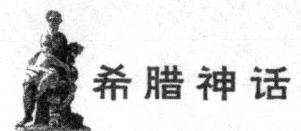

希腊神话

你应该照看好宫中的财产。我现在必须到乡下去,看看我的父亲。求婚者被杀的消息迟早会传出去,因此我劝你,最好跟女仆们暂时避开,免得好奇的人向你打听。"

说着,奥德修斯背上利剑,并唤醒忒勒玛科斯和两个牧人,他们三人也带上武器。日出时分,奥德修斯和他们一起穿过街道,走出城去。雅典娜降下一层浓雾,遮住了他们。

一路上,谁也没有看见他们。

不一会,他们来到年老的拉厄耳忒斯的美丽的庄园。这是他买来扩充祖业的第一座田庄。庄园的中心是一排住宅,周围是厨房、马厩、仓库和耕种田地的长工们的住房。一个年老的西西里女仆在这块寂寞的乡下为主人料理杂务。奥德修斯来到门口,转身对跟随而来的人说:"你们先进去,杀一头肥猪,准备好午餐。我先到田里去,或许我的父亲在那里耕作。我要看看他能不能认出我来。我会马上和他回来的,然后我们再欢欢喜喜地用餐。"

说着,他向田地走去,先到了果园,在这里他没有看到一个园丁。他们都下地去砍伐树木了,准备建围篱。奥德修斯只看到他的老父亲在整修葡萄藤。老人看上去像个长工一样,身上穿了一件满是补丁的肮脏的粗布衣服,腿上打着一副皮套,手上带着手套,头上戴着一顶羊皮帽。奥德修斯看到父亲这副寒酸的样子,心里很痛苦。他真想扑上去拥抱父亲,吻他的脸颊。但他担心父亲会承受不了突如其来的欢乐,因此,他决定让父亲先有一点心理准备。他走到父亲面前,小心地试探说:"老人家,你看来很精通园艺。葡萄、橄榄、无花果、梨树、苹果树都照料得很好;花畦和菜畦也料理得好极了。只是有一点你忽视了,请恕我直言,千万别生气:你好像没有受到很好的照顾,身上穿得破破烂烂的,而且很肮脏!你的主人不该这样亏待你。你能不能告诉我,你的主人是谁?你为谁在料理果园?刚才我遇到一个人,他告诉我,这里就是伊塔刻。这难道是真的吗?不过,刚才那个人非常不友好。我向他打听我的一个朋友是否还在这里时,他爱理不理的,没有回答我。我以前在国内招待过一个贵宾,他是伊塔刻人,并告诉我,他是拉厄耳忒斯国王的儿子。临别时,我送给他许多珍贵的礼物!"

奥德修斯善于编造故事。拉厄耳忒斯听了抬起头来,含着泪说:"善良的外乡人,你的确来到了你想寻找的国家。不过这里也住着许多卑鄙而傲慢的人,他们贪得无厌,你即使把多少礼物送给他们,也难以满足他们的欲望。你所要寻找的那个人已经不在人世了。如果你真能在伊塔刻见到他,他将会怎样盛情报答你对他的好意啊!但请你告诉我,你是什么时候招待这个客人的?唉,他是我的儿子,他现在像石头一样,沉在海里了。哦,我忘了问你,你是谁,从哪里来,到哪里去?你的船停在哪里,你的同伴呢?"

"尊敬的老人,"奥德修斯回答说,"让我告诉你吧,我是厄珀里托斯,是阿吕巴斯的阿菲达斯的儿子。一场风暴将我的船从西卡尼亚刮到你们的海岸,它现在停在离城不远的地方。你的儿子奥德修斯离开我的家乡已有五年了。他临走时非常高兴,并有飞鸟预示了一种吉兆。我们彼此都希望常常见面,互赠珍贵的礼物。"

年迈的拉厄耳忒斯突然感到眼前发黑。他用双手抓了一把黑土,洒在他的白发上,并大声悲泣起来。奥德修斯心痛欲裂,猛地朝父亲冲上去,拥抱他,吻着他,并大声说:"父亲,我就是你所打听的人!过了二十年我终于回到了家乡。擦干你的眼泪吧,一切痛苦都已经过去了。我告诉你一个好消息:求婚者都被我杀死了。我是奥德修斯!"

拉厄耳忒斯吃惊地注视着他,终于忍不住地喊道:"如果你真是奥德修斯,如果你真是我的儿子,就请露出一个明显的证据,使我可以相信。"

奥德修斯说:"亲爱的父亲,请你看看我脚上这块伤疤吧,这是一头野猪给我留下的伤痕。此外,还有一个证据:我想把你以前给我的树木指给你看。当我童年时,你带我去果园,我们走在果树之间,你指着各种果树,告诉我它们是什么树。最后,你送给我十三棵梨树,十棵苹果树、四十棵无花果树和五十株葡萄藤。"

老人完全相信了,一下倒在儿子的怀里,晕了过去。奥德修斯用强壮的

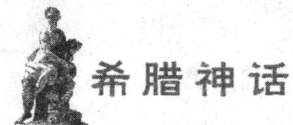
希腊神话

手臂紧紧抱住父亲。当他恢复知觉后,大声呼叫:"啊,宙斯和诸位神祇啊,你们还在保护我们,使那些求婚者受到应得的惩罚!可是,我的儿子,你刚回来,我又得为你担心了。你把伊塔刻和附近海岛上的许多贵族的儿子都杀了,整个城市和邻近地区的人都会联合起来反对你啊。"

"亲爱的父亲,请放心吧!"奥德修斯安慰他说,"你不必为此担心,带我回你的屋子里去吧。忒勒玛科斯、牧牛人和牧猪人都在那里,他们已经准备了午餐。"

他们回到屋子里,看见忒勒玛科斯和两个牧人正在切肉斟酒。拉厄耳忒斯先由老仆人伺候沐浴,涂抹香膏,然后穿上华丽的长袍。在他穿衣时,女神雅典娜悄悄地走近他,使他挺直了腰,变得高大而威严。他走出来后,奥德修斯看到他,惊讶不已。最后,他们欢乐地坐在一起,共进午餐。

市民的骚乱以及他们与奥德修斯的和解

伊塔刻的城里传开了求婚者惨遭杀害的消息。死者的亲属从各方面涌来,奔向王宫。他们在宫院的角落里发现了一大堆尸体。他们大声号哭,并扬言要为死者报仇。伊塔刻人把尸体抬到城外安葬。从邻近岛屿来的人把尸体抬上船,运回故乡安葬。

然后,死者的父母兄弟和其他亲戚聚集在市场上,举行国民大会。欧珀忒斯是求婚者中最为无赖的安提诺俄斯的父亲,他煽动市民共同反对奥德修斯,为求婚者的死亡向他报仇。然而歌手斐弥俄斯与使者墨冬都站了出来,劝说市民不要与奥德修斯为敌,因为他俩亲眼看到一位神在暗地中保护奥德修斯,杀死求婚者是众神的意志。祭祀哈利忒耳塞斯也支持奥德修斯辩护。他对市民们说道,当初自己和门托耳曾要求市民们制止求婚者们在奥德修斯家中的胡作非为,但是没有人听从。如今出了这种祸事,理应由市民自己负责。对奥德修斯,大家还是应当顺从他,不然会招来更多灾难。一部分市民同意了哈利忒耳塞斯的意见,但是以欧珀忒斯为首的另一部分市民则跑回去取武器了。

女神雅典娜在高高的奥林匹斯山上看见了这个情况，她向父亲宙斯问道：

"我父宙斯，请将你的决定告诉我吧！你现在是准备激发一场大战呢，或是想让敌对的双方和解呢？"

"我最爱的女儿，"宙斯对雅典娜作出回复，"你曾自己做出决定，认为奥德修斯应当向求婚者复仇。如今他报了仇，并且他有权报仇。他返回了家乡，理当继续统治伊塔刻。我认为他如今已经惩罚了求婚者，就应当与市民缔结神圣的合约，忘记从前的不幸，共同建立幸福的生活。"

宙斯的这番话令雅典娜十分满意，她立即向伊塔刻飞去。与此同时，大批市民已接近拉厄耳忒斯的宅第。一个仆人最先发现蜂拥而至的人群，赶忙通报，屋里的人们立即武装起来，即便拉厄耳忒斯与多里俄斯已经年老体衰，但也一样拿起了武器。他们走出大门，来到野外。而女神雅典娜就变做门托耳站到奥德修斯身边。奥德修斯看到女神，心中禁不住暗暗高兴，他鼓励忒勒玛科斯要勇敢作战，用自己的行动证明，他出身于一个光荣的、更是世间最勇敢的家族。

忒勒玛科斯高声回答父亲，自己绝不会辱没家族那光荣勇敢的称号。

拉厄耳忒斯也听到他们父子的对话，内心满溢着希望，他高声感叹：

"众神！这时多么美好的一天啊！我的心中多么欢乐啊！今天，我们家族的三代人要并肩战斗呢！"

雅典娜伏在拉厄耳忒斯耳边，低声告诉他用不着瞄准就可以把长枪向敌人掷去，只需向雅典娜与宙斯祈求帮助。于是拉厄耳忒斯向天祷告一番，一抖长枪便向敌人投了出去。长枪从欧珀忒斯的铜头盔上穿过，将他的颅骨击碎了。欧珀忒斯立即倒地身亡。随即，奥德修斯与儿子忒勒玛科斯向敌人奋勇冲去。但女神雅典娜大喝一声，止住了两方战斗的脚步，否则伊塔刻的居民都会在这里丧命。雅典娜威严地高声喊到：

"伊塔刻的公民，立即停止战斗！马上散开，不要违抗神的意志，不要惹怒雷神宙斯！"

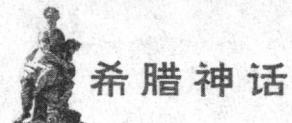 希腊神话

听到这些,伊塔刻的全体公民都非常恐惧,他们遵从了神的旨意,将手中的武器放下,一个个恭敬地趴在了地上。但奥德修斯高声喊叫着,还要继续追杀。宙斯急忙投下一到霹雳,电光就打在雅典娜脚前,雅典娜连忙止住奥德修斯,劝说他:

"拉厄耳忒斯的神勇之子啊,快抑制住你厮杀的心吧!停下血腥的杀戮,不要惹怒雷神宙斯!"

奥德修斯听从了雅典娜的旨意,不再追杀奔逃的伊塔刻公民。后来,女神雅典娜扮成门托耳,说服伊塔刻公民与国王奥德修斯缔结下永久和平的约定,并且发誓永不违约。